唐宋诗词名家精品类编

李商隐集

相见时难别亦难

陈祖美　主编

黄世中　编著

河南文艺出版社

图书在版编目(CIP)数据

相见时难别亦难:李商隐集/黄世中编著. —郑州:
河南文艺出版社,2015.7(2017.1 重印)

(唐宋诗词名家精品类编)

ISBN 978-7-5559-0174-7

Ⅰ.①相… Ⅱ.①黄… Ⅲ.①唐诗-诗集 Ⅳ.①
I222.742

中国版本图书馆 CIP 数据核字(2014)第 295678 号

出版发行	河南文艺出版社
本社地址	郑州市鑫苑路 18 号 11 栋
邮政编码	450011
售书热线	0371-65379196
承印单位	河北鹏润印刷有限公司
经销单位	新华书店
纸张规格	700 毫米×1000 毫米 1/16
印　　张	24
字　　数	391 000
版　　次	2015 年 7 月第 1 版
印　　次	2017 年 1 月第 2 次印刷
定　　价	46.00 元

李商隐（812—858），字义山，号玉溪生，又号樊南生，原籍怀州河内（今河南沁阳、博爱一带），祖父时迁居郑州荥阳。李商隐是我国唐代后期最为杰出的诗人，因卷入朋党斗争，终生沉沦使府，郁郁而逝。他的诗抒写了那一时代知识分子的悲剧命运与苦痛生涯，深刻反映了晚唐的政治斗争和衰亡破败的社会现实，揭露了统治阶级的腐朽无能。他同情人民的疾苦，于文、武、宣三朝，堪称『诗史』。其所独创的无题诗，与感怀、咏史、咏物诸篇，含蓄蕴藉，音调谐美，深情绵邈，沉博绝丽，富于象征和暗示色彩，呈现一种凄艳隐秀的艺术风格，将唐代诗歌的抒情艺术推上了一个新的高峰。清初吴乔云：『于李、杜后，能别开生路，自成一家者，唯李义山一人。』（《围炉诗话》卷三）

总　序

⊙陈祖美

　　"一树春风千万枝,嫩于金色软于丝。"白居易描绘春日柳条迎风摇曳之态的名句,无形中似乎也道出了唐宋诗词千姿百态的风姿。从公元第一个千年的中后期到第二个千年的末期,在这一千三四百年的历史长河中,唐宋诗词作为人类精神文明的乳汁,她哺育和熏陶过多少人,她的魅力又使多少人为之倾倒,恐怕谁也无法数计。

　　然而,有一个事实却为人熟知,这就是在唐宋诗词作家中,特别是其中的名家如李白、杜甫、李商隐、杜牧、温庭筠、李煜、柳永、苏轼、周邦彦、李清照、陆游、辛弃疾等,且不说在他们生前身后所担荷的痛苦或所受到的物议和攻讦"罄竹难书",更令人难以思议的是,在21世纪的钟声即将敲响之际,竟发生过这样一件事:

　　这得追溯到1998年的国庆佳节前夕。那是一个不似春光胜似春光的金秋时节,四五十位专家学者从四面八方来到河南——唐代诗人李商隐的家乡,出席李商隐学术研究会第四届年会。由于东道主把此事作为一种文化建设对待,更由于成果斐然的诸位李商隐研究专家的莅临,此次年会的成功和人们的热诚是不言而喻的。但作为本套丛书最初的编撰契机,却是出人意料的:由于对李商隐的全盘否定和极力攻伐所引发的一种怅触——那仿佛是一位挺面善的老人,他历数李商隐种种"罪愆"的具体词句一时想不起了,大意则说李商隐是"教唆犯"。他不但自己坚决不读李商隐,也严令其子女远离这个"教唆犯",因此他的孩子都很有出息。听了这番话,有位大学女教师娓娓道出了她心目中的李商隐,而她的话代表了在座多数人的心声。不必再对那位老人反唇相讥,听了这位女教师的一席话,是非曲直更加泾渭分明。尽管这样,上述那种离奇的话,还是值得深思和认真对待的。

刚迈出这个会场的门槛，时任河南文艺出版社编辑的王国钦先生叫住了我，以商量的口气询问：能否尽快搞一本深入浅出而又雅俗共赏的李商隐诗歌类编，以消除由于其作品内容幽深和文字障碍等所造成的对其不应有的误解，甚至曲解……联想到上述那位老人莫名其妙的激愤情绪，王国钦先生的这一建议，显然既是出自编辑出版人员的职业敏感，更是一种难能可贵的社会责任心。人非木石，对这种公益之举岂有无动于衷之理！后来听说，王国钦还想约请那位堪称李商隐知音的女教师撰写一本《走近李商隐》。这更说明作为编辑出版者的良苦用心，并进而激发了笔者的积极性和应有的责任感。

当我回京后复函明确告知愿意参与此事时，随之得到了王国钦大致这样的回音：一两本书难成气候，出版社领导采纳了王国钦以及发行科同人的倡议，计划力争搞成一套丛书，并将之命名为"唐宋诗词名家精品类编"。而且，还随信寄来了较为详细的丛书策划方案。方案显示：丛书除包括唐代的大李杜、小李杜和宋代的柳、苏、李、辛八卷作品集以外，唐、宋各选一本其他著名诗家词人的精品合集。整套丛书一共十本，每本约三十万字。我当即表示很赞赏这一策划，除建议将李清照换成陆游外，无其他异议。而换掉李清照，并不是因为她的作品达不到精品的档次（相反她的各类作品中精品比例比谁都大），只是因为她在中、晚年遭逢乱世，流寓中大部分著作佚失得无影无踪。后人陆续辑得的十多首诗和比较可靠的约五十首词，即使都算作精品，也很难编撰成一本约三十万字的书稿。当然，要是将评析部分写成两三千言的长文，字数达标是不成问题的。但是这样做，一则太长的文字不尽符合丛书"点评"的体例，二则主要是担心不合乎当今和未来读者的口味与需求。而号称"六十年间万首诗"的陆游，人呼"小太白"，其作品总和万数有余，古今无双，选择的余地非常大，容易保质保量。

双方很快达成了共识。在这里，我愿意负责地告诉读者："唐宋诗词名家精品类编"丛书，以创意新颖、方便读者为宗旨。所谓创意新颖，是指本丛书既不排除"别裁"式的分类方法，更知难而进地在全面吃透作品内容的基础上，从"题材"方面分门别类。类似的分类，以往只在有关唐人绝句等方面的多人选集中见到过，像这样既兼顾体裁又着眼于题材的分类，尚属前所未有。本丛书还在每类相同题材的若干作品中，均以画龙点睛的诗句作为小标题，每本书则以该作家作品中的最为警策之句加以命名，于是就有了《黄河之水天上来·李白集》《每依北斗望京华·杜甫集》等一连串或气势不凡或动人情愫的书名。从每集作者作品中选取一句最恰如其分的诗句,用作该集的书名——这一创意本身,无形中体现了出版社对"唐宋诗词名家精品类编"丛书的一种极为独到而又相当可取的策划思路。对整套丛书来说,则力求做到"以其昭昭使人昭昭",也就是说,同类精品都有哪些可以一目了然。由此所派生的本丛书其他方面的特点和适用之处,则在每一本书中都不难发现。

原先没有想到的是,出版社嘱我担任整套丛书的主编并撰写总序。对此,我曾经再三谢辞。直到最后同意忝于此事,其间经历了一个不算短的过程,延缓了编撰时间,使出版社在策划之际尚得风气之先的这套丛书,耽搁了一段时间优势。为了顾及一定的时间效益,我于酷暑炎夏中攻苦食淡,最终亦可谓尽力而为了!

最重要的是选择和约请每一集作品的撰稿人。

丛书的第一本是大李(白),其编撰者林东海先生,早在20世纪七八十年代就沿着李白的足迹进行过考察。这对深入研究李白、了解其诗歌的写作背景及题旨等,洵为得天独厚之优势。20世纪80年代问世的《诗人李白》(日文版)及近期关于李白的新著,无不体现出林东海对这位"谪仙人"研究的深湛造诣。因而编撰"唐宋诗词名家精品类编"丛书中的李白集,对林东海来说是轻车熟路、手到擒来之事;而对读者来说,则将有幸读到一本质量上乘的好书!

至于小李(商隐)诗歌编撰者黄世中先生,我在20世纪90年代初于天涯海角与其谋面之前,已有多年的文笔之交,而且主要是谈及李商隐。仅我拜读过的黄世中有关玉溪生的论著已臻两位数。他对人们所感兴趣的李商隐无题诗尤其研究有素,对李商隐著作的每种版本乃至每一首诗几乎无不耳熟能详,其家传和经眼的有关李义山的典籍,几乎难有与之相埒者。因此由黄世中承担本丛书的李商隐集,可谓厚积薄发,定能如大家所预期的那样,以深入浅出之作,引导人们沿着正确的途径走近李商隐,从思想性和艺术性两方面,说明其独特的价值之所在,从而向广大读者奉献一餐美味而富含营养的精神食粮。

人们所称"小李杜"中的小杜,指的是《樊川文集》的作者杜牧。关于杜牧诗歌的精品类编,之所以约请胡可先先生编撰,是因为早在他到南京师范大学做博士后之前的1993年,就已有专著《杜牧研究丛稿》出版,可谓对杜牧研究有素。同时,笔者自然也联想到曾经拜读过的胡可先的一系列功力颇深的论文。如他提供给中国唐代文学学会第九届年会的关于"甘露之变"与晚唐文学的论文,其中既有惊心动魄之笔,亦有细致入微之文。特别是其中把"甘露之变"对文人心态的影响,以及晚唐诗歌之被目为"衰世之音"的原因所在,剖析得很有说服力。"甘露之变"时,杜牧刚过而立之年。稔悉这一政治和文学背景的胡可先,对杜牧诗歌进行注释和评点自然易近膝理,能于深邃之中探得其诗歌之内涵,弘扬其精华,同时也就消除了人们对杜牧的某种片面理解。

丛书的宋代名家中,柳永的年辈最高,但对其生平事迹和作品系年,后人都曾有重大误解。而浙江大学文学院的吴熊和先生,对此曾做过令人深信不疑的考证和厘定。柳永集的编撰者陶然先生,自然会承祧其业师的这些重大的学术成果,贯穿于自己的编著之中,从而撰成一本甄误出新之作。再者,陶然虽说是这套丛书十位编著者中最年轻的一位,但他有着相当机智精练的语言功底。无论其何种著作,行文中总是既以流丽多姿的现代语汇为主,又不时可见精粹的文言成分,其用语既富表现力,又令人颇感雅洁可读。同时,他作为年轻的文学博士,在其撰著中很善于运用新颖的科学论析方法,兼具宏观把握和微观剖析两方面的优长。表现在此著中,既有对词学源流的总体把握,又能对柳永诗词做出中肯可信的注释和评析。

苏轼是古往今来文学家中最具魅力的人物。选评苏轼诗词精品的陶文鹏先生,则是名声在外的多才多艺之辈。在他相继撰写、出版的多种论著中,有不少是关于苏轼诗词方面的,堪称是东坡难得的知音之一。以其不久前结项的"国家社会科学基金项目"——《中国古代山水诗史》一书为例,关于苏轼的章节就写得特别全面深透。其中不仅有定性分析,还有相当精确的定量分析。在其他各种论著中,陶文鹏不仅对两千六百余首苏轼诗中的精品有所论列,对三百余首东坡词的代表作亦时有画龙点睛之评。在这样的基础上所撰成的本丛书苏轼集,更不时可见出新之笔。比如,书中引述"苏轼诗词创作同步说",以及对《念奴娇·赤壁怀古》中的"故国神游"等句的新解,都体现了苏轼研究的最新学术成果。

从编著者的组成来看,这套丛书最突出的特点是较多女性编著者的参与。人数虽然只有宋红、高利华、邓红梅、陈祖美四位,男女编著者的比例只是三比二,与"半边天"的比例还有些距离。但是请君试想:迄今为止,在有关古典文学作品的类似规模的丛书中,有哪一套书的女编著者或作者能占到这样大的比重?

在这里需要说明的是,编撰本丛书的初衷和着眼点,绝不是单纯地追求女作者的人头优势,主要还是在不抱任何性别偏见的前提下,使每位撰著者的才华和实力得以平等展现!

不妨先从宋红先生说起。她从北大中文系毕业来到人民文学出版社古典文学编辑室不多久,就主持编辑了一本《〈诗经〉鉴赏集》。我在撰写其中《〈邶风·谷风〉绀绎》一文的过程中,宋红在关于泾渭孰清孰浊的问题上提出了很好的建议。后来这篇标题为《借葑菲之采,诉弃妇之怨》的拙文,竟得到一些读者的由衷鼓励,这与宋红的建议有着密不可分的联系。她的才华在相当大的学术范围内几乎是有口皆碑的,这自然也与她所处的学术环境有关。以 20 世纪 80 年代初在出版界出现的"鉴赏热"为例,她所在的古典文学编辑室及时推出了规模可观、社会效益甚好的《中国古典文学鉴赏丛刊》。特别是较早出版的关于唐宋词、汉魏六朝诗歌和《诗经》等鉴赏集,对这一持续了约二十年之久的"鉴赏热",起了很好的导向作用。这期间,宋红在编、撰结合中得到了很实际的锻炼。所以,此次她在编撰本丛书杜甫集这一难度颇大的书稿时,一直是胸有成竹,甚至发现和纠正了研治杜诗的权威仇兆鳌等人的不少疏误。这种学术勇气和责任心是极为难能可贵的。

生在绍兴、长在绍兴的高利华先生,她喝的不仅是当年陆游喝过的镜湖水,而且与这位"亘古男儿一放翁"还有一种特殊的缘分——在她从杭大毕业回到绍兴任教不久,即参与筹办纪念陆游八百六十周年诞辰大型学术活动。这是她逐步走近陆游的一个难得的良好开端。此后每五年举办一次的同类学术活动,自然都少不了她这位陆游研究者的热心参与。直到今天,在她担负着绍兴文理学院中文系极为繁重的教学任务和该校学报执行主编的同时,她的身影还不时出现在陆游的三山故里及沈氏名园之中,进行实地考察、拍照,仿佛仍在时时谛听着陆游的创作心声……这一切,对于高利华正确地解读陆游均有着难以替代的重要作用。体现在她所选评的本丛书陆游集中,尤其值得一提的是,在"灯暗无人说断肠"一类中,她是把《钗头凤》作为陆游与其前妻唐婉彼此唱和的爱情悲剧之章收入的。这一点是有争议的。假如她一味按照自己的观点解读此词,无疑是片面的。好在高利华把这首词的有关"本事"及关于女主人翁是唐婉还是蜀妓的历代不同见解,在简短的文字中胪述得清清爽爽,洵可作为有关《钗头凤》词的一篇作品接受史和学术研究史来读。仅就这一点,没有对陆游研究的相应功力和对这位爱国诗人的一颗赤诚之心，是难以做到的。

人们如果很欣赏哪位演员的表演才华，往往夸赞说某某浑身都是戏。我初次与邓红梅先生在一次学术会议上谋面时，就明显地感觉到她浑身都透着活力。等到听了她的发言、看了她关于辛弃疾的文章之后，便感到这种活力远不止表现在触目所见的外形上，更洋溢于其智能、业绩之中。所以在考虑辛弃疾集的编著者时，我便自然而然地想到了这位从江南来到辛弃疾故乡的、极富活力的女博士。当笔者与邓红梅在电话里初谈此事时，她二话没说，仿佛是不假思索地说："我将写出一个与众不同的辛弃疾！"果然不负所望，她很快将辛弃疾六百余首词中的佳作按题材分为主战爱国词和政治感慨词等十一类，从而把人称"词中之龙"的辛弃疾，由人及词全面深刻地做了一番透视与解剖。这样，即使原先是"稼轩词"的陌路人，读了邓红梅的这一编著，沿着她所开辟的这十多条路径往前走，肯定会离辛弃疾其人其词越来越近，并从中获得自己所渴望的高品位的精神享受。

然而令人痛心的是应了那句"文章憎命达"的谶语，红梅竟在其春秋尚富的2012年离开了我们，我和不少熟悉她的文友都为之痛楚不堪！在她逝世两周年之际，"唐宋诗词名家精品类编"丛书（共十卷）得以重新修订出版。此系每位编撰者有所期待的良机，然而九泉之下的红梅对于她所编撰的辛弃疾集则无缘加以厘定。忝为这套丛书的主编，我有义务联手责编王国钦先生代替红梅料理她的这一学术后事。所以我在肠癌手术尚未痊愈的情况下，通校了辛弃疾集，从而深感红梅堪称辛稼轩的异代知音！她对每一首辛词的"点评"之深湛精到，令我不胜服膺。对于红梅出色"点评"的内容要旨，我未加任何改动。对于我在此次通校中所发现的问题，大致分以下两种情况：一是个别漏校或笔误，诸如"蛾眉"误作"娥眉"，"吟赏"误作"饮赏"，"疏"误为"书"，"金国"误为"全国"，"谕"误为"喻"，"询"误作"讯"等，径作改正。二是对于"惟"与"唯"，想必红梅曾和我一样理解为此二字必须严格区分，就连"唯一"也必须写作"惟一"；"唯"只用于"唯心""唯物"等少数哲学词汇，其他均写作"惟"。然而在红梅去世后问世的《通用规范汉字字典》（商务印书馆，2013版）"惟"的第二义项与"唯"是相同的。所以我此次通校过的唐代合集和辛弃疾集中所用合乎《通用规范汉字字典》规定的"惟"字义项，都没有改动。

上述未经本人审阅的作者"小传"，鉴于笔者了解情况不尽全面，表述又不见得很准确，所以不一定完全得到"传主们"的首肯。但是有一点，即使他们不予认可笔者也要坚持：这就是他们均为治学严谨的饱学或好学之士，对于唐宋诗词的研究尤为擅长。不具备这方面的优势，所撰书稿很容易误人子弟。因为不论是唐诗宋词或唐词宋诗，其老版本都曾存有各种谬误。即使一些很有影响、极受欢迎的选本，当初由于各种条件的限制，也都存在着种种不足之处。没有相应的学识，没有严谨的态度，不加深究，就很难发现问题，很容易以讹传讹。

本丛书的所有编撰者，在这方面都是可以信赖的。而他们的另一共同点是，大都具有与古代诗词名家发生共鸣的文学创作才能。仅就笔者经眼之作来说，比如林东海的《登戏马台》诗云：

> 当年戏马上高台，犹忆乌骓舞步开。
> 九里狂沙怜赤剑，八千热血恨黄埃。
> 时来竖子功名立，运去英雄霸业摧。
> 回首楚宫空胜迹，云龙山外鹤鸣哀。

此系诗人于彭城（今江苏徐州）凭吊项羽之作，其用事、用典何等妙合自然，感慨又何等遥深，早被旧体诗词的行家里手赞为"诗风沉郁，颇似杜少陵之抑扬顿挫"。笔者所拜读过的林东海的其他诗作还有七绝《过邯郸学步桥》、七律《吊白少傅坟》《马嵬坡怀古》等，也都是思覃律精，足见功力之深。

在黄世中只有十五六岁时，他就曾有感于一出南戏对陆游、唐琬爱情悲剧表现之不足，遂写了一个自己心目中的陆唐情深的南音剧本，且作词、谱曲一气呵成，后来又把陆唐之恋编成了电影文学剧本。当他将这一剧本寄到上海海燕电影制片厂后，不久就收到该厂回复的长信，希望他对剧本做一些加工修改以期拍摄。同时，黄世中还把剧本寄奉郭老（沫若）和朱东润先生求教，并很快收到了郭老和朱先生加以鼓励的亲笔回信。笔者不仅细读过黄世中所写的历史小说和颇具规模的散文集，还亲耳聆听过其具有南昆韵味的自弹、自唱、自度之曲，其文艺才能可见一斑。

陶文鹏是新诗、旧诗俱爱，而且几乎是张口就来，出口成章。例如他的一首七律《晚云》：

岁月催人近六旬,经霜瘦竹尚精神。

胸中故土青山秀,梦里童年琐事真。

伏枥犹思腾万里,挥毫最喜绘三春。

何须采菊东篱下,乐在凭栏对晚云。

此外,陶文鹏还有一副高亢嘹亮的歌喉,每次在学术会议上总是属于最为活跃的一族。多年来,他一肩双挑,编撰兼及,硕果累累。当然,这一次他将再度奉送给读者一个惊喜。

宋红谙悉音律,对旧体诗词的写作堪称得心应手。其长篇五古《咪咪歌》,把她的宠物猫咪写得活灵活现,想必谁读了都得为之捧腹不迭。此诗被识者誉为:"神机流动,天真自露。猫犹人也,可恼亦复可爱,以其野性存焉。"

在20世纪60年代出生的那辈人中,旧体诗词的爱好者已不多见,擅长者更是凤毛麟角,而毕业于河南大学中文系的王国钦却对此情有独钟。20世纪90年代初,他曾写过一首题为《桂林赴上海机上偶得》的七律,诗云:

关山万里路何遥?鹏鸟腾飞上九霄。

云海涛惊心海广,航空技越悟空高。

却思尘世多喧扰,莫道洪荒不寂寥。

笑瞰人间藏碧水,乾坤一点画中瞧。

此诗为老一代著名诗人所看重并为之精心评点:"……首联设问,引出壮志凌云;颔联设比,胸怀何其广大;颈联表现一种复杂的矛盾心理;尾联化大为小,小中见大,表现了作者对人间的无限依恋与热爱。作者融天上人间、喜乐忧烦、神话科技于一诗,别具情趣,也别有一种超乎时空的磅礴之气。"王国钦在诗词兼擅的基础上,还从1987年至今摸索、创造出一种新的诗歌形式——度词、新词,并得到当代诗词界人士的广泛称赏。当初他来京商谈丛书编选的诸项事宜时,我因为手上稿事过多等缘故,希望与他一同主编丛书。他诚恳地说:自己可以多承担一些具体的编辑工作,主编还是由社外专家担任,所以只承担了宋代合集的任务。之所以再三邀他负责宋代合集的编选,也正是由于他对宋词的偏爱和对词体发展的不懈努力。

20世纪90年代初,中州古籍出版社曾出版、再版过一本享誉海内外的《当代诗词点评》。在这本厚达六百七十多页的选集中,所有编著者均按长幼顺序排列。排头是何香凝,而高利华是其中最年轻的女编著者——在当时也是旧体诗词界最为年轻的新生代。此书选收了高利华的《浣溪沙·夜出遇雨》《菩萨蛮·雨过索溪向晚戏水》等篇,行家认为其词善于将"陈句融化,别出新意,既富造诣,又见慧心"。其《八声甘州·八月十八观钱江潮》有句云:"叹放翁、秋风铁马,误几回、报国占鳌头。休瞧我,凭栏杆处,欲看吴钩。"此作更被知音者推为:"上片写景,是何等气势!下片怀古,是何等襟期!山阴多奇女子,信哉!"

笔者之所以对丛书编著者们如此着意介绍,既不同于孟子所云"知人论世",也与胡仔所谓"知人料事"不尽相同。这里似乎略同于学术领域的"资格论证"和文化消费中的"品牌意识",或者说借重上述诸位的专长和才华,以增加读者对这套丛书的信任感,在假货无孔不入的情势下使精神消费者能够放心。虽说人们对某种"品牌"的喜爱和信任程度,最终要靠"品牌"本身的质量说话;虽然即使声势浩大的"广告",最终也不见能抵得过下自成蹊的"桃李"的魅力,但是还有一种"话不说不明,木不钻不透"的更为通俗和适用的道理——被埋在地下的夜明珠人们尚且看不到它的光芒,而一个新问世的"品牌",多少也需要自我"表白"一番的。

本套丛书初版于2002年8月,之后已陆续重印多次。随着时间的推移,虽然丛书在封面设计、版式设计及印刷质量等方面略显不尽人意之外,但在内容的编选和点评方面却依然值得肯定。因此,丛书的本次重印,除由编选者对内容进行了个别的修订、勘误之外,还由出版社对封面、版式进行了重新设计,将印刷质量进一步提高。同时,本着"把辛苦留给自己,把方便提供给读者"的编辑初衷,丛书又在一些体例方面做了进一步规范。比如对于词牌、词题在目录或引述时的表述方式,无论是在学术界或是在出版界,并无明确而统一的规范形式,所以不同的编选者就不可避免地出现了不同的表述。而这对于一套丛书来说,就出现了体例上不统一的问题。经过多方的交流、咨询和讨论,出版社在修订时提出了统一规范的建议,笔者认为十分必要。

具体来说,规范之前的一般表述形式大约分为三种情况:(一)原作既有词牌又有词题:"词牌·词题",如周邦彦《少年游·感旧》;(二)原作只有词牌却无词题:"词牌",如秦观《鹊桥仙》;(三)原作只有词牌却无词题:"词牌(本词首句)",如秦观《鹊桥仙》(纤云弄巧)。

本次规范之后,实际上是把第二、第三种无词题的情况合并为了一种形式,也就是说把原作无词题的情况统一都表述为"词牌(本词首句)",如姜夔《暗香》(旧时月色)。进行这样的规范,起码有这样两点好处:(一)对现在并不太了解古典诗词(尤其是词)表现格式的读者来说,能够将有无词题的作品进行一目了然的区分;(二)对于一般读者和研究者来说,方便对同一作者同一词牌的多首作品进行准确表述及辩识。而出版社的这些建议和规范,恰恰是丛书初衷的自觉践行。作为本套丛书的主编,笔者当然表示尊重和欢迎。

一言以蔽之,这套丛书的最大特点和长处是策划独到、思路新颖,它仿佛为每位编选者提供了一双崭新的"鞋子"。穿上这双"新鞋",是去"走世界"还是到唐宋诗词名人家里"串门子",抑或是像"脚著谢公屐"似的爬山登高,那就该是因编选者各自不同的"心气"而有所不同的事情了。但我可以夸口的是:他们全都没有"穿新鞋走老路"!

初稿于 1999 年 10 月,北京

改定于 1999 年 12 月,郑州—北京

厘定于 2015 年元月,北京

目　录

恋情诗·芭蕉不展丁香结

婚情、悼亡诗·深知身在情长在

咏物诗·忍委芳心与暮蝉

送别、赠寄诗·送到咸阳见夕阳

感怀诗·古来才命两相妨

咏史、怀古诗·草间霜露古今情

政治诗·夕阳无限好，只是近黄昏

前　言

　　李商隐(812—858),字义山,号玉溪生,又号樊南生,原籍怀州河内(今河南沁阳、博爱),祖父时迁居郑州荥阳(今郑州荥阳市)。李商隐是我国唐代后期最为杰出的诗人,因卷入朋党斗争,终生沉沦使府,郁郁而逝。他的诗抒写了那一时代知识分子的悲剧命运与苦痛生涯,深刻反映晚唐的政治斗争和衰亡破败的社会现实,揭露统治阶级的腐朽无能,同情人民的疾苦,于文、武、宣三朝,堪称"诗史"。他所独创的无题诗,含蓄蕴藉,音调谐美,深情绵邈,沉博绝丽,且富于象征和暗示色彩,将唐代诗歌的抒情艺术推上一个新的高峰。清初吴乔云:"于李、杜后,能别开生路,自成一家者,唯李义山一人。"(《围炉诗话》)

(一)

　　李商隐出身于下层官吏之家,三岁时随父亲至浙东孟简幕府(绍兴),约三年转至浙西李翱幕(镇江),在江南生活了六七年。十岁时父丧,躬奉板舆,返回荥阳,"四海无可归之地,九族无可倚之亲",过着"佣书贩舂"的生活。(《祭裴氏姊文》)少年李商隐勤奋攻读,求师问道,以期将来能报效朝廷。然而唐帝国进入晚期,各种矛盾交织,已是残阳夕照,无可挽回。李商隐有理想,有抱负,希望自己能匡国理政,回转天地。其《安定城楼》云:"永忆江湖归白发,欲回天地入扁舟。"终因朋党小人猜忌,抱负难酬,理想破灭。

　　李商隐年轻时为牛党令狐楚所赏识,后又得令狐绹之力进士及第。观令狐父子之赏拔,实亦为牛党搜罗人才。而李商隐似不以此为意,从未将自己置身于牛党或"李党"(李德裕实未树党,此当别论)。其所交往有牛有李,其现存诗文对牛、李双方均有所肯定,也有所批评,实未介入党局。然因娶泾原节度使王茂元女,而被牛党目为"李党"中人。《旧唐书》本传云"宗闵党大薄之",令狐绹亦"以商隐背恩,尤恶其无行"。《新唐书》本传云:"茂元善李德裕,而牛(僧孺)李(宗闵)党人蚩谪商隐,以为诡薄无行,共排笮之。"又云:"(郑)亚谪循州,商隐从之,凡三年乃归。亚亦德裕所善,绹以为忘家恩,放利偷合,谢不通。"一位有理想,有才华,且又同情人民的诗人就这样被"扼杀"了,终其一生,穷愁潦倒。"十年京师寒且饿,人或目曰:韩文杜诗,彭阳章檄,樊南穷冻。"(《樊南甲集序》)其《回中牡丹为雨所败》云:"前溪舞罢君回顾,并觉今朝粉态新。"他对自己的处境和前程,即在赴泾原之回中道上,已有预感,言今日虽"为雨所败",然"粉态"尚新;他时零落成泥,则求今朝之"粉态"并亦不可得矣。

李商隐一生官不挂朝籍,进士释褐,二为俗吏,三入幕府,淟涊依人,最后寂寞地死去。"如何匡国分,不与凤心期?"(《幽居冬暮》)他哀叹匡国无分,报国无门,凤心之期完全地破灭! 其感怀及部分咏物、咏史、酬赠诗,主要抒写自己一生的遭际,反映了晚唐知识分子的悲剧命运。《安定城楼》《夕阳楼》《任宏农尉献州刺史乞假归京》《晚晴》《听鼓》《过郑广文旧居》《读任彦升碑》《流莺》《回中牡丹》《临发崇让宅紫薇》《晋昌晚归马上赠》《宿骆氏亭寄怀》等,是其人生遭遇的感慨之作。

李商隐对古典诗歌,特别是对近体诗的独特贡献,乃在于他的无题诗。纪晓岚《四库总目提要》云:"《无题》之中,有确有寄托者,'来是空言去绝踪'之类是也。有戏为艳体者,'近知名阿侯'之类是也。有实属狎邪者,'昨夜星辰昨夜风'之类是也。有失去本题者,'万里风波一叶舟'之类是也。有与《无题》相连,误合为一者,'幽人不倦赏'之类是也。其摘首二字为题,如《碧城》《锦瑟》诸篇,亦同此例。一概以美人香草解之,殊乖本旨。"纪晓岚认为,对"无题"之是否有寄托,必须具体分析,其言固近理。但是,对无题诗之界定及对具体诗篇之诠释,则仍见仁见智,分歧较大。

无题之什,大多为恋情诗,主要应是抒写与女冠宋华阳氏之恋情;另有少数写柳枝及婚前恋恋王氏之作。"幽人不倦赏"与"万里风波一叶舟"二首显为误入。"待得郎来月已低"及"户外重阴黯不开"则是戏为艳情。若必言有寄托,似只"八岁偷照镜"及"何处哀筝随急管"二首,且仍可作恋情解。

《李肱所遗画松诗》云:"忆昔谢四骑,学仙玉阳东。"考商隐行迹,学仙玉阳至迟当在文宗大和初(827—829),约十六至十八岁。其后二年入令狐楚天平幕为巡官。大和六年(832)二月,令狐楚调任太原,商隐当有复至玉阳之迹。大和八年(834)三月曾随崔戎至兖州幕,为崔掌章奏。六月崔戎病逝,秋返荥阳,路经济源,当重至玉阳灵都观访宋华阳。自大和元年(827),首尾八年。兹以"无题"为主,兼及他诗,略谱商隐与女冠宋华阳氏恋情之始末。

大和元年(827),十六岁。春间某日黄昏于玉阳山路信马而行,遇宋于七香车内,此钟情之始。有《无题》"白道萦回入暮霞"一首。

夏日有"凤尾香罗薄几重"及"重帏深下莫愁堂"《无题二首》。言"断无消息石榴红",言"直道相思了无益",可见自春徂夏,思之深矣。

七月初七,或因道事,稍有交接。《碧城》之三忆及"七夕来时先有期"。

七月十五中元节,似因道场道事,得诉衷曲,或有定情之物,而夫妇之事未谐。《中元作》云"羊权虽得金条脱,温峤终虚玉镜台"。

九月应有一次远别,或宋陪贵主返长安府第。商隐于宋氏行前,当潜至灵都观叙别,有《河内诗·楼上》一首。宋氏以"短襟小鬓"之晚妆迎之,两情密款,暗约后期,并言"停辛伫苦",誓不相负。

大和二年(828),十七岁。宋氏陪贵主逗留长安,春间作"相见时难别亦难"一首寄之。

春暮,宋华阳先归山,商隐于日暮等待,夜阑相会,至华星临照始归玉阳东山,有《无题》"含情春晼晚"记其事。

夏日,或宋氏又赴长安,此前当有一次恣情欢会,《圣女祠》隐记其事。二句"龙护瑶窗凤掩扉",此畏人眼目,故关窗闭户。

大和三年(829),十八岁。正月十五上元节,当有一次短暂相遇,《昨日》诗记其事,并约定正月十七相见,故又有《明日》诗,云"凭阑明日意,池阔雨萧萧",是二诗皆正月十六所作。

春间,商隐当至灵都观参与道事,道场人众,未能交谈,其间目成而已,有《一片》(一片非烟隔九枝)记其事。

此后恋情当有波折,或为贵主所知而受阻。有《无题》"紫府仙人号宝灯"、《月夕》"兔寒蟾冷桂花白"与《月夜重寄宋华阳姊妹》等诗。

年底令狐楚聘商隐入天平幕,商隐当于大和四年(830)春间离玉阳,与宋氏暂别。

大和六年(832),二十一岁。令狐楚调任太原尹。春间当再至玉阳山访宋,时隔二年有余，宋当"移情别恋"，或即永道士其人。商隐日后有《寄永道士》诗，言"君今并倚三珠树"，又有《春风》诗，云"若教春有意，惟遣一枝芳"，显有妒羡之情。再访之，宋"闭门谢客"，商隐有《日高》诗记其事。

大和八年（834），二十三岁。六月崔戎病卒，秋返荥阳，经济源访宋，冀宋或可下山还俗，事未谐，作《嫦娥》诗以抒慨，言其"应悔偷灵药，碧海青天夜夜心"。后知宋别恋已坚，最后作《银河欢笙》而断其情，言"不须浪作缑山意，湘瑟秦箫自有情"。

此后又有《曼倩辞》《重过圣女祠》《碧城三首》《赠华阳宋真人兼寄清都刘先生》等作。

如此不厌其烦的系年编目，无非说明李商隐"无题"多为恋情之什，且多与女冠有关，故此隐去其题并写得如许朦胧婉曲！

（二）

鲁迅说："倘要论文，最好是顾及全篇，并且顾及作者的全人，以及他所处的社会状态，这才较为确凿。"（《题未定草·七》）李商隐绝不只是感怀身世或抒写恋情，他的诗是晚唐社会和政治斗争的一面镜子，是老杜、白傅之后，反映现实最为深刻的诗人。

中唐以后，封建地主阶级及其政权与农民之间的矛盾日趋尖锐。统治阶层内部也存在三大矛盾，即朝廷与宦官专权，朝廷与藩镇割据，朝官之间的朋党斗争。这些复杂的矛盾与斗争，在李商隐诗中都有深刻的反映。

《行次西郊作一百韵》直可与老杜《北征》相匹。其所述京郊农村荒芜残破，农民生活悲惨的情景，令人怵目。"高田长槲枥，下田长荆榛。农具弃道旁，饥牛死空墩。依依过村落，十室无一存。存者背面啼，无衣可迎宾。"京郊尚且如此，他处当更为惨烈。造成如此破败情景，直接原因是"甘露之变"以后，官健为盗，节使凶残；乱自上作，祸及百姓。史载宦官以左神策大将军陈君奕为凤翔节度使，神策军四出剽掠，百姓备受残害。"凤翔三百里，兵马如黄巾。夜半军牒来，屯兵万伍千。乡里骇供亿，老少相扳牵。儿孙生未孩，弃之无惨颜。不复议所适，但欲死山间。"农村早被官军抢掠一空，再无可供亿，只好扳牵而逃；儿孙出生才数日，尚不知"笑"为何样，即忍弃山野而毫无惨切之色。农民至此，但求全尸于深山野圹。李商隐描画了晚唐长安郊外的一幅残破景象,有很高的认识价值,千载后而知唐帝国之焉能不亡!

"尔来又三岁,甘泽不及春。盗贼亭午起,问谁多穷民。""官健腰佩弓,自言为官巡。常恐值荒迥,此辈还射人。"三年苦旱,颗粒无收,而官健一到,即自为盗。何焯《读书记》评此云:"灾荒之时,兵即为盗,千古一辙!"地主阶级的残酷剥削,官健吏兵的抢劫掳掠,为自己挖掘了坟墓,这就是"官逼民反"。李商隐诗深刻地反映了这一规律:"盗贼"亭午起,问谁多穷民!

李商隐并不停留在农村残破,人民生活凄惨痛苦的描写上,而是从现实扩展到整个帝国的历史,包括贞观之治,开元盛世,安史之乱,藩镇割据,宦官专政,外族入侵,直至甘露之变;又从横的方面,从农村扩展到整个社会的政治、经济、军事及诸如种族矛盾等等问题,对历史和现实进行总结,得出结论:"我闻理与乱,系人不系天。"从而将批判的锋芒指向整个封建制度吏治的腐败,而当时李商隐还只是一个"初出茅庐"的二十六岁青年。

宦官专权到晚唐已发展到对皇帝可以废立和生杀予夺的地步。元和十五年(820),宦官毒杀宪宗,拥立穆宗。穆宗即位四年病逝,宦官又拥立敬宗,即位两年,又为宦官所杀而立文宗。开成五年(840)文宗病逝,宦官又废太子而立太弟,是为武宗。武宗病逝,诸宦又密谋立光王太叔,是为宣宗。李商隐生活的宪、穆、敬、文、武、宣六朝皇帝,无一不由宦官所立,因其掌握禁卫军权,故朝官不敢有任何异议。文宗大和二年(828),幽州进士刘蕡在贤良方正直言极谏科的考试对策中,猛烈抨击宦官专制军政,呼吁文宗屏退宦竖,将禁卫神策兵权归于大将,指出唐王朝已面临"天下将倾,海内将乱"的深重危机。结果刘蕡被贬斥柳州并逝于召还途中。查同时诗人如杜牧、温庭筠,或前辈诗人如元稹、白居易、刘禹锡对此均无反映,独李商隐前后写了《赠刘司户蕡》及哭刘诗四首,比刘为"重碇危(高)樯",颂其为屈原、贾谊一流人物;批判宦竖对刘之迫害,并连而及于文宗的昏庸无能。

大和九年(835)十一月,文宗与宰相李训、凤翔节度使郑注密谋诛宦官,伪称"金吾院石榴夜有甘露",谋诱宦官往观而伏杀之。事未成,李训、郑注、王涯等皆为宦者捕杀,族灭十一家,诛死数千人,从此文宗更成为傀儡,史称"甘露之变"。李商隐以其思想之深邃和史家之冷峻,于事变后仅数月即写了《有感二首》和《重有感》等一组诗。"素心虽未易,此举太无名",指出李训诛灭宦官,本心实忠于朝廷,然托言甘露,近于胡来;"九服归元化,三灵叶睿图",指出当时诛杀宦官时机并不成熟;"古有清君侧,今非乏老成",一方面肯定诛宦的正义性,同时又指出其未依靠朝中"老成"之元老重臣;"丹陛犹敷奏,彤庭飙战争",言如此重大决策,居然仓猝行事而招致失败……

李商隐于"甘露之变"所作诗,立论精严,评论精当,实可充形象之"史评"。一般说来,一起重大事件,当它发生之时或之后未久,是很难做出全面而正确的评价的。这不仅因为许多当事人尚健在,难免以甲就乙,言不由衷,更因为人们对事件之认识有一个逐渐深化的过程,而事件本身也必须经过历史的淘洗,才能显露其本质的真实。恩格斯极其称赞马克思在法兰西内战还在"展开或者刚刚终结时,就能正确地把握住这些事变的性质、意义及其必然结果"(《法兰西内战》导言)。我们也不得不佩服这位二十六岁的年轻诗人,对现实的准确把握及深刻的判断力。

李商隐不仅反对宦官专政,亦反对中唐以来的藩镇割据、分裂国家。他歌颂裴度平淮西吴元济的战争,称裴度为"圣相";充分肯定韩愈的《平淮西碑》,为碑石之被推倒不平、翻案。会昌三年(843)四月,刘稹据泽潞自立,朝臣多主姑息纵容,李商隐作诗称其为"狂童",为"微妖",并代王茂元作《与刘稹书》,劝诫其输诚投降。对文宗以绛王李悟女寿安公主下嫁成德节度使王无逮,李商隐作《寿安公主出降》诗,指出节镇以强兵锐师索娶公主,而朝廷答应公主下嫁,其"事等和强掳",认为此例不可开,因为"四郊多垒在,此礼恐无时"。诗一方面反藩,同时指责文宗之政策失误,而其时文宗尚在世,是可见商隐之诗胆!

此外,李商隐还通过许多咏史、怀古诗,讥判时政,揭露最高统治者之昏庸无能,心胸狭窄,乐不知节,佞信仙道等,在其沉沦潦倒之时,仍不忘国家,关注现实! 李商隐应是杜甫、白居易之后我国唐代的又一杰出的现实主义诗人。

(三)

李商隐诗旨意含蓄,情感沉潜,境象朦胧,隐篇秀句,呈现一种沉博绝丽、阴柔凄艳的艺术风格。

"含蓄大多用比体"。(孙联奎《诗品臆说》)而贺裳《载酒园诗话》云:"魏晋以降,多工赋体,义山犹存比兴。"是商隐之比兴诗,大多含蓄不露。《乐游原》

"夕阳无限好,只是近黄昏",作者抓住夕阳欲落未落之特征,以"日为君象"与暮年的悲叹进行哲理性的比附,既寄托身世之感,又兴怀家国之忧。所以杨万里以为这诗是"忧唐之衰"(《诚斋诗话》)。清人何焯则进一步解为:"迟暮之感,沉沦之痛,触绪纷来,悲凉无限。叹时无宣帝可致中兴,唐祚将沦也!"(沈辑评《李义山诗集》)二十个字表现了如此重大之主题,却又含而不露。商隐诗之意蕴又特重境象特征与兴寄之间的内在联系。《初食笋呈座中》之嫩笋,从形到神,与诗人之年华、抱负皆可比况兴寄。《宿骆氏亭寄怀崔雍崔衮》末云"留得枯荷听雨声",显亦借枯荷以寄慨。曹雪芹于《红楼梦》第四十回借林黛玉之口,言最喜此句。大约曹氏以为黛玉其时与商隐有同一的身世之忧,故特表而出之。又如《蝉》云"五更疏欲断,一树碧无情",写蝉声稀疏凄断入神,以喻己之悲苦无援;而哀蝉自鸣,绿树自碧,显示了环境之险恶无情。李因培评曰:"追魂之笔。"(《唐诗观澜》)而其境象与寄托之不即不离,或形神兼具,或舍形取神,均为后之诗人所极赏叹。《流莺》之飘荡参差,度陌临流,风朝露夜,千门开闭而巧啭择栖,是为流莺之"形";而曾苦伤春,凤城之无枝可栖,则是"神"。设若无巧啭择枝而飞,则"伤春"之情便过于空灵。至如《十一月至扶风界见梅花》,仅于题中及首联点其开非其时(十一月),开非其地(匝路),通首舍梅之"形",而仅取其"神":"为谁成早秀,不待作年芳!"此离形得似而蕴身世于其中。

张采田评李商隐诗有所谓"潜气内转"四字,实则言其情感表达之沉潜,而非倾泻或爆发型者。诗人将情感气势沉潜于心,只在体内胸中流荡往复,抑其喷薄直泻,因而吐言为诗便形成一种不直不露,亦阴亦柔之情势。"荷叶生时春恨生,荷叶枯时秋恨成。深知身在情长在,怅望江头江水声。"悼亡之苦,抑郁于心,回肠内转,而以荷生荷灭,春恨秋恨,身在情在,江头江水重言复沓为诗。而《夜雨寄北》之两"期"字,一问一答,绵延递接;三、四"巴山夜雨"之复叠,将眼前景与日后思,及日后所思今日之眼前景,不同时空之景象同纳于尺幅之中,均是潜气内转而以其情感脉络之内在线索与作品之同构对应。此种情感沉潜,常以诗句之复辞重言出之,如"春心莫共花争发,一寸相思一寸灰";"刘郎已恨蓬山远,更隔蓬山一万重";"欲织相思花寄远,终日相思却相怨";"只知解道春来瘦,不道春来独自多";"回头问残照,残照更空虚";"回肠九回后,犹有剩回肠"。"回肠"云云,为李商隐咏落花之名句,潜气内转而至于"九回"之后,犹有"回肠"剩下,则可见其愁思之情皆沉潜于心也。

境象朦胧是李商隐诗之重要艺术特色。商隐因其思想、经历与审美情趣之与众不同,其诗往往摄取天仙、神话、佛道、方外之事入诗,并以富有情韵与象征、暗示的手法加以表现,故其诗往往蒙上一层缥缈迷茫的色彩。据初略统计,李诗之采用神天仙道,世外传谈的形象约达八百多事。如《月夜重寄宋华阳姊妹》云:"偷桃窃药事难兼,十二城中锁彩蟾。应共三英同夜赏,玉楼仍是水晶帘。"短短二十八字竟用了东方朔、嫦娥、十二城、彩蟾、玉楼、水晶宫等六个神仙方外典故,故极具朦胧缥缈之致。但是,境象朦胧,而义蕴皆有所指向。如凡"十二",则往往指道观。《集仙录》:"西王母所居宫阙在阆风之苑,有城千里,玉楼十二。"则"更在瑶台十二层","碧城十二曲栏干","云梯十二门九关","十二玉楼空更空","只有高唐十二峰","十二玉楼无故钉"等等,均与女冠之恋情有关。《圣女祠》《重过圣女祠》,显皆以祠喻道观而以圣女喻宋华阳等,如此解读,自会拨开"无题"之朦胧迷雾,得其真解。李商隐诗景象之朦胧,还表现在结联末句之以景结情,宕出远神,即不以理结,亦少情结,而多以景(境)、神结。"十五泣春风,背面秋千下"(《无题》),"良宵一寸焰,回首是重帏"(《如有》),"平明钟后更何事,笑倚墙边梅树花"(《昨日》),是以神(情、态)结,所谓宕出远神;"归去横塘晚,华星送宝鞍"(《无题》),"五更又欲向何处,骑马出门乌夜啼"(《无题》),是以境结;"凭阑明日意,池阔雨萧萧"(《明日》),"玉珰缄札何由达,万里云罗一雁飞"(《春雨》),是以景结。而无论神结、境结、景结,其篇终均为混茫、朦胧之象,其所蕴义亦特含蓄深广,是所谓"形象大于思想"。

《文心雕龙·隐秀》云:"隐也者,文外之重旨也;秀也者,篇中之独拔者也。隐以复意为工,秀以卓绝为巧。"可见"隐"指篇中有言外之意,味外之旨;"秀"指语言独拔卓绝,警策秀出。以上就诗之旨、情、境论其"隐",下面略言其"秀"。"逝川""南云","杜鹃""蝶梦","星娥""月姊","团扇""回雪","刘郎""蓬山","伤春""伤别","梦雨""灵风","龙山雪""洛阳花","前溪舞""西南风","三宵露""午夜风","青雀西飞""梁间燕子","罗荐春香""潇湘烟景"……等等,无不是熟事熟语,然作为概念外壳之词藻,由于历代诗人文士之反复使用,增殖了许多特定之情感与韵味。李商隐特别提炼此种富有情韵之语句入诗,宣泄其特定之情韵义,使诗句常会有言外之意,味外之旨,韵外之致。《文赋》云:"立片言以居要,是一篇之警策。"即刘勰所云之独拔卓绝之"秀句"。"汉魏诗只是一气转旋,晋以下始有佳句可摘。"(《说诗晬语》)李商隐诗音节流美,兼有一气转旋和秀句连篇之妙。如"春蚕到死丝方尽,蜡炬成灰泪始干";"春心莫共花争发,一寸相思一寸灰";"身无彩凤双飞翼,心有灵犀一点通";"红楼隔雨相望冷,珠箔飘灯独自归";"一春梦雨常飘瓦,尽日灵风不满旗";"潇湘浪上有烟景,安得好风吹汝来";"人世死前惟有别,春风怎拟惜长条";"一自高唐赋成后,楚天云雨尽堪疑";"思子台边风自急,玉娘湖上月应沉";"一条雪浪吼巫峡,千里火云烧益州";"座中醉客延醒客,江上晴云杂雨云";"永忆江湖归白发,欲回天地入扁舟";"管乐有才真不忝,关张无命欲何如";"桐花万里丹山路,雏凤清于老凤声";"堪叹故君成杜宇,可能先主是真龙";"沧海月明珠有泪,蓝田日暖玉生烟"……有咏物,有写景,有议论,有抒情;佳句、警句、秀句,叠出不穷。有的诗甚至三联、四联皆为独拔卓绝之秀句,如《无题》《锦瑟》等。即以"春蚕""蜡炬"一联,就堪称千古绝唱,它已成为我国古代文人爱情诗的代用语。钱牧斋以为"深情罕譬,可以涸爱河而干欲火",姚培谦以为"此等诗似寄情男女,而世间君臣朋友,若无此意,便泛泛然与陌路相似",孙洙则云"一息尚存,志不少懈,可以言情,可以喻道"。是其评论已越出诗句固有之形象及旨义,以其警策独拔,意象深广而又高度典型化,故可以类比,可以演绎;可以理解为对爱情之坚贞,也可理解为对一种崇高理想之执著追求,不为一象一义所束缚。是所谓篇中独拔之秀。

晚唐社会的衰亡破败,个人事业的失意困顿,家中亲人的生离死别,决定了李商隐一生的悲剧性。悲剧在一个善良正直的诗人身上持续了近四十年,怎能不在他创作的诗歌上投下悲怆的影子呢? 这个影子就是生活折射而成的他的诗作的阴柔、凄艳的朦胧美。读者不论是从"知人论世"方面纵观他的一生,还是从他所抒写的无数深情绵邈、凄艳欲绝的抒情诗中,都将从深切的哀感中产生一种悲悯的感情,从而以沉痛而冷静的眼光去分析批判晚唐的社会现实,总结李商隐一生思想、性格乃至创作上的得失。

最后附带说一下本集编选、注释、点评的有关问题。

李商隐现存诗五百九十四首,又《集》外诗十六首,陈尚君《全唐诗补遗》录入四首,零句不计,共诗六百一十四首,但有的诗显为误入,故所选多以正编三卷为据。

本集以《全唐诗》三卷为底本,个别字酌情参校其他版本,不另作校记。

本集选五绝、七绝、五律、五排、七律、古体,计约三百首,约全诗之半。商隐近体,尤以七言律绝,既多且佳,故所选亦多。限于篇幅,排律及古体,该选而未能入选,如《井泥》《骄儿诗》《谢先辈防记念拙诗甚多异日偶有此寄》等。有的虽为名篇,如哭刘蕡共四首,因题材同一,仅选二首。

本集分为八辑。首为无题诗;二恋情诗;三为婚情、忆家、寄内及悼亡之诗;四咏物诗;五送别、赠寄诗;六感怀诗;七咏史、怀古诗;八为反映晚唐社会现实及政治斗争之诗。

本集各首均有"简注"及"点评"。简注以征典、达意为准。点评则疏通诠解、短点长评,有话则长,无话则短,不拘一格。

李商隐无题诗约近百首:第一类以《无题》为题之诗二十首;第二类以首二字为题如《锦瑟》《碧城》《昨日》等计三十七首;第三类虽有题实亦无题如《春雨》《圣女祠》《银河吹笙》等约四十首。然摘首二字为题之诗,并非全是无题诗,如《井络》《潭州》,均地名,一为咏史言政,一为怀古诗,《龙池》亦咏史,《流莺》《高松》为咏物,《摇落》感怀,《滞雨》乡思,而《东南》《日日》《一片》(一片琼英)立意亦自明,非如《碧城》《春雨》《圣女祠》《银河吹笙》等之朦胧闪烁,似不宜称无题诗。纪晓岚所谓"摘首二字"之无题,其所指当以七律为限。故本集《无题》20首以外之非七律无题诗入选较少。

由于《无题》诗,同一题下有不同体裁,如《无题四首》有七律、五律、七古,故未按诗体为序,而以《无题》、摘首二字为题,虽有题实亦无题三类为先后顺序。每类大致按写作时间先后排列,时间不明者附后。

无题诗为李商隐对古典诗歌的独特贡献,本集特弁之卷首。自第二至第八辑,则按不同诗体排列,首五绝,次七绝,次五律,次七律,末为五古、七古。各体之间也大致以时间先后为序,写作年代不明者,酌情处理。

各辑之首均取本辑内最有代表性之七言诗一句或五言诗一联为题,以清眉目。

末附李商隐简明年谱。

无题诗

春蚕到死丝方尽

无题

八岁偷照镜,长眉已能画①。

十岁去踏青②,芙蓉作裙衩③。

十二学弹筝,银甲不曾卸④。

十四藏六亲⑤,悬知犹未嫁⑥。

十五泣春风,背面秋千下⑦。

[注释]

①长眉:古以长眉为美。司马相如《上林赋》:"长眉连娟,微睇绵邈。"

②踏青:春日郊游。

③裙衩:指下裳。衩,衣裙开衩处。

④银甲:银制指甲套,用以弹筝。

⑤藏六亲:六亲一般指父、母、兄、弟、妻、子。意谓藏于深闺,不见六亲。

⑥悬知:悬,悬猜;悬知,猜测而知。此忖度之词。

⑦面:用如动词,向,对。

[点评]

　　此《无题》,旧笺多以为有寄托。吴乔《西昆发微》首倡"才而不遇之意",何焯云"为少年热中干进者发慨",屈复云"才士之少年不遇",张采田云"写少年�依人之态"。要之,皆以诗中之女郎为作者自况。程梦星、冯浩更以义山少年情事作比照。程云:"'八岁'二句言自幼已能文章;'十岁'二句言出谒河阳,干以所业；'十二'二句言从此佐幕，不曾游闲；'十四'二句言佐幕为宾，原非党附；'十五'二句言为人排挤，迄今沉沦也。"冯浩云："《上崔华州书》'五年读经书，七年弄笔砚'，《甲集序》'十六著《才论》《圣论》，以古文出诸公间'。此章寓意相类，初应举时作。"

李商隐《无题》诸作，向有"寄托"与"恋情"两说。明杨孟载首言《无题》为"寄寓君臣遇合"，清吴乔在《西昆发微》中又专倡"寄托令狐"，以为《无题》诸诗全是陈情之作。此后朱龄鹤、程梦星、冯浩、张采田将"寄托"说推演极致，"动辄令狐"。相比之下，姚培谦、屈复、纪晓岚三家则较为通脱，或以为有寄托，或以为未必寄托。纪晓岚《玉溪生诗说》云："《无题》诸作，有确有寄托者，'来是空言去绝踪'之类是也；有戏为艳语者，'近知名阿侯'之类是也；有实有本事者，如'昨夜星辰昨夜风'之类是也；有失去本题而后人题曰《无题》者，如'万里风波一叶舟'一首是也；有失去本题而误附于《无题》者，如'幽人不倦赏'一首是也。宜分别观之，不必概为深解。其有摘诗中字面为题者，亦《无题》之类，亦有此数种，皆当分析。"然纪氏于"八岁偷照镜"一首则未作具体解笺。唯姚培谦以为此诗乃恋情之什而非寄托之诗。姚云："义山一生，善作情语。此首乃追忆之词。迤逦写来，意注末二句。背面春风，何等情思，即'思公子兮未敢言'之意，而词特妍冶。"姚氏定此篇为"情语"，赞其"何等情思！"而抒情主体即"思公子"之女郎。

论者多首肯纪氏之说，以为《无题》诸诗应作具体分析。然落至具体诗篇，则仍多分歧。然解诗固不必绝求一律，只需言之成理，持之有据，不妨多解并存。可证以诗人生平行迹，知人论世，索隐本事；亦可就诗论诗，以意逆志，心体神味，发其幽微。诗歌意象之朦胧，其旨意固存多义。因读者、诠释者生活阅历、思想感情、审美情趣之差别，解读自然有异。即同为此人，不同情势，不同心境，其解读亦未必相同。或深解，或全面，或有所偏执，然从诠释学角度审视之，均有可供后人借鉴之处，均有其存在之合理性。西方文论家有云：诗之妙处在于猜测其含义。甚而以为诗里必须有谜（格兰吉斯《法国文学史》引马拉美语）。义山《无题》亦不妨作"诗谜"之类读。如此篇，作义山为一女郎写照，追叙其少年情事，当做代言体读，则未必有何寄托。至于此女郎为谁，是后来成为妻子之王茂元女，抑或别一女子，诠释者有据，尽可以"猜"，可以索隐。

无题

白道^①萦回入暮霞,斑骓嘶断七香车^②。

春风自共何人笑^③,枉破阳城十万家^④。

[注释]

①白道:李白《洗脚亭》:"白道向姑熟,洪亭临道旁。"王琦注:"白道,大路也。人行迹多,草不能生,遥望白色,故曰白道。"此白道指王屋山大路。

②"斑骓"句:斑骓,斑马。《说文》:"骓,马苍黑杂毛。"《尔雅》:"苍白杂毛,骓。"嘶断,张相云:"嘶断,犹云嘶煞。"七香车,曹操《与太尉杨彪书》"七香车"注:"以七种香木为车。"

③"春风"句:满面春风,所谓春风面即喜气充溢而美容颜也。杜甫《明妃村》:"画图省识春风面,环珮空归月夜魂。"自,却。

④"枉破"句:《登徒子好色赋》:"嫣然一笑,惑阳城,迷下蔡。"枉,徒也,空也。

[点评]

首句言大路蜿蜒向西上山,直入暮霞深处。此白道当指王屋山之大路。义山《寄永道士》云:"共上云山独下迟,阳台白道细如丝。"《真诰》:"王屋山,仙之别天,所谓阳台是也。"《偶成转韵七十二句赠四同舍》云"旧山万仞青霞外","白道青山了然在"。据此,则此《无题》当学道王屋时作。二句言斑骓迎向七香车嘶奋而鸣。"郎骑斑骓马,妾驾七香车。"似义山走马上王屋,迎面遇一女郎驾七香车自山而下。因"斑骓嘶断",故女郎自香车内探头而出,见马上义山,嫣然而笑,故三句云"春风自共何人笑"。四句言香车内女郎虽有倾城倾国之貌而无人称赏,徒然惑阳城十万之家也。

笔者臆断,此七香车内之女郎,当修道王屋玉阳山之女冠宋华阳,见拙作《十二城中锁彩蟾》(已收入《古代诗人情感心态研究》)。宋代晏几道《玉楼春》云:"斑骓路与阳台近,前度无题初借问。"所解亦当如斯。

无题二首

凤尾香罗薄几重,碧文圆顶夜深缝^①。

扇裁月魄羞难掩,车走雷声语未通^②。

曾是寂寥金烬暗,断无消息石榴红^③。

斑骓只系垂杨岸,何处西南任好风^④?

重帏深下莫愁堂,卧后秋宵细细长^⑤。

神女生涯原是梦,小姑居处本无郎^⑥。

风波不信菱枝弱,月露谁教桂叶香^⑦。

直道相思了无益,未妨惆怅是清狂^⑧。

[注释]

①"凤尾"二句:凤尾罗即凤文罗。碧文圆顶,一种圆顶百折的罗帐,唐人婚礼多用之,谓之百子帐。

②"扇裁"二句:班婕妤《怨歌行》:"裁为合欢扇,团团似明月。"《长门赋》:"雷殷

殷而响起兮,声象君之车音。"

③"曾是"二句:曾是,已然,已是。金烬,灯盏上的残烬。石榴,五月始花。上句言无数个夜晚伴随残灭之灯花,孤寂度过;对句云自春至夏,绝无消息。

④"斑骓"二句:《易·坤》:"西南得朋,东北丧朋。"曹植《七哀》:"愿为西南风,长逝入君怀。"西南好风谓知心人,或所恋女子。

⑤"重帏"二句:莫愁事屡见,比所思女子。此亦拟想之辞,言其重帏深下,惟于眠卧中思我耳。

⑥"神女"二句:巫山神女事屡见。古乐府《青溪小姑曲》:"小姑所居,独处无郎。"神女、小姑均以比所思之女子。

⑦"风波"二句:为所思女子之被摧残而伤感不平,菱枝、桂叶皆喻指所思。刘学锴、余恕诚曰:"不信",是明知而故意如此,见"风波"之横暴;"谁教",是本可如此而竟不如此,见"月露"之无情。

⑧"直道"二句:直道,就使、即使,假定之辞。清狂,不慧或白痴,此引申为痴情。

[点评]

　　"凤尾"一首纯为恋诗,据三、四句,女羞掩团扇,男车走雷声,可与《无题》"白道萦回入暮霞"一首同参。

　　此抒情主体应为诗人自己。首联为作者拟想之辞:所思女子定于深夜缝制凤尾纹之碧罗帐,其帐纱薄,散发绮罗香泽。此种多层复帐,唐人称"百子帐",婚礼所用。而首句"罗"用"香"(相),次句用"缝"(逢),寄意显然。三、四回顾一匆匆相遇之情景,女子以团扇含羞半掩,而诗人车走雷声,欲语而未通,极似另一首《无题》云:"白道萦回入暮霞,斑骓嘶断七香车。春风自共何人笑?枉破阳城十万家。"此《无题》亦男骑斑骓。又《对雪》云"肠断斑骓送陆郎",合此商隐诗三次"斑骓",抒情主体均为诗人自己。五、六转写相思无望,以灯暗和春尽作比。出句言无数夜晚,伴随残灭之灯花,孤寂难处。俗以灯花为吉兆,后常引申为男女喜事之预兆。杜甫《独酌成诗》:"灯花何太喜,酒绿正相亲。"《西厢记》五本一折:"昨夜灯花报,今朝喜鹊噪。"《红楼梦》二十八回:"女儿喜,灯花并头结双蕊。"如今灯花烧残,则暗喻欢情难洽。对句云自春徂夏,绝无消息。"石榴红"即石榴花。"五月榴花红似火",是春已尽也。孔绍安《石榴》诗云:"只因来时晚,花开不及春。"故"金烬暗"(灯灭)和"石榴红"(春尽)正隐喻相爱之无望。

七、八反照三、四,言前回相遇匆匆,未能一诉衷怀,今我斑骓就在垂杨岸边。诗人搔首踟蹰,急切等待,忽作奇想:何处等来一阵西南好风,吹将汝来? 姚培谦曰:"此咏所思之人,可思而不可见也。"

"重帷"一首亦咏所思之人。首联拟想所思女子重帷深下,独自无聊景况。言外有被禁锢或清规所限而不得自如出入。三、四言相思之不可得。渴望与彼有神女巫山之会。然彼如小姑,居处本不可有"郎",又焉能如巫山神女之会乎?古乐府《青溪小姑曲》云:"开门白水,侧近桥梁。小姑所居,独处无郎。"胡以梅笺:"本非匹偶,所以不能为之郎也。"按吴均《续齐谐记》、刘敬叔《异苑》均以小姑为青溪神女。此联以巫山与青溪神女喻所思女子,意亦一女冠。道观森严,女冠为道观清规戒律所拘,故五、六言如菱枝横遭风波,如桂叶不为月露所悯。七、八自嘲自解,言即使明知相思无益,亦不妨付一片惆怅痴情之心!

二首均为所思女冠不得相谐而发。

无题

相见时难别亦难[①],东风无力百花残。

春蚕到死丝方尽[②],蜡炬成灰泪始干[③]。

晓镜但愁云鬓改,夜吟应觉月光寒。

蓬山此去无多路,青鸟殷勤为探看[④]。

[注释]

①"相见"句:曹丕《燕歌行》:"别日何易会日难。"曹植《当来日大难》:"今日同

堂,出门异乡。别易会难,各尽杯觞。"梁武帝《丁督护歌》:"别日何易会何难!"

②"春蚕"句:《古子夜歌》:"春蚕易感化,丝子已复生。"《西曲歌·作蚕丝》:"春蚕不应老,昼夜常怀丝。"朱彝尊云:"古乐府'思'作'丝',犹'怀'作'淮',往往有此。"

③"蜡炬"句:陈后主《自君之出矣》:"思君如夜烛,垂泪著鸡鸣","思君如昼烛,怀心不见明"。杜牧《赠别》:"蜡烛有心还惜别,替人垂泪到天明。"

④"青鸟"句:青鸟,神话传说中西王母传信之神鸟,喻指信使。言殷勤探候之意。

[点评]

此诗抒写暮春时节与恋人别离之忧伤。据"蓬山"句,似亦女冠如宋华阳之流。《山海经·海内北经》:"蓬莱山在海中。"郭璞注:"上有仙人,宫室皆以金石为之,鸟兽尽白,望之如云。在渤海中也。"郭注本于《史记》。《史记·封禅书》云:"蓬莱、方丈、瀛洲,此三神山者,其传在渤海中,诸仙人及不死之药皆在焉。其物、禽、兽皆白,而黄金、银为宫阙。未至,望之如云。"诗用"蓬山"语象,或即道观,常指女冠之所居。

首句衍自曹丕《燕歌行》"别日何易会日难",以"相见"取代"会",去掉"何",叠加"难"字,不仅音节和鸣,亦使此一"情语"略具始一相见又将相别之情韵。尤以"难"字重叠在前后音步之末顿,形成往复迂回之情势。后来诗人抒写"别""会",均未能超越。唐彦谦《无题》云"谁知别易会应难",韩偓《复偶见》"别易会难长自叹",皆瘦硬乏性。只李煜"别时容易见时难",写出胸中感慨,然终不如"相见时难别亦难"深情绵邈,曲折回肠。"东风无力百花残",这二句横插,似显突兀,实为神来之笔。清人冯舒以为"第二句毕世接不出",极为赞赏。此为"景语",为一句设立背景:时令在春暮,所谓春风软绵无力,百花凋残时也。且又为恋人相别渲染一哀怨气氛,象征其青春、情爱之行将消逝。

三、四亦点化前人诗句。乐府西曲歌:"春蚕不应老,昼夜常怀丝(思)。"南齐王融云:"思君如明烛,中宵空自煎",陈后主云:"思君如夜烛,垂泪著天明。"然皆未若义山"春蚕到死""蜡炬成灰"来得沉痛执着。出句言"缘尽",对句言"泪干",而着眼则在"丝(思)不尽""泪不干",以抒发虽后会无期,而相思之情永在,离恨之苦难消;除非身死成灰,此情不泯。义山《暮秋独游曲江》云"深知身在情长在",与此同一意绪,对生离死别寄托深刻之悲哀,而于人生"乐聚恨别"之情愫给予极高评价:为了欢聚,可以用生命去换取。此联为全诗之"秀句",刘勰所谓"篇中之独拔者也"(《文心雕龙·隐秀》)。其意象蕴含之丰富情思常超越形象本身,成一极具哲理的警策之言。蘅塘退士孙洙评曰:"一息尚存,志不稍懈,可以言情,可以喻道。"

　　五、六翻过一层,不言己之相思,却从拟想对方落笔,从而进一步抒写自己如梦如幻的绵绵哀情。诗人出现一种梦幻,设想恋人别后思念自己的情景:晨起照镜,愁白了头发;长夜吟诗,难耐孤寂。不言己之相思,却拟想恋人别后对自己之深切思念,正自相反方面拓展深化了"春蚕""蜡炬"之悲剧色彩。

　　末联"蓬山"指恋人被迫而须往之可望而不可即之处,当与"更隔蓬山一万重"同一所在,或亦指宫禁、贵主府第。此物理空间之距离。然自心理空间言之,则无论天涯海角,两心皆永是贴近,故云"蓬山此去无多路"。而尤为妙者,在以慰安之辞写心中之苦,言无多路,言当托"青鸟"信使时常探看,皆强抑心中苦楚而为对方着想。故何义门曰:"末路不作绝望语,愈悲!"赵臣瑗云:"镂心刻骨之言。"

无题四首

来是空言去绝踪,月斜楼上五更钟。

梦为远别①啼难唤,书被催成墨未浓。

蜡照半笼金翡翠②,麝熏微度绣芙蓉③。

刘郎已恨蓬山远④,更隔蓬山一万重。

飒飒⑤东风细雨来，芙蓉塘外有轻雷⑥。

金蟾啮锁烧香入⑦，玉虎⑧牵丝汲井回。

贾氏窥帘韩掾少⑨，宓妃留枕魏王才⑩。

春心莫共花争发，一寸相思一寸灰。

含情春晼晚⑪，暂见夜阑干⑫。

楼响将登怯，帘烘⑬欲过难。

多羞钗上燕⑭，真愧镜中鸾⑮。

归去横塘晚，华星送宝鞍⑯。

何处哀筝随急管⑰，樱花永巷⑱垂杨岸。

东家老女嫁不售⑲，白日当天三月半。

溧阳公主⑳年十四，清明暖后同墙看。

归来展转到五更，梁间燕子闻长叹。

[注释]

①梦为远别：因远别而积思成梦。为，因。

②"蜡照"句：江淹《翡翠赋》："糅紫金以为色。"金翡翠，以紫金丝线绣成翡翠鸟图案之罗罩。半笼，罗罩掩光之谓。

③"麝熏"句：麝香氤氲，轻轻飘入芙蓉帐中。庚信《灯赋》："掩芙蓉之行帐。"白居易《长恨歌》："芙蓉帐暖度春宵。"

④刘郎蓬山：用刘晨、阮肇入天台山采药遇仙女事，唐人诗中每称刘郎、阮郎。曹唐《刘阮洞中遇仙人》："此生无处访刘郎。"元稹《春词二首》："流出门前赚阮郎。"此以刘郎自比。蓬山，传为渤海中之仙山，屡见。此指所思女子之居处。

⑤飒飒：风雨声。《楚辞·九歌》："风飒飒兮木萧萧。"杨师道《中书寓直》："飒

飒雨声来。"

⑥轻雷：《诗·召南·殷其雷》："殷其雷，在南山之阳。"《集传》："妇人其以君子从役在外而思念之。"司马相如《长门赋》："雷殷殷而响起兮，声象君之车音。"何焯曰："曰'细'、曰'轻'，盖冀望而终未能必之词。"

⑦"金蟾"句：金蟾，蟾形铜香炉。啮锁，衔着鼻钮。盖鼻钮可启而填入香料，故云"烧香入"。

⑧玉虎：井栏上之辘轳。

⑨"贾氏"句：《世说新语·惑溺》载：韩寿美姿容，贾充辟以为掾。充女于帘内窥而悦之，遂通，赠以异香。后充觉，以女妻寿。

⑩"宓妃"句：用《洛神赋》载宓妃留枕子建事。陆鸣皋曰："义山用事，大半借意。如'贾氏'二语，只为一'少'字、'才'字。"

⑪晼晚：日暮。《楚辞·哀时命》："白日晼晚其将入兮。"

⑫夜阑干：夜色弥漫。阑干，横斜散乱。《古乐府》："月没参横，北斗阑干。"

⑬帘烘：刘学锴、余恕诚曰："帘内人声喧闹，灯光明亮，透出融怡热烈气息。"

⑭钗上燕：《洞冥记》："元鼎元年，起招仙阁于甘泉宫西""以近神女。神女留玉钗以赠帝，帝以赐赵婕好。至昭帝元凤中，宫人犹见此钗。""既发匣，有白燕飞升天。后宫人学作此钗，因名玉燕钗，言吉祥也。"

⑮镜中鸾：用范泰《鸾鸟诗序》孤鸾睹影悲鸣事。

⑯"华星"句：华星，明星。曹丕《芙蓉池作》："丹霞夹明月，华星出云间。"李善注引《法言》曰："明星皓皓，华藻之力也。"宝鞍，坐骑，自指。

⑰哀筝急管：筝声浏亮，笛音高急。魏文帝《与吴质书》："高谈娱心，哀筝顺耳。"王维《鱼山迎送神曲》："悲急管，思繁弦。"

⑱永巷：深巷。

⑲"东家"句：宋玉《登徒子好色赋》："臣里之美者，莫若臣东家之子。"《战国策·齐策》："处女无媒，老且不嫁。舍媒而自炫，敝而不售。"

⑳溧阳公主：梁简文帝女，年十四，侯景纳而嬖之。

[点评]

"来是空言"一首。一、二倒接，言一夜辗转反侧，当此月斜更尽之时，遥想伊人一去无踪，云将复来，只是空言。赵臣瑗曰："只首句七字，便写尽幽期虽在，良会难成种种情事,真有不觉其望之切而怨之深者。"姚培谦云:"开口便将世间所谓幽期密约之丑尽情扫去。"三句追溯昨夜积思成梦,梦中为伤别而啼哭流泪。四句言急切起身作书,不待墨浓而匆匆写就。五、六翻进一层,拟想伊人永夜罗罩掩光,麝香微度,寂寞自处。七、八言蓬山此去,可望而不可即,岂堪更隔蓬山一万重!比"蓬山"更为遥远之处,似指京华贵主府第。味此诗当亦思恋女冠宋华阳。与《代应》诗同参;《代应》当是代宋华阳答此《无题》。《代应》云:"沟水分流西复东,九秋霜月五更风。离鸾别凤今何在?十二玉楼空更空。"

"飒飒东风"一首。此首抒情主体乃一女子,应是"代应""代言"一类,是否代女冠抒寄怀思,无可定矣。一、二糅合巫山云雨、《殷其雷》《长门赋》数事,极言其相思之苦。纪晓岚评:"起二句妙有远神,不可理解而可以意喻。"潘德舆云:"最耐讽玩。"三、四"烧香(相)""牵丝(思)",实谐"相思"二字。言金蟾虽啮锁,井水虽深汲,然则"烧香"可入,"牵丝"可回。言下之意,只需一往情深,志不稍懈,"相思"(香、丝)之情自可动彼之心哉!五、六我所以相思相许,唯因其如韩寿之年少,子建之才华。七、八又自幻想跌落现实之苦痛:莫让春心如春花之怒放,愈是相思,愈是失落和痛苦。

"含情春晼晚"一首。一、二言含情相思,自日暮至于夜色苍茫。三、四则已至所思女子妆楼之下矣,本拟放胆登楼,然闻楼上响动之声则怯而作罢;稍停欲登,而闻帘内喧哗欢笑之声,又未敢贸然造次。此二句"楼响""帘烘""将登""欲过""怯""难"互文。五、六于楼下怀思拟想,言己不如伊人钗上玉燕,镜中鸾影可伴伊人长住。七、八终于未敢登楼,失意而归,唯华星相伴矣。此男求女,冀望幽会而不可得也。

"何处哀筝"一首。此《无题》寄托显然,东家老女无媒不售,当是自比自伤。前四句寓迟暮不遇之叹。五、六言贵家之女,少小已嫁;同墙相看,则失意者以得意者相形反衬之,更显老女不售之悲哀。七、八言归来辗转长叹,无人知晓,唯梁间燕子知晓也。冯浩极赏誉"白日当天三月半",云:"言迟暮也,神来之句。"

然此等诗亦非不可作恋诗另解。如可解为义山为一"老女"抒慨之"代言体"诗。此"老女"早年或即与之相恋者,则首云何处筝、箫如此哀苦?原来即发自彼处之樱花永巷,垂杨岸边。二云彼深处此中数十年,今已垂垂老矣,对此白日当天之春色,尤令人增迟暮之悲!忆其年少,亦曾美艳如溧阳公主,春日清明,引来无数少年登墙同窥。末则拟想其归去伤感难寐,辗转反侧,唯梁间燕子闻其长叹也。略作疏解如此。至老而未嫁,或亦女冠之流。

此《无题四首》当非一时一处之作,旨意不同,体式不一,故不可作组诗读。意杨文公、钱邓帅若水辈孜孜访求时,有得必录,随手凑合也。

无题

紫府仙人号宝灯①,云浆未饮②结成冰。

如何雪月交光夜,更在瑶台十二层③?

[注释]

①"紫府"句:紫府,女仙所居。《海内十洲记·长洲》:"长洲,一名青丘,有凤山,山恒震声,有紫府宫,天真仙女游于此地。"宝灯,供于佛前。道源曰:"佛有宝灯之名,神仙无此号,然佛亦称金仙,故可通用。"

②云浆未饮:云浆,仙酒。《汉武故事》:"太上之药有玉津金浆,其次药有五云之浆。"云浆未饮,喻言未能交欢。

③瑶台十二层:《拾遗记》:"昆仑山旁有瑶台十二,各广千步,皆五色石为台基。"此指道观,意所思女了亦女冠之流。

[点评]

《集仙录》载:"西王母所居宫阙,在阆风之苑,有城千里,玉楼十二。"又《十洲记》《拾遗记》《水经注》诸书亦云昆仑天墉城有金台五所,玉楼十二,或瑶台十二。《汉书·郊祀志》亦言"玉城十二楼"。是"十二楼""十二城""十二台""十二层"等等皆寓仙人所居之处。唐代道观盛行,商隐又曾学仙玉阳,熟悉道书与女冠生活,故诗中举凡女冠所居处屡用"十二层"等以比况之,如"十二城中锁彩蟾""碧城十二曲阑干""十二玉楼空更空"等。

一句以紫府仙人号宝灯者,喻玉阳西山灵都观之女冠,当是宋华阳。二句"云浆未饮"言女情未通。商隐诗"云浆""三霄露"常以喻男女之情。如"仙人掌冷三霄露"(《和友人戏赠》);或以"渴"喻对爱情的渴求,如"嗟余久抱临邛渴"(《送辈十四归华州》),"相如未是真消渴"(《病中早访招同李十将军》)。

三、四似言己于雪月交光之夜至玉阳西灵都观相访,而彼竟高处瑶台十二层(即道观)而不我见;"竟在",意想之外,怨望之辞也。

屈复笺云:"在昔仙人相见,方欲一饮,云浆忽已成冰,然犹相近也。乃今雪月之夜,更隔十二层之瑶台,远而更远矣。"姚培谦曰:"此言所思之无路可通也。"

无题

近知名阿侯①,住处小江流。

腰细不胜舞,眉长惟是愁②。

黄金堪作屋③,何不作重楼④?

[注释]

①"近知"句:近知,言近得一知己。阿侯,莫愁之女,此指所思之小家女子。江淹《河中之水歌》:"河中之水水东流,洛阳女儿名莫愁。十五嫁为卢家妇,十六

生儿字阿侯。"儿,古代男女通用。

②"眉长"句:《后汉书·五行志》:"桓帝元嘉中,京都妇女作愁眉,细而曲折。"

③"黄金"句:用金屋藏娇事。

④重楼:二重之楼,高楼。《荀子·赋篇》:"重楼疏堂。"

[点评]

　　此首为柳枝作无疑。首句云近得一知己名阿侯其人。阿侯,莫愁之女,则知此女子为小家碧玉。义山相恋女子中当以柳枝近之。又"近知"云云,似因让山断长带赠以乞诗,初闻其名而未谋面之时。二句言其住处有小江流过,既切"河中之水",又寓柳枝住地。《柳枝五首序》云:"后三日,邻当去湔裙水上,以博山香待,与郎俱过。"是柳枝家亦临水而居。三、四拟想之辞,"腰细"拟柳条(柳枝),"眉长"拟柳叶。《离亭赋得折杨柳》云"莫损愁眉与细腰",喻同。五、六云柳枝深藏少出,何不居重楼而使我一睹芳姿乎!

无题

照梁初有情,出水旧知名①。

裙衩芙蓉小,钗茸翡翠轻②。

锦长书郑重,眉细恨分明③。

莫近弹棋局,中心最不平④。

[注释]

①"照梁"二句:《神女赋》:"其始来也,耀乎如白日初出照屋梁。"何逊《看伏郎

新婚》："雾夕莲出水，朝霞日照梁。"二句状女子容色艳丽如日出芙蓉。

②"裙衩"二句：《释名》："裙，下裳也。女人蔽膝曰香衩。"《离骚》："集芙蓉以为裳。"宋玉《讽赋》："以翡翠之钗挂臣冠缨。"二句状女子装饰之华美。

③"锦长"二句：锦长，用织锦回文事，指闺人书札。郑重，犹频繁、殷勤之意。《汉书·王莽传》注："郑重犹频烦也。"《广韵》："郑重，殷勤之意。"眉细，愁眉而曲折，《后汉书·五行志》："京都妇女作愁眉，细而曲折。"二句代闺人抒写盼归之情。

④"莫近"二句：《梦溪笔谈》卷十八："局方二尺，中心高如覆盂。"故云中心最不平。

[点评]

此诗程梦星解为"不平之鸣"，"言时局不平，有如棋局"。冯浩以为"此寄内诗也。盖初婚后，应鸿博不中选，闺中人为之不平，有书寄慰也"。张采田同冯解，以为："莫近"二句，谓客途失意，室人亦代为不平也。刘学锴、余恕诚则笺云："以女子之待嫁喻才士之求仕""实抒政治失意之怅惘"。以上三解均有可通之处，然细味之，似为柳枝作也。

首二句言所恋女子美如巫山神女，艳若洛浦芙蓉。《神女赋》："其始来也，耀乎如白日初出照屋梁。"《洛神赋》："灼若芙蕖出渌波。"三、四芙蓉裙，翡翠钗，美其装饰。五句用织锦回文事，取其书来反复切至之意。六句言其细眉如叶，细蹙而恨意分明。末劝其莫近棋局，莫因恨而心中不平，反照六句"眉细恨分明"。

此诗"旧知"与"近知"，"眉细"与"眉长"同一形容，是此与"近知名阿侯"所咏同为小家女子。又《无题二首》"长眉画了绣帘开"，亦云眉长，可见四首无题所咏女子善以长眉为美。"碧玉行收白玉台"，云"碧玉"，与莫愁女阿侯亦同；《柳枝》之三云："碧玉冰寒浆"，称柳枝为碧玉，与此三首亦同一。而结云"莫近弹棋局，中心最不平"，竟与《柳枝五首》之二"玉作弹棋局，中心亦不平"之咏柳枝几全如一。查《玉溪集》中言弹棋局中心不平之诗，仅此《无题》与《柳枝》之诗。是以借义山他诗，可内证此《无题》所咏女子即是柳枝。

然《柳枝五首·序》云："会所友有偕诣京师者，戏盗余卧装以先，不果留。"似义山与柳枝终未相偕。然味五首诗情意甚挚，当是义山掩饰之辞。冯浩云："序语不无回护之词，未必皆实，而有笔趣。"张采田云："柳枝为义山第一知己。"既云"第一知己"，自不至尚未相偕也。

无题二首

昨夜星辰①昨夜风,画楼西畔桂堂东。

身无彩凤双飞翼,心有灵犀②一点通。

隔座送钩③春酒暖,分曹射覆④蜡灯红。

嗟余听鼓应官⑤去,走马兰台⑥类转蓬。

闻道阊门萼绿华⑦,昔年相望抵天涯⑧。

岂知一夜秦楼客⑨,偷看吴王苑内花⑩。

[注释]

①星辰:众星。《诗·唐风·绸缪》:"绸缪束薪,三星在天。"三星亦泛言众星。
钱谦益注:"星有好风。"

②灵犀:《南州异物志》:"犀有神异,表灵以角。"《汉书·西域传赞》如淳曰:"通
犀,谓中央色白,通两头。"

③送钩:又称藏钩。钩弋夫人少时手拳,(汉武)帝披其手,得一玉钩,手得展,后
因为藏钩之戏。见《汉武故事》。古酒筵藏钩之戏分上下二曹以校胜负。送钩,
云送之使藏也。

④射覆:《汉书·东方朔传》注:"于覆器之下置诸物,令暗射之,故云射覆。"射,
猜。

⑤听鼓应官:唐制五更二点击鼓,街坊门开,表示天明。应官,上衙应卯。

⑥走马兰台：走马至秘书省供事。《旧唐书·职官志》："秘书省，龙朔初改为兰台。"

⑦萼绿华：相传为得道仙女，此以比席上所眷恋之女子。

⑧"昔年"句：意谓昔年想望伊人，乃咫尺天涯，难得一见。

⑨秦楼客：用萧史事，显言己之为爱婿身份，则此筵当为茂元家宴也。

⑩"偷看"句：偷看，悄悄看，暗地里看，不可作"偷窃"之"偷"解。《庄子·渔父》"偷拔"，王先谦《集解》引宣颖注："偷拔，谓潜引人心中之欲。"

[点评]

此一律一绝，连为《无题二首》，当是同时所作。兰台，唐人多指代秘书省。白居易《秘书省中忆旧山》云："犹喜兰台非傲吏，归时应免动移文。"李商隐开成三年（838）博学宏词落选后，赴泾源王茂元幕，尚未议婚王氏。故有《安定城楼》之作。未久即释褐秘书省校书郎，还京任职。此诗当作于开成四年（839）春正，初任职秘书省之时。

或以为商隐与王氏成婚于开成三年（838）赴泾源幕时，实未足据。一、宏博落选，又是续娶（《祭寄寄文》："况我别娶以来，胤绪未立。"），茂元未必赏识并允成；二、开成三年（838）韩瞻迎娶时，商隐有《寄恼韩同年二首时韩住萧洞》，诗云"我为伤春心自醉，不劳君劝石榴花"，艳妒之情，见于言表，而时已五月石榴花开（石榴亦酒名，双关）。三、据《过招国李家南园》云"潘岳无妻客为愁，新人来坐旧妆楼。春风犹自疑联句，雪絮相和飞不休。"可证商隐与茂元女成婚并不在泾川，而在长安招（昭）国坊王茂元僚婿千牛李十将军宅第（据杨柳《李商隐评传》）。四、商隐诗"木兰花尽失春期"（《三月十日流杯亭》）、"龙山此去无多路，留待行人二月归"（《对雪》）、"青陵粉蝶休离恨，长定相逢二月中"（《蜂》），是其婚期当在二月（参见拙著《古代诗人情感心态研究》）。然若开成三年（838）二月成婚，则其时不唯韩瞻尚未成婚，且尚在博学宏词试。故商隐王氏成婚当在开成四年（839）二月。而此前已释褐秘书省校书郎，返回长安。据"隔座送钩春酒暖"句，诗当作于婚前的春正月。

七律开首言昨夜于画楼西畔、桂堂之东密约幽会。"昨夜"复叠，强调相会时刻之难得。诗以烘染、象征婉曲地表达心中之挚爱。《诗·绸缪》"绸缪束薪，三星在天""今夕何夕，见此邂逅""今夕何夕，见此粲者"。"昨夜星辰"正用《绸缪》篇抒写男女爱恋及夜间邂逅之情景。而"风"又有男女欢会之特定情韵。再足以"画堂""桂堂"字，使此一幽会环境充满温馨之诗情与缠绵之意绪。

二、三两联倒折之。席间隔座分曹，传钩射覆，言汝于私宅酒暖灯红，好不热闹，而我不能身与其中，徒羡而不可即也。赵臣瑗《山满楼唐诗七律笺注》云："此义山在茂元家窃窥其闺人而为之。"弃去"窃"字，庶几近之。因不与其中，未能与所恋相近而寂寥惆怅；心之执着，愿披双翅飞去，然"身无彩凤双飞翼"也。屈复云："身虽似远，心已相通。"孙洙言："形相隔，心相通。"此即"心有灵犀"也。然真爱仅有"心相通"是抵不过现实分隔之煎熬。故而诗人怅惘、忧思、哀怨……触绪纷来，郁勃于心，最后逼出"嗟予"的一喟。

诗从所见"灯红酒暖"的刺激，引出落寞惆怅之主体感受；从灼烧之爱情的痛苦，升华为热烈执着的追求；从心幻之优美的情思，最后跌落到现实阻隔的忧伤和感喟，各种复杂的感情，抑郁于心，万转千回却又从"昨夜"这一特定之时间切入，曲折流出，节奏虽缓而深沉，足沁人心脾也。

七绝一首以"秦楼客"自比，可知王茂元已允其婚事。冯浩云："秦楼客，自谓婿于王氏也。"诗中"吴王苑内花"即西施，以比茂元女。"莫将越客千丝网，网得西施别赠人"。此前诗人病中早访茂元僚婿李十将军时已委婉求其作伐，或因李十之牵线，终成此一段姻缘。因未成婚，故只能"悄悄"看（偷看）。然二月即假李十招国南园成婚，商隐时年二十有八。

无题

万里风波一叶舟,忆归初罢更夷犹^①。

碧江地没元相引,黄鹤沙边亦少留^②。

益德冤魂^③终报主,阿童高义镇横秋^④。

人生岂得长无谓^⑤,怀古思乡共白头。

[注释]

①"忆归"句:忆归,思归、思乡。初罢,才罢,刚刚撇开。夷犹,犹豫。姚培谦曰:"忆归之心愈欲撇开,愈加萦系。"

②"碧江"二句:地没,地之尽处,指远处水波相接、烟涛微茫之处。《说文段注》:"没者,全入于水,故引申之义训'尽'。"元相引,原牵引我之归心。二句意谓碧悠之江水本来一直牵引着我的归心,无奈功业未成,只得在黄鹤矶边暂时止驻。

③益德冤魂:张飞字益德,伐吴前为部将张达、范彊所杀,见《三国志·张飞传》。

④"阿童"句:阿童,西晋王濬小字阿童,曾下益州灭吴,故云"高义"。见《晋书·王濬传》。镇,犹长、常也。《唐音癸签》卷二十四:镇,"盖有'常'之义,约略用之代'常'字,令声俊耳"。孔稚珪《北山移文》:"霜气横秋。"镇横秋,长日布满秋空。

⑤无谓:本指无意义,失于事宜,此言无所事事。

[点评]

　　李商隐《无题》,不论有无寄托,都写男女相思,唯独此例外。纪晓岚以为

"佚去原题,而编录者题以《无题》,非他寓言之类"。

  大中二年(848)秋,商隐蜀游失意,于"夜雨寄北"之后,留滞荆门,然后返棹至"黄鹤矶边",诗殆作于武昌。

  首句赋而兼比,言自巴蜀买舟东下,又以比宦途风浪险恶。二句言"忆归之心,愈欲撇开,愈加萦系"(姚培谦笺)。初罢,是忆归之心"初罢",刚刚丢开、停止;更夷犹,却又犹豫而恨未能速速返家,比照"何当共剪西窗烛",则此情可体味之。稍后所作《荆门西下》云"人生岂得轻离别",是又重申此情怀。三、四承忆旧,申足所以"夷犹"之意,并伏末句"思乡"。五、六承二句"罢",申足所以"罢归"之意,并逗下"怀古"。七、八自警:人生不能长此碌碌,又"思乡",又"怀古",岂不令人速老?纪晓岚评云:"前四句低回徐引,五、六陡然振起,七、八曼声作结,绝好笔意。"

无题①

幽人②不倦赏,秋暑贵招邀③。

竹碧转怅望,池清尤寂寥。

露花终裛湿④,风蝶强娇娆⑤。

此地如携手,兼君不自聊⑥。

[注释]

①无题:此《无题》原与"八岁偷照镜"一首连作《无题二首》,诸本同,唯冯浩此首作《失题》。本编仍作《无题》,唯与"八岁偷照镜"一首析离。

②幽人:当指幽居之人,非指隐士。幽居,深居,远离市朝,居于僻静之处。谢灵

运《石门新营所住》:"跻险筑幽居,披云卧石门。"苏轼《定惠院寓居月夜偶出》:
"幽人无事不出门,偶逐东风转良夜。"

③招邀:邀请。亦作招要,按邀、要通。谢惠连《泛湖归出楼中玩月》诗:"辍策共
骈筵,并坐相招要。"李白《寄上吴王》:"洒扫黄金台,招邀青云客。"

④裛湿:沾湿。裛通浥。

⑤"风蝶"句:风蝶,蛱蝶,《古今注》:"蛱蝶,一名风蝶。"此指风中之蝶。妖娆,婀娜
妖媚貌。

⑥不自聊:犹无聊。刘安《拟骚》:"岁暮兮不自聊。"

[点评]

　　此首为寄"幽居之友"而作。一、二言友人不倦于游赏,当此秋暑之时,贵在
招邀骋目。中四就眼前景抒慨:竹碧池清,转增怅惘寂寥;但觉露花沾湿无绪,风
蝶亦强作妖娆。末云若于此地携手同游,不唯我不自聊,兼君亦不自聊也。纪晓
岚云:"有与无题诗相连,失去本题,误会为一者,如'幽人不倦赏'是也。"

无题二首

待得郎来月已低,寒暄不道醉如泥①。

五更又欲向何处? 骑马出门乌夜啼②。

户外重阴黯不开,含羞迎夜复临台。

潇湘浪③上有烟景,安得好风吹汝来④。

[注释]

①醉如泥:《后汉书·朱泽传》:"一日不斋醉如泥。"
②乌夜啼:李白《乌夜啼》:"停梭怅然忆远人,独宿孤房泪如雨。"此似取"独宿"意。
③潇湘浪:冯浩云:"指竹簟,犹云水文簟也。"
④"安得"句:好风,即西南风。《易·坤》:"西南得朋,东北丧朋。"曹植《七哀》:"愿为西南风,长逝入君怀。"义山《无题》云:"斑骓已系垂杨岸,何处西南待好风?"冯浩云:"若曰安得吹来而并宿言情乎?"

[点评]

　　此二首或作《留赠畏之》,诸家多以为误,当作无题。

　　一云郎醉归已是深夜,五更又欲离去,令我独宿孤房。二云户外已黯,近夜临台眺望,安得西南好风将汝吹来,水文簟上正好并宿言情!二绝抒情主体均为女子,纯属艳情,别无寄托。纪晓岚曰:"绝妙闺情,声调极似《竹枝》。此种自是艳体,唐人多有,必以义山之故,为之深解,斯注家之陋也。同年董曲江曰:'义山之诗,寄托固多,然亦有只是艳词者。如《柳枝五首》,设当日不留一序,又何不可作感慨遇合解也。'"

　　杨智轩云:"上首是去而留宿以候,及入朝时,终不得见;下首是傍晚又往谒也。唯子直之家情事宜然。陶于(大中)十三年(859)始罢相,义山自东川归时必往相见,岂怨恨之深,并其题而削之欤?"按杨解亦聊备一说。

无题二首

长眉画了绣帘开,碧玉行收白玉台^①。

为问翠钗钗上凤,不知香颈为谁回?

寿阳公主嫁时妆^②,八字宫眉捧额黄^③。

见我佯羞频照影^④,不知身属冶游^⑤郎。

[注释]

①"碧玉"句:南朝宋汝南王妾名碧玉,唐乔知之婢亦名碧玉。《碧玉歌》云"碧玉
小家女"。白玉台,即玉镜台。

②"寿阳"句:《杂五行书》:"宋武帝女寿阳公主,人日卧于含章殿檐下,梅花落额
上,拂之不去……宫女奇其异,竞效之,今梅花妆是也。"

③"八字眉"句:八字眉,即八字形之眉。《妆台记》:"汉武帝宫人八字眉。"张萧
远《送宫人入道》:"玉指休匀八字眉。"额黄,涂黄于额,六朝时妇女习尚,唐仍盛
行。《骈雅》:"额黄,眉边饰也。"

④照影:照镜,含有顾影自怜意。古词《捉搦歌》:"可怜女子能照影,不见其余但
斜领。"

⑤冶游:寻觅艳侣。《子夜春歌》:"冶游步春露,艳觅同心郎。"后引申指狎妓。
此似义山与"碧玉小家女"戏谑之辞,未必狎妓之作也。

　　"碧玉小家女",南朝宋汝南王妾名碧玉,唐乔知之婢亦名碧玉。据此,诗中所咏女子或为侍婢,或为小家女,义山戏谑之作也。然作妓女解,亦通。要之,艳情之诗,别无寄托。

　　上首言"碧玉"长眉画了,掀开绣帘,将要收起玉镜晨妆之台。"为问"之人,应是二首中之"我",不言问"碧玉",而问其翠钗上之凤凰将香颈转动所侍者谁?姚培谦曰:"不问之人,而问之钗上凤,妙绝!"以钗上凤香颈频回,写其顾影自怜之态,故妙。

　　下首一、二言其梅花妆,鸳鸯眉,美其装饰。三句云频频照镜,见我而佯羞,女郎娇嗔憨爱之态可掬。末句以己为"冶游郎",纯为戏谑之辞,或戏侍婢,或戏一小家碧玉之女郎。考玉溪诗,可称"小家碧玉"者唯柳枝一人。《柳枝五首》其三云:"嘉瓜引蔓长,碧玉冰寒浆。"嘉瓜、碧玉,前喻柳枝,后暗示其为小家女。故此三首亦不妨看作赠柳谑柳之什。

昨　日

昨日紫姑神①去也,今朝春鸟使来赊②。

未容言语还分散,少得团圆足怨嗟。

二八月轮蟾影破,十三弦柱雁行斜③。

平明④钟后更何事,笑倚墙边梅树花。

①紫姑神:即坑三姑,相传为厕神。《荆楚岁时记》:"正月十五日,其夕迎紫姑,以卜将来蚕桑,并占众事。"《异苑》载:紫姑"是人家妾,为大妇所嫉,每以秽事相次役。正月十五日感激而死"。

②赊:与首句"也"对文,同为语助之辞。或云赊,迟也。

③"二八"二句:二八,言今日阴历十六,月轮已亏。鲍照《玩月》:"三五二八时,千里与君同。"蟾影,月影,相传月中有蟾蜍。破,缺也。此言月已不圆。《急就篇》注:"筝,瑟类也,本十二弦,今则十三。"雁行斜,言筝柱斜列如雁飞也。十三,不成双,以喻分离。

④平明:拂晓,清晨。

[点评]

　　此取首二字为题,亦《无题》之属。诗记昨日与所思小会遽别,今晨未有音信,心悬思念。首句"紫姑神"喻所思女子,并点昨日为正月十五。二句言今晨音书未来。昨日方去,今晨即待其音书,见相思之切。三、四追记昨日只是小会即别,未容细诉衷曲,然稍得相会,亦足慰相思。五、六"二八月轮""十三弦柱",取喻不圆、分离,言昨日小会遽别,终归不能长久相随。七、八拟想其今晨钟声过后彼当梳洗完毕,或因忆及昨日小会而笑倚墙边树花也。陆昆曾以为末句为义山"笑倚墙边",不妥。

　　此以紫姑神为喻之女子,当亦女冠之流,盖宋华阳辈。紫姑神,亦"紫府仙人",借"紫姑"为喻,为记正月十五元宵佳节之小会,当为实录。

一　片

一片非烟隔九枝^①,蓬峦仙仗俨云旗^②。

天泉^③水暖龙吟细,露畹^④春多凤舞迟。

榆荚散来星斗转^⑤,桂华^⑥寻去月轮移。

人间桑海朝朝变,莫遣佳期更后期。

[注释]

①"一片"句:《瑞应图》:"非气非烟,五色缊缊,谓之庆云。"九枝,一干九枝之花灯。王筠《灯檠》诗:"百花燃九枝。"此写仙境灯花艳燃如祥云之笼罩。

②"蓬峦"句:仙仗,天子仪仗。岑参《和贾至早朝大明宫》:"玉阶仙仗拥千官。"此指仙宫之仪仗。俨,俨然整肃。《论语·子张》:"望之俨然。"《离骚》:"载云旗之委蛇。"王逸注:"载云为旗也,一曰其高至云,故曰云旗。"

③天泉:《邺中记》:"天泉池,通御沟中。"

④畹:《离骚》:"余既滋兰于九畹兮。"注:"十二亩为畹。"或云田三十亩为畹。

⑤"榆荚"句:《春秋运斗篇》:"玉衡星散为榆。"意谓斗转星移。与下句"寻去"对举,言时光迅速,起下"朝朝变"。

⑥桂华:谓月中桂树。

[点评]

《史记·天官书》:"若烟非烟,若云非云。郁郁纷纷,萧索轮囷,是谓卿云。卿云见,喜气也。"卿云亦谓庆云,祥云。《汉武内传》:"七月七日,王母至,帝扫除宫内,燃九光之灯。"首二言一片庆云瑞气与九枝华灯相映,"蓬峦仙境",云旗仙仗,俨然整肃。此喻指灵都观一道事喜庆场面,玉阳山男女道士当皆与其事。三、四龙自比,凤比宋。"龙吟细",言道场相见,众目睽睽,未敢纵恣多语。"凤舞迟",迟,缓也;言因满堂美人,宋亦唯眉目传情,所谓"目成"而已。玉衡星散为榆,桂华为月,则五、六言月转星移,时光流逝。七、八劝慰之辞:人间事沧海桑田,变化莫测,时不我待,莫使佳期滞误而错失良机也。

春　风

春风虽自好,春物太昌昌①。

若教春有意,惟遣一枝芳。

我意殊②春意,先春已断肠。

[注释]

①昌昌:繁盛貌。《广雅·释诂》:"昌,盛也。"
②殊:异。

[点评]

何义门引冯班云:"只恐爱博两情不专也。"言春风泛爱,而我则断肠。

一、二言春风自是好风,然春风泛爱,春物皆繁。著一"太"字,则怨春之情微露。三、四言若春其有意于我,则不当爱博不专,唯应使我一枝芳艳也。诗之作意已呼之欲出矣。

此以春风化雨,喻托情爱。"春"之喻象,固有自然、人生、情爱之别。而情爱之春则春思、春情、春期、怀春者均是。故五、六言"我"之意有异于"春风之意",即四句所云,愿春风之情独钟于"我",为"我"一枝而芳,无使我先汝而断肠也。诗之托喻显然,亦似咏女冠宋华阳事,此"春风"殆即《无题》"春风自共何人笑"之"春风"也。

或以为"喻仕途相倾轧",则"惟遣一枝芳""我意殊春意"则诚难解。

如 有

如有瑶台客[①],相难复索归[②]。

芭蕉开绿扇,菡萏荐红衣[③]。

浦外传光远,烟中结响微[④]。

良宵一寸焰,回首是重帏。

[注释]

①"如有"句:如有,似有。瑶台客,瑶台仙子。《离骚》:"望瑶台之偃蹇兮,见有娀之佚女。"

②"相难"句:相难,责难于我。索,求。

③"芭蕉"二句:美其仪态妆束,手持芭蕉绿扇,身着莲荷红衣。荐,垫,衬。

④"浦外"二句:《洛神赋》:"神光离合,乍阴乍阳。"《文心雕龙·原道》:"林籁结响,调如竽瑟。"浦外、烟中,烟水迷离之处。浦,水涯。

[点评]

此忆梦中所遇,瑶台仙子,当亦指女冠。

一、二言梦中，似瑶台仙子责难于我，索我再归玉阳仙境。三、四美其仪态妆束，此瑶台仙子手持芭蕉绿扇，身着莲荷红衣。五、六言其渐去渐远，消逝于烟涛微茫之处，声息杳然。七、八言梦醒之后，残焰一寸，回味梦境空如，唯重帱罗帐而已。

此诗当作于离玉阳东山后，因忆宋华阳，思而及梦，梦后追忆而作。

碧城三首

碧城十二①曲阑干，犀辟尘埃玉辟寒②。

阆苑有书多附鹤，女床无树不栖鸾③。

星沉海底当窗见，雨过河源隔座看④。

若是晓珠明又定，一生长对水晶盘。

对影闻声已可怜，玉池荷叶正田田⑤。

不逢萧史休回首，莫见洪崖又拍肩⑥。

紫凤放娇衔楚珮，赤鳞狂舞拨湘弦⑦。

鄂君怅望舟中夜，绣被焚香独自眠。

七夕来时先有期，洞房帘箔至今垂。

玉轮顾兔初生魄⑧，铁网珊瑚未有枝⑨。

检与神方教驻景⑩，收将凤纸写相思。

武皇内传⑪分明在，莫道人间总不知。

[注释]

①碧城十二：仙人居处。《上清经》："玄始居紫云之阙，碧霞为城。"

②"犀辟"句：《述异记》："却尘犀，海兽也。然其角辟尘，置之于座，尘埃不入。"
玉德温润，故云辟寒。

③"阆苑"二句：阆苑亦神仙所居。《锦带》："仙家以鹤传书。"《山海经》："女床
之山……有鸟焉，其状如翟，五采文，名曰鸾鸟。"

④"星沉"二句：星沉海底则日晓之时；雨过河源乃晚暝之景。意谓白日可当窗
见之，暝晚可隔座看之，然犹可望而不可即也。

⑤"对影"二句：对影闻声承首章"当窗见""隔座看"。可怜，可爱。《古诗》："江
南可采莲，莲叶何田田。"王金珠《欢闻歌》："艳艳金楼女，心如玉池莲。"玉池荷
叶隐"鱼戏莲叶间"意，暗寓男女欢会。

⑥"不逢"二句：萧史，善吹箫，作鸾凤之鸣，秦穆公以女弄玉妻焉，见《列仙传》。
洪崖，相传三皇时仙人，郭璞《游仙诗》："右拍洪崖肩。"

⑦"紫凤"二句：紫凤喻女，赤鳞比男。王昌龄《萧驸马宅花烛诗》："青鸾飞入合
欢宫，紫凤衔花出禁中。"衔楚珮，暗用江妃二女解珮与郑交甫事，见《列仙传》。
赤鳞，诸家注以为大鱼，或作淫鱼。《淮南子·说山训》："瓠巴鼓瑟，淫鱼出听。"
注："淫鱼喜音。"此当指赤龙，与紫凤对举。

⑧"玉轮"句：玉轮，月轮；顾兔，月中之兔，亦指月。梁简文《水月》云："非关顾兔
没，岂是桂枝浮。"《尚书·康诰》："唯三月哉生魄。"《传》："三月始生魄，月十六
日，明消而魄生。"《疏》："无光之处名魄也。"又《汉书·天文志》："死魄朔也，生
魄望也。"故"初生魄"即指阴历十六日。

⑨"铁网"句：《本草》："珊瑚似玉，红润，生海底盘石上，一岁黄，三岁赤。海人先
作铁网沉水底，贯中而生，绞网出之，失时不取则腐。"《燕台诗》："愁将铁网罥珊
瑚，海阔天宽迷处所。"《病中早访》云："网得西施别赠人。"

⑩"检与"句：《汉武内传》："出六甲左右灵飞致神之方十二事，以授刘彻。"神方，
即致神之方。检，寻与。驻景，使景驻。《说文》："景，光也。"

⑪武皇内传：即汉武内传。

[点评]

此诗屈复《玉溪生诗意》所笺甚简要，云：(首章)"一、二仙境清贵，三、四灵妙，五、六深远。然虽可见可看，而沉、过无定，不如一生日月常对之为愈也。"(次章)"一、二忆昔日相见时地，三、四遥嘱之词，犹言除我一人，莫更求新知也。五、六忆当时之欢情。七、八今之凄凉，与五、六对照。"(三章)"一当时不负所约，二会处至今无恙，三新月如故，四比美人不见也，五愿长得少年，六相思无已。乃今日之有期不来者，将毋畏他人知也？然《内传》分明，莫道人之不知，何用避忌而不一会也！"然似不甚透彻，兹参屈笺而解之。

按此三律当自叙玉阳山学道时与女冠华阳宋氏之恋情。《月夜重寄宋华阳姊妹》云："十二城中锁彩蟾。"《无题》云："更在瑶台十二层。""碧城十二"即"十二城""瑶台十二"，均指女冠所居之道观高大华美。"辟尘""辟寒"，言其所居洁净温暖，而又寓情爱义。冯浩云："艳体每云暖玉。"三言附鹤传出，可通音问。四云女床山上，孤鸾可栖。女床，双关；鸾，喻指男子。喻男情女爱，可以交欢。五、六"星沉""雨过"，言夜尽即晓，犹相隔不可即也。雨，取"云雨"之意，"雨过"，亦双关。七、八怅感欢会难常，彼似晓珠，然日出即融；若能既明且定，则可贮之水晶盘中永对也。"晓珠"之喻极妙。晓珠之不可见日，只能"夜合晓离"，如日出即化。

"对影"二句言闻其声，睹其影，已觉其楚楚可怜，何况与之交会欢合也！"玉池荷叶正田田"，寓池中有"渔戏莲叶间"，"鱼戏"托喻男女欢会。三、四萧史自谓，洪崖，仙人，喻同道中人，如永道士者。言每会即别，不能长处，望其情爱专一，除我萧史外，别顾盼移情，叮嘱其莫于同道中人更求新知。义山《寄永道士》云："同上云山独下迟，阳台白道细如丝。君今併倚三珠树，不记人间落叶时。"可以同参。五六忆其恋情欢会之状，紫凤放娇，女情如炽；赤鳞狂舞，男欢如狂。七、八眼前独宿之景，鄂君自比。

"七夕"二句言牛女之会，原有期约，然今所见往日双栖之"洞房"，帘箔深垂。《月夜重寄宋华阳姊妹》云："应共三英同夜赏，玉楼仍是水晶帘。""帘箔至今垂"即"玉楼仍是水晶帘",意原先有约,而迄今不见之也。五句"玉轮顾兔",指月;"初生魄",魄,月轮中无光之部分,魄初生,指望后一天即阴历十六。义山《燕台诗》:"愁将铁网罨珊瑚,海阔天宽迷处所。"《病中早访李十将军遇挈家游曲江》有望其作合之诗云:"莫将越客千丝网,网得西施别赠人。"《和孙朴韦蟾孔雀咏》云:"西施因网得,秦客被花迷。"《本草》:"珊瑚似玉,红润。"故六句珊瑚,喻所欢女子,当指女冠宋华阳。"未有枝",是未网得,即两情未谐。二句言原约定阴历七月十六相会,奈何深藏而未能网得?五句颇涉争议,在"神方"二字。神方,致神之方。旧注解"方"为"药方""验方",误。"神方"似指神机妙法。此句为拟想之辞,言何处寻得神机妙法,令汝之倩影(景)长留于我身旁也。七句又回至现实,怅然感叹相思无望。七、八则哀而怨之,怨而激之,言你我往昔之相好情事,历历已为人知,今不应弃我而去。

　　此三诗应同《寄永道士》《月夜重寄宋华阳姊妹》《无题》(紫府仙人号宝灯)及《中元作》相参证以读,自可了然。

锦　瑟

锦瑟无端五十弦[①],一弦一柱思华年[②]。

庄生晓梦迷蝴蝶[③],望帝春心托杜鹃[④]。

沧海月明珠有泪,蓝田日暖玉生烟[⑤]。

此情可待[⑥]成追忆,只是[⑦]当时已惘然。

[注释]

①"锦瑟"句:瑟为古代弦乐器,瑟上绘纹如锦,故称锦瑟。无端,无来由,平白无

故。相传上古瑟五十弦,唐世仅二十五弦。

②"思华年"句:柱,支弦小柱,一弦以一柱支之。思,追想,忆念。华年,盛年,年轻之美好时日。

③"庄生"句:《庄子·齐物论》:"昔者庄周梦为胡蝶,栩栩然胡蝶也;自喻适志与! 不知周也。俄然觉,则蘧蘧然周也。不知周之梦为胡蝶与,胡蝶之梦为周与? 周与胡蝶则必有分矣。此之谓物化。"诗句取妻子"物化"之义。

④"望帝"句:望帝,周末蜀地国君。《说文解字·隹部》:"蜀王望帝淫其相妻,惭,亡去,为子鹃鸟,故蜀人闻子鹃鸣,皆起云望帝。"《蜀王本纪》:"望帝使鳖灵治水,与其妻通,惭愧,且以德薄,不及鳖灵,乃委国授之。望帝去时,子规方鸣,故蜀人悲子规鸣而思望帝。"《成都记》:"望帝死,其魂化为鸟,名曰杜鹃,亦曰子规。"春心,此谓爱恋相思之情。言己于亡妻之思忆至死不渝,有如望帝,即便化为杜鹃,亦终日夜哀鸣。

⑤"沧海"句:《博物志》:"南海外有鲛人,水居如鱼,不废绩织,其眼泣则能出珠。"又云:鲛人"从水出,寓人家,积日卖绡。将去,从主人索一器,泣而成珠,满盘而与主人"。"蓝田句:蓝田,山名,其山产玉,故又名玉山,在今陕西省蓝田县。相传伏羲氏母华胥氏陵墓即在此山。唐代士宦及女眷多埋葬此山,如郑亚归葬即在玉山,义山迎吊诗云:"此时丹旐玉山西。"意王氏坟即在蓝田。玉生烟,用《搜神记》吴王小女化烟典故:玉云:"昔诸生韩重来求玉,大王不许。重从远来,闻玉已死,故赍牲币,诣冢吊唁。感其笃终,辄与相见,因以珠遗之,不为发冢,愿勿推究。"夫人闻之,出而抱之,玉如烟然。

⑥可待:岂待。

⑦只是:犹即在、即便意。

[点评]

　　此诗解人最多,聚讼最繁,自宋至于清末,大别有十种解读:以锦瑟为令狐楚家青衣(婢女),义山爱恋之而未遂,是为"情诗"说;以中二联分咏瑟曲之适、怨、清、和,是为"咏瑟"说;以为锦瑟乃王氏生前喜弹之物,诗以锦瑟起兴,睹瑟思人,是为"悼亡"说;以为诗忆华年,回叙一生沉沦,是为"自伤"说。又有"诗序"说,"伤唐祚"说,"陈情令狐"说,"情场忏悔"说,"党争寄托"说,"无可解"说,等等。

近百年异说纷争,渐趋为二,即"自伤"与"悼亡"二说。然言自伤者,以为兼有悼亡之情在;言悼亡者,亦以为兼有自伤身世之感。笔者以为《锦瑟》当是悼亡之作,然身世之感在焉。

首句以锦瑟起兴,言瑟仅二十五弦,何以无端而断为五十?古以琴瑟调和喻夫妇和谐,故称丧妻为断弦。唐徐彦伯《闺怨》诗:"暖手缝轻素,嚬蛾续断弦。"论者以为义山夫妇房中有锦瑟,为王氏喜弹之物。《西溪》云:"凤女弹瑶瑟,龙孙撼玉珂。"《寓目》云:"新知他日好,锦瑟傍朱栊。"大中五年(851)夏秋间王氏病逝,义山尚滞徐州卢宏正幕。归家时妻亡瑟在,而作《房中曲》,有"归来已不见,锦瑟长于人"语。朱彝尊以为《锦瑟》亦"睹物思人,因而托物起兴"之作。二句言望锦瑟一弦一柱而思忆青春年华之事。

中四句则所思华年之往事。三句云己如庄生晓梦,为蝴蝶所迷,比况年轻时挚恋于王氏,而于今人事变幻,妻子竟已亡故。《庄子·齐物论》关于庄周梦为蝴蝶与蝴蝶化为庄周事云:"此之谓物化。"物化,事物向相反方面转化,引申为由生而死,向死而生。《庄子·刻意》云:"圣人之生也天行,其死也物化。"古诗《回车驾言迈》:"人生非金石,岂能长寿考;奄忽随物化,荣名以为宝。"沈佺期《伤王学士诗序》:"他日,余至来,知君物化。"三句取蝶梦"物化",正取妻逝之义。而蝶喻妻,有《蜂》诗"青陵粉蝶休离恨,长定相逢二月中"可证。《凤》诗云"新年将有将雏乐",则以凤喻妻,而凤亦蝶也。崔豹《古今注》云:"蛱蝶大如蝙蝠者,或黑色,或青斑,名为凤子,一名凤车。"四句取义杜鹃啼血,言己思忆亡妻,即便化为鹃鸟,亦将日夜哀鸣,此亦"春蚕到死丝方尽"之意。

五、六"月明""日暖"互文,言沧海之中妻子亡魂日夜哭泣,祈求添寿回阳与丈夫、儿女相见;蓝田山上王氏的灵魂在日月精气之下,氤氲如小玉化烟,再无处寻觅妻子之玉魂。《谒山》云"从来系日乏长绳",《玉山》云"何处更求回日驭",与此同一意绪,可以同参。

末联言此情岂待今日追忆始伤心哀感,即在初婚欢会之时已预拟夫妇终有一人先逝而觉人生若梦,惘然若失矣。元稹《悼亡》云:"昔日戏言身后意,今朝都到眼前来","同穴窈冥何所望,他生缘会更难期",殆近之。

诗虽为悼亡而发,然亦寓身世沦落之感,所谓"悼亡之痛,身世之感,斥外之哀,触绪纷来"也。

促　漏

促漏①遥钟动静闻,报章②重叠杳难分。

舞鸾镜匣收残黛③,睡鸭④香炉换夕熏。

归去定知还向月,梦来何处更为云?

南塘渐暖蒲堪结⑤,两两鸳鸯护水纹。

[注释]

①促漏:近处的漏声。《广雅·释诂》:"促,近也。"

②报章:锦绮,花布。高亨曰:"报,借为绀,古代布和绸都称绀。章,花纹。"此指
亡妻之衣服遗物。

③"舞鸾"句:鸾鸟雌雄相守,离则悲鸣,使之睹镜中之影,其悲尤哀,后人用以喻
失偶之哀伤。见《异苑》。《楚辞·大招》注:"黛画眉须,黑而光泽。"意谓收拾亡
妻镜匣中残留之眉黛。

④睡鸭:凫鸭形之香炉。《香谱》:"涂金为狻貌、麒麟、凫鸭之状,空其中以然
香。"

⑤薄堪结:《续述征记》:"乌常沉湖中,有九十台,皆生结蒲。云秦始皇游此台,
结蒲系马,自此蒲生则结。"

[点评]

　　此悼亡也。前半写实,思亡妻而一夜难眠,因起而收拾亡妻遗物情景。一云
夜深无人,钟遥漏促,动静皆闻。二收拾衣服遗物,房中幽暗,难以整理。杳,幽

暗。《九歌·山鬼》："杳冥冥兮羌昼晦。"三句言开鸾镜奁匣,清理镜匣中残留之眉黛。四云又添睡鸭炉香而将前夜残熏换去。前半极写房中孤寂,无聊境况。下半悼思。五言定知妻子逝后,夜夜望月思念自己及儿女。归去,言亡逝。李白《拟古》："生者为过客,死者为归人。"《语窦》云:"人死曰归去。"六句言自己即便梦中也无处寻觅妻子亡魂。《锦瑟》"沧海月明珠有泪,蓝田日暖玉生烟"可与此联同参。七、八以蒲之堪结与鸳鸯长匹反衬夫妻之长离死别。陆昆曾《李义山七律诗解》云"此亦义山悼亡也""追念生平,深感存殁"。姚培谦曰:"此亦是悼亡之作""真是情痴肠断语"。

日　射

日射纱窗风撼扉,香罗拭手^①春事违。

回廊四合掩寂寞,碧鹦鹉对红蔷薇。

[注释]

①香罗拭手:《礼记·内则》："盥卒授巾。"注曰:"巾以帨手。"《释文》曰:"帨,拭手也。"屈复云:"袖手空过一春也。"

[点评]

此代深闺女子抒寂寞怀春之情。一、二极写深闺之寂寞无聊景况。房外日照风撼,见窗门紧闭;室内香罗拭手,见其无所事事,此皆因"春事违"也。三句自闺中扩延至回廊,言回廊亦四面围合,而所掩唯一腔寂寞而已。寂寞,双关。末句绝妙,以艳景写凄清之情。不唯碧鸟对红薇,我亦与碧鸟红薇相对也。

此闺怨诗,别无寄托。陆鸣皋曰:"此闺词也。花鸟相对间,有伤情人在内。"纪晓岚云:"佳在竟住,情景可思。"

中元^①作

绛节飘摇宫国来^②,中元朝拜上清回。

羊权虽得金条脱,温峤终虚玉镜台^③。

曾省^④惊眠闻雨过,不知迷路为花开。

有娥未抵瀛洲远,青雀如何鸩鸟媒^⑤。

[注释]

①中元:阴历七月十五。唐时中元日大设道场,并有京城张灯之事。

②"绛节"句:绛节,赤色之符节。梁简文帝《让骠骑扬州刺史表》:"司隶绛节,金吾缇骑。"杜甫《玉台观》:"中天积翠玉台遥,上帝高居绛节朝。"宫国,宫中。

③"羊权"二句:《真诰》:女仙萼绿华降羊权家,赠羊火浣布手巾一条,金玉跳脱各一枚。跳脱,同条脱,一种臂饰,即今之腕钏也。《世说新语·假谲》:温峤从姑刘氏,有女甚有姿慧,托峤觅婚。娇密有自婚意,云:"但如峤比如何?"姑云:"丧败之余,乞粗存活,何敢希汝比?"峤乃下玉镜台一枚以为聘。既婚,交礼,女以手披纱扇,拊掌大笑曰:"我固疑是老奴,果如所卜。"诗云"终虚",反其意。

④曾省:曾记得。

⑤"有娥"二句:《离骚》:"望瑶台之偃蹇兮,见有娥之佚女。"又:"吾令鸩为媒兮,鸩告余以不好。"注:"鸩,恶鸟也,有毒杀人,以喻谗贼。"

　　诗有"宫国"字,疑宋华阳以宫女身份而侍贵主入道。七月十五中元节与贵主自长安宫禁返玉阳,故首云"宫国来"。二句言己至灵都观朝拜。三、四言虽得宋氏信物定情,然终不能如世俗结为夫妇。羊权,温峤均自比。五句"曾省"直贯六句,言记得昔日两情欢会,曾惊美其云情雨意,令己为"花开"而不问是否"迷路"! 六句用刘、阮天台事。不知,不管,不问。王维《桃源行》"坐看红树不知远",不知远,即不管、不问路之远近。七、八有娥氏比宋华阳,言宋之居处,原未若蓬瀛遥远,言外有好合之望,然已传书所托非人,致使两情暌隔多时。鸩鸟为媒,或即是永道士之流。

当句有对①

密迩平阳接上兰②,秦楼鸳瓦汉宫盘③。

池光不定花光乱,日气初涵露气干。

但觉游蜂饶④舞蝶,岂知孤凤忆离鸾⑤。

三星自转三山远⑥,紫府⑦程遥碧落宽。

[注释]

①当句有对:何焯曰:"每句中有对,所谓当句对格也。"钱锺书曰:"此体创于少陵,而定名于义山。"程梦星曰:"题只以诗格而言,盖即无题之义。"
②"密迩"句:平阳,指平阳公主第。《汉书·外戚传》:"孝景王皇后长女,为平阳公主。"又《卫青传》:"平阳侯曹寿,尚武帝姊阳信长公主。"《西京赋》师古注:

"上兰,观名,在上林(苑)中。"密迩,邻接,紧靠。

③"秦楼"句:秦楼用萧史、弄玉事。《邺中记》:"邺都铜雀台皆鸳鸯瓦。"白居易《长恨歌》:"鸳鸯瓦冷霜花重。"鸳鸯瓦,一上一下两片嵌合共抱之瓦。汉宫盘,即武帝承露盘。

④饶:怜、怜惜。白居易《喜小楼西新柳抽条》:"为报金堤千万树,饶伊未敢苦争春。"

⑤孤凤离鸾:孤凤,失偶之凤;离鸾,离偶之鸾。

⑥"三星"句:三星,《诗·唐风·绸缪》:"绸缪束薪,三星在天。"传:"三星,参也;三星在天,可以嫁娶矣。"三山,海上蓬莱、方丈、瀛洲三神山,仙人所居。

⑦紫府:《十洲记》:"青丘紫府宫,天真仙女游于此地。"紫府,仙府也,喻指道观。

[点评]

　　此亦无题。据"紫府"字,亦咏女冠诗。平阳,贵主第;上兰,观名。言其所居与公主宅第、上林道观紧接,暗示其人为贵主侍女之入道者,当指华阳宋氏。二句言其虽随贵主入道求仙(汉宫盘),实愿效俗世之鸳鸯双栖(鸳瓦)。妙在以宫室之壮丽暗示其身份及恋情。程梦星云:"此寄怀贵游女冠之作。"良是。《碧城》云:"玉池荷叶正田田。"三句"池光不定",即玉池神光闪烁离合;"花光乱",花影摇晃纷披,暗示夜合交欢。四句日气露气云云,言自夜至晓,日气初涵,雨露已晞,暗示晓珠初临而云雨会毕,不得不离。此妙在以道观景色暗示其两情之相谐。五、六蜂、蝶、鸾、凤错举互文,蜂、鸾自喻;蝶、凤比宋。五句言夜来我自对伊怜惜有加,六句言岂料天明离去,伊人如孤凤之忆我也。商隐诗龙、凤对举,则龙自喻,而凤喻宋。若鸾、凤对举,则鸾喻男子或自喻,而凤喻女子,或喻所恋,后亦以喻妻子,此《集》中屡见。七、八言参星自转,参商两隔,而紫府、三山,天宽海阔,何日而再得相见?紫府、三山均指女冠宋华阳所居玉阳西峰灵都观。

　　诗题《当句有对》,虽有题实亦无题。此诗八句皆句中有对;平阳、上兰;秦楼、汉宫;池光、花光;日气、露气;游蜂、舞蝶;三星、三山;紫府、碧落。钱锺书《谈艺录》云:"此体创于少陵,而定名于义山。少陵《闻官军收两河》云:'即从巴峡穿巫峡,便下襄阳向洛阳。'《曲江对酒》云:'桃花细逐杨花落,黄鸟时兼白鸟飞。'《白帝》云:'戎马不如归马逸,千家今有百家存。'义山《杜工部蜀中离席》:'座中醉客延醒客,江上晴云杂雨云。'《春日寄怀》云:'纵使有花兼有月,可堪无酒又无人。'又七律一首题曰《当句有对》,中一联云:'池光不定花光乱,日气初涵露气干。'"然老杜诗中唯一联当句有对,商隐则四联八句皆自为对,故钱良择《唐音审体》云:"此格仅见。"

圣女祠

松篁台殿蕙香帏,龙护瑶窗凤掩扉。

无质易迷三里雾,不寒长著五铢衣①。

人间定有崔罗什,天上应无刘武威②。

寄问钗头双白燕,每朝珠馆几时归③?

[注释]

①"无质"二句:《后汉书·张楷传》载:张楷好道术,能作五里雾,而关西人裴优能作三里雾。《汉书·律历志》:"二十四铢为两。"《博物志》:"天衣六铢,尤细者五铢也。"铢衣,喻衣之至薄至轻者。

②"人间"二句:《酉阳杂俎·冥迹》载:魏孝昭时,崔罗什夜经长白山西,忽见朱门粉壁,入两门遇一女子,赠什以指上玉环,什留以玳瑁簪。出,回顾乃一大冢,为夫人墓。刘禹锡《诮失婢》:"不逐张公子,即随刘武威。"

③"寄问"二句:《洞冥记》载:汉武元鼎元年起招贤阁,有神女留玉钗与帝,帝以赐赵婕好。至元凤中发匣,钗化白燕飞天。后宫人学作此钗,名玉燕钗。珠馆,以宝珠为饰之屋,此指天上仙人所居。陆倕《和昭明太子钟山解讲》:"当衢启珠馆,临下构山楹。"

[点评]

此"圣女"当喻指所恋灵都观女冠宋华阳,"祠"即灵都观。

一、二言圣女祠台殿松竹掩映,神龛香帏长垂,而瑶窗玉扉皆雕龙镌凤。然自比兴观之,则龙乃义山自比,而凤则比宋。二人观内幽会,为遮人耳目而关窗闭户。"龙护瑶窗凤掩扉",龙凤、窗扉、护掩均互文;护,亦掩也。三、四状"圣女"服饰之至轻至薄,望之如轻纱薄縠,恰似无质。五、六戏言之云:人间有多情如我者,可与汝相伴,天上应无如此风流才士,言外俗世之情爱大胜于道观之清规戒律。七、八寄问"圣女"钗头之双双玉燕,此去朝天(至京华主第),何时得归?

诗似抒写宋氏至长安贵主府第前之一次恣情交欢情景,然借圣女以隐其迹,语亦含蓄。

"无质"一联美宋氏之轻衣薄艳,亦《天平公座中》云"衣薄临醒玉艳寒"之意。

明 日

天上参旗过[①],人间烛焰销。

谁言整双履,便是隔三桥[②]?

知处黄金锁,曾来碧绮寮[③]。

凭阑明日意,池阔雨萧萧。

①参旗过:参旗,星名。《晋书·天文志》:"参旗九星,在参西,一曰天旗,一曰天弓。"过,言参旗已落,夜已将尽,故下云"烛焰销"也。

②"谁言"二句:《述异记》:"公主山在华山中。汉末王莽秉政,南阳公主避乱,入此峰学道,后升仙,至今岭上有一双朱履。"三桥,渭水三桥。《三辅黄图》:"渭水贯都以象天汉,横桥南渡以法牵牛。"三桥,渭水有西、东、中三桥,此仅取银河义,意谓一经分手便银汉阻隔。

③绮寮:绮窗。

[点评]

一、二"参旗过""烛焰销",言夜已将尽。三句"谁言"贯下句,云谁言两情欢会之后,便将银汉永隔。"整双履",指言偷合,所谓"非礼之会"。五、六言汝虽禁处黄金锁屋,然我知之,今夜已来汝碧绿绮窗之下。黄金锁,喻道观之森严。七、八言夜深人静,凭阑而思,当明日"参旗过""烛焰销"之时,我当重来,则其时亦当如今宵之"池阔雨萧萧"也。池雨,亦高唐云雨之喻。

此艳情,亦与女冠华阳宋氏之恋情。

日 高

镀镮故锦縻轻拖^①,玉笓^②不动便门锁。

水精^③眠梦是何人？阑药日高红鬖鬖^④。

飞香上云春诉天,云梯十二门九关^⑤。

轻身灭影何可望,粉蛾帖死屏风上^⑥。

[注释]

①"镀镮"句:镀镮即门环。《正字通》:"凡圈郭有孔可贯系者,谓之镮,通作环。"縻,系。徐逢源曰:"以故锦系镮,便于引曳,宫禁之制如此。"

②玉笓:《字汇补》:"笓,与匙同。"玉笓,美称,如钥称金钥。《黄庭内景经》:"玉笓金钥长完坚。"

③水精:指水晶帘。

④"阑药"句:阑、栏通,栏药即花栏中之芍药花。鬖鬖,摇荡貌。

⑤"云梯"句:云梯十二,即玉楼十二,极言天之高迥。《集仙录》:"西王母所居宫阙在阆风之苑,有城千里,玉楼十二。"门九关,天门紧闭而不可入。《离骚》:"吾令帝阍开关兮,倚阊阖而望予。"

⑥"轻身"二句:朱鹤龄曰:"言云天之高,门关之邈,非轻身灭影者不能到,徒如粉蛾之帖死于屏风耳。"

[点评]

据"云梯十二",则所思亦女冠中人。义山与女冠之恋情,见于《玉溪集》者,唯宋华阳一人。诗中虽有"姊妹"并提,有"三珠树""三英"之喻,然自其情笃王氏、柳枝,梓幕却张懿仙事,可见其非随意移情之辈。故定此所思之人亦宋华阳也。又,《月夜重寄宋华阳姊妹》云"玉楼仍是水精帘",此云"水精眠梦是何人",是亦可证。

一句言宋所居道观,故锦系环,轻垂未动。拖,下垂。谢灵运《谢封康乐侯表》:"鸣玉拖绂,班景元勋。"二句言玉钥不动,便门坚锁。要之,观门紧闭,未能即入也。三、四拟想之辞,言水晶帘内之人,高卧未起,如栏内芍药,红日照映,轻摇漫荡。五句突发奇想,言己之情思随芍药之香袅飞云天,拟向天求助。诉,求,求助。诉天,即"诉诸(之于)天",向天求助。六句言天梯高远,天门紧闭,喻观门仍是固锁,回应首联。七、八绝望之辞,言即令如粉蛾轻身灭影,亦无望入观,唯贴死屏风之上耳。姚培谦曰:"此叹两情之不易通也。"屈复笺曰:"美人日高尚眠于水晶之宫,而天高门邃,我既不能轻身灭影,将如粉蛾之贴死屏风,终身不得相见也。"

嫦 娥

云母屏风[1]烛影深,长河[2]渐落晓星沉。

嫦娥应悔偷灵药[3],碧海青天夜夜心。

[注释]

①云母屏风:云母装饰之屏风,房中贵重陈列品。云母,硅酸盐矿石,质地柔韧,色泽鲜艳透明,常切割成薄片以装饰屏风,窗户等。
②长河:银河。
③偷灵药:《淮南子·览冥训》:"羿请不死之药于西王母,姮娥窃以奔月。"高诱

注："姮娥，羿妻。羿请不死之药于西王母，未及服之，姮娥盗食之；得仙，奔入月中，为月精。"

[点评]

　　此咏所思之女冠。屈复云："嫦娥指所思之人也，作真指嫦娥，痴人说梦。"一、二言难耐孤寂，长夜不眠。三句始点此不眠者乃嫦娥，反接并申述不眠之由：悔偷灵药。《月夜重寄宋华阳姊妹》云："偷桃窃药事难兼，十二城中锁彩蟾。""偷桃"，用东方朔事，喻男女欢情，所谓"偷香窃玉"也。"窃药"，用嫦娥事，喻入道求仙。"应悔偷灵药"，即应悔入道求仙。"彩蟾"，月中蟾蜍，与嫦娥同指代月；彩蟾被锁，亦即"碧海青天"之谓。诗仍当为宋华阳而发。

　　刘学锴解此诗甚为通达，录以备考。刘云："嫦娥窃药奔月，远离尘嚣，高居琼楼玉宇，虽极高洁清净，然夜夜碧海青天，清冷寂寥之情固难排遣；此与女冠之学道慕仙、追求清真而又不耐孤孑，与诗人之蔑弃庸俗、向往高洁而陷于身心孤寂之境均极相似，连类而及，原颇自然。故嫦娥、女冠、诗人，实三位而一体，境类而心通。"形象大于思想，艺术形象蕴含之丰富性，常以其同构对应之关系，而可亦此亦彼。如"夕阳无限好，只是近黄昏"，可喻头颅老大，抒迟暮之感；可解为哀唐祚之衰，如日薄西山，如此，等等。

银河吹笙

怅望银河吹玉笙,楼寒院冷接平明①。

重衾幽梦他年断,别树羁雌昨夜惊②。

月榭故香因雨发,风帘残烛隔霜清。

不须浪作缑山意,湘瑟秦箫自有情③。

[注释]

①接平明:直至天明。平明,犹黎明。《荀子·哀公》:"君昧爽而栉冠,平明而听朝。"

②"重衾"二句:重衾,重被。陆机《赠尚书郎顾颜先》:"夕息忆重衾。"幽梦,朦胧之梦境,此指男女欢会。枚乘《七发》:"暮则羁雌迷宿鸟焉。"谢灵运《晚出西射堂》:"羁雌恋旧侣,迷鸟怀故林。"羁雌,谓失偶之雌鸟。

③"不须"二句:《列仙传》载:王子晋善吹笙,七月七日乘白鹤于缑氏山头,举手谢时人而去。缑山,在今河南登封。湘瑟,湘水中鼓瑟之女神,或称湘灵,即虞妃。钱起《湘灵鼓瑟》:"善鼓云和瑟,常闻帝子灵。"秦箫,指萧史,秦穆公女弄玉嫁与。

[点评]

此诗似为玉阳山失恋,忧伤怨极而拟与宋华阳女冠决绝之辞。约当作于大和三至四年(828—829)以后。

一、二两联倒接。言重衾幽梦,他年已断,而昨夜又梦羁雌栖于别树,令我倏然惊醒。别树,他树,今俗谓"另外"的树。《青陵台》云:"莫讶韩凭为蛱蝶,等闲飞上别枝花。"此别树犹同"别枝"之意。醒后再难入眠,于是吹笙而怅望银河,羡牛女一年一会。"吹笙",用王子晋事,言己将拟王子晋乘白鹤于缑氏山头,即再度上玉阳山寻觅伊人,重温旧梦。然恐"楼寒院冷",彼不我接也。《月夕》所谓"兔寒蟾冷桂花白"。五、六眼前即景,怨怀伊人而又融入身世之感。月榭凋花因雨而余香飘散,帘中残烛亦因风而隔霜摇晃,失恋,失意,融情入景;要之,余香残烛,令人颓丧失落。七、八结出一篇主意,言与其浪作缑山之想,再上玉阳,不如从此劳燕分飞,各有所匹:彼湘灵自为虞妃,我萧史亦自偶弄玉也。屈复笺七、八最妙,云:"七、八决绝之词,即'子不我思,岂无他人'意。"言悼亡,言陈情令狐者,大误。

　　唯义山因何失恋而与宋华阳分离,又有说焉。《寄永道士》云:"共上云山独下迟,阳台白道细如丝。君今并倚三珠树,不记人间落叶时。"是义山当年学道求仙,当与一叫永道士之人共上玉阳。唯己因令狐楚聘入幕至天平郓州,而永道士则留玉阳东山,故云"独下迟"也。第三句极可玩味,"三珠树"喻指华阳宋氏三姊妹。"并倚"云云,似义山下山后,永道士与宋氏三姝并有沾矣。证以《月下重寄宋华阳姊妹》云"应共三英同夜赏,玉楼仍是水晶帘",此"三英"亦即"三珠树"。宋氏姊妹似为贵主侍女,或原即宫女,不能与义山共下云山。唐时女冠恋情虽较自由,然只可相狎相恋,若结褵,则须还俗。故"道俗不婚"是其失恋宋氏之主因。

水天闲话旧事

月姊曾逢下彩蟾[①]，倾城消息隔重帘[②]。

已闻佩响知腰细，更辨弦声觉指纤。

暮雨自归山悄悄，秋河不动夜厌厌[③]。

王昌且在墙东住，未必金堂得免嫌[④]。

[注释]

①"月姊"句：月姊，嫦娥。彩蟾，指月，以传说中有蟾蜍故称。此句可读为"曾逢月姊下彩蟾"，切题中"旧事"。

②"倾城"句：倾城用李延年"一顾倾人城"歌，即指首句之"月姊"。赵臣瑗曰："倾城也而曰'消息'，以尚隔重帘，未经觌面之故。"

③厌厌：安静貌。《诗·小雅·湛露》："厌厌夜饮。"传："安也。"

④"王昌"二句：《碧鸡漫志》引《河中之水歌》末云："人生富贵何所望，何不早嫁东家王。"东家王即指王昌。金堂，郁金堂，卢莫愁所居。冯浩曰："谓近在墙东，嫌疑难免，不我肯即，徒枉然耳。"

[点评]

　　此首一题作《楚宫》，兹据《才调集》改。纪晓岚曰："直是《无题》之属，误列于《楚宫》下耳。"张采田曰："当从《才调集》题为《水中闲话旧事》。"

　　白居易诗："水天向晚碧沉沉。"（《宿湖中》）此于月下水天一色处与友人"闲话"，首句"曾逢"字点明"旧事"。言曾逢伊人如月里嫦娥，自天而下。二云所恋之人有倾城之貌,然重帘阻隔,未得相亲。《无题》云:"偷桃窃药事难兼,十二城中锁彩蟾。应共三英同夜赏,玉楼仍是水精帘。"水精帘即重帘;"彩蟾"锁于"十二城中"(仙宫,指道观)。又《无题》云:"紫府仙人号宝灯,云浆未饮结成冰。如何雪月交光夜,更在瑶台十二层。"三首所咏当同一女冠,意即女道士宋华阳。三、四拟想之辞,言闻佩响、弦声,能辨知其腰细,指纤,极相思之致。五、六言终不得一见,暮雨自归之时,山亦为之悄悄,继望银河,只觉厌厌其夜长。末以东家王昌自喻,言郁金堂外墙东即为我住,虽汝避嫌远我,亦未必使人不生疑猜。

　　李商隐《无题》多直赋恋情,极少寄托,论者每以"陈情令狐"作解,甚是牵强。此首写恋情无可置疑,可与上引二首《无题》及《银河吹笙》《碧城三首》同参。

重过圣女祠①

白石岩扉碧藓②滋,上清③沦谪得归迟。

一春梦雨④常飘瓦,尽日灵风不满旗⑤。

萼绿华⑥来无定所,杜兰香⑦去未移时。

玉郎会此通仙籍⑧,忆向天阶⑨问紫芝。

[注释]

①圣女祠:或言陈仓县(今宝鸡市)、大散关之间列壁上有圣女祠。此当喻玉阳山之灵都观。

②碧藓:青苔。权德舆《崔君墓志》:"疏清流,荫碧藓。"

③上清:《登真隐诀》:"上清,太上宫名,玉晨道君所居。"此泛指天宫。

④梦雨:迷濛之细雨,即绵绵雨。王若虚《滹南诗话》卷下:"萧闲云:'风头梦,吹无迹。'盖雨之至细、若有若无者,谓之'梦'……贺方回有'风头梦雨吹成雪'之句,又云'长廊碧瓦,梦雨时飘洒'。"

⑤"尽日"句:灵风,神风。不满旗,屈复曰:"寂寞之意。"

⑥萼绿华:女仙,以升平三年(359)十一月十日夜降羊权家,自此往来,一月辄六过。见《真诰》。

⑦杜兰香:亦仙女。来无定所,去未移时,反衬圣女之沦谪归迟及寂寞无伴。

⑧玉郎:天宫小官。《登真隐诀》载:三清九宫"玉郎诸小辈官位甚多"。仙籍,仙官薄籍,犹朝官之有朝籍。

⑨天阶:天宫之台阶。

[点评]

　　此圣女祠亦借喻玉阳西峰之灵都观。言重过,难以定编,据"碧藓滋"生,又"忆向"云云,当与玉阳学道相隔久远,或晚年所作。

　　一句言圣女祠岩扉碧藓滋生,以喻玉阳灵都观内久无人居住,人去观空,烟消云散也。二句言圣女自上清沦谪,归也迟迟,似指宋华阳虽离去,然仍未脱道籍。三、四雨细风微,既是即景,又寓神女巫山事,怀想忆念之辞。五、六言"圣女"于长安、济源,往来无定,亦不知何日当再来此?七、八玉郎自谓,忆言早岁学仙玉阳,亦曾入道籍,并于"天阶"取此"紫府灵芝"。此"紫芝"当喻指华阳宋氏之情爱。

　　按诸论家极重二联。吕本中《紫薇诗话》云:"东莱公深爱义山'一春梦雨常飘瓦,尽日灵风不满旗'之句,以为有不尽之意。"贺裳云:此二句"似可亲而不可望,如曹植所云'神光离合,乍阴乍阳'也"。张谦宜曰:"思入微妙""恍忽缥缈,使人可想而不可即"。要之,其妙在朦胧含蓄,言有尽而意无穷也。

春 雨

怅卧新春白夹衣^①，白门^②寥落意多违。

红楼隔雨相望冷，珠箔^③飘灯独自归。

远路应悲春晼晚^④，残宵犹得梦依稀。

玉珰缄札^⑤何由达，万里云罗^⑥一雁飞。

[注释]

①白夹衣：唐时举子未仕时所著，亦用作便服。

②白门：城门。《后汉书·吕布传》注："白门，大城之门也。"《杨叛儿》："暂出白门前，杨柳可藏乌。欢作沉水香，侬作博山炉。"此取"白门杨柳"之意，指男女游春欢会之处。

③珠箔：珠帘。

④晼晚：日暮。《楚辞·哀时命》："白日晼晚其将入兮。"

⑤玉珰缄札：玉珰，耳珠。古人常以玉珰为男女定情信物，于书札中缄以附寄。

⑥云罗：阴云密布如张网罗。江淹《杂体诗》："旷哉宇宙惠，云罗更四陈。"

[点评]

　　此诗为春雨中旧地重游，访昔日所恋女子不遇而惆怅抒怀之作。一言新春怅卧。二言因怅卧而思往昔与所思于白门杨柳之处相约欢会情景。三言思之不足则趁夜访之，然红楼隔雨，一片凄冷。四言所思之人不遇，于雨帘中怏怏而归。五言其人或早已远去，应悲丽日青春之将逝，此亦翻过一层，自对面落笔。六言还至下处,唯残宵梦中或可依稀一见。七言有玉珰缄札,亦不知寄往何方？八翘望无际,万里阴云,唯一雁孤飞。落句以景结情,极篇终混茫之致。

"红楼"一联,唐诗名句。红楼而望冷,眼前暖景与心中凄苦互相映衬;隔雨与珠箔之喻象,雨帘中朦胧飘灯,于梦雨中还路独归,其两情阻隔,心绪渺茫可隐然感触。

芭蕉不展丁香结

柳枝五首

并序

　　柳枝，洛中里娘也。父饶①好贾，风波死湖上。其母不念他儿子，独念柳枝。生十七年，涂妆绾髻，未尝竟，已复起去②，吹叶嚼蕊③，调丝擫管④，作天风海涛之曲、幽忆怨断之音。居其旁，与其家接⑤，故往来者闻十年尚相与⑥，疑其醉眠梦断⑦不娉⑧。余从昆⑨让山，比柳枝居为近。他日春曾阴，让山下马柳枝南柳下，咏余《燕台》诗，柳枝惊问："谁人有此？谁人为是？"让山谓曰："此吾里中少年叔耳。"柳枝手断长带，结让山为赠叔乞诗。明日，余比马出其巷，柳枝丫鬟⑩毕妆，抱立扇下，风鄣一袖，指曰："若叔是？后三日，邻当去溅裙⑪水上，以博山香⑫待，与郎俱过。"余诺之。会所友有偕当诣京师者，戏盗余卧装以先，不果留。雪中让山至，且曰："为东诸侯取去矣。"明年，让山复东，相背于戏上⑬，因寓诗以墨其故处云。

花房与蜜脾⑭，蜂雄蛱蝶雌。
同时不同类，那复更相思⑮。

本是丁香树，春条结始生⑯。
玉作弹棋局，中心亦不平⑰。

嘉瓜引蔓长⑱，碧玉冰寒浆⑲。
东陵虽五色，不忍值牙香⑳。

柳枝井上蟠,莲叶浦中干^㉑。
锦鳞与绣羽^㉒,水陆有伤残。

画屏绣步障^㉓,物物自成双。
如何湖上望,只是见鸳鸯。

[注释]

①饶:程度副词,甚也。《说文》段注:"引以为凡甚之称。汉谣曰:'今年尚可后年饶。'谓后年更甚也。"

②已复起去:连下知其妆未竟,复起去弄歌。冯浩云:"善写骄憨之态。"

③吹叶嚼蕊:吹叶,口唇衔叶而啸歌。《旧唐书·音乐志》:"啸叶,衔叶而啸。"嚼蕊,凃琼蕊。郭璞《游仙诗》:"嚼蕊挹飞泉。"此处似借为取草节之管以吹吐之。嚼,吐,此义同吹;蕊,《玉篇》:"草木实节生也。"

④调丝抚管:调弦按管。抚,同厌。《说文》:"抚,一指按也。"《广韵》:"抚,指按也。"

⑤接:近。《仪礼·聘礼》注:"接,犹近也。"

⑥"闻十年"句:即闻之十年,知闻她已十年。《说文》:"闻,知闻也。"相与:彼此交往。

⑦醉眠梦断:言其年轻任性。

⑧不娉:没有人聘娶。娉同聘。

⑨从昆:堂兄。

⑩丫鬟:头上梳双髻,未适人之妆。

⑪溅裙:亦作湔裙,洗裙子。《北史·窦泰传》:"窦泰母梦风雷有娠,期而不产,甚惧。有巫者曰:'度河湔裙,产子必易。'"《玉烛宝典》:"元日至晦日,并为醮食,士女湔裙度厄。"

⑫博山香:古有博山炉。《考古图》:"炉象海中博山,下盘贮汤,润气蒸香,象海之四环。"古乐府《杨叛儿》:"欢作沉水香,侬作博山炉。"言当焚香以待并约其幽会。

⑬戏上:水名,在新丰县东戏亭北。

⑭"花房"句:花房,花蕊。蜜脾,王元之《蜂记》:"蜂酿蜜如脾,谓之蜜脾。"

⑮"同时"二句：意谓蛱蝶采花，雄蜂酿蜜，一栖花房，一居蜂巢；虽生在同时，却不同类，即便有心相结，又如何相好？《闺情》云："红露花房白蜜脾，黄蜂紫蝶两参差。"可为此首注脚。

⑯"丁香"二句：丁香，喻柳枝。杜甫《丁香》："丁香体柔弱，乱结枝犹垫。"《本草纲目》引陈藏器曰：丁香"击破（着）则顺理而解为两向"。结，谓愁思固结不解。

⑰"弹棋局"二句：弹棋局，义山自喻。《考古图》："弹棋局状如香炉，盖谓其中隆起也。"句意双关，云柳枝事不成，心中自不平也。

⑱嘉瓜：喻柳枝。《后汉书·五行志》："安帝元初三年（116），有瓜异本共生，一瓜同蒂，时以为嘉瓜。"

⑲碧玉：暗示柳枝为小家女。

⑳"东陵"二句：《史记·萧相国世家》："召平者，故秦东陵侯。秦破，为布衣，贫，种瓜于长安城东。瓜美，故世俗谓之'东陵瓜'。"二句意谓除却柳枝，别"瓜"即如东陵，亦不愿问津，即"曾经沧海难为水，除却巫山不是云"意。

㉑"柳枝"二句：柳枝蟠于井上，喻不得其所，即《序》中云为东诸侯取去。莲叶自比，干于浦中则枯槁沉沦。

㉒"锦鳞"句：锦鳞，游鱼；绣羽，飞鸟。鲍照《芙蓉赋》："戏锦鳞而夕映，曜绣羽以晨过。"鳞羽分喻己与柳枝。

㉓步障：行幕。古时显贵者出行，特设行幕，以蔽风寒尘土。《晋书·石崇传》："崇作锦步障五十里。"

[点评]

　　《序》中可见，柳枝为商隐第一知己。然柳枝为小家女，父又"风波死湖上"，终因"同时不同类"，有情人未能偕合。故此第一首为全组五首之关键。《序》云："所友有偕当诣京师者，戏盗余卧装以先，不果留。"当为掩饰之辞。

　　屈复《玉溪生诗意》解笺最为得当简要：首章言本非同类，何用相思！次章言既有一遇，亦不能漠然。三章云蔓长喻思长，言嘉瓜色如碧玉，冰似寒浆，喻相合也。虽有五色之美，今日不忍更言也。四章言彼此俱伤也。五章言举目堪伤也。

细　雨

帷飘白玉堂,簟卷碧牙床①。

楚女②当时意,萧萧发彩凉。

[注释]

①"簟卷"句:簟,竹席。卷,曲也。《说文》:"卷,㔳曲也。"段注:"卷之本义也,引申为凡曲之称。"牙床,以碧玉象牙装饰之床。萧子范《落花》诗:"飞来入斗帐,吹去上牙床。"
②楚女:指巫山神女。

[点评]

　　首句比而兼兴。帷飘比细雨之飘洒,而又兴起所思之情事。二句由雨而思,由堂而室:碧牙床上,席簟卷曲,此《无题》"潇湘浪上有烟景"之意。写雨情云意,极含蓄之致。故三句紧接"楚女当时意",言所思非眼前景,而乃当时与"楚女"之一段情缘。四句于今唯留其"萧萧发彩凉"之朦胧意态。短幅中无限情思。屈复曰:"细雨如丝,因帐飘簟卷而怀当时之楚女,意自有托也。"

袜

尝闻宓妃袜^①,渡水欲生尘。

好借嫦娥著,清秋踏月轮。

[注释]

①"尝闻"二句:曹植《洛神赋序》:"黄初三年,余朝京师,还济洛川。古人有言,斯水之神,名曰宓妃。"又赋曰:"凌波微步,罗袜生尘。"生尘,言行洛水上,如履平地而生尘土。

[点评]

　　诗有"嫦娥"字,当亦喻指女冠如宋华阳者。一、二言宓妃凌波微步,罗袜生尘;行洛水上,如履平地。三、四因怀思而设奇想:何不将此袜借与嫦娥,令彼踏月而来与我相会耶?

　　此亦玉阳东山学道时,望玉阳西灵都观而怀所思。

月夜重寄宋华阳姊妹

偷桃窃药^①事难兼，十二城中锁彩蟾^②。

应共三英^③同夜赏，玉楼^④仍是水晶帘。

[注释]

①偷桃窃药：偷桃用东方朔事，窃药用嫦娥事，屡见。偷桃喻恋情，着眼在"偷"字。《曼倩辞》云："如何汉殿穿针夜，又向窗中觑阿环。"觑即偷也。窃药喻入道事。意谓恋情和入道二事不可得兼。

②"十二城"句：十二城，指道观。《集仙录》："西王所居宫阙在阆风之苑，有城千里，玉楼十二。"彩蟾，传说月中有蟾蜍，此指代月姊、嫦娥，亦即宋华阳姊妹。

③三英：指宋华阳三姊妹，元稹《追封宋若华制》："若华等伯姊季妹，三英粲兮。"当即《寄永道士》诗所谓"三珠树"。

④玉楼：即十二城，十二玉楼，指宋华阳等所居玉阳西灵都观。

[点评]

此当为义山决定独下玉阳山，往访宋华阳姊妹未遇，而后重寄之作。

首联言男欢女爱与入道学仙，两事不可得兼。日前往访，然灵都观门紧锁，汝等如嫦娥之困于广寒也。三、四言今夜月明，本拟可与汝等三姊妹同赏明月，然玉楼深闭，水晶帘隔，是仍观门紧锁也。

诗约当作于下玉阳前夕，大和四年（830），可与《寄永道士》《嫦娥》《赠华阳宋真人兼寄清都刘先生》等诗同参。

鸳 鸯

雌去雄飞万里天,云罗^①满眼泪潸然。

不须长结风波愿,锁向金笼始两全。

[注释]

①云罗:网罗似云。鲍照《舞鹤赋》:"厌江海而游泽,掩云罗而见羁。"

[点评]

　　鸳鸯雌雄相守。崔豹《古今注》:"鸳鸯,水鸟,凫类也。雌雄未尝相离,人得其一,则一思而死,故曰匹鸟。"今雌去雄飞,云罗满眼,世路风波,岂能两全!三、四"不须"反言之,犹可伤,云不须寄重逢于风波险恶之时,除非锁向金笼,始能朝暮相对。屈复曰:"锁向金笼,本所不愿,然与其结愿于风波之中,不如两全于金笼耳。无可奈何之词。"

　　据"风波"字,似为柳枝而发,然无可证实。

莫　愁

雪中梅下与谁期，梅雪相兼一万枝。

若是石城无艇子①，莫愁还自有愁时。

[注释]

①莫愁艇子：乐府古词："莫愁在何处？莫愁石城西。艇子打两桨，催送莫愁来。"

[点评]

　　此怀所思女子而焦急待之。一、二言己于雪中梅下待其来，然搔首踟蹰，望中唯万枝梅雪，所思之人竟未至也。三、四拟想伊人盖无艇子可送，正自愁思，从对面落笔，亦翻过一层意。所思何人，无可定也。味《又效江南曲》，似亦柳枝。

偶题二首(其一)

小亭闲眠微醉消,山榴海柏枝相交。

水文簟上琥珀枕^①,旁有堕钗双翠翘^②。

[注释]

①"水文"句:水文簟,竹席。《杨妃外传》:"妃进见初,帝授以玉竹水纹簟。"琥珀枕,琥珀乃树脂化石,有脂肪光泽,色蜡黄或赤褐,可制饰品,此为琥珀制成之枕。《南史·宋武帝纪》:"宁州献琥珀枕,光色甚丽。"

②翠翘:妇人发饰,似翠鸟尾之长毛。韦应物《长安道》:"丽人绮阁情飘摇,头上鸳钗双翠翘。"

[点评]

此艳情无疑。小亭闲眠而忆往昔情景。二句信手拈来,即景比况在有意无意之间。"山榴海柏",境界独辟,较之蜂蝶鸾凤,巫山云雨,则尤见新创。三、四潇湘浪上,琥珀枕旁,唯见堕钗翠翘,其细节极具暗示性。

按男女艳遇,刻意写实,则淫浪秽亵,堕入恶趣。小说多此笔法,如《肉蒲》《艳史》之类,难辞导淫之咎。义山偶有艳诗,"艳而能逸"(纪晓岚评),空灵剔透。此如美人春睡,风神萧散,予人以美感而非肉感也。

花下醉

寻芳不觉醉流霞①，倚树沉眠日已斜。

客散酒醒深夜后，更持红烛赏残花。

[注释]

①流霞：传说中之仙酒。《论衡·道虚》："口饥欲食，仙人辄饮我以流霞一杯；每饮一杯，数月不饥。"此代指酒。

[点评]

此可作赏花、爱花读，亦可作艳诗读。"芳""花"于古均有喻义。"寻芳"，可作寻游赏花解，姚合《游阳河岸》："寻芳愁路尽，逢景畏人多。""寻芳"亦喻寻觅艳侣，芳喻美女。杜牧《叹花》云："自是寻芳去较迟，不须惆怅怨芳时。狂风落尽深红色，绿叶成阴子满枝。"而"花"亦可喻美女。白居易《霓裳羽衣歌》："娇花巧笑久寂寥，馆娃苧萝空处所。"甚至可喻妓女，如《武林旧事》："平康诸坊……皆群花所聚之地。"俗谓"花街柳巷""寻花问柳"云。

一言出游寻芳，为花艳所陶醉，"流霞"，双关。二言因为花所醉于日暮苍茫时而倚树沉眠。三言沉眠至深夜酒醒，而客已散去。四言花兴未减，虽花已残，仍于夜深时又秉烛独赏之也。

此诗向有二解。作爱花解者如姚培谦，姚曰："是爱花极致。"作艳诗解者如冯浩，冯云："最有韵，亦复最无聊。"林昌彝《谢鹰楼诗话》云："天下爱才慕色者果能如是耶？"

然此即作艳诗解，亦未可言其"无聊"。士大夫之狎妓、醉于"花"下，乃时俗耳。要之，在于深沉含蓄，使人意会而不堕皮肉之俗，即予人以美感而非性感、肉感，则应为可读。此所以称为艳情诗而非色情诗也。马位《秋窗随笔》称此作"有雅人深致"，是即文士大夫之"以俗为雅"也。

赠歌伎[①] 二首

水精如意玉连环[②]，下蔡城危莫破颜[③]。

红绽樱桃含白雪[④]，断肠声里唱阳关[⑤]。

白日相思可奈何，严城清夜断经过[⑥]。

只知解道[⑦]春来瘦，不道[⑧]春来独自多。

[注释]

①歌伎：歌女。《旧唐书·职官志》："凡三品以上，得备女乐。五品女乐不得过三人。"

②"水精"句：如意，古搔杖名，为搔背痒之具，以其搔痒可如人意故名亦作指划、防身用；多以玉石、水精为之，长一、二尺。《晋书·王敦传》："以如意打唾壶为节，壶边尽缺。"此指歌女手中以水精如意作拍板应歌。玉连环，以玉制成之连环，又称连环套，环环相连。《战国策·齐策》："秦始皇使者遗君王后玉连环。"

③"下蔡"句：《登徒子好色赋》："嫣然一笑，惑阳城，迷下蔡。"破颜，指笑。白居易《天寒晚起》诗："相思莫忘樱桃会，一放狂歌一破颜。"

④樱桃白雪：樱桃喻口。白雪双关：一喻齿牙之白；一指《阳春白雪》之曲。

⑤唱阳关：即唱《渭城曲》。王维《渭城曲》有"西出阳关无故人"句，曲亦名《阳

关三叠》。

⑥"严城"句：古时城内临夜即戒严，时绝断行人，故云"清夜断经过"。《正字通》："严，又戒也。昏鼓曰夜严：槌一鼓曰一严；二鼓为二严；三鼓为三严。"

⑦解道：会说。张相《诗词曲语辞汇释》："只知解道，犹云只知会说。"

⑧不道：犹云不知。

[点评]

据"唱《阳关》"，当是离筵赠妓之作。

首章一句赋、比、兴、相兼也，言此歌女以如意和连环按拍而歌，又言其如水晶，如玉之纯，绝无瑕玷，又以兴其歌喉圆润，连声婉转，真绝妙起句。二句称美其艳色，若嫣然一笑则迷下蔡矣，今下蔡已城危，倩莫破颜而笑，何等婉曲！若直言其美，则为呆句死句。故何义门评二句云："隽妙。"三、四言其离筵清歌，樱桃小口，洁齿如雪，其所唱《阳关曲》，令人闻之肠断矣。

次章一、二云白日相思，情已无奈，严城清夜，断难相聚，意日暮思之，亦戏赠之辞。三、四言只知道我春思难耐，日消一日，不知伤春，相思之情，唯我独多也！

代赠二首

楼上黄昏欲望休①，玉梯横绝月中钩②。
芭蕉不展丁香结③，同向春风各自愁。

东南日出照高楼④，楼上离人唱石州⑤。

总把春山扫眉黛,不知供得几多愁⑥?

[注释]

①欲望休:欲望还休之意。

②"玉梯"句:李白《菩萨蛮》:"玉梯空伫立,宿鸟归飞急。"横绝,玉梯高接层楼,绝,极,引申为高。月中钩,一作"月如钩",言座上玉梯,唯见天边弦月如钩。

③"芭蕉"句:芭蕉不展,言蕉心紧裹。张说《戏题草树》诗:"戏问巴蕉叶,何愁心不开。"杜甫《丁香》:"丁香体柔弱,乱结枝犹坠。"《本草》云:丁香子"如钉子"缄合不坼,故每以喻固结不解之意。

④"东南"句:《陌上桑》:"日出东南隅,照我秦氏楼。"

⑤唱石州:《石州》,乐府商调曲。乐府载其词,乃戍妇思夫之作。

⑥"总把"二句:总,犹纵也。杜甫《酬郭十五判官》:"药裹关心诗总废,花枝照眼句还成。"总把,纵把。春山,喻指眉毛。《西京杂记》:"文君姣好,眉色如望远山。"

[点评]

此代友人赠所思之作,两首全以对面写来,拟想所思女子日暮愁思情景。

首章一、二言所思之女子于楼上黄昏时欲望还休,登上玉梯远眺,唯见天际弦月如钩。"月如钩",是弦月不圆,寄寓所盼不归。三、四言蕉心紧裹,丁香固结,即景为喻,二人同时异地,同向春风,各自含愁。春有寓意,所谓春风吹人,春情萌发也。此暝暮相思。

次章白日相思。一、二言拟想所思女子高楼日照,唯于楼中唱《石州》离曲。冯注引《乐苑》云,有"终日罗帏独自眠"句。按郭茂倩《乐府解题》为戍妇思夫之作,诗盖取罗帏独眠、征妇思夫意。三、四言眉蹙凝愁,纵画眉黛,难扫愁思。姚培谦曰:"一寸眉尖,乃载得尔许愁起。"可谓善解。按"供",设置,安放义。班固《东都赋》:"尔乃盛礼兴乐,供帐乎云龙之庭。"供帐,陈设、安放帷帐。"不知供得许多愁",不知小小眉黛能安放下多少愁思也。

代言体须对所代之人与代赠之人两方心境均有所知,有所体味,始能言事确切,言情浓挚。故虽为代言,实亦作者心中之情事,故论者或以为隐去本事,亦无题之属。二诗前人极称赏,杨万里以为首章"四句全好",纪晓岚以为此二首乃"艳诗之有情致者,第二首更胜"。

·

板桥晓别①

回望高城落晓河②,长亭窗户压微波。

水仙欲上鲤鱼去③,一夜芙蓉红泪多④。

[注释]

①板桥:在梁苑城西三十里,今开封西。

②高城:汴城,今开封。

③"水仙"句:《列仙传》载:赵人琴高"入涿水中取龙子,与诸弟子期曰:'明日皆洁斋候于水旁。'果乘赤鲤来。留月余,复入水去。"水仙,自喻;鲤鱼,喻舟。

④"一夜"句:《拾遗记》:"魏文帝美人薛灵芸,常山人也。……别父母,升车就路,以玉唾壶承泪,壶则红色。……及至京师,壶中泪凝如血。"芙蓉,以比女子之容颜。《长恨歌》:"芙蓉如面柳如眉。"

[点评]

白居易《板桥路》云:"梁苑城西二十里,一渠春水柳千条。若为此路今重过,十五年前旧板桥。曾共玉颜桥上别,恨无消息到今朝。"此即程梦星所云香山"淡荡"之诗。合参二诗,商隐《板桥晓别》大胜白傅。首句造型抒情,以"回望高城"(频频回首)抒无限依依。次句"长亭"即景,点"别"。临窗伤别,而两心沉沉,重"压"微波,亦"载不动许多愁"意。三句"水仙"自喻,"鲤鱼"喻舟。"欲上"云"我今去也",一平常语,经神话仙话点染,即具朦胧之致。四句翻进一层,不言我之依依，而云彼昨夜即泪流横颐，以见伤别之情自夜至晓，使我不能忘怀而频频回首也。纪晓岚以为"笑裙裾脂粉之横填"，似不确，诗中无调笑语，也无调笑之情。

刘禹锡之板桥诗(《杨柳枝》)，实是点窜白诗而成。诗云："春江一曲柳千条，二十年前旧板桥。曾与美人桥上别，恨无消息到今朝。"虽前人誉为"神品"(胡应麟《诗薮》)，实亦不及商隐《晓别》之含蓄蕴藉，有情致。

刘学锴、余恕诚引李郢《板桥重送(李商隐侍御奉使入关)》诗，以为义山徐幕期间曾奉使回长安，驻足板桥，诗为板桥与所恋歌伎晓别之作，可从。李郢《重送》诗云："梁苑城西蘸水头，玉鞭公子醉风流。几多红粉低鬟恨，一部清商驻拍留。王事有程须仃仃，客身如梦正悠悠。洛阳津畔逢神女，莫坠金楼醉石榴。"

妓席暗记送同年独孤云[①] 之武昌

叠嶂千重叫恨猿，长江万里洗离魂。

武昌若有山头石[②]，为拂苍苔检泪痕。

[注释]

①独孤云：字公远，开成二年(837)进士，李商隐同年，官至吏部侍郎。
②山头石：即望夫石。《幽明录》卷六："武昌阳新县北山上望夫石，状若人立，相传昔有贞妇，其夫从役，远赴国难；女携弱子，饯送此山，立望夫而化为立石，因以为名焉。"

[点评]

余臆此怀柳枝之作。题中"妓席暗记",冯浩以为"以妓席晦其迹"。大中七年(853),柳仲郢行春,于乐营置酒,商隐"剧卧漳滨,愁绪如麻",托病未与其会,作《病中闻河东公乐营置酒口占寄上》云:"缘忧武昌柳,遂忆洛阳花。"此"武昌柳"乃喻指洛中里娘柳枝。意柳枝为东诸侯娶往武昌后又沦入风尘。一生未能忘怀。诗晦去其迹,借妓席钱送独孤云,寄言独孤寻觅之。

一、二言送独孤云,言独孤顺江东下武昌,峡中恨猿哀鸣,当倍加伤情。三、四言独孤至武昌,若寻得柳枝,则为我拂去伊脸上苍苔、眼中泪痕,以慰我怀思、疚负之意。柳枝为义山第一知己,"山头望夫"云云,非柳枝莫属。冯浩云:"词意沉痛,非徒感闲情也。"

代魏宫私赠①

来时西馆②阻佳期,去后漳河③隔梦思。

知有宓妃④无限意,春松秋菊可同时?

[注释]

①代魏宫私赠:魏宫,指文帝甄后宫人。私赠,暗赠,赠鄄城王曹植。诗题下义山自注云:"黄初三年,又隔存殁,追代其意,何必同时,亦广《子夜》鬼歌之流变。"
②西馆:《三国志·陈思王传》:"四年来朝,帝责之,置西馆,未许朝,上《责躬》诗。"
③漳河:《水经注》:"魏武引漳流自城西东入,经铜雀台下。"
④宓妃:伏羲氏女,溺死洛水,遂为洛水女神。曹植有《洛神赋》。此指甄后。按

宓音伏。

[点评]

　　此代甄后宫人私赠子建,下首代元城吴质暗答甄后宫人,二首当连观合读,始可意会。

　　一言子建至洛,被文帝置于西馆未许朝见,故未能觌面,佳期受阻。二言子建去后,漳水阻隔,梦思难越。二句极言甄后之情系子建。故三句紧接君王当知后之无限情意。四云今甄后逝矣,二人如春松、秋菊,然情之所钟,可通天地,虽已隔存殁,亦岂必同时乎?

　　甄后、子建情事,纯属后人臆造。义山不过借此问答以明己意,详见《代元城吴令暗为答》。

代元城吴令暗为答^①

　　背阙归藩^②路欲分,水边风日半西曛^③。

　　荆王^④枕上原无梦,莫枉阳台一片云。

[注释]

①元城吴令:吴质,字季重,以文才为文帝所善,曾为元城令。暗为答,关应上篇"私赠"。

②背阙归藩:曹植《洛神赋》:"余从京城,言归东藩。背伊阙,越轘辕。"

③西曛:日暮,昏暗。《洛神赋》:"日既西倾,车殆马烦。"

④荆王:楚怀王,代指陈思王曹植。

此设为文帝近臣暗答甄氏宫人诗。言子建背伊阙,越镮辕而归东藩,日既西倾,车殆马烦,流眄洛川,何有阳台交欢之梦? 宓妃且莫作巫山片云,枉自相思尔!

沈祖棻以为义山《代魏宫私赠》与此首之拟答乃"借题发挥,来记录自己生活中一段不适宜于十分公开的经历"。(《唐人七绝诗浅释》)此说可从。据两诗所言,则似女子于义山情有独钟,而义山则明言己之无意。考义山生平所恋女子,均两情相眷,似无单思独恋之女。意其时或有借义山《无题》诸诗而攻讦者,义山借史拟篇以自明,亦"此女登墙窥臣三年,臣未之许也"之意。

残 花

残花啼露莫留春①,尖发谁非怨别人②。

若但掩关③劳独梦,宝钗何日不生尘④。

[注释]

①莫留春:无计留春住。宋迪《龙池春草》诗:"幽姿偏占暮,芳意欲留春。"

②"尖发"句:尖发,高髻,以比女子。怨别,因别离而悲伤。白居易《鸟赠鹤》诗:"我每夜啼君怨别,玉徽琴里忝同声。"

③掩关:掩门,闭门。《说文》:"关,以木横持门户也。"此指门。

④宝钗生尘:秦嘉《与妇徐淑书》:"今致宝钗一双,价值千金,可以耀首。"淑答曰:"未奉光仪,则宝钗不设。"

此残花之喻，难以遽定。一义残尽、垂尽之花。庾信《和宇文内史重阳阁诗》："旧兰憔悴长，残花烂漫舒。"杜甫《送辛员外》："细草留连侵夜软，残花怅望近人开。"又一似为残花败柳之义，则当喻指冶叶娟条，如《西厢记》云"休猜做败柳残花"。即取一义，似亦冶游之作。

一、二言残花啼露，又何补于青春之消逝，所谓"无计留春住"也；世间但凡弱女子，谁个不是悲伤怨别之人？三、四言从反面进一步宽解之：若果只是闭门独思，则宝钗定然为尘垢所蒙，更莫留春矣！姚培谦笺："此深一层意，言若掩关独处，纵使未残，不啻已残也。"

又效江南曲①

郎船安两桨，依舸动双桡②。

扫黛③开宫额，裁裙约楚腰。

乖期④方积思，临醉欲拌娇⑤，

莫以采菱唱⑥，欲羡秦台箫。

[注释]

①江南曲：《古今乐录》："梁武帝改《西曲》，制《江南上云乐》十四曲，《江南弄》七曲。"《江南弄》有《江南曲》。

②"郎船"二句：乐府《莫愁乐》："艇子打两桨。"《方言》："南楚江湘，船大谓之舸，楫谓之桡。"二句言相约会合。

③扫黛:画眉。《飞燕外传》:"为薄眉,号远山黛。"
④乖期:愆期。
⑤拌娇:放娇。
⑥采菱唱:《江南弄》七曲,其五曰《采菱》。

[点评]

一、二言郎侬相约,驾船会合。三、四言美其容仪。五言前因乖期而积相思之情,六言此回偕合,醉态而放娇。七、八言虽菱歌互唱,两情相通,然欲似萧史弄玉结为夫妇,则无可望也。

此拟齐梁体,似为柳枝而发。纪晓岚云:"酷拟齐梁,非惟貌似,神亦似之。"

燕台诗四首①(其一)

风光冉冉东西陌,几日娇魂寻不得②。

蜜房羽客类芳心③,冶叶倡条遍相识④。

暖霭辉迟桃树西,高鬟立共桃鬟齐⑤。

雄龙雌凤杳何许,絮乱丝繁天亦迷⑥。

醉起微阳若初曙⑦,映帘梦断闻残语⑧。

愁将铁网罥珊瑚,海阔天翻迷处所⑨。

衣带无情有宽窄⑩,春烟自碧秋霜白⑪。

研丹擘石天不知⑫,愿得天牢锁冤魂⑬。

夹罗委箧单绡起⑭,香肌冷衬玎玎珮。

今日东风自不胜,化作幽光入西海⑮。

[注释]

①燕台:战国时燕昭王建黄金台以招纳贤才,俗称燕台。冯浩曰:"燕台,唐人惯以言使府。"四首,题分春、夏、秋、冬,本首为《春》。诗中所咏女子或即使府家歌舞女之属。

②"几日"句:言所思女子魂去不知所之。

③"蜜房"句:蜜房,蜂房。羽客,神话传说中的飞仙,此指蜜蜂。郭璞《蜂赋》:"亦托名于羽族。"意谓己之芳心似蜂房之蜜蜂。刘学锴曰:"羽客虽指蜂,似亦兼寓己为道流。"

④"冶叶"句:野叶倡条,犹言野草闲花。意谓冶叶倡条,遍皆相识,言下惟心中所思伊人之芳踪娇魂寻觅不得。

⑤"暖霭"二句:暖霭,春日烟霭和暖。高鬟,高髻云鬟,指所思之女子。桃鬟,桃花繁茂如云鬟。二句意谓在暖霭辉迟之日,诗人与所思之女子在桃树之西相会,高鬟与桃鬟相辉映。

⑥"雄龙"二句:雄龙自比,雌凤喻所思。杳何许,何许杳渺遥远!絮乱丝繁,极言愁绪之纷乱,天若有情,亦当迷矣。

⑦微阳:夕阳。杜牧《题齐安城楼》:"微阳潋洒落寒汀。"

⑧闻残语:言梦醒后朦胧中似闻其声。

⑨"愁将"二句:《本草》:"珊瑚似玉,红润,生海底盘石上。一岁黄,三岁赤。海人先作铁网沉水底,贯中而生,绞网出之,失时不取则腐。"刘学锴曰:二句"喻入海升天,殷勤寻觅"。

⑩"衣带"句:《古诗》:"相去日已远,衣带日已缓。"

⑪"春烟"句:朱彝尊曰:"景自韶丽,心自悲凉。"

⑫"研丹"句:《吕氏春秋》:"石可破也,而不可夺坚;丹可磨也,而不可夺赤。"言己情如丹石之赤诚坚定,而天却不己知也。

⑬"愿得"句:《晋书·天文志》载,"天牢六星在北斗魁下,贵人之牢也。"冤魂,指所思之女子,即前云"娇魂"。

⑭"夹罗"二句：言夹罗之衣已委箱箧而始着单绡之服，正自春徂夏之时，盖遥想伊人之香肌冷衬琤珮，何等凄苦寂寞！

⑮西海：南海。意伊人流落南荒海隅，故愿化作幽光至南海追寻之也。

[点评]

　　冯浩以为《燕台诗》为商隐"学仙玉阳东"时，有所恋于女冠之作，似不确。观唐人每以燕台代使府可证。

　　柳枝曾称赏此诗，可见诗当作于与柳相识之前，大约二十岁左右。考李商隐大和三年至六年（829—832），十八至二十一岁时曾入郓州令狐楚天平幕为巡官，其所恋女子或即令狐家歌伎舞女之属，然未可坐实。

　　朱彝尊云："语艳意深，人所晓也。以句求之，十得八九；以篇求之，终难了然。"冯定远云："此等语不解亦佳，如见西施，不必识姓名而后知其美。"

河内诗①二首（其一）

　　鼍鼓沉沉虬水咽②，秦丝不上蛮弦绝③。

　　嫦娥衣薄不禁寒，蟾蜍夜艳秋河月。

　　碧城④冷落空蒙烟，帘轻幕重金钩阑⑤。

　　灵香不下两皇子，孤星直上相风竿⑥。

　　八桂林边九芝草⑦，短襟小鬓⑧相逢道。

　　入门暗数一千春，愿去闰年留月小⑨。

　　栀子交加香蓼繁，停辛伫苦留待君⑩。

[注释]

①河内诗:《旧唐书》本传:"李商隐,字义山,怀州河内人。"程梦星云:"河内为义山里居,以之命题,当道故乡事。"冯浩云:"'学仙玉阳东',正怀州河内之境。"

②"鼍鼓"句:鼍,扬子鳄,其皮坚,可制鼓。古人以鼍鼓鸣更声,亦称鼍更,指更鼓声。陆佃《埤雅》:"鼍,夜鸣应更,初更一鸣而止,二更再鸣,吴越谓之鼍更。"虬水,《浑天制》:"以玉虬吐漏,水入两壶。"或云古时漏壶中有箭,水漏箭出,用以计时;箭有虬纹,故称。

③"秦丝"句:秦丝,秦筝。《通典》:"筝,秦声也,或以为蒙恬所造。"《因话录》:"秦人鼓瑟,兄弟争之,破二十五弦而为二,筝之名自此始。今之制十三弦,而古制亦有十二弦者,谓之秦筝。世俗有乐器而小,用七弦,名轧筝。"蛮弦,唐人指南方少数种族之弦乐器。温庭筠《春江花月夜》:"蛮弦代雁曲如雨,一醉昏昏天下迷。"

④碧城:《上清经》:"元始天尊,居紫云之阁,碧霞为城。"此指道观。

⑤钩阑:栏杆。《水经注》:"吐谷浑于河上作桥""施钩栏,甚严饰。"李贺《宫娃歌》:"啼蛄吊月钩阑下,屈膝(屈戌)铜铺锁阿甄。"王琦汇解:"钩栏,即栏杆。"

⑥"灵香"二句:灵香,仙药、仙香,此指代女冠。吴筠《步虚词》之八:"杳霭结宝云,霏微散灵香。"皇子,帝子,即娥皇、女英。冯浩引《真诰》以为指王子乔二妹,"周灵王女,皆学仙得道上升",说亦通。孤星,拂晓前之残星,自比。王损之《曙观秋河赋》:"孤星迥泛,状清浅之沉珠;残月斜临,似沧浪之垂钓。"相风竿,古代观测方向之仪器,后用作仪仗。相读去声。《隋唐嘉话》:"车驾出,刻乌于竿上,曰相风竿。"潘岳《相风赋》:"立成器以相风,栖灵乌于帝庭。"傅玄《相风赋》:"栖神乌于竿首。"故亦称"相乌"。庾信《周宗庙歌》:"鼓移行漏,风转相乌。"冯浩曰:二句"言彼不能轻下,我欲升高就之"。

⑦"八桂"句:《怀庆府志》:"九芝岭在阳台宫前,八柱(桂)岭在阳台宫南。"此借言灵都"仙境"。冯浩曰:九芝、八桂,"余更疑古已有其名,而义山用之,故曰'相逢道'"。又曰:"玉阳、王屋,本玉真公主修道之处,必有故院及女冠在焉。"

⑧短襟小鬟:女子晚妆,指代女冠。

⑨"入门"二句:朱鹤龄曰:"仙家相逢,以千岁为期。惟留待之切,故欲去闰年而留月小也。"

⑩"栀子"二句:《本草》:"栀子味辛,蒌味苦。"梁徐悱妻刘氏《摘同心栀子赠谢娘》诗:"同心何处恨?栀子最关人。"以取其"辛""苦"兼"同心"义。

[点评]

　　此《河内·楼上》诗当亦记述玉阳山与华阳宋氏之恋情。
　　一、二言更鼓声沉,漏滴呜咽;秦筝蛮弦,皆已绝响,是夜深人静景象。三、四"嫦娥",指代宋华阳,言其于秋月之下,薄衣夜艳。可与《天平公座中》"衣薄临醒玉艳寒",《圣女祠》"无质易迷三晨雾,不寒长著五铢衣"同参。五、六"碧城",点楼上,亦"碧城十二曲栏干"意。言其人寂寂凭阑,立于月色空蒙之楼上,轻帘重幕之下,似有所待。七、八据"两皇子",当兼及其女伴,或即是姊妹,义山有《月夜重寄宋华阳姊妹》可证。言其人不便下楼,故己唯缘相风之竿就之。道观禁锢森严,观门常锁,内不能出,外不能进。《明日》诗云:"知处黄金锁,曾来碧绮寮。"是自碧绮窗进入。此则唯缘相风之竿(仪仗)而至楼上。九、十言终相会于九芝、八桂之仙境,而始见其"短襟小鬓"之晚妆。十一、十二言入得门来即私相发誓,永不相弃。冯浩云:"相逢时私誓也。永不忍舍弃,以千岁为期;去其闰年,留其月小,庶几少速,真痴情也。"刘学锴、余恕诚曰:"谓预订后期,但盼光阴之速。"末二特记华阳之誓:"停辛伫苦留待君。"亦即无论如何辛苦等待,此情不渝也。

深知身在情长在

夜　意

帘垂幕半卷^①,枕冷被仍香。

如何为相忆^②,魂梦过潇湘。

[注释]

①幕:帷帐,帐子。《广雅·释器》:"幕,帐也。"《谷梁传·定公十年》:"舞于鲁君之幕下。"注:"幕,帐也。"

②相忆:忆我。相,指示副词,偏指一方,此处指代第一人称。

[点评]

　　诗为大中初(848)居桂幕时忆内之作。一、二眠中思忆,情切入梦;梦醒见帘垂幕卷,觉枕冷人单,又似闻妻子在侧而有被香。妙在著一"仍"字,似梦中觉之,梦醒犹在。三、四补叙梦境而以问句出之:你为何因忆我而渡潇湘至此相会耶? 不说自己忆妻,而说妻子忆己,更见诗人思妻之切,此亦翻过一步法。

　　题为《夜意》,即夜中思妻忆妻之意。

悼伤后赴东蜀辟至散关遇雪

剑外从军远①,无家与寄衣②。

散关三尺雪③,回梦旧鸳机④。

[注释]

①剑外:剑阁之外,此指东川梓州,即题中"东蜀"。从军:指赴东川节度使幕府任职,时东川节度使柳仲郢辟李商隐为节度书记。

②"无家"句:家,家室,指妻子。李商隐妻子王氏卒于大中五年(851)夏秋间,十一月赴东蜀,故云"无家",题所谓"悼伤后"。

③散关:大散关,在今陕西大散岭上。《方舆胜览》:"大散关在梁泉县,为秦蜀要路。"

④鸳机:织机。

[点评]

  此诗悼亡妻王氏,兼以自伤。王氏卒于宣宗大中五年(851)夏秋间,时商隐正自徐幕归途,未至而妻已亡逝,故《房中曲》云:"归来已不见,锦瑟长于人。"十一月,商隐应柳仲郢梓幕聘,娇女、幼子寄养连襟韩家,独赴辟东蜀。至大散关头,雪卜三尺。旅况之苦辛,前程之茫茫,颓唐悲苦,而念及再无妻室为寄征衣。末句著一"旧"字,见妻亡逝,鸳机无主。而犹回梦鸳机作有家之想,其悼亡之情切至苦伤。

寄恼韩同年二首^①

时韩住萧洞^②

帘外辛夷定已开^③,开时莫放艳阳回^④。

年华若到经风雨,便是胡僧话劫灰^⑤。

龙山晴雪凤楼霞^⑥,洞里迷人有几家^⑦。

我为伤春心自醉,不劳君劝石榴花^⑧。

[注释]

①寄恼:恼,事物扰心。寄恼,寄"伤春"之心。韩同年,韩瞻,与义山同年登第,亦王茂元婿。韩议婚先成,娶茂元妻李氏出长女,义山后娶其次女。

②萧洞:用萧史、弄玉事,即凤台,借代新婚洞房。

③辛夷:迎春花。《群芳谱》引《本草》云:"其苞初生如黄,而味辛也";"初发如笔头,北人呼为木笔;其花最早,南人呼为迎春"。

④艳阳:艳丽明媚,多指春日。鲍照《学刘公幹体》:"艳阳桃李节,皎洁不成妍。"杜甫《数陪李梓州泛江有女乐在诸舫戏为艳曲》:"竟将明媚色,偷眼艳阳天。"

⑤劫灰:佛家语,谓天地大劫,洞烧之余,谓之劫灰,即劫火之灰。《北齐书·樊逊传》:"昆明池黑,以为烧劫之灰;春秋夜明,谓是降神之日。"《高僧传》:"昔汉武穿昆明池底得黑灰,问东方朔,朔曰:'可问西域梵人。'后竺法兰至,众人问之,兰曰:'世界将尽,劫火洞烧,此灰是也。'"又见《初学记》引曹毗《志怪》。

⑥"龙山"句:鲍照《学刘公幹体》:"胡风吹朔雪,千里度龙山。"注:"龙山在云

中。"此借代岳丈王茂元家。时茂元任泾原节度使,治在甘肃泾川;韩瞻新婚即在泾原。凤楼,凤台,即所谓"萧洞"。

⑦"洞里"句,既切新婚"萧洞",又用刘晨、阮肇共入天台,遇仙女"迷不得归"故事。意谓洞里迷人应是刘、阮两家(暗喻王氏二姊妹),言外感叹自己议婚未成,今"萧洞"只韩瞻一家。按张相以为"家"同"价",估量某种光景之辞,犹云"这般"或"那般""洞里迷人有几家",意言洞里迷人之乐事"几多般或怎样光景也"(《诗词曲语辞汇释》卷三)。此亦一解。

⑧石榴花:酒名,产顿逊国。《南州异物志》:"顿逊国有树,似安石榴,取花汁为酒,极美而醉人。"按《梁书·扶南国传》:"南界三千余里,有顿逊国,在海崎上,地方千里,有五王,并羁属扶南。顿逊之东界通交州县,其西界接天竺、安息。"梁元帝《古意》:"樽中石榴酒,机上葡萄纹。"

[点评]

《唐摭言》载:"进士宴曲江日,公卿家倾城纵观,中东床选者十八九。"开成二年(837)放榜为二月二十四日,则韩瞻为茂元选中暨成婚当在三月,正晚春"艳阳"时也。诗亦当作于是时。辛夷花为立春第一候。《焦氏笔乘》说"二十四番花信风",谓"立春一候迎春,二候樱桃,三候望春",均在正月,非晚春时令。"帘外辛夷定已开"云云,乃虚拟之辞,不过以"迎春"借比"迎婚",以"辛夷"谐音"新姨"。冯浩戏云:"辛夷亦戏言也,未几而称曰吾姨矣。"

一首戏韩新婚,言当惜"艳阳"春浓之期,莫辜负青春芳华。"劫灰"云云,亦"花开堪折直须折,莫待无花空折枝"意,纯为年少人之戏谑语。姚培谦云:"分手即天涯。不知瞬息即千古,横竖看来总一样。"只是借题发挥,非义山本意。

二首"龙山雪""凤楼霞",除点染萧洞环境外,似以比王氏二姊妹,屈复已见及此,云"霞、雪比仙"。商隐《集》中多次以雪比妻,如《对雪二首》等可证。而所谓"我为伤春心自醉",实感叹自己议婚未成,落于韩瞻之后。故《韩同年新居饯韩西迎家室》有戏韩一联云:"一名我漫居先甲,千骑君翻在上头。"

王茂元选东床,先韩后李,当有所虑:一商隐为令狐父子所培植,或疑其有牛党色彩;二为商隐非初次婚姻。《祭侄女寄寄》云"况我别娶以来",可证与王氏女为第二次婚姻。或因此而议婚落于韩瞻之后。末"石榴花"云云,亦寓有"只为来时晚，开花不及春"意，可能商隐议婚王氏，本来就迟于韩瞻。

东　南

东南一望日中乌[①]，欲逐羲和去得无[②]？

且向秦楼棠树下，每朝先觅照罗敷[③]。

[注释]

①日中乌：阳乌，指日。《春秋元命苞》："日中有三足乌。"

②羲和：驾日轮之神。《离骚》："吾令羲和弭节兮，望崦嵫而勿迫。"常以代指日，此指阳光。

③"秦楼"二句：意谓愿随阳光，且向秦楼，每朝可先照"罗敷"；"罗敷"比王氏。《陌上桑》云："日出东南隅，照我秦氏楼。秦氏有好女，自名为罗敷。罗敷善蚕桑，采桑城南隅。"诗题《东南》与首句切。疑"棠树"为"桑树"之误。

[点评]

　　姚培谦以为此诗"叹遇合之无期，而深致其期望"；冯浩以为"叹不得近君而且乐家室之乐，在泾州而望京都故曰'东南'"；纪晓岚以为"言进取无能，姑属意于所欢"。三家所笺均属牵强。商隐开成三年（838）入王茂元幕至泾州，或以议婚，故自泾州而望长安；时茂元小女寄居李十将军招国坊南园。长安在泾州东南，故首云"东南一望"。

　　诗人于泾州望日，发为痴想：能随（逐）日光而飞至长安否？飞至长安，则每朝可于秦楼桑树下觅照罗敷。诗以罗敷喻王茂元女。时当已议婚，或虽议定而尚未成婚，故翘首以望，急切之情溢于言表。明年春正返长安，二月婚成而令狐绚忌恨随之,是李商隐一生沉沦之关键所在。

此诗妙在发为痴想:心"逐"阳光,实意"向"秦楼。《玉篇》:"觅,索求也。"《三国志·魏志·管辂传》:"招呼妇人,觅索余光。"至"秦楼"而须"觅照"、寻求,则非能直照"罗敷"可知。是可证与王氏女尚未成婚,当为开成三年(838)作。参见《无题二首》(昨夜星辰;闻道阊门)"点评"。

端　居①

远书归梦两悠悠,只有空床敌素秋②。

阶下青苔与红树,雨中寥落月中愁。

[注释]

①端居:平居,闲居。孟浩然《临洞庭湖赠张丞相》:"欲济无舟楫,端居耻圣明。"
②敌素秋:敌,相匹,此处有对付、抵挡意。素秋,秋天。梁元帝《纂要》:"秋日白藏,亦曰素秋。"

[点评]

此桂幕忆家之诗。远书当即家书,家书不至,归梦难成,只有空床、素秋伴我! 阶下之青苔红树,不论雨中月中,所望无非寥落,无非一"愁"字。

三月十日流杯亭^①

身属中军少得归^②,木兰花尽失春期^③。

偷随柳絮到城外,行过水西闻子规^④。

[注释]

①流杯亭:亭名。流杯即流觞。《晋书·束皙传》:"昔周公成洛邑,因流水以泛酒。"《荆楚岁时记》:"三月三日,士民并出江渚、池沼间,为流杯曲水之饮。"
②中军:军中主帅所居,当指郑亚桂管幕。
③"木兰"句:据《东皋杂录》,木兰花信在春分之后第三个五日,五日过后则花尽,至三月十日则春期尽过,故云"木兰花尽失春期"。
④子规:杜鹃鸟,二月始鸣。《本草释名》:"子规,其鸣若曰'不如归去'。"

[点评]

  宣宗大中二年(848)二月,府主郑亚贬循州,李商隐随行。经增城约当三月初,至城外游玩流杯亭,时木兰花已凋尽。文宗开成四年(839)二月婚于王氏,故每离家远行,即与妻子约定二月归家。《对雪》云:"龙山万里无多远,留待行人二月归。"《蜂》云:"青陵粉蝶休离恨,长定相逢二月中。"郑亚罢桂管观察使,李商隐本来即可归家,但因同情座主遭遇而一直随行至广东循州,二月未能即归,又至三月十日,故云"失春期"。《旧唐书》本传云"商隐随(郑)亚在岭表累载",不确。未至循州,已闻子规初鸣,因发思归之情。程梦星云:"末句用意最巧。"其巧在借杜鹃之"不如归去"之鸣声,兴仕途失意、思家情切而心怀郁结。郭沫若《杜鹃》云:"声是满腹乡思,血是遍山踯躅。"此为杜鹃意象在古典诗词中之特定情韵义。

夜雨寄北①

君问归期未有期,巴山夜雨涨秋池。

何当共剪西窗烛②,却话巴山夜雨时③。

[注释]

①夜雨寄北:宋洪迈《万首唐人绝句》题作《夜雨寄内》,可见诗为蜀中寄妻子之作。

②何当:何时、何日。杜甫《秦州杂诗》:"何当一茅屋,送老白云边。"

③却话:再话,回过头来谈说,即回溯今日之情景。

[点评]

宣宗大中二年(848)五月,李商隐自桂州(今桂林)返京,秋间留滞荆巴,接到妻子王氏问归的信。诗人以诗代柬寄答妻子。

此诗前人极为称美,屈复并且认为是"《玉溪集》中第一流"。细析其妙处主要有二:一为多维之时空结构;二复辞重言,极往复回环之致。

首句妻问,时为"昔",地在长安;诗人答以"未有期",时为"今",地在巴山旅舍。二句"夜雨秋池",时为"今",而地亦在巴山。三句"西窗剪烛",冠以问语"何当",是为"今"思"来日"景况,姚培谦谓"魂飞到家里去"也,地则自巴山旅舍直至长安家中。四句"却话"云云,是"今日"预思"来日"之说"今日"收信时情景,地点则由巴山至长安再返巴山。时间有昔日、今日、来日和今日之思明日及今日思明日之说"明日之昨日"。空间则穿梭于巴山旅舍与长安家中和自巴山预思长安家中谈说巴山夜雨之情景。此所谓多维之时空结构。与此相应,则两"期"重复,两"巴山夜雨"叠印。"君问/归期//未有/期",两"期"复在二顿、四顿,显示夫妻一问一答的连声之妙。二句"巴山夜雨"在一、二顿,四句"巴山夜雨"则在二、三顿,有助时空之往复四环,情感之潜气缠绵。何义门评云:"水精如意玉连环。"

相　思

相思树上合欢枝①,紫凤青鸾并羽仪②。

肠断秦台吹管客③,日西春尽到来迟。

[注释]

①相思树:亦名夜合、合欢、合昏。《风土记》:"夜合一名合欢,亦名合昏。"相思树叶并生,夜合晓分,常以喻夫妇,故亦名合欢、合昏。
②"紫凤"句:鸾凤喻指夫妻。并羽仪,比喻夫妻并偶欢聚。《说文》段注:"长毛必有偶,故并羽。"《广雅》:"羽,聚也。"
③秦台吹管客:自喻,用萧史事。

[点评]

　　此悼亡也。一、二言喻夫妻相爱情挚。三、四言倒接,言丽日已暮,夫妻情爱也从此消逝,令己肝肠寸断。"日暮""春尽"不必泥指时日节令,当以喻义解之:言丽日已暮(日西),夫妻情爱已尽(春尽),喻指妻子王氏之逝。"春"意象于义山诗中常有多种含义:有时令之春,人生之春,情爱之春。此"春"即寓寄夫妇之情。"到来迟",言己归家之时,妻子已经亡逝,未得一面之见。可与《房中曲》"归来已不见,锦瑟长于人"同参。

暮秋独游曲江

荷叶生时春恨生①,荷叶枯时秋恨成②。

深知身在情长在,怅望江头江水声。

[注释]

①春恨:春愁。杨炯《梅花落》:"行人断消息,春恨几徘徊。"此指伤春、相思之恨。

②秋恨:秋日之愁。梁简文帝《汉高庙》:"欲祛九秋恨,聊举十千杯。"此指伤逝之恨。

[点评]

　　此当为悼伤后于暮秋至曲江凭吊旧地之作。可与《曲池》《病中早访李十将军》等诗同参。言春来当荷叶始生,春思亦生,盖其时正索李十将军为作合故云。《寄恼韩同年》云:"龙山晴雪凤楼霞,洞里迷人有几家?我为伤春心自醉,不劳君劝石榴花。"此即所谓"春恨生"也。"荷叶枯时",亦已当秋,则已悼伤,按王氏当逝于秋日,所谓"柿叶翻时独悼亡"也,此即"秋恨成"之谓。三句"最为凄婉,盖谓此身一日不死,则此情一日不断也"(程梦星笺)。四句"怅望"云云,宕出远神,诗中有我,亦老杜"注目寒江倚山阁"之画出自我情态,极富神味。刘学锴云:"第三句固惊心动魄之至情语,然若无末句画出茫然怅然情态,全篇韵味将大为减色。'江头江水声'不曰'听'而曰'望',似无理,而特具神味。"

壬申闰秋^①题赠乌鹊

绕树无依^②月正高,邺城新泪溅云袍^③。

几年始得逢秋闰,两度填河莫告劳^④。

[注释]

①壬申闰秋:宣宗大中六年(852)闰七月,八月一日秋分,故云"闰秋",此为壬申闰秋七夕所作。

②绕树无依:曹操《短歌行》:"月明星稀,乌鹊南飞;绕树三匝,何枝可依?"

③"邺城"句:魏武都邺,唐乾元二年改为邺城(今河南安阳北)。云袍,饰有彩云图案之官服。刘学锴云:"时义山在东川柳幕,故以邺中七子自比,且与首句用魏武诗相应。意谓己入梓幕,悼亡未久也。"

④告劳:诉说劳苦。《诗·小雅·十月之交》:"黾勉从事,不敢告劳。"

[点评]

　　首言闰秋七夕之夜,唯见乌鹊绕树无依。壬申梓幕七夕,王氏逝未周年,故云"新泪"。二句谓己于梓幕悼念亡妻,泪溅官服,言下乌鹊亦如我之无所栖息,又焉能为我填桥而渡亡妻相会欤?三、四题赠乌鹊,言秋闰难逢,虽两度填桥,亦望乌鹊莫告劳苦,且为我一填天河!

　　此逢闰七夕,想牛女相会而痛悼亡妻,发为痴语,题赠乌鹊再填一遭,亦悼亡之什。

假 日

素琴弦断酒瓶空①,倚坐欹眠日已中②。

谁向刘灵天幕内③,更当陶令北窗风④。

[注释]

①素琴:无饰之琴。《晋书·陶潜传》:"性不解音而蓄素琴一张,弦徽不具。"

②欹眠:斜着身子眠卧。

③"谁向"句:谁向,何向、何须向。刘灵即刘伶,灵、伶通。刘伶《酒德颂》云:"幕天席地,纵意所如。"

④"更当"句:更当,更向、还向。当,亦向义,与上句"谁向"的"向"同义异文。《左传·哀公元年》:"逢滑当公而进。"当公,向公。《晋书·陶潜传》:"尝言夏月虚闲,辄卧北窗下,清风飒至,自谓羲皇上人。"

[点评]

首句有"弦断"语,当是悼伤后于东川柳幕"假日"所作。

古以琴瑟喻夫妇,故丧妻曰断弦,亦谓弦断;而再娶曰续弦。王僧孺《为姬人自伤诗》:"断弦犹可续,心去最难留。"刘孝绰《铜雀妓乐府》:"危弦断复续,妾心伤此时。"庾信《怨歌行》:"为君能歌此曲,不觉心随断弦。"徐伯彦《闺怨叹》:"暖手逢轻素,顿蛾续断弦。"刘禹锡《怀妓诗》:"金盆已覆难收水,玉轸长抛不续弦。"元稹《夜闲》:"孤琴在幽匣,时迸断弦声。"……是故《事物异名录》引《山堂肆考》云:"世俗夫丧妻者曰断弦,言如琴瑟之断其弦也;复娶者谓之续弦。"又清翟灏《风俗编》亦特指明:"今俗谓丧妻曰断弦,再娶曰续弦,农村市贾无不言之。"

从"弦断"而知此诗作于悼伤之后,其"倚坐欹眠""陶令北风"就不能作一般闲适诗来读。诗中所反映的孤处无聊、长日如年之况,实因妻子亡逝而又抛却儿女远赴东川之故。张采田以为三、四有"傲岸"之意,实误。其意若云:何必如刘伶纵意于幕天席地,只需如陶令卧于北窗之下,照应首句的"酒瓶空"。

初　起

想象咸池①日欲光,五更钟后更回肠。

三年苦雾巴江水,不为离人照屋梁②。

[注释]

①咸池:屈原《离骚》:"饮余马于咸池兮。"王逸注:"日浴处也。"
②"三年"二句:言长期留滞巴蜀,为雾所苦,奈何初日不照余之屋梁耶? 宋玉《神女赋》:"耀乎如白日初出照屋梁。"

[点评]

此大中七年(853)思忆京华之作。言未明即想象日出天光,乃苦雾遮日,不照屋梁,故"五更钟后更回肠也"。

或以为借日光以比君上,以苦雾喻排摈者,虽通,然不如"虚解之似更有味"(刘学锴笺)。末句有"离人"字,正思京华也。

过招国李家^① 南园二首

潘岳无妻^②客为愁，新人来坐旧妆楼^③。

春风犹自疑联句，雪絮相和飞不休^④。

长亭岁尽雪如波，此去秦关路几多。

惟有梦中相近分^⑤，卧来无睡欲如何！

[注释]

①招国李家：招国，亦作昭国；李家，指李十将军家。《集》中有《病中早访招国李
十将军，遇挈家游曲江》诗。
②潘岳无妻：潘岳，义山自比；无妻，指失偶。潘岳早岁丧妻，有《悼亡诗三首》。
③旧妆楼：指招国李家南园。冯浩云："先是义山成婚，必借居南园。"
④"春风"二句：用谢道韫事，言今日过此，雪絮飘飞，犹似当年婚时夫妻联句唱
和情景。
⑤近分：相见之分。

[点评]

　　此大中十年(857)春，梓幕罢归，过长安招国坊李十将军家南园，忆亡妻感
旧之作。
　　论者疑义山与王氏成婚当是再婚，其主要依据则是《祭侄女寄寄》文云，"况
我别娶以来，胤绪未立；犹子之义，倍切他人。"故以为潘岳义山自比，而"新人"

则指"王氏",意谓我无妻,客有为我愁者,未久则借李家南园与王氏成婚。然此解于"旧妆楼"三字无着。

或作另解。屈复云:"玉溪盖昔携妻寓此,今妻亡,过之,新人来住矣。故因雪絮之飞,而犹忆当日之联句也。"而冯浩以为"先是义山成婚,必借居南园",而非如屈复所云"携妻寓此"。按《病中早访招国李十将军》有"莫将越客千丝网,网得西施别赠人"语,则义山似有倩于李家作合之意。故论者以为王茂元家与李十将军家似为戚谊,义山托李十代为说合,且借李家南园与王氏成婚。或以为李十即金吾卫将军李执方,其妹即为茂元继室,是王氏之舅。据此则二诗可以疏解。

前首一、二云我丧妻悼亡以来,友客多有为我愁者。梓幕归来,偶访新婚时借居之李家南园,而往事如烟,旧时妆楼亦已为新人所居。三、四春风雪絮,由即景而联想当年与王氏新婚联句情景。令人有隔世之感。

后首一、二言岁暮大雪,己又将出秦关远行。忆亡妻,唯有梦中可有相见之分,然卧来不眠,又如何成梦? 言外并梦中相见亦不可得也。沉痛之至。张采田曰:"玉溪伉俪情深,于此可见。"

夜　冷

树绕池宽月影多,村砧坞笛①隔风萝。

西亭翠被②余香薄,一夜将愁向败荷③。

[注释]

①村砧坞笛:远处村坞中传来砧声和笛声。马融《长笛赋序》:"融独卧郿县平阳

坞中,有洛客舍逆旅吹笛。"暗示在洛阳。

②西亭翠被:王茂元宅在洛阳崇让坊,宅有东亭、西亭。翠被,有翡翠羽饰之被。

何逊《嘲刘孝绰》:"稍闻玉钏远,犹怜翠被香。"

③败荷:隐指妻子之亡逝。三句云"余香薄",则悼亡已有一段时日。

[点评]

　　月下绕塘而行,唯闻风吹砧竹之声。《七月二十九日崇让宅宴作》有"风过回塘万竹悲",今又添远处砧声,更寓寄九月寒衣无人裁制,思妻之情隐然心中。三句切夜冷,四云一夜难眠,唯将愁思一寄"败荷"也。"败荷"喻王氏亡逝显然。

　　此于洛阳崇让宅悼亡妻,殆暮年所作。

西　亭①

此夜西亭月正圆,疏帘相伴宿风烟。

梧桐②莫更翻清露,孤鹤③从来不得眠。

[注释]

①西亭:见《夜冷》诗注。

②梧桐:枚乘《七发》:"龙门之桐,高百尺而无枝,其根半死半生。"李商隐《上河东公启》:"某悼伤以来,光阴未几。梧桐半死,才有述哀。"寓悼亡之意。

③孤鹤:自喻失偶。

[点评]

　　此亦崇让宅悼亡之作。据"从来"字,王氏之逝应有数年,当是梓幕归洛时作。

　　月圆人亡,唯疏帘相伴。桐叶飘飞而触悼亡之绪。自枚乘《七发》有"龙门之桐,其根半死半生"之说,后人每借以寓寄悼亡之思。白居易《长恨歌》:"秋雨梧桐叶落时。"李后主《乌夜啼》:"寂寞梧桐深院锁清秋。"贺铸《鹧鸪天》:"梧桐半死清霜后,头白鸳鸯失伴飞。"皆以悼亡妻。而《大唐新语》云"公主初昔降婚,梧桐半死",则指丧夫。此可证梧桐意象寓寄悼亡之情韵义。张采田云:"玩篇中'从来'二字,年代当已渐深。"末云"孤鹤从来不得眠",言自王氏逝后而"惟将终夜长开眼,报答平生未展眉"(元稹《悲遣怀》)。

夜　半

　　三更三点①万家眠,露欲为霜月堕烟。

　　斗鼠上床蝙蝠出,玉琴②时动倚窗弦。

[注释]

①三更三点:古代报时,一夜分为五更,每一更又分为五点,见《演繁露》。
②玉琴:琴身嵌有美玉者。诗人取其字面华美,亦泛称琴为玉琴。江淹《去故乡赋》:"横羽觞而淹望,抚玉琴兮何亲?"

[点评]

　　此心有愁思郁结而不寐,程梦星以为"悼亡",似之。

　　一句言辗转至夜半,万家皆眠,独我不寐。二句庭中望月,见露寒霜凝,月堕烟渺,"欲"字见中霄立望而拟测之也。三句言返步欲眠,则斗鼠上床,蝙蝠飞出,此见空房久无人居。四句言鼠蝠见人而乱窜,碰击倚窗玉琴而弦声可闻也。

义山房中有锦瑟,且亦有琴。《房中曲》云:"归来已不见,锦瑟长于人。"《假日》云:"素琴弦断酒瓶空。"《漫成五章》云:"借问琴书终一世,何如旗盖仰三分!"《秋日晚思》云:"取适琴将酒,忘名牧与樵。"义山妻喜音律,妻逝则弦断。斗鼠上床及窗弦时动,正卧室久荒之景。

七 夕

鸾扇斜分凤幄开①,星桥横过鹊飞回。

争②将世上无期别,换得年年一度来。

[注释]

①"鸾扇"句:羽扇之美称。据《古今注》载:扇始于殷高宗雉雊之祥,服章多用雀羽,故有雉尾扇,后为羽扇。按扇名甚多,鸾扇可通用。凤幄,绣有凤凰图案的帐幔。鸾扇斜分帷帐,隐指牛女之相会。
②争,犹怎。白居易《题峡中石上》:"诚知老去风情少,见此争无一句诗?"争无,怎无,怎能无。

[点评]

一、二言倒接,言鹊桥已成,牛女正相会合。三、四言就牛女会抒慨,言怎能将人间死别,换成一年一度相会? 三、四言沉挚之至。屈复云:"人间一别,再见无期,欲求如天上一年一度相逢不可得也。"此亦悼亡,殆为暮年之作。

谒　山^①

从来系日乏长绳^②,水去云回^③恨不胜。

欲就麻姑^④买沧海,一杯春露冷如冰。

[注释]

①谒山:谒奠蓝田玉山,义山妻王氏当葬于玉山。《寰宇记》:"陕西蓝田山有华胥氏陵。"华胥氏,相传伏羲氏母。《故驿迎吊故桂府常侍有感》:"此时丹旐玉山西。"是蓝田玉山为唐代士宦女眷卜葬之地。

②"长绳系日"句:傅休奕《九曲歌》:"岁暮景迈群光绝,安得长绳系白日?"此言时光不能倒流,人死不能复生。

③水去云回:《论语·子罕》:"子在川上曰:'逝者如斯夫,不舍昼夜。'""水去",点"逝"。沈约《和王中书白云诗》:"氤氲回没。"陆机《浮云赋》:"有轻虚之艳象,无实体之真形。"成公绥《云赋》:"去则灭轨以无迹,来则幽暗以杳暝。"故"云回"即氤氲回没,灭形无迹。

④麻姑:世传麻姑为长寿女仙,曾见沧海三为桑田,主司女子添寿(《神仙传》)。

[点评]

　　此悼亡无疑。"谒山"即谒奠蓝田玉山上妻子之陵墓。《释名·释书契》:"谒,诣也;诣,告也。书其姓名于上,以告所至诣者也。"引申为"参诣""谒荐""谒奠"则于拜谒佛事、献供郊庙、祭奠神明死者,均可言"谒"。如《世说新语·政事》:"百姓至者,先拜而后谒佛。"鲍照《河清颂序》:"谒荐郊庙,和协律吕。"《宋史·礼志》:"集诸州府所贡第一人,谒奠先圣。"以上"谒"皆为拜神(鬼)献供之意。

首句言己于灵山坟地前奠祭,痴想如果能用长绳系此西归之落日,使日轮不动,时光不流,则妻子可永葆不死,然"从来系日乏长绳"。故二句紧接以"水去云回"。"水去",点"逝"("逝者如斯夫");"云回",点"没"("氤氲回没"),言亡妻如水之东逝,永无回归之日;如云之氤氲回没,永无形聚之期,故"水去云回,不胜遗恨"也。三句自水逝沧海而想及女仙麻姑。葛洪《神仙传》载,麻姑为长寿女仙,曾见沧海三为桑田,主司女子寿龄。故每逢妇女祝寿,心书麻姑献寿数字,或绘麻姑形状,手捧蟠桃以为吉利,世所谓"麻姑献寿"云。因拟想沧海尽属麻姑。"逝者如斯夫",亡妻如水之东逝,亦必至沧海,故云"欲就麻姑买沧海"也。然麻姑连一点恩泽(春露)也不沾溉,是为"一杯春露冷如冰"也。

朱彝尊云:"想奇极矣,不知何所云。"所云如上,确是奇想。三句言"欲买沧海",即所想奇极。四句不言妻子无复归之日,无形聚之期,却云麻姑不助,添寿无门,反跌一步作结,更是奇想。解此诗之钥在麻姑,在于《谒山》之诠解。

闲 游

危亭^①题竹粉,曲沼嗅荷花。

数日同携酒,平明不在家。

寻幽殊未极,得句总堪夸。

强^②下西楼去,西楼倚暮霞。

[注释]

①危亭:高亭。《庄子·盗跖》:"去其危冠。"《释文》:"危,高也。"《正字通》:

"危,高也。"

②强:勉强。《战国策·赵策》:"乃自强步,日三四里。"

[点评]

此疑与王氏同游曲江之作。

首、二与三、四言逆接。言数日二人携酒同游,此日更平明即赴曲池。危亭题竹,曲沼嗅荷,皆游观情事。下半言寻幽得句,至日暮西游兴未减,盖西楼晚霞正好。然暮色苍茫,亦只好勉强下矣。

检通《集》游赏之作,未有如此游兴。义山家近曲苑,自"日下繁香不自持"(《曲池》),渴求王氏;至"曲沼嗅荷花"(《闲游》),携王氏同游;至"荷叶枯时秋恨成"(《暮秋独游曲江》),悼伤王氏,皆及曲江。此当为婚后未久,夫妻同游之作,难怪有此游兴而被冯浩断为"少作"。

寓 目①

园桂悬心②碧,池莲饫眼③红。

此生真远客,几别即衰翁。

小幌风烟入,高窗雾雨通。

新知他日好④,锦瑟傍朱栊⑤。

[注释]

①寓目:属目,注目。《左传·僖公二十八年》:"得臣与寓目焉。"梁元帝《答张缵文》:"寓目写心,因事而作。"此云即目兴感也。

②悬心:心有所注。贾悚《蜘蛛赋》:"将悬心而有待。"

③饫眼:令眼观餍足也。饫,餍、饱。

④新知:方知。他日,昔日、往日。

⑤"锦瑟"句:义山妻王氏喜弹瑟。《集》中瑟屡见。《西溪》云:"凤女弹瑶瑟。"
《房中曲》云:"归来已不见,锦瑟长于人。"《锦瑟》云:"锦瑟无端五十弦。"《回中
牡丹为雨所败》云:"锦瑟惊弦破梦频。"

[点评]

　　屈复云:"一、二景,三、四情;五、六景,七、八情。以今日之衰翁,方知他日锦
瑟朱栊之好也。"所解甚合。一联、三联即目所见,二联、四联就所寓目引发抒情。
桂碧莲红,悬心饫眼,反衬己在使府之索寞孤寂。商隐时年三十六,已有"衰翁"
之叹,可见情境之衰飒。小幌风烟,高窗雾雨,幕府寥落,故引发思念家室之情,
始知往日在家听听妻子弹瑟绝胜远客入幕。论者以为王氏喜弹瑟,确是。

桂林道中作

　　　　　　　地暖无秋色,江晴有暮晖。

　　　　　　　空余蝉嘒嘒①,犹向客依依。

　　　　　　　村小犬相护,沙半僧独归。

　　　　　　　欲成西北望,又见鹧鸪飞②。

[注释]

①嘒嘒:蝉鸣声。《诗·小雅·小弁》:"鸣蜩嘒嘒。"

②鹧鸪飞:《本草》载李时珍曰:鹧鸪性畏霜露,早晚稀出,夜栖以木叶蔽身,多对啼,今俗谓其鸣曰:"行不得也哥哥。"《禽经》:"鹧鸪也,飞必南翥。"

[点评]

前六句写景,而景中寓意。七、八言抒情,而移情入景。暮色中蝉声嘒嘒,栖高饮露,而向我依依。义山《蝉》云:"烦君最相警,我也举家清。"而犬护僧归,唯我远客,无可归处。七、八言"望""见",诗中有我。长安在桂林西北,故云"西北望"。辛词云:"西北望长安,可怜无数山。"李义山望见的只是鹧鸪南飞。《禽经》云,"鹧鸪飞必南翔",鸣声又似"行不得也哥哥"。诗人移情入景,以景结情;见鹧鸪之飞,寓身世之感;望成西北,而鹧鸪南翔;南下桂管,唤我"行不得也",自叹其留滞炎荒,亦归思之情。

访　秋

酒薄吹还醒,楼危望已穷①。

江皋当落日②,帆席见归风。

烟带龙潭白③,霞分鸟道红④。

殷勤报秋意,只是有丹枫。

[注释]

①"楼危"句:言高楼上极目眺望。危,高。
②江皋:江边高地。当,对、迎。宋玉《风赋》:"有风飒然而至,王乃披襟而当之。"

③"烟带"句:带,笼盖、笼罩。元稹《遭风二十韵》:"暝色已笼秋竹树,夕阳犹带旧楼台。"笼与带互文。龙潭,白石湫,在桂林府城北七十里。意谓登楼北望,唯见烟雾笼盖,白石湫一带泛白。

④"霞分"句:分,明,使显露。鸟道,险峻之山路,仅飞鸟可越。《华阳国志》:"鸟道四百里。"李白《蜀道难》:"西当太白有鸟道。"言夕阳映照,狭窄的山路一片霞红。

[点评]

　　诗写酒醒后登楼望远,意在寻访秋意,故题曰《访秋》。二、三联,望中所见江皋落日,帆席归风,烟带龙潭,霞分鸟道,仍是夏日景色。尽管已是秋天,岭南仍无秋意;有者,唯丹枫一株,殷勤报说秋天已临。

　　此诗写岭南景色而隐露思归之情,意境阔大,气脉亦厚。冯浩云:"见归帆而羡之。"又云:"落日、归风,皆寓归思。"何义门云:"所以望归之切者,以地暖无秋色也。只有丹枫,又伤心物色,此岂暂醉所能忘哉!"

壬申① 七夕

已驾七香车②,心心待晓霞③。

风轻惟响珮,日薄不嫣④花。

桂嫩⑤传香远,榆高⑥送影斜。

成都过卜肆,曾妒识灵槎⑦。

[注释]

①壬申：大中六年（852）。

②七香车：魏武《与杨彪书》注："以七种香木为车。"

③"心心"句，江总《长相思》："心心不相照，望望何由知。"刘学锴、余恕诚曰："尚未相会而先忧晓霞之升、七夕之逝，见其珍重佳期也。"

④蔫：花木枯萎。

⑤桂嫩：传说月中有桂树。张采田曰："初七之月，魄犹未圆，故曰'桂嫩'。"

⑥榆高：《古诗》："天上何所有，历历种白榆。"

⑦"卜肆"二句：《荆楚岁时记》载：张骞使大夏，乘槎寻河源至一处，见一女织、一丈夫牵牛饮河。骞问何处，答曰："可问严君平。"严君平卜肆成都事，见《送崔珏往西川》注。二句意谓织女不愿人间知其会合之事，乃成都卜肆竟有识灵槎之人。

[点评]

　　此诗咏牛女会合，全从织女着眼。前云织女驾七香车赴会，其心已先忧晓霞之升，言其珍惜此一年一度之会。次言风轻珮响，花放香浓，如此良夜，正是会合佳期。颈联言月嫩而传香，榆高而影斜，暗示月移星转，相会已久。末云织女忌人间知其隐秘如成都卜肆识灵槎之人。

　　此咏牛女会合事。织女之形象、会合之心理，或即源于王氏生前之情态，殆寓忆念亡妻之情，别无寄托。

杨本胜①说于长安见小男阿衮

闻君来日下②,见我最娇儿。

渐大啼应数③,长贫学恐迟。

寄人龙种瘦,失母凤雏痴④。

语罢休边角⑤,青灯两鬓丝。

[注释]

①杨本胜:杨筹字本胜,官监察御史。《樊南乙集序》:"大中七年(853)十月,弘农杨本胜始来军中,恳索所有四六。"

②日下:指京师。《晋书·陆云传》:"隐曰:'日下荀鸣鹤。'"

③数:频,多。

④龙种凤雏:龙种,指阿衮;凤雏,当指娇女,因言龙种,兼而及之。或云均指阿衮,亦通。《晋书·陆云传》:"陆云幼时,闵鸿见而奇之,曰:'此儿若非龙驹,当是凤雏。'"

⑤边角:军中画角。

[点评]

姚培谦曰:"前六句一气说下,结句是闻说时情景。"

此诗佳处在末联。"语罢"静默;"休边角"又静默。言者无语,闻者有所思也。"青灯两鬓丝"即"有所思"貌;其妙处即在"旁入他意",而自写诗人情态。郭知达《九家集注杜诗》引赵彦材云:"古人作诗断句,辄旁入他意,最为警策。

如'鸡虫得失无了时,注目寒江倚山阁',是也。""注目寒江"云云,老杜因鸡虫得失而有所思,"青灯两鬓丝",亦义山闻杨本胜说阿衮而有所思也。

属　疾①

许靖②犹羁宦,安仁③复悼亡。

兹辰聊属疾,何日免殊方④?

秋蝶无端丽,寒花只暂香。

多情真命薄,容易即回肠。

[注释]

①属疾:托病,称病。属,托。
②许靖:字文休,入蜀为刘备司徒。"许靖羁宦"以比己之入幕东川。
③安仁:晋潘岳字安仁,有《悼亡诗三首》,亦自比。"复悼亡",言复遇妻之忌日。
④殊方:异方,指东川。

[点评]

　　一言羁宦东川,二言王氏忌日,三点题,四望归,五、六借眼前景而寓寄悼亡。蝶、花均喻妻。"青陵粉蝶休离恨,长定相逢二月中",固以蝶喻妻矣。"缘忧武昌柳,遂忆洛阳花",是花亦比妻。二句言妻已亡逝,秋蝶何无端而自丽,引我痛怀也?而寒花不香,则枯蔫矣,亦妻逝之喻。七、八言以情语结,自慨多情命薄,容易回肠。

曲　池^①

日下繁香^②不自持，月中流艳与谁期^③。

迎忧^④急鼓疏钟断，分隔休灯灭烛时^⑤。

张盖欲判^⑥江艳艳，回头更望柳丝丝。

从来此地黄昏散，未信河梁是别离^⑦。

[注释]

①曲池：即曲江池。

②日下繁香：《世说新语·排调》："陆举手曰：'云间陆士龙。'荀答曰：'日下荀鸣鹤。'"日下指京师，此兼指日光下，与下句"月中"对文。繁香，繁花。

③"月中"句：流艳，水面光波闪动。期，《说文》段注："要约之意，所以为会合也。"

④迎忧：黄侃曰："迎忧，犹言豫愁尔。"

⑤"分隔"句：分，黄侃曰："'分'字亦当时方语，犹今言'料定'尔。"休灯灭烛，言酒阑宴罢。《史记·淳于髡传》："杯盘狼藉，堂上烛灭，主人留髡而送客。"

⑥张盖欲判：言登车张盖而别。判，分袂，别离。

⑦"未信"句：李陵《别苏武诗》："携手上河梁，游子暮何之。"

[点评]

　　此诗抒宴集别情。张采田据义山《思归》诗"旧居连上苑"句，以为义山在京当家居曲池，未可定论。义山家于樊川之南，固近曲池。然以为"此其别闺人之作"，实为有据，兹详笺之。

　　义山曲江诗，除《曲江》一首为咏明皇杨妃外，余三首似均有一女子在。《病中早访李十将军遇挈家游曲江》云："莫将越客千丝网，网得西施别赠人。"《闲游》云："危亭题竹粉，曲沼嗅荷花。数日同携手，平明不在家。"《暮秋独游曲江》云："荷叶生时春恨生，荷叶枯时秋恨成。深知身在情长在，怅望江头江水声。"此三首相连则一期求李十将军作合，二相携游曲池，三怅望悼伤。考义山生平所爱恋女子合此三首者，唯王氏一人。未可因"休灯灭烛"字而疑为艳诗。一言日下遇此"繁香"，几情不自禁。二想望于月下约其相会。三、四写宴集相会，预忧并料定其急鼓疏钟之后，休灯灭烛之时便须相别。五、六实写与其别离情景，女子登车欲判时唯曲江池水波光潋滟，回首伊人已消失夜幕之中，唯江柳依依，融情入景，极怅然依恋之致，末言此地黄昏惜别，过于河梁也。

　　诗当是与王氏初会怅然惜别之作。冯浩曰："此宴饮既罢，有所不能忘情。"叶矫然云："结语无限感慨！"（《龙性堂诗话》）

对雪二首

寒气先侵玉女扉，清光旋透省郎闱[①]。

梅花大庾岭头发，柳絮章台街里飞[②]。

欲舞定随曹植马，有情应湿谢庄衣[③]。

龙山万里无多远，留待行人二月归[④]。

旋扑珠帘过粉墙，轻于柳絮重于霜。

已随江令夸琼树，又入卢家妒玉堂⑤。

侵夜可能争桂魄，忍寒应欲试梅妆⑥。

关河冻合东西路，肠断斑骓送陆郎⑦。

[注释]

①"寒气"二句：宋之问《奉和幸大荐福寺》："窗摇玉女扉。"《白帖》："诸曹郎署曰粉署。"陆昆曾曰："寒气先侵，欲雪未雪也；清光旋透，已见雪矣。玉女扉，省郎闱，不过借以形其色之白矣。"

②"梅花"二句：大庾岭又名梅岭，在今广东南雄与江西大庾之间。《白帖》："大庾岭上梅，南枝落，北枝开。"章台柳，见《回中牡丹为雨所败》注。陆昆曾曰："庾岭梅花，以成片者言；章台柳絮，以作团者而言。曰发、曰飞，言雪之大作也。"

③"欲舞"二句：曹植有《白马篇》，又《洛神赋》："飘摇兮若流风回雪。"《宋书·符瑞志》："花雪降殿庭，时右卫将军谢庄下殿，雪集衣，还白，上以为瑞。"二句除形其色，又咏雪之情态。

④"龙山"二句：龙山雪，《集》中屡见。诗题《对雪》即对妻子。冯浩曰："以慰闺人，故聊订归期。"

⑤"已随"二句：《陈书·后主纪》：后主制新曲，有"璧月夜夜满，琼树朝朝新。"乃江总词也。冯浩曰：《河中之水歌》无"白玉堂"，诗屡云"卢家白玉堂"，当别有据。二句意谓大雪是处堆积，在树则比于琼树，在堂则为白玉所妒。

⑥"侵夜"二句：桂魄，指月。唐太宗《望月》："魄满桂枝圆。"梅妆，即梅花妆，用宋武帝女寿阳公主事，见《杂五行书》。二句意谓入夜则其光如月，试妆则其白如梅。

⑦斑骓陆郎：乐府《神弦歌·明下童曲》："陈孔骄赭白，陆郎乘斑骓。"陆郎，指行人，义山自喻。诗题下义山自注："时欲之东。"

[点评]

　　此虽托雪以咏王氏，然为"对雪"，非纯为咏雪。冯浩云："别闺人之作"，的是。诗作于大中三年(849)十一月，题下原注云："时欲之东。"盖离别家室将赴徐州武宁卢宏正幕。

首章一、二言将雪之时，寒气先侵；清光旋透，寒气过后，旋即降雪。三、四言大雪纷纷，如梅之发于大庾岭头，又似柳絮之飞于章台。五、六以飞雪比妻子之高洁、柔情，以曹植、谢庄自况。七、八自"情"字生出，言此去徐幕，无多路程，不必远送，我明年二月定当返家，慰之之辞。笔者考得义山、王氏婚于二月，故远离家室每与妻约定二月返归（参见《李商隐生平事迹考索二题》，收入《古代诗人情感心态研究》）。

次章一、二状雪之轻盈，三、四言雪之洁白，有如琼玉，五、六谓其如月似花，七、八陆郎斑骓自比，言妻子送别，见关河冻合，亦将肝肠寸断。

王十二兄与畏之员外相访
见招小饮。时余以悼亡日近不去，因寄

谢傅门庭旧末行①，今朝歌管属檀郎②。

更③无人处帘垂地，欲拂尘时簟竟床④。

嵇氏幼男⑤犹可悯，左家娇女⑥岂能忘？

秋霖腹疾⑦俱难遣，万里西风夜正长。

[注释]

①"谢傅"句：谢安薨，赠太傅。谢傅指王茂元。末行，言己居诸婿行末。义山娶茂元继妻李氏小女故云。

②檀郎：潘岳小字檀奴，后人因号曰檀郎。此代指韩瞻。

③更：绝。

④"欲拂"句：潘岳《悼亡诗》："展转眄枕席，长簟竟床空。"

⑤嵇氏幼男：《晋书·嵇绍传》："嵇绍，字延祖，康之子，十岁而孤。"义山妻逝，子衮师仅四龄。

⑥左家娇女：左思《娇女诗》："左家有娇女，皎皎颇白皙。小字为织素，口齿自清历。"王氏逝时，遗女六岁。《上河东公启》云："或小于叔夜之男，或幼于伯喈之女。"

⑦秋霖腹疾：《九辩》："皇天淫溢而秋霖兮。"《左传·昭公元年》："雨淫腹疾。"此腹疾亦指内心苦悼之痛。

[点评]

　　此悼亡也，作于大中五年（851）秋暮。茂元子王十二，连襟韩畏之瞻于秋暮访义山，招其小饮，因悼亡未久谢绝，故有此作。

　　首二言己为茂元诸婿末行，与畏之忝为连襟，而今歌管寻乐之事当属韩瞻，我则无此心绪矣。中四云新丧家室，垂帘无人，堆尘满簟；有男可怜，有女堪念。七云更兼秋霖腹疾，诸端俱各难遣。末照应二句，言歌管之事不属于我；长夜无人，茫茫无绪；幼男哀啼，娇女牵衣，我何忍歌饮作乐！此生唯惊风冷雨，独抚遗孤矣。钱良择云："平平写去，凄断欲绝。"张谦宜评："真乃血泪如珠！"

宿晋昌亭①闻惊禽

羁绪鳏鳏②伏景侵，高窗不掩见惊禽。

飞来曲渚烟方合，过尽南塘树更深③。

胡马嘶和榆塞④笛，楚猿吟杂桔村⑤砧。

失群挂木⑥知何限，远隔天涯共此心。

[注释]

①晋昌亭:《长安志》载:令狐楚家庙在晋昌坊。诸家以为绚第在晋昌。

②鳏鳏:丧妻曰鳏。《释名》:"愁悒不能寐,目常鳏鳏然。"冯浩曰:"字从鱼,鱼目恒不闭。"

③曲渚南塘:曲渚,曲江池,与晋昌地近。渚,水中小陆地。南塘,慈恩寺南池,在晋昌坊。

④榆塞:北方边塞。古时边徼植榆故称榆塞。《汉书·韩安国传》:"累石为城,树榆为塞。"

⑤桔村:指南楚之僻处用李衡植千株木奴事,屡见。朱彝尊曰:(五、六)二句是闻。

⑥失群挂木:苏武《诗四首》之二:"胡马失其群,思心常依依。"《本草》:"猿居多大林木。"朱彝尊曰:"失群,马;挂木,猿。"

[点评]

此诗当为赴梓幕前至晋昌里随访令狐绹作,时大中五年(851)暮秋。

首句"羁绪"言远行之恨,"鳏鳏"寓悼亡之痛,均于此夜袭来。二句点题。三、四形惊禽之乱飞。五、六闻惊禽之哀鸣。七、八收束,以惊禽自寓,言孤禽(失群)无栖(挂木),喻己之丧偶孤独,无依远遁。然此失群挂木者何止晋昌亭畔人邪! 照应五、六,云边庭征人、捣衣思妇,远隔天涯,共此悲哀,宕开收转,人禽浑一。赵臣瑗曰:"以晋昌亭上一鳏夫之心,体贴天下无数鳏夫并一切征人思妇之心也。"

二月二日

二月二日①江上行,东风日暖闻吹笙。

花须柳眼各无赖②,紫蝶黄蜂俱有情。

万里忆归元亮井③,三年从事亚夫营④。

新滩莫悟游人意,更作风檐夜雨声。

[注释]

①二月二日:《全蜀·艺文志》:"成都以二月二日为踏青节。"
②"花须"句:花须,花之雄蕊。柳眼,柳叶初展。无赖,爱极而戏骂之。徐凝《忆扬州》:"天下三分明月夜,二分无赖是扬州。"段成式《杨柳词》:"长恨早梅无赖极,先将春色出前林。"意谓春花绿柳皆多多逗人爱煞。
③元亮井:陶潜字元亮,《归田园居》云:"井灶有遗处,桑竹残朽株。"
④亚夫营:即汉周亚夫细柳营,此指柳仲郢东川幕。

[点评]

　　此为义山于东川梓幕怀归之作。据"三年从事",当作于大中七年(853)春。
　　前半乐景写哀情。何义门云:"前半逼出忆归,如此浓至,却使人不觉。"花红、柳绿,各各无赖,紫蝶、黄蜂,亦均有情。然"无赖者自无赖,有情者自有情,于我总无与也"(姚培谦笺)。下半忆归而怨新滩不体人之意,更作风檐夜雨之声,动我归思之情也。语痴情浓,"悟"字入微。

写　意^①

燕雁迢迢隔上林^②,高秋望断正长吟。

人间路有潼江险,天外山惟玉垒深^③。

日向花间留返照,云从城上结层阴^④。

三年^⑤已制思乡泪,更入新年恐不禁。

[注释]

①写意:抒怀。

②上林:汉上林苑,在今陕西长安,此指代京师。

③"人间"二句:潼江在梓州,玉垒在成都,言蜀地山川险阻,而人心犹险于山川也。《庄子·列御寇》:"凡人心险于山川,难于知天。"

④"日向"二句:冯浩曰:"迟暮之感,羁愁之痛。"

⑤三年:义山大中五年(851)入蜀,至此已首尾三年。

[点评]

　　首借雁足传书,寓思归京国之情,二句"高秋望断"则正写思归,一虚一实,无非怀乡。二联借景寓意,言人心世路险于山川。五、六"返照""层阴"抒迟暮之悲,羁愁之痛。七、八言己强制三年思乡之泪,更入新年而不能返归,恐经受不住矣。钱良择云:"此等诗气韵沉雄,言有尽而意无穷,少陵后一人而已。"

正月崇让宅①

密锁重关掩绿苔,廊深阁迥此徘徊。

先知风起月含晕②,尚自露寒花未开。

蝙拂帘旌③终展转,鼠翻窗网小惊猜。

背灯④独共余香语,不觉犹歌起夜来⑤。

[注释]

①崇让宅:《西溪丛语》:"洛阳崇让坊有河阳节度使王茂元旧宅。"
②月含晕:《广韵》:"晕,日月旁气。月晕则多风。"
③帘旌:帘端施以锦帛者。
④背灯:掩灯就寝。
⑤起夜来:《乐府解题》:"《起夜来》,其辞意犹念畴昔思君之来也。"

[点评]

　　此大中十年(857)或十一年(858)春正宿洛阳岳家故宅作。首云重门密锁,绿苔满庭,于长廊深阁中徘徊感悼。三、四即景,月晕风起,露寒未花。此"露寒"即天寒,非九秋寒露,不可泥看。五、六虽明知蝙拂鼠翻,然空室一人,犹终辗转惊猜。七、八掩灯共语,似闻妻子余香犹在,犹念亡妻之魂或犹来此相会也!何义门曰:"此自悼亡之诗,情深一往。"姚培谦云:"此宿外家故宅而生感悼也","至于背灯闭目,而仿佛余香,朦胧私语,夜起重歌,竟忘其已作过去之人也"。

七月二十九日崇让宅^①宴作

露如微霰^②下前池,风过回塘万竹悲^③。

浮世本来多聚散,红蕖何事亦离披^④。

悠扬^⑤归梦惟灯见,濩落生涯^⑥独酒知。

岂到白头长只尔,嵩阳松雪有心期^⑦。

[注释]

①崇让宅:见《正月崇让宅》注。

②霰:雪子。谢惠连《雪赋》:"俄而微霰零,密雪下。"

③"风过"句:回塘,曲折回绕之池塘。万竹悲,风吹丛竹之萧瑟悲声。崇让宅多栽大竹及桃,见《西溪丛语》引《韦氏述征记》。

④红蕖离披:红荷凋零。离披,分散貌。

⑤悠扬:飘忽不定。钱起《送钟评事》:"世事悠扬春梦里。"

⑥濩落生涯:一生无用,不合时宜。濩落即瓠落、空廓貌。《庄子·逍遥游》:"以盛水浆,其坚不能自举;剖之以为瓢,则瓠落无所容。"

⑦"岂到"二句:程梦星曰:"七句总承中四句,叹其冉冉老矣,安能郁郁久居此乎?八句言嵩山在望,松雪怡情,盖不得已将为岩栖谷隐之流矣。"

[点评]

　　此悼亡无疑。诸家编大中五年(851),不确。王十二与畏之员外招商隐小饮,以悼亡日近而不去,岂能此前于崇让宅会宴而作此乎?故此诗不当为大中五年(851)作,而为梓幕罢归任盐铁推官逝前所作。

　　一、二言华筵既散,夜深塘前,触景伤情,故万竹摇晃而闻悲声。赵臣瑗曰:"竹有何悲以我之悲心遇之,而如见其悲。"三、四言浮世聚散,固所难免,而红蕖何事亦离披?崇让宅塘中有丛荷,商隐常以比妻子。《夜冷》云:"西亭翠被余香薄,一夜愁将向败荷。"《暮秋独游曲江》云:"荷叶生时春恨生,荷叶枯时秋恨成。深知身在情长在,怅望江头江水声。"此红蕖离披,亦寓王氏之亡逝,然问以"何事",则义山于妻亡盖亦未料所及,故有意外之叹。赵臣瑗云:"以聚散为固然,离披为意外,何为者乎?此盖先生托喻以悼王夫人耳。"五、六承聚散,言前此归梦,妻已故去,所见者唯灯;今则溾落,无人相慰,唯酒可消愁。七、八言不甘仕途已尽,然万般无奈,唯有空山长住,为岩栖谷隐矣。

房中曲①

蔷薇泣幽素,翠带花钱小②。

娇郎痴若云,抱日西帘晓③。

枕是龙宫石,割得秋波色④。

玉簟失柔肤,但见蒙罗碧⑤。

忆得前年春,未语含悲辛。

归来已不见,锦瑟长于人⑥。

今日涧底松,明日山头蘖⑦。

愁到天地翻,相看不相识⑧。

[注释]

①房中曲:《旧唐书·音乐志》:"平调、清调,皆周《房中曲》之遗声。"此借"房中"字以言悼亡。

②"蔷薇"二句:幽素,幽寂、寂静。李贺《伤心行》:"咽咽学楚吟,病骨伤幽素。"翠带,指蔷薇细丝之枝条。二句兴起悼亡之意,言蔷薇在幽寂中啜泣,细丝的枝条上缀着钱一般小的花蕊。

③"娇郎"二句:言幼子不知失母之哀,若云之拥日而眠。娇郎即"衮师我娇儿"也。

④"枕是"二句:冯浩曰:"龙宫有龙女,故泛言宝石耳。"此睹物思人,见枕而思亡妇生前之神色。刘学锴、余恕诚曰:"谓此龙宫宝石所作之枕,光可鉴人,仿佛割得其秋波之色。"

⑤"玉簟"二句:意谓簟席上不见妻子之柔肤玉体,但见翠被蒙盖其上。罗碧,翠被。

⑥长于人:言锦瑟比人长久,即瑟在人亡之谓。诸家以为锦瑟为王氏平日所弹,今则物在人亡,"意王氏女妙擅丝声,故屡以致慨"。

⑦"今日"二句:涧底松,喻己之孤独;山头蘗,比己之苦痛。左思《咏史》:"郁郁涧底松。"古乐府:"黄蘗向春生,苦心随日长。"朱彝尊曰:"言情至此,奇辟为千古所无。"

⑧"愁到"二句:《庄子·德充符》:"虽天地覆坠,亦将不与之遗。"钱良择曰:"天地俱翻,或有相见之日,又恐相见之时已不相识,设必无之想,作必无之虑,哀悼之情,于此为极。"

[点评]

　　此借"房中"字以言悼亡甚明。然向有二解:程、姚、屈、冯皆以"归来不见"为义山徐幕未归而妻已先逝。徐德泓云:"记得别时伤心难语,今归不见人,仅见所遗之物。"其说甚是,其遗物即锦瑟,诗有"归来已不见,锦瑟长于人"语。而张采田曲解为"罢徐归来在先,悼亡在后",则"归来已不见"遂成不可解,而又曲附为"归来而人已不能常见",其不通之至。

西　溪①

怅望西溪水，潺湲奈尔何②！

不惊春物少，只觉夕阳多。

色染妖韶③柳，光含窈窕萝④。

人间从到海⑤，天上莫为河。

凤女⑥弹瑶瑟，龙孙撼玉珂⑦。

京华他夜梦，好好寄云波⑧。

[注释]

①西溪:《四川通志》:"西溪在潼川府西门外。"《集》中又有《夜出西溪》《西溪》(近郭西溪好)诗,是乃义山常时借以消忧遣愁之处。诗作于梓幕。

②"潺湲"句:潺湲,水流不绝貌。《楚辞·湘夫人》:"慌忽兮远望,观流水兮潺湲。"奈尔何,对尔奈何,言对西溪之水流逝,无可奈何。

③妖韶:妖娆妖媚,美丽多姿。陆机《七征》:"舒妍辉以妖韶。"

④"光含"句:萝,女萝,菟丝松萝。钱锺书曰:"水仗柳萝之映影而添光色也。"

⑤从到海:任从其东流大海,从,任。

⑥凤女:喻指娇女。

⑦"龙孙"句:龙孙,犹言龙种,喻指幼子。《杨本胜说于长安见小男阿衮》:"寄人龙种瘦,失母凤雏痴。"凤雏亦即"凤女"。玉珂,马鞍、络上之饰物;撼,鸣击之也,言幼子敲击玉珂以为娱。

⑧云波:水波,溪水清澈,云天倒影而有云状之波纹。

[点评]

　　首言于西溪畔怅望溪水,溪水潺湲东流,寓寄"逝者如斯",感似水流年,光阴不再。故二联对句有"只觉夕阳多"之叹,而以春物少而不惊,反衬夕阳多之可叹。夕阳,义山自叹头颅老大如日薄西山,时日无多。"色染"二句应"望",写溪水倒影之美,有柳色如蓝,萝影含光;景乐情哀,亦反衬之笔。"人间"二句拟想之语,言溪水于人间,则任流归向大海,若在天上,且莫做银河而阻牛女之相会。思悼之情显然。意玉溪或做身后之想,拟于天上与王氏妻或可相见也。纪晓岚云:此二句"深远蕴藉,可称高唱。"紧接一联念及女娇男幼,托寄人家,唯以弹瑟鸣珂为娱,言下失母而无人抚照,亦"嵇氏幼男犹可悯,左家娇女岂能忘"意。结则预想他时入夜或可梦见京华儿女,则当托西溪云波寄我之思念耳。刘学锴、余恕诚笺云:"牛女之会,此生已休,惟望异日思念京华儿女之梦,能藉西溪云波以寄也。语极悲凉,令人凄然。"

忍委芳心与暮蝉

忆　梅

定定住天涯①，依依向物华②。

寒梅最堪恨③，长作去年花。

[注释]

①"定定"句：定定，定止不动貌，唐时俚语。天涯，指东川梓幕。意谓长年留滞梓州，沉沦羁泊。

②"依依"句：依依，深切向慕、怀恋。物华，春天美丽景色。杜甫《曲江陪郑南史饮》诗："且尽花樽恋物华。"

③堪恨：可恨，令人怅恨。

[点评]

此忆去年之梅，而发花开非时之叹，可与《十一月中旬至扶风界见梅花》同参。

首言寒梅定定天涯，然于春日美景仍依依向慕怀恋。梅开天涯，即非其地，喻己之三度入幕，远离京华。三、四言最令己恨恨不已者，乃花开非时。梅腊而开，望春始落。而今"长作去年花"，亦《十一月中旬至扶风界见梅花》所云"匝路亭亭艳，非时裛裛香"之意。其匝路而开，正开非其地；十一月开，即"长作去年花"，开非其时也。末云"为时成早秀，不待作年芳"，正是此诗题旨。姚培谦云："自己不能去，却恨寒梅，妙绝。"

巴江柳

巴江可惜柳①,柳色绿侵江②。

好向金銮殿,移阴入绮窗③。

[注释]

①"巴江"句:巴江,指东川。可惜,可痛,可悯。

②侵江:与江水相映照。侵,掩映,映照。王瑳《折杨柳》:"枝影侵宫暗,叶彩乱星光。"

③"移阴"句:暗用献蜀柳事。《南史·张绪传》:"刘悛之为益州,献蜀柳数株,枝条甚长,状若丝缕。帝植于太昌灵和殿前,尝赏玩咨嗟,曰:'此杨柳风流可爱,似张绪当年时。'其见赏爱如此。"此句连上,暗寓京华之思。

[点评]

因在梓幕,故以巴江柳自比,而抒其慨叹。言应辟东川,何日得移职京华?三句"好向金銮殿",则显系自叹其不得立朝。张采田云:"假柳以自寓,与'曾逐东风'一首前后映带,皆玉溪极经营惨淡之作。"

微　雨

初随林霭①动,稍共夜凉分②。

窗迥侵灯冷③,庭虚近水闻。④

[注释]

①林霭:林中雾气。陆海《题龙门寺》:"窗灯林霭里,闻磬水声中。"
②分:异也。《吕氏春秋·功名》:"贤不肖不可以不分。"注:"分,异也。"
③"窗迥"句:迥,远。侵,渐进也。
④庭虚:庭院空旷、空寂。

[点评]

　　一句暮雨初随林中雾霭飘洒游动,雨微,林霭,浑然莫辨,是自目向所视。入夜雨微,以为夜间凉意,细辨之,始觉雨微、夜凉,亦有异也,是自沾触而得。三句,孤灯暝濛,窗迥寒侵,身感冷意,细察之,似微雨飘洒入室,乃自所感言之。四句夜静庭空,近处似有潺湲之声,细闻之,方悟微雨已久,积微成流矣,此自聆听而知也。

　　微雨无声,夜间难形。四句平列,以目视,肤触,心感,耳闻等不同角度辨析之。无此体物之细,则难见微知著。何焯曰:"写'微'字自得神。"

　　此亦状物,别无寄托。

蝶

孤蝶小徘徊,翩翾①粉翅开。

并应伤皎洁②,频近雪中来。

[注释]

①翩翾:轻飞,小飞。张华《鹪鹩赋》:"盲翩翾之陋体兮,无玄黄以自责。"注:"翩翾,小飞貌。"

②"并应"句:并应,似为、似是。并,动词,如、似。武元衡《送田三端公还鄂州》:"青油幕里人如玉,黄鹤楼中月并钩。"如,并对文互通;月并钩,月如钩也。伤皎洁,以皎洁而伤,意谓因己之皎洁而感伤,故下云云。

[点评]

一、二孤蝶徘徊小飞,粉翅微开。三、四言似因皎洁而无侣,故频向雪中飞去。"孤""洁"是一篇主意。蝶,义山自比。人而孤洁无侣,则唯有向雪。此以孤高廉洁自许。

初食笋呈座中

嫩箨香苞初出林^①,於陵论价重如金^②。

皇都陆海应无数^③,忍剪凌云一寸心^④。

[注释]

①嫩箨:笋皮、笋壳。香苞:指笋壳包裹之笋心。

②於陵:今山东邹平县。

③皇都:天子宫城,指长安。班固《东都赋》:"嘉祥阜兮集皇都。"《古乐府》:"羁金络月照皇都。"陆海:陆地物产丰饶之处,此处指关中饶物产,如海之无所不出。《汉书·地理志》:"秦地号称陆海,为九州膏腴。"又《东方朔传》师古曰:"高平曰陆,关中地高,故称陆耳。海者,万物所出,言关中山川物产饶富,以谓之陆海也。"《后汉书·陈纪传》:"三辅平敞,四面险固,土地肥美,号为陆海。"

④"忍剪"句:忍,岂忍、怎忍。《史记·司马相如列传》:"相如既奏《大人》之颂,天子大悦,飘飘有凌云之气。"唐裴夷直《寄婺州李给事》:"不知壮气今何似,犹得凌云贯日否?"此句语意双关,以笋心之凌云长势关合年轻人的凌云壮志。

[点评]

　　此诗作于大和八年(834)崔戎兖州幕,时商隐年二十三。按商隐大和七年(833)应进士举,为知贡举贾𬤝所不取。本年因病未试,于四、五月间自华州抵兖州,时正北笋初萌。《毛诗草木鸟兽虫鱼疏》:"笋,竹萌也,皆四月生。"於陵笋鲜有,故论价如金。而皇都长安却多嫩笋。《旧唐书·百官志》:"司竹监掌植竹苇,岁以笋供尚食。"故诗云:"皇都陆海应无数"。应,是;"应无数",犹言实是许多,非推断之辞。商隐《韩翃舍人即事》云:"鸟应悲蜀帝,蝉是怨齐王。""应""是"互训可证。

　　商隐于崔戎幕中初食笋,即事抒咏,以笋自况,借题发挥。言己于兖海受崔恩遇礼爱,看"重如金"。而去岁流落长安,遍地是"嫩箨香苞",谁惜我"凌云一寸"! 其为剪却,正比进士不中选;其剪者谁人? 显寓指贾𫗧。《上崔华州书》云:"凡为进士者五年,始为故贾相国所憎。"商隐初举进士即遭挫,其云为贾𫗧"所憎",具体情事已不可得而知;心怀耿耿,故越年借笋被剪自寓,并影射贾𫗧。屈复笺云:"皇都之剪食无数,谁惜此凌云一寸心乎? 流落长安者可痛哭也!"

月

过水穿帘触处①明,藏人带树②远含清。

初生欲缺虚③惆怅,未必圆时即有情。

[注释]

①触处:所触之处,即月照之处。
②藏人带树:言影深可藏,笼盖树木。藏,使动词;带,映照、笼盖。阴铿《渡青草湖》:"带天澄迥碧,映日动浮光。"元稹《遭风二十韵》:"暝色已笼秋竹树,夕阳犹带旧楼台。""带"与"映",与"笼"对文互义。或云月里有嫦娥、吴刚、桂树,故云"藏人带树"。
③虚:空,徒然。

一言月光过水穿帘,触照之处,一片明艳。二言月影深可藏人,笼盖树木,远含清光。一言"明",一言"清"。三云初生之月望其圆,未圆则惆怅不已,"虚"字逗下。云月圆之时,亦未必于人有情。屈复曰:"月缺而人愁,月圆人未必不愁。"人生缺陷,在所难免,总是失意人语。

城　外

露寒风定不无情,临水当山又隔城。

未必明时胜蚌蛤,一生长共月亏盈[①]。

[注释]

①蚌蛤盈亏:《吕氏春秋·精通》:"月也者,群阴之本也。月望则蚌蛤实,群阴盈;月晦则蚌蛤虚,群阴亏。"

[点评]

此通首咏月,以《城外》为题,是月既隔城,不及照我也。一、二云露寒风定,月于我似有情;二陡转,言月照山照水,唯隔城不照我也。三、四借蚌蛤为衬,言蚌蛤与月共盈亏,而己则不如蚌蛤,即便月明之时亦未必即"盈"。意同《月》诗所云:"未必圆时即有情"也。

樱桃花下

流莺舞蝶两相欺^①，不取花芳正结时。

他日未开今日谢，嘉辰长短是参差^②。

[注释]

①两相欺：指莺、蝶皆欺我也。相，指代副词，偏指一方。
②"嘉辰"句：嘉辰，嘉会良辰。长短，张相《诗词曲语辞汇释》："长短，犹云总之或反正也。"今俗仍云横竖、反正。参差，远隔、错过。李白《送梁四归东平》："莫学东山卧，参差老谢安。"《云溪友议》卷八："来春之事，甘已参差。"

[点评]

此等诗或云艳体(冯浩)，或云"自伤与时龃龉"(程梦星)，或云"遇合迟暮之感，首句喻党局"(张采田)。要之，此等诗只可就字面题解之。至于见仁见智，则只需言之成理，持之有据即可。

此当于樱桃花下，偶发感触，或以樱桃自喻，或仅樱桃其人感发。一、二言流莺、舞蝶两欺我，我"花芳正结"之时，汝等"不取"。三句言往日未开之时，今日已谢之时，汝等偏"取"。此皆"相欺"也。末句为全诗本意：嘉会良辰无奈难偶也。姚培谦曰："恨嘉时之难遇也。总之，古今无不缺陷之世界，亦无不缺陷之时光。"

离亭赋得折杨柳二首^①

暂凭樽酒送无憀^②，莫损愁眉与细腰^③。

人世死前惟有别^④，春风争^⑤拟惜长条？

含烟惹雾每依依，万绪千条拂落晖。

为报^⑥行人休尽折，半留相送半迎归。

[注释]

①离亭：驿亭、长亭，古人每于离亭折柳送别。折杨柳，乐府曲词，本《汉横吹曲》名，词佚。晋、宋以后《折杨柳词》已非古义，故郭茂倩《乐府诗集》列入"近代曲词"。

②无憀：即无聊，百无聊赖。

③愁眉细腰：愁眉，柳叶；细腰，柳枝。

④"人世"句：江淹《别赋》："黯然销魂者，惟别而已矣。"

⑤争：怎。李隆基《题梅妃画真》："霜绡虽似当时态，争奈娇波不顾人！"

⑥报：白也，今之言告、告知。《战国策·秦策》："请为张唐先报赵。"注："报，白也。"

[点评]

此离亭留别，借柳寄慨之作。

"暂凭"一首。一、二自题中"折"字生出，自行者言之，云樽酒可送无憀，似无须再折柳送行。"愁眉""细腰"喻指柳叶、柳枝;"莫损"云云,正劝慰其莫因伤别而损愁眉细腰也,见柳之依依情态。三、四陡转,言人世死前,黯然销魂者唯别而已;为诉离情正苦,亦何惜春风长条,写柳之不惜哀损以抒伤别之情。

"含烟"一首则自柳及送者角度言之。一、二云含烟惹雾,依依赠别,正是柳之本意;落日亭边,万绪千条,亦何惜为情损折!三、四又陡转,言今日依依,折柳送行,正为行人速速归来,须当留下一半以待他时为汝迎归洗尘也。

两首似言答体,一首行者言,二首送者答。诗言"愁眉""细腰",似送者为一女子。冯浩以为艳体伤别之作,然柳枝亦沦落风尘,义山必联类而及,寓伤柳枝之情入诗,故写得如许感人!何焯评曰:"惊心动魄,一字千金。"张采田曰:"真千古之名篇。"

木兰花①

洞庭波冷晓侵云,日日征帆送远人。

几度木兰舟②上望,不知元是此花身。

[注释]

①《木兰花》:或云陆龟蒙作,非是。宋洪迈《万首唐人绝句》收此,作义山诗。
②木兰舟:《述异记》:"七里洲中,鲁班刻木兰为舟,至今在洲中。"

[点评]

冯浩曰:"此在令狐家假物托意之作。上二句谓桂管归来,久愿归朝也。下二句谓曾经远望,不知元是此中旧物,比己之素在门馆也。"张采田云:"义山自婚于茂元，从郑亚，望李回，久已去牛就李，今为京兆尹辟管章奏，是依然又入太牢羁绁矣，故言外有含意焉。"冯、张均以去牛就李，复望牛党解此，纯属附会。首二言洞庭舟中，波冷侵云，舟中所望，无非漂泊之远客。三句"几度"云云，补足二句"日日征帆"。四句忽悟己身亦同是天涯羁客，己之望人，亦如人于舟中之望己也。天涯羁客，落寞情怀，回环曼引，情味绵远。诗当作于大中元年（847）赴桂途中。

凤

万里峰峦归路迷，未判容彩借山鸡①。

新春定有将②雏乐，阿阁华池③两处栖。

[注释]

①"未判"句：判，张相《诗词曲语辞汇释》云："判，割舍之辞，亦甘愿之辞。"《南越志》："增城县多鶬鹒。鶬鹒，山鸡也。光色鲜明，五彩炫耀。"《文子》："楚人担山鸡，路人问曰：'何为也？'欺之曰：'凤凰也。'"是山鸡之容彩可比凤凰，然山鸡徒有其表而欺惑世人，而凤凰，神瑞之鸟。意谓不甘心自己的才华与山鸡等价。
②将：领、带。
③阿阁华池：相传为凤凰巢宿处。《帝王世纪》："黄帝时，凤皇巢于阿阁。"又华池在昆仑山上，《山海经》载"昆仑近王母之山，有鸾鸟自歌，凤鸟自舞。"

[点评]

凤，传说中之神鸟，雄曰凤，雌曰凰，通称凤或凤凰。《尔雅》："凤，其雌凰。"司马相如《琴歌》："凤兮凤兮归故乡，遨游四海求其凰。"诗以咏凤为题，即兼咏分栖两地之凤与凰，托以雌雄“阿阁华池两处栖”慨叹夫妻分离，当是思家寄内之作。

考大中二年(848)二月，府主郑亚贬循州，李商隐随行，约三月初经增城。《三月十日流杯亭》曾叹“木兰花尽失春期”“行过水西闻子规”，兴“不如归去”之情。此诗约同时作，观诗面“山鸡”字可知：《南越志》言“增城县多鵔鸃，鵔鸃，山鸡也”，非巧合。

首句言随郑亚至于岭外，遥望京华，峰峦万里，归路已迷，不知何时是归程？迷，迷茫惑然貌。二句自负才华，言不甘与“山鸡”辈等价，我凤凰非梧桐不栖，非竹实不食，非华池醴泉不饮，岂能如“山鸡”死困幕府哉！三句慰王氏，言正当新春之际、妻子定有将雏、舐犊之乐也。此“将雏”而“定有”(一定会有)乃拟想之词，不只是“抱雏”之乐，当是妻子新春又将得子。笔者曾考得冬郎韩偓生于会昌二年(842)，商隐女生于会昌六年(846)，则此所将之雏当是儿子衮师，即生于大中二年(848)春。末句感叹夫妻长年两处分居。

槿　花[1]

风露凄凄秋景繁，可怜荣落在朝昏。

未央宫[2]里三千女，但保红颜莫保恩。

[注释]

①槿花：即木槿，亦名蕣，朝开夕谢。《诗·郑风·有女同车》：“有女同车，颜如梂华。”蕣，又作舜，取其仅荣一瞬之义。

②未央宫：汉宫名，此指唐后宫。

此咏槿花,亦比体。贺裳《载酒园诗话》:"魏晋以降,多工赋体,义山犹存比兴。如《槿花》诗","因槿花之易落,而感女色之易衰,此兴而兼比也。"然联类而及,亦可解为君恩难恃,李德裕集团一朝覆亡之慨。据"秋景繁"字,或以为作于大中二年(848)秋,李德裕贬崖州司户时(刘学锴),或以为作于大中五年(851),郑亚卒循州贬所时(张采田),姑从刘说。

柳

为有桥边拂面香①,何曾自敢占流光②?

后庭玉树③承恩泽,不信年华有断肠。

[注释]

①拂面香:拂,掠过。李白《金陵酒肆留别》:"风吹柳花满店香。"杨慎《升庵外集》:"柳花之香,非太白不能道。"
②流光:光彩照耀辉映,此处指春光。
③后庭玉树:《三辅黄图》:"甘泉宫北岸有槐树,今谓玉树。"陈后主有《玉树后庭花》曲。

[点评]

柳,自况;玉树,比令狐绹。一、二言柳栽桥边道旁,虽有拂面之柳香,却不曾占得丝毫春光,自喻才华不遇。三、四云玉树栽于后庭,不仅占尽恩泽,且不信柳树芳华而摧肝断肠也。屈复云:此二句"得意之人不知失意之悲"。何义门笺:

"亦为令狐而作,一荣一悴,两面对看。"按大中三年(849)二月,令狐绹已拜中书舍人,五月迁御史中丞。据首句,诗当作于大中三年(849)春日。

柳

柳映江潭底有情①,望中频遣②客心惊。

巴雷隐隐千山外,更作章台走马声③。

[注释]

①"柳映"句:庾信《枯树赋》:"昔年移柳,依依汉南;今看摇落,凄怆江潭。"此用其意。底,许;底有情,何其有情,如许有情。

②遣:使,让。

③章台走马:章台,长安街名。《汉书·张敞传》:"张敞为京兆尹,时罢朝会,过走马章台街。"

[点评]

此诗向有二解。姑并存之以备考。

一解云柳以自喻。首联云望江潭柳影,已使我惊心。刘学锴云:"诗人目睹江柳,似发现自我之身影,故'频遣客心惊'也。"三、四忽千山之外雷声殷殷,似乎走马章台之车声。冯浩云:"走马章台,乃官于京师者也。"章台,指代长安。是此诗为思归京华,企望朝籍之作。

二解言柳以喻柳枝。首联言望柳映江潭,而觉江柳于我仍何其有情,念及柳枝于今沦落风尘,故云"频遣客心惊";客,自指。三、四忽闻雷声,隐隐于千里之外如章台走马之声。司马相如《长门赋》:"雷隐隐而响起兮,声象君之车音。"章台,泛指妓院冶游之地。韩翃《章台柳》诗云:"章台柳,章台柳,昔日青青今在否?纵使长条似旧时,亦应攀折他人手。"故三、四自巴雷而移觉于冶游之车声,回应"心惊"念柳枝之沦落于今仍有情于我也。程梦星笺:"此东川道中偶有所见而作。章台走马,冶游之事也。今在客途,徒然怅望而已。柳枝之掩映有情,客子之惊心何极!"

二解似皆可通。

柳

曾逐^①东风拂舞筵,乐游春苑断肠天^②。

如何肯到清秋日,已带斜阳又带蝉^③。

[注释]

①逐:随。
②"乐游"句:乐游苑即乐游原,在长安城东南,曲江池北面,为唐时京华胜地。断肠,犹云销魂。意谓柳于乐游苑春日曾随春风轻拂舞筵,令人销魂!
③"如何"二句:如何,奈何。肯到,至于。言春日柳条轻拂,奈何到了秋天,便与残阳暮蝉为伴,如许萧条!

[点评]

此首当与《巴江柳》同参,亦以柳自况之作。一、二指乐游苑时,曾逐东风而拂舞筵,与春日相映,极令人销魂。三、四巴江之柳。味首句"曾",则此柳乃自乐游苑而移植于巴蜀,非两地各无相关之柳。言自移巴江后,已非当年春日可比,而是衰飒秋日,残阳暮蝉矣。末句寓迟暮悲鸣显然。张采田云:"凄惋入神。"又云:"含思宛转,笔力藏锋不露。"

槿花^①二首(其二)

珠馆重燃久,玉房梳扫余^②。

烧兰才作烛,襞锦不成书^③。

本以亭亭远,翻嫌脉脉疏。

回头问残照,残照更空虚。

[注释]

①槿花:亦名朱槿、木槿,朝开暮落。

②"珠馆"二句:《圣女祠》"每朝珠馆几时归?"《汉书·礼乐志》:"神之出,排玉房。"珠馆、玉房,以珠玉为饰之屋,此似指道观。重燃久,言其朝开之香浓红艳;梳扫,梳蝉鬓而扫蛾眉。白居易《美女》:"蝉鬓加意梳,蛾眉用心扫。"二句兼咏其红白二色。

③"烧兰"二句:《楚辞·招魂》:"兰膏明烛。"王逸注:"以兰香炼膏也。"襞锦,锦皱褶,状槿花之憔悴萎落,用锦书事。

[点评]

其一有"三清""仙岛",此首言"珠馆""玉房",自是咏女冠诗。

一句花香,二句花艳,喻其昨夜燃香,晨起蝉梳而淡扫蛾眉。三"烧兰作烛"承一、二,重写其香艳,然已是兰膏蜡泪矣,四言其萎落如皱锦。五句"亭亭远"则枝高,言其仙品自高。六句"脉脉疏"则花稀,言其寂寞自处。张采田云:"五、六句空际传神。"七、八则残照暮落,青春已逝。

　　诗以槿花之朝荣暮落,叹女冠之苦度青春,寂寞自处。末联融入身世之感。

菊

暗暗淡淡紫,融融冶冶黄①。

陶令篱边色,罗含宅里香②。

几时禁重露③,实是怯残阳。

愿泛金鹦鹉④,升君白玉堂⑤。

[注释]

①融冶:明丽美艳。《释名》:"融,明也。"《荀子·非相》:"莫不美丽姚冶。"融融冶冶,与暗暗淡淡相对。

②"陶令"二句:陶潜《饮酒》其五:"采菊东篱下。"《晋书·罗含传》:"含致仕还家,阶庭忽兰菊丛生,以为德行之感。"二句喻己被冷落于陶篱罗宅,隐寓罢职闲居。

③"几时"句:几时,几曾、何曾。禁,禁受,禁得住、受得了。意谓几曾禁得住重露。即禁不住重露。

④金鹦鹉:金制之鹦鹉嘴形的酒杯。

⑤白玉堂:即玉堂,美宫殿之称。又唐宋翰林院也称玉堂。王先谦《汉书补注》引何义门曰:"汉时待诏于玉堂殿,唐时待诏于翰林院,至宋以后,翰林遂并蒙玉堂之号。"

　　此托菊自寓。以如许之黄紫融冶而冷落于陶篱罗宅,重露残阳,安能不平乎？诗情淡淡,有怨无怒。末托寄希望,"白玉堂",双关,既反衬陶篱罗宅,又暗含翰林清资。

　　此诗诸家定为罢官闲居时作,盖据陶篱罗宅一联,可从。

落　花

高阁客竟^①去,小园花乱飞。

参差^②连曲陌,迢递^③送斜晖。

肠断未忍扫,眼穿仍欲稀^④。

芳心^⑤向春尽,所得是沾衣^⑥。

［注释］

①竟:尽,终于。

②参差:此处状花之纷纷飞落。

③迢递:遥远貌。

④"眼穿"句:言见花落而望之,惜之,而花仍不悟人意而凋谢。

⑤芳心:花心,亦指看花之心。

⑥沾衣:亦双关,即指花蕊零落飘飞而沾惜花者之衣,又指惜花之人望花之飘零而泪落沾衣。

诗咏落花而极寓身世之感。"花自飘零水自流",落花本易兴伤逝之感,义山对花落亦自有伤逝迟暮之叹。首联以"客去"衬"花落",所谓"天下无不散之客,又岂有不落之花?"(姚培谦笺)推而广之,人生在世亦如此花开花落耳!浮生劳碌奔走,心为物役,而谛观刹那,逡巡消逝。末联将落花与自己身世绾合为一:"芳心向春尽",也正是己心一生希冀之彻底毁灭。劳碌半生,所得为何?沾衣惹带而已。

论者极赏首句。钟惺评云:"落花如此起,无谓而有至情。"屈复云:"首句如彩云从空而坠,令人茫然不知所为。"写落花而从"客竟去"落笔,凭空宕出,而以"花乱飞"迅即收回,衬帖自然,意象混茫,情绪莽莽。

深树见一颗樱桃尚在

高桃留晚实①,寻得小庭南。

矮堕绿云髻②,敧危红玉簪③。

惜堪充凤食,痛已被莺含④。

越鸟夸香荔,齐名亦未甘。

[注释]

①晚实:晚熟的果实。谢朓《咏墙北栀子》:"余荣未能已,晚实犹见奇。"
②矮堕髻:古代妇女一种发髻型,此形深树绿叶。
③敧危:高挂。簪,同簪。

④凤食莺含:《礼记·月令》:"仲夏,天子羞以含桃,先荐寝庙。"含桃即樱桃,传为莺鸟所含食故名。唐代皇帝每以樱桃赐大臣。充凤食喻仕于朝;被莺含,比沉沦使府。

[点评]

　　此托樱桃抒怀。深树绿云中忽见一颗晚实樱桃隐在僻处。樱桃原可供君上,堪食丹山之凤,而今遗落深僻云云,显以不仕朝廷而入僻幕自况。"越鸟""香荔",皆南方景物,当为桂幕作。姚培谦笺:"摧残偶剩,此樱桃之不遇也。士之抱才遗佚,何以异此!"所见甚确。

蝉

本以高难饱,徒劳恨费声①。

五更疏欲断,一树碧无情②。

薄宦梗犹泛③,故园芜已平④。

烦君⑤最相警,我亦举家清⑥。

[注释]

①"本以"二句:《吴越春秋》:"秋蝉登高树,饮清露,随风挈挠,长吟悲鸣。"高,除指其栖止高枝外,又寓其品格高洁。
②"五更"二句:寒蝉彻夜哀鸣,至五更已声稀欲断,而蝉自哀鸣,树自青碧,一似无情者。沈德潜曰:三句"取题之神。"朱彝尊曰:"第四句更奇,令人思路断绝。"
③"薄宦"句:《战国策·齐策》:"土梗与木梗斗,曰:'汝不如我,……汝逢疾风淋

雨,漂入漳河,东流至海,泛滥无所止。"梗,桃木所制木偶人。意谓为此薄宦而如木偶人四处漂泊。

④"故园"句:陶潜《归去来兮辞》:"田园将芜胡不归?"此自薄宦梗泛而思归故园。

⑤君:指蝉。

⑥举家清:一贫如洗。清,双关,兼清贫、清廉义。

[点评]

　　此诗以蝉自喻。蝉栖高枝而饮清露,故通首实自白己之高洁清贫。一、二言因高洁而贫,哀鸣寄恨终日徒然。纪晓岚云:"意在笔先。"三、四言彻夜长鸣,至五更已声疏欲断,而一树青碧,无视寒蝉之哀鸣;喻世情冷暖,环境险恶。钟惺极赞第四句,以为"碧无情三字冷极、幻极"。李因培评曰:"追魂之笔,对句更可思而不可言。"或谓此屡启陈情,而令狐不肖,亦聊备一说。要之托寓失所依栖,故五、六嗟泛梗而兴故园之思。七、八言听此蝉声哀警,而我举家清廉,不劳相警也。何义门云:"结则穷而益贤。"

　　此诗当作于大中二年(848)、三年(849)秋间令狐拒绝援手之后。

十一月中旬至扶风^①界见梅花

匝^②路亭亭艳,非时裛裛香^③。

素娥^④惟与月,青女不饶霜^⑤。

赠远虚盈手,伤离适断肠^⑥。

为谁成早秀,不待作年芳^⑦。

[注释]

①扶风:唐扶风郡在今陕西扶风县。

②匝:绕。

③"非时"句:非时,不适时、不是时候。梅花应小寒一候花信,一般腊后始见,今十一月即秀,故云"非时"。裛裛,香气馥郁。

④素娥:嫦娥。

⑤"青女"句:主霜雪之女神。《淮南子》高诱注:"青女,青腰玉女,主霜雪也。"饶,让、减。不饶霜,意谓不少减霜威之肆虐。

⑥"赠远"二句:梅为东风第一枝,故古有折梅赠远报春之俗。《荆州记》载陆机诗云:"江南无所有,聊赠一枝春。"此云开放非时,故徒然盈手满握,适足伤离断肠也。

⑦年芳:谓春花之美好者。沈约《三月三日率尔成篇》:"丽日属元巳,年芳具在斯。"此云报春之花。

[点评]

此诗于大中五年(851)入蜀途中所作。按唐扶风在今陕西扶风县,西南经宝鸡至散关二百四十二里(《元和郡县图志》)。大中五年(851)冬,有《悼伤后赴东蜀辟至散关遇雪》诗。此即赴东川柳仲郢幕入扶风界见路旁梅花感怀而赋。年四十,距妻子病逝仅三四个月。

诗咏梅寄怀,纯是自我写照。梅即是我,我即如梅,"其中有一义山在"(何焯《义门读书记》)。

首联"亭亭艳"描摹梅花之颜色艳异,姿态玉立;"裛裛香"则美其韵味清雅,幽香馥郁。然色态虽美,无奈绕路而开;不开在宫苑,贵府,而开在扶风界之路边,可见开非其地。不仅开非其地,并亦开非其时。二句"非时"即点"十一月"。梅花应小寒一候花信,一般须腊后始见,今十一月中旬即秀,故云"非时"。此联以早梅吐艳之非地非时领起,而以亭亭艳色和裛裛幽香反照,对比十分强烈。"中路因循我所长,古来才命两相妨。"(《有感》)义山每发"有才无命"之叹,此"亭亭""裛裛"之花,却作"匝路""非时"之放,正是这"有才无命"之移情入花,将花人化、情化的哀怨之音,托寄之词。钱咏《履园丛话》云:"咏物诗最难工,太切题则黏皮带骨,不切题则捕风捉影,须在不即不离之间。"咏物诗有雕镂到具体而微者,然每黏滞乏情,绝无寄托,所谓"黏皮带骨"者。此联之工,出手即在于不即而离而极具缥缈之致。

二联之妙处有二:一以月白霜洁为匝路之早梅设置背景,更衬托梅花之高洁,补足首联对色态、韵味之描摹。二暗示素娥、青女除衬托梅花之高洁外,并无补其"匝路""非时"之开放。纪晓岚云:"三、四爱之者虚而无益,妒之者实而有损。"(《瀛奎律髓刊误》)言素娥虽爱之,唯给予一片清冷月光;青女则妒其洁白,不稍减霜威之肆虐。

"折花逢驿使,寄与陇头人;江南无所有,聊赠一枝春",是所谓"赠远"。然梅为报春之花,十一月中旬,所开非时,徒然满握在手,又如何"聊赠一枝春"呢?此联由促转缓,由浓化淡,转势自然。朱庭兰《筱园诗话》云:颈联"放缓一步,以淡语空际写情"。张采田以为有"赠远、伤离、思家之恨"(《玉溪生年谱会笺》)。铺衍之或有三义:一借寄梅长安,伤妻子之辞世而无所从寄,申足"虚盈手",张采田所谓"思家之恨"。《悼伤后赴东蜀辟至散关遇雪》云:"剑外从军远,无家与寄衣。散关三尺雪,回梦旧鸳机。"正同一意绪,唯一云"无家与寄",一云"无从赠与"。二伤己与梅花之别离。扶风尚在近畿,此行赴东蜀则远至一千八百里外,何时再得归见?三伤花之离枝早凋,匝路亭亭,裛裛幽香,行人攉折,早秀早谢。《回中牡丹为雨所败》云:"浪笑榴花不及春,先期零落更愁人。"牡丹花开,赶上春天,已叹先期零落,何况先春而开之梅花!有此数端,故云"伤离适断肠"而空际写情,淡语自深。

末联总收,以问语出之,沉痛之至。"为谁"二字特重,无因之问,无从作答。诗人伤离,断肠至极,郁积胸中而自怨自艾,因发为痴语。沈约《三月三日率尔成篇》:"丽日属元巳,年芳俱在斯。"年芳,谓春花之美好者。若云:"梅花为何而如此早秀早开?为何不能迟放而与百花共享春光?"至此,则咏梅已毕而感怀已成:所咏为梅,所叹在己,早梅即是诗人自身之写照。"为谁成早秀",一问极痴,而又极叹己之才名早著,所遇非时,坎坷终生。"莫叹佳期远,佳期自古稀"(《向晚》),诗人无法回答"为谁成早秀",只能在自伤自慰,自慰自伤之中,一步步"匝路"走向东川。

哀 筝

延颈全同鹤①,柔肠素泣猿②。

湘波无限泪,蜀魄有余冤③。

轻辋④长无道,哀筝不出门。

何由问香炷⑤? 翠幕自黄昏。

[注释]

①"延颈"句:言哀筝颈长如鹤。《史记·乐书》:"延颈而鸣。"
②"柔肠"句:言筝声哀鸣如猿之悲泣。《搜神记》:"有人得猿子杀之,猿母悲唤,自掷而死,破肠视之,寸寸断裂。"
③湘波蜀魄:湘泪用二妃哭舜事,蜀魄用杜宇化鹃事。
④轻辋:辋,车帷。轻辋,指代轻车。
⑤香炷:焚香一炷也。何楫《班婕妤怨》:"独卧销香炷。"

[点评]

前四借哀筝为比。一云筝形如延颈之鹤。二云筝声如悲猿泣哀,切"哀筝"。三、四进一层写筝声之哀如二妃悲舜,杜宇化鹃,点点血泪。

后四转而写弹筝之人。一、二云欲驾轻车而无路可通,故终日唯闭关与哀筝为伴。三、四言当年焚香盟誓,今何由问? 唯翠幕黄昏,寂寞自处矣。

据"轻辋""翠幕",此弹筝人当为女子,则诗似代抒失恋之悲。或以哀筝为义山自己写照,借哀筝抒写一生沦落之悲。所据为"湘波""蜀魄"一联,以为暗寓己之漂泊湘川;而梓幕罢归,告哀无助,故借哀筝抒怀。此说可从。纪晓岚云:"详其语意,确有寄托。"张采田以为陈情令狐之作,未可坐实。

李 花

李径独来数①,愁情相与②悬。

自明无月夜,强笑③欲风天。

减粉与园箨,分香粘渚莲④。

徐妃⑤久已嫁,犹自玉为钿⑥。

[注释]

①"李径"句:李径,李树花下之径。数,屡、频。

②相与:犹言相偕、相似。

③强笑,强颜欢笑。李白《金陵江上遇莲池隐者》:"空言不成欢,强笑昔日晚。"

④"减粉"二句:言减其粉白与园中新竹,分其幽香与渚中莲荷。箨,笋壳。

⑤徐妃:梁元帝妃,初嫁时雪霰交下,帷帘皆白。此以徐妃拟李花。

⑥玉钿:玉作之花片饰物,喻指李花之瓣片。

[点评]

　　一、二言独自频来李径,愁情悬心正与李花相似。落笔即人花合一,自伤自慨。冯浩曰:"第二句一篇之主。"三句自明于无月之夜,状李花之寂寞独开。四句欲风之天,只是强颜欢笑,乃临风吹落之态。张燮承《小沧浪诗话》评云:"离形得似,象外传神,赋物之作若此,方可免俗。"五、六喻己之才华尚能济物济世。

七、八以徐妃比李花,亦以自况,仅取其于今半老,犹好自洁。刘学锴云:"徐妃出嫁之夕,雪霰交下,帷帘皆白,似其特爱白色,故云'犹自玉为钿'。"

蝶

初来小苑中,稍与琐闱①通。

远恐芳尘②断,轻忧艳雪③融。

只知防灏露,不觉逆尖风。

回首双飞燕,乘时入绮栊④。

[注释]

①琐闱:指宫禁。古时宫门上刻为连琐文,故称。王维《酬郭给事》:"夕奉天书秤琐闱。"

②芳尘:香尘,指香花。谢庄《月赋》:"绿苔生阁,芳尘凝树。"

③艳雪:喻蝶粉。

④绮栊:绮窗。

[点评]

此借蝶自慨,托物寄情之作。开成四年(839),商隐被排挤出秘书省至弘农尉任,诗当是斥外时作,时年二十八岁。

起二句喻初至秘书省。"小苑""琐闱"均喻指宫禁。三、四借蝶恐远隔芳尘,好景不长;又隐忧艳雪消融,姿容不永,极貌其惬意忧心,患得患失心情。意义山初入秘书省必有阻之者。"只知""不觉",显示其防不胜防。末则言事变突生,斥外为尉;回首秘书省,则有"双燕"乘时而入矣。程梦星云:"言为人排挤也。"

蝶

叶叶①复翻翻,斜桥对侧门。

芦花惟有白,柳絮可能温②!

西子寻遗殿,昭君觅故村③。

年年芳物尽,来别败兰荪④。

[注释]

①叶叶:摇动貌。白居易《奉和汴州令狐相公二十二韵》:"碧幢油叶叶。"

②可能温:岂能重温。可,何、岂。

③西子昭君:均喻蝶。

④荪:一种香草。

[点评]

一、二言秋蝶翻飞于斜桥、侧门之间。三、四言至秋日唯见芦花飘白、茫茫无际,三春之柳花白絮岂能重睹!"寻遗殿""觅故村",言岁月消逝,旧迹难觅。七、八言至秋暮花事已尽,始来寻觅,则唯衰兰败荪可相偶也。

朱彝尊曰:"无一句咏蝶,却无一句不是蝶,可以意会,不可以言传,此真奇作。"纪晓岚云:"此寓人事今昔之感,以蝶自比,极有情致。"此诗咏蝶在似与不似之间,可谓不黏不滞,神完意足。

和张秀才落花有感

晴暖感余芳，红苞杂绛房[①]。

落时犹自舞，扫后更闻香。

梦罢收罗荐，仙归敕玉箱[②]。

回肠九回后[③]，犹有剩回肠。

[注释]

①绛房：红色花蕊，绛，深红。

②"梦罢"二句：梦罢、仙归喻指花落。罗荐，罗制之垫，此指代帷幕。红苞绛房，繁花缀枝如罗幕，而花落则收矣。玉箱，谓乘舆。《晋书·左贵嫔传》："其舆伊何，金根玉箱。"敕玉箱，言花落如仙女之舒驾归去。

③回肠九回：司马迁《报任安书》："是以肠一日而九回。"

[点评]

　　首联言余芳感晴暖而飘散，红苞绛房亦因晴暖而竞艳，一香，二态，此落前也。三落时，"犹自舞"，飘洒纷然之态，寓虽落而不悔。四扫后，"更闻香"，香气犹在，著一"更"字，言形尽神存，花之本色如此，无待人为也。五、八言其梦断仙归，惜其终去不可复返，故七、八有感于花落而回肠九转也。

牡 丹

锦帏初卷卫夫人^①,绣被犹堆越鄂君^②。

垂手乱翻雕玉佩^③,折腰争舞郁金裙。

石家蜡烛何曾剪,荀令香炉可待熏^④。

我是梦中传彩笔,欲书花叶寄朝云^⑤。

[注释]

①"锦帏"句:《典略》:"夫子见南子在锦帏之中。"

②"绣被"句:《说苑》载:鄂君泛舟于新波,越人拥楫而歌曰:"今夕何夕兮,搴洲中流;今日何日兮?得与王子同舟……"鄂君乃揄修袂,行而拥之,举绣被而覆之。

③"垂手"二句:《乐府解题》:"大垂手、小垂手,皆言舞而垂其手也。"《西京杂记》:"戚夫人能作翘袖折腰之舞。"二句言牡丹之临风翻舞。

④"石家"二句:《世说新语·汰侈》:"石季伦用蜡烛作炊。"《襄阳记》:"荀令君至人家,坐处三日香。"二句状牡丹之色、香,五谓其深红如焰,六言其香气夺人。

⑤"梦中"二句:《南史·江淹传》:"尝梦一丈夫,自称郭璞,谓淹曰:'吾有笔在卿处多年,可见还。'淹乃探怀中得五色笔一以授之,尔后为诗绝无妙句。"朝云用神女事。二句言当借彩笔,书此花叶,遥寄所思。

[点评]

　　一句以锦帏初卷时,乍见卫夫人之美以状牡丹之艳。二以鄂君举绣被而覆越女,喻牡丹绿叶之丽。三以玉佩雕成的大小垂手之舞姿摹写花叶之翻动。四以戚夫人和孙寿著郁金裙子翩翩"争舞"描绘牡丹花朵之怒放。五以石崇点蜡比其色。六以荀令香炉喻其香。七、八言我将以江淹彩笔写此雍容华贵之牡丹,寄赠巫山神女,言外唯朝云女神可以相匹。

此诗前六句六事,而生气涌出,写得雍容闲雅,无复用事痕迹,真大手笔。陆昆曾曰:"牡丹名作,唐人不下数十百篇,而无出义山右者,惟气盛故也。"又云:"此篇生气涌出,自首至尾,毫无用事之迹,而又能细腻熨帖。诗至此,纤悉无遗憾矣。"然此诗之佳处,更在末联,倏然将牡丹推开,以"我"入诗,而书寄朝云,一缕情思,悃悃飘出,不绝如缕。

神女之喻,无可坐实,恐亦女冠之流。酌编太和玉阳学道时也。

题小松

怜君孤秀植庭中,细叶轻阴满座风。

桃李盛时虽寂寞,雪霜多后始青葱[①]。

一年几度枯荣事,百尺方资柱石功[②]。

为谢西园车马客,定悲摇落尽成空[③]。

[注释]

① "雪霜"句:《论语·子罕》:"子曰:'岁寒,然后知松柏之后凋也。'"

② 柱石功:《汉书·霍光传》:"将军为国柱石。"

③ "为谢"二句:为谢,为告。曹丕《芙蓉池作》:"逍遥步西园。"曹植《公宴》:"清夜游西园。"又云:"秋兰被长阪,朱华冒渌池。"意谓西园之兰、荷、桃、李等尽皆

凋零摇落时而松树则仍青葱也。

[点评]

　　作者以小松自况,亦咏物一体。首句言小松孤秀挺拔,次句言其轻阴荫庇。三、四以桃李之春荣冬萎与松树之傲霜斗雪两相映照,可为孔丘"岁寒后凋"之具象化,成为唐诗名句。五、六言世间荣枯屡变,凡物皆然,不必多加感慨,百尺柱石之功非不可期! 末云彼西园车马之客徒赏桃李,至于雪霜多后,当悲摇落成空耳。

　　刘学锴、余恕诚云:"味其意致、口吻及制题,疑是少作。"刘、余说的是,可与《初食笋呈座中》诗同参。

回中① 牡丹为雨所败二首

　　　　　　　下苑②他年未可追,西州③今日忽相期。

　　　　　　　水亭暮雨寒犹在,罗荐④春香暖不知。

　　　　　　　舞蝶殷勤收落蕊,有人惆怅卧遥帷⑤。

　　　　　　　章台街里芳菲伴,且问宫腰损几枝⑥?

　　　　　　　浪笑榴花不及春⑦,先期零落更愁人。

　　　　　　　玉盘迸泪伤心数,锦瑟惊弦破梦频⑧。

　　　　　　　万里重阴非旧圃⑨,一年生意属流尘⑩。

　　　　　　　前溪舞罢君回顾,并觉今朝粉态新⑪。

[注释]

①回中：地名，在唐安定郡(今甘肃固原)。

②下苑：曲江。

③西州：谓回中。

④罗荐：《汉武内传》："帝以紫罗荐地。"刘学锴、余恕诚曰："当系置于幄幕以防花寒者。"

⑤"有人"句：遥帷，远山之中。江淹《杂体诗》："炼药瞩虚幌，汛瑟卧遥帷。"注："遥，远也；帷谓山中。"此以人拟花。

⑥"章台"二句：章台，秦台名。唐长安有章台街，多柳，所谓"芳菲伴"也。宫腰，细腰。此以章台柳喻宏博得中者，彼固以腰柔取媚而得意者。

⑦不及春：赶不上春天。孔绍安《咏石榴》："只为来时晚，开花不及春。"

⑧"玉盘"二句：玉盘，指牡丹花冠。玉盘迸泪、锦瑟惊弦，皆以喻急雨打花，一拟其态，一摹其声。

⑨"万里"句：指回中乌云蔽天，再不是往日曲江园圃。

⑩生意：生机。《晋书·殷仲文传》："此树婆娑，无复生意。"流尘，尘泥。

⑪"前溪"二句：于兢《大唐传》："前溪村，南朝习乐之所，今尚有数百家习音乐，江南声伎多自此出，所谓舞出前溪者也。"此以前溪之翻舞比风雨中牡丹之摇荡飘飞。冯浩曰："落尽之后，回念今朝，并觉雨中粉态尚为新艳矣。此进一层法。"

[点评]

　　此二首开成三年(838)春暮作于安定，借牡丹写照，抒宏博不中选之恨。《安定城楼》，凭高临远，感愤而赋。此则借为雨所败之牡丹，以咏物出之。

　　首章。一、二言往年曲江下苑之牡丹已经逝去，不可追忆，今乃于西州风雨之中与之相期。言去岁登第，曲江游宴，何等繁华，于今一去不可复返；时隔一年，而沦落西州，寄人为幕。三句承二，言今，言西州"水亭暮雨"；四句承一，言去岁，言曲江下苑之"罗荐春香"。五、六"落蕊""惆怅"，点"为雨所败"。五句以舞蝶之惜"落蕊"，正写"败"，六句以佳人之怅卧比花事之已阑。七、八以章台街里芳菲之杨柳比同年留京之得意者。言其春风得意，日日于风前起舞，恐"宫腰"亦损多多矣。

次章。一、二言榴开虽不及春,然牡丹早开早谢,先榴而零落,更令人愁心。商隐及第,盖借令狐绹之荐于高锴,是牡丹之早开;使令狐未荐,或即如榴花之不及于春。然"大抵世间遇合,不及春者,未必遂可悲;及春者,未必遂可喜"(姚培谦笺)。因令狐之荐,遂及于春;亦因牛党之排斥,而宏博不中选,故而言"先期零落"也。三句玉盘比牡丹花蕊,迸泪喻疾雨横风;花之心伤,亦人之伤心。四句锦瑟惊弦,喻风声雨声大作;破梦则谓前程之理想抱负,至此全为风雨所破矣。五句言西州回中,万里重阴,已非昔日曲江旧圃。六句言进士及第,于今一年,努力追求,而如牡丹之花落委地,全付流尘。七、八透过一层,诗思则预飞至异日花蕊落尽,反观今日雨中粉态而觉今日尤胜他时。此诗人据今日遭遇,预测日后厄运当更甚于今。今日虽为雨所败,尚于枝头粉态飘舞,来日则"零落成泥碾作尘"矣。

二诗全以为雨所败之牡丹自况,有神无迹,"凄然不忍卒读"(张采田笺)。

柳

江南江北雪初消,漠漠轻黄惹嫩条。

灞岸已攀行客手,楚宫先骋舞妓腰。

清明带雨临官道,晚日含风拂野桥。

如线如丝①正牵恨,王孙归路②一何遥!

[注释]

①如线如丝:形容柳枝之细长如丝线。白居易《杨柳枝》词:"人言柳叶似愁眉,

更有愁肠似柳丝。"孟郊《春日有感》："风吹柳丝垂，一枝连一枝。"
②王孙归路：刘安《招隐士》："王孙游兮不归，春草生兮萋萋。"王孙，自比，反用
《招隐士》诗意。

[点评]

　　诗有"江南江北""楚宫"字，似大中二年（848）春正自江陵将归桂幕作。一
句点时令、背景。二言柳色初生。三忆灞岸之柳。按商隐随郑亚赴桂幕，三月七
日离京，乃柳条渐长，其于灞陵伤别，当依依攀折。《偶成转韵七十二句赠四同
舍》云："明年赴辟下昭桂，东郊痛哭辞兄弟。"四眼前江陵之柳，故以"楚宫"点
之。五、六互文，清明、晚日，官道、野桥，当是南归桂州行旅中所见之柳。七、八
柳丝牵恨，感叹羁旅无期，亦客中见柳思归之作。

野　菊

苦竹园南椒坞边^①，微香冉冉泪涓涓。

已悲节物同寒雁，忍委芳心与暮蝉^②。

细路^③独来当此夕，清尊相伴省他年^④。

紫云^⑤新苑移花处，不取霜栽^⑥近御筵。

[注释]

①"苦竹"句：苦竹，又名还味竹、旋味竹或苦伏竹。其笋初煮食或苦涩，停久则
味还甘。见《竹谱详录》。陆昆曾曰："言所托根在辛苦之地也。"
②"已悲"二句：何焯曰："寒雁，自比羁远；暮蝉，则不复一鸣，欲诉而咽也。"

③细路:狭小之路径。杜甫《秋风》:"石古细路行人稀。"

④"清尊"句:即《九日》云:"曾共山翁把酒卮"意。

⑤紫云:冯浩曰:"取霄路神仙之义。"

⑥霜栽:指野菊。

[点评]

此咏菊自伤之作。大和、开成于令狐楚幕,是绕墀之霜天白菊,十二年后而成"野菊"。首言此野菊栽于苦竹园南,椒坞之边,所谓托根于辛(椒坞)苦(苦竹)之地,当喻指沉沦使府。二句言香微露重,涓涓有泪,此人菊形一,亦人亦菊:香微则难远,露重则阻深,是以辛苦而涓涓泪落矣。三言此九秋之菊,托根辛苦,敷荣在野,有如寒雁南飞而羁栖,隐寄托身桂幕。四句思以振起,言不忍将一点芳心与暮蝉同咽,是不甘沉沦使府之意。五句言此夕于桂岭逶迤而来至绹之府上;细路,崎岖、逶迤意。六云尚记昔年与令狐楚清尊相伴,亦《九日》"曾共山翁把酒卮"意。"此夕"与"他年"相较,真天渊之别,令人感叹。不取霜栽,"霜栽"即是野菊;言不取野菊入紫云新苑,是七、八明示令狐绹不与荐引。通篇亦伤亦怨。陆昆曾曰:"《野菊》一篇,最为沉痛。"王夫之评曰:"有飞雪回风之度,《锦瑟集》中赖此以传本色。"

据"此夕"句,当是大中二年(848)重阳日返京时作。义山归京约当九月初,或即在九日,匆匆赴令狐府第,绹不之见,先作《九日》,继自绕阶之"霜天白菊"联类而及,自叹自此为霜栽野菊,无移花紫云新苑矣。

流　莺

流莺飘荡复参差,渡陌临流不自持^①。

巧啭^②岂能无本意,良辰未必有佳期。

风朝露夜阴晴里,万户千门^③开闭时。

曾苦伤心不忍听,凤城^④何处有花枝?

[注释]

①不自持:不能自主。
②巧啭:鸟婉转鸣叫。《毛诗草木鸟兽虫鱼疏》:"莺以善啭,鸟以悲啼。"
③万户千门:暗点流莺在京华。《汉书·东方朔传》:"起建章宫,左凤阙,右神明,号千门万户。"
④凤城:亦作丹凤城。唐时大明宫前有丹凤门故称。

[点评]

　　此诗托流莺自伤飘荡,无处可栖,为义山咏物之上品。诗以流莺自况,可作多解。以为自伤爱情无望,是为失恋之诗;以望"莺迁乔木",又可喻指企望登第,而据"曾苦"字,则又似晚年各处幕府"飘荡"后所作。三解相较,似后说为胜。"凤城何处有花枝",言会昌以来诸公一一罢黜,无一在朝,无所依归也。冯浩评云:"颔联入神,通体凄惋,点点杜鹃血泪矣。"张采田曰:"含思宛转,独绝古今。"

蜂

小苑华池烂熳通①,后门前槛思无穷。

宓妃②腰细才胜露,赵后③身轻欲倚风。

红壁寂寥崖蜜尽④,碧檐迢递雾巢空⑤。

青陵粉蝶休离恨,长定相逢二月中⑥。

[注释]

①"小苑"句:华池,即花池。烂熳,任情真率之谓。杜甫《驱竖子摘苍耳》云:"烂熳任远适。"义山以蜂自比,言当年任情烂漫于小苑华池间飞越。

②宓妃:即洛神。《洛神赋》:"腰如约素。"

③赵后:赵飞燕。《西京赋》:"飞燕宠于体轻。"以蜂之轻细之态喻己之细弱无依。

④"红壁"句:红壁,红泥涂抹之壁。沈佺期《北望苏耽山》:"碧峰泉附落,红壁树傍分。"此处借指山崖。崖蜜,即石蜜、蜂食。意谓蜂食已尽,无可恋留。

⑤"碧檐"句:碧檐,碧绿色之飞檐。杜牧《华清宫》:"碧檐斜送日。"借指朝廷禁省,即首句所谓"小苑华池"。迢递,遥远。

⑥"青陵粉蝶"二句:青陵粉蝶喻妻。慰妻子不必以离恨为苦,二月春暖当归也。可与《对雪》"龙山万里无多远,留待行人二月归"同参。

[点评]

此以蜂自喻,以蝶喻妻,盖寄慰别情之作。陆昆曾笺云:"义山沉沦记室,代作嫁衣,犹蜂之终年酿蜜,徒为人役耳。"一、二言昔日于朝廷宫禁烂漫而飞,而今沉沦使府唯在后门前槛思之无穷也。三、四言己腰细身轻,无所依傍。五、六喻幕府寂寥,蜂食已尽,而碧檐宫禁,旧巢迢递,京华再无可托身之所。七、八慰妻莫伤离恨,二月春暖花开,我定当归家。

义山三为幕府,无可定编。青陵在郓州,地近徐沛,姑定大中五年(851)徐幕罢归前作。

辛未七夕①

恐是仙家好别离,故教迢递作佳期。

由来碧落②银河畔,可要金风玉露时③。

清漏渐移④相望久,微云⑤未接过来迟。

岂能无意酬乌鹊,惟与蜘蛛乞巧丝⑥。

[注释]

①辛未:宣宗大中五年(851),商隐年四十,时在徐幕。

②碧落:天空。《度人经》注:"东方第一天有碧霞遍满,是名碧落。"单士谔《江亭游宴》:"碧落风如洗,清光镜不分。"

③"可要"句:可要,岂要、岂必要。金风玉露,秋风霜露,秋夕,指牛郎织女相会时。

④清漏渐移:清漏,清晰之滴漏声。渐移,指漏刻。鲍照《望孤石》:"啸歌清漏毕。"

⑤微云:《四民月令》:"天汉中有奕奕正白气如地河之波。"

⑥"岂能"二句:《白孔六帖》:"七月七日,乌鹊填河,成桥而渡织女。"《荆楚岁时记》:七夕妇女乞巧于中庭,"有蟢子网于瓜上者,则以为得巧"。蟢子,蜘蛛的一种。冯浩曰:喜鹊"填桥之功最多,岂得反厚于蜘蛛耶?"

[点评]

　　程梦星"以为七月二十八、九为义山悼亡之日",可从。此七夕,距妻逝尚有时日,而亦未料其遽逝,故咏牛女"语轻而带谑"(朱彝尊笺),当无托寓。

　　首二言牛女一年一度,佳期迢递,恐是仙家好别离之故。三、四以反法紧接:由来碧落银河之畔,正是夫妻相会之所,何须待金风玉露之七夕一年一度耶?五、六言牛女相望既久而后始迟迟相接,回应一、二"好别离""故教"云。七、八推开,言既得相接相会,本应有酬于乌鹊,而何独与蜘蛛以巧丝乎?

　　通篇用翻案法:人生喜聚恶离,此言"好别离";传牛女七夕一会,此言天河碧落何时不可会!两情睽隔,只是渴望会合,此言"相望久""过来迟";原应有酬乌鹊,此言"惟与蜘蛛乞巧丝"。诸家俱见此法,评云:"起便翻新出奇"(何义门);"牛女渡河,本属会合;此言别离,乃诗家翻案法"(陆昆曾);"此诗皆疑问翻案,不犯实位"(胡以梅);"诗贵翻案,翻案始能出奇。双星故事,从来只是贪于会合,此却疑其欢喜别离"(赵臣瑗)。

临发崇让宅紫薇①

一树秾姿独看来②,秋庭暮雨类轻埃③。

不先摇落应为有④,已欲别离休更开。

桃绶含情依露井,柳绵相忆隔章台⑤。

天涯地角共荣谢,岂要移根上苑栽^⑥?

[注释]

①崇让宅:王茂元宅在洛阳崇让坊。紫薇:落叶小乔木,四五月始花,至八九月,花多紫红色。

②来:句末助词,无义。

③轻埃:轻尘。谢朓《观雨》:"散漫似轻埃。"

④"不先"句:宋玉《九辩》:"草木摇落而变衰。"应为有,应为有我在,即紫薇为我而开,为我之观赏而不先凋落也。

⑤"桃绶"二句:桃绶,桃色丝带,以系官印,此只指桃。古乐府:"桃生露井上。"柳绵相忆,谓柳。前句云朝夕相依,后句云彼此相隔。张采田曰:"代家室写怨。"

⑥"岂要"句:岂要、岂必、何必。上苑,指京师。《西京杂记》:"初修上林苑,群臣远方各献名果异卉三千余种植其中。"

[点评]

此为大中五年(851)赴梓州东川幕前所作。按柳仲郢七月任东川节度使,约八九月辟商隐入幕,时妻逝未久,义山当居洛。

一言紫薇满树秾艳,"独看"见其孤寂,无人观赏。二句是紫薇背景:于秋庭暮雨独开。"庭",崇让宅东庭。三句言时令已届深秋,紫薇本应凋谢,今更不先摇落,或因我而开,回应首句。四言己将远适,则去后又何须更开乎?五、六言桃树,柳树,桃尚相依,而柳今忆我而远隔章台。末联由愤激而强做排解,言到处同一开落,何须托根京华乎?言外己已应辟东川,又将远行矣。

赠荷花

世间花叶不相伦^①，花入金盆叶作尘。

惟有绿荷红菡萏^②，卷舒开合任天真^③。

此花此叶长相映，翠减红衰愁杀人。

[注释]

①相伦：相同、相类似。《水经注·决水》："俗谓之浍口，非也，斯决、灌之口矣……盖灌、浍声相伦，习欲害真耳。"

②菡萏：荷花。《诗·郑风·山有扶苏》："山有扶苏，隰有荷华。"传曰："荷叶，扶渠也；其花，菡萏。"

③天真：自然。《庄子·渔父》："圣人法天贵真。"王维《偶然作》："陶潜任天真，其性颇耽酒。"

[点评]

一、二言世间重花而轻叶。三、四言唯扶藁绿叶红荷，花叶相伦；卷舒开合，任其自然耳。"惟有"二字贯下句，言唯扶藁为花叶并重，采入金盆。五句所以申足"惟有"，言不唯卷舒自然，且长相辉映。六句惜其不永也。

《暮秋独游曲江》云："荷叶生时春恨生，荷叶枯时秋恨成。深知身在情长在，怅望江头江水声。"可与此诗同参。此《赠荷花》当为比体，似赠王氏之作。言此间之叶原不能与花比并，唯荷之花、叶长相辉映。"翠减红衰"即叶落花谢，叹夫妇双双老矣。

张采田云："以不雕琢为工，故饶有古趣。"

送到咸阳见夕阳

宿骆氏亭寄怀崔雍崔衮

竹坞无尘水槛清①，相思迢递隔重城②。

秋阴不散霜飞晚，留得枯荷听雨声。

[注释]

①竹坞：四面竹树环合的地方。此处指骆氏亭四周竹林环抱。坞，地势周高而中凹。水槛：临水的亭榭。槛，栏杆。

②迢递：遥远。重城：指长安。唐时长安有皇城、内城、外城。左思《吴都赋》："郭郭周匝，重城结隅。"刘逵注："大城中有小城。"

[点评]

崔雍、崔衮，李商隐从表叔崔戎子。《新唐书·崔戎传》："子雍字顺中，由起居郎出为和州刺史。"《集》中《安平公诗》又云："仲子延岳年十六""其弟炳章犹两丱"。张采田《李义山诗辨正》以为"延岳为崔福，炳章疑为崔裕"，不确。考崔雍字顺中，又字延岳。按古人名、字每以互训。雍有雍顺、和顺义。《尚书·尧典》："黎民于变时雍。"传："雍，和也。"《新唐书·李知本传》："事亲笃至，与弟知隐雍顺。"是崔雍字顺中，于义甚合。又，雍州地处秦、陇，延岳（西岳）之地。《集韵》："嶽，古作岳。"故崔雍又字延岳，于义亦合。炳章当为崔衮字。衮，天子与上公之服。《事物纪原》："黄帝作画，象日月星辰于衣上，以似天。"故衮服上之文采称衮章。王俭《拜仪同三司》："班同衮章，爕和台曜。"《玉篇》："炳，明著也。"崔衮字炳章，盖取衮章明著之义。

此诗诸家笺唯推许"寄怀之意，全在言外"（香泉评），或言"下二句暗藏永夜不寐"(何义门评),或云"不言雨夜无眠,只言枯荷聒耳,意味乃深"(纪晓岚评),实皆表浅。盖此诗所蕴含不遇之叹、身世之感,全在末句"留得枯荷听雨声"。诗人宿骆氏亭,入夜听雨打荷声,物动于情,情附于物,情景相生,遂以枯荷自况:荷虽已枯,又遭雨打,而其声仍有可闻者,因为有枯荷在也。而今自己连枯荷也不如!宏博已取,又为一"中书长存"抹去;入秘书省任职校书郎,又调外补一俗吏,盖有人(如令狐绹辈)拟连根拔去而后快。故"留得"二字极须重看,言下有"留不得"之意。《红楼梦》第四十回:林黛玉道:"我最不喜欢李义山的诗,只喜他这一句:'留得残(枯)荷听雨声。'偏偏你们又不留着残荷了。"义山以无题艳情著称,大家闺秀如黛玉者,自然要声明"最不喜欢李义山的诗",然对"枯荷"竟至如许共鸣,则曹雪芹实以为黛玉其时之身世、处境,与李商隐有极相似之处:漂泊无依,寄人篱下,为人所不容。联系李义山行年,并考其径称"崔雍崔衮"名,则诗当作于调补弘农离职秘书省之时:其日当出东城春明门,宿京郊骆氏亭。或以为宏博不中选赴泾原时作,但赴泾州须自西城金光门、开远门或延平门出,薄暮当不宿于春明门外东郊之骆氏亭也。

诗系开成四年(839),商隐年二十八,崔雍二十岁,崔衮未冠时。

寄令狐郎中①

嵩云秦树久离居②,双鲤迢迢一纸书③。

休问梁园旧宾客,茂陵秋雨病相如④。

[注释]

①令狐郎中:令狐绹,时为右司郎中。郎中,六部诸司之长。

②嵩云秦树:嵩山的云,秦地的树。"嵩云"自谓,时李商隐卜居洛下故云;令狐

绹为右司郎中,居长安,因比之"秦树"。

③"双鲤"句:时李商隐患瘵恙,居洛阳养病,令狐绹有书问讯。双鲤,指书信。《古诗》:"客从远方来,遗我双鲤鱼。呼儿烹鲤鱼,中有尺素书。"

④"休问"二句:梁园,汉梁孝王所建宫苑,司马相如曾客游梁,梁孝王令与诸生同舍,故亦梁园宾客。"梁园旧宾客",比自己如司马相如之客居梁园,曾为令狐楚幕僚,深受知遇。司马相如晚年卧病,闲居茂陵,而李商隐当时亦正卧病洛阳,故有末句以答。

[点评]

此以诗代柬,答令狐绹书问。商隐一生为令狐绹所遏,沉沦使府,均在大中年间牛党得势之时。此诗作于会昌四五年(845)秋间,时李德裕秉政,故当商隐闲居卧病,令狐绹始有书问讯。

首言长安、洛阳,两地离居;二感不远千里寄书存问;三句以"梁园旧宾客"隐含往昔与令狐一家之亲密情谊;四句始及自己当前的处境、心情,内涵十分丰厚,直可当一篇言情尺牍:有叙说、抒忆、感激以及对往昔交谊之深沉怀念。

会昌年间,李德裕秉政,令狐绹不仅未因牛党之故而被排斥,且两度升迁。此为令狐绹可致书存问、与商隐言好之政治基础。诗中流露对令狐之深挚厚谊,是李商隐不以党见视令狐之明证。

代秘书赠弘文馆^① 诸校书

清切曹司近玉除^②,比来^③秋兴复何如?

崇文馆里丹霜后,无限红梨忆校书。

[注释]

①弘文馆:即崇文馆,唐属门下省,有校书郎二人。

②"清切"句:清切,居高位要职而事务清闲。《梦溪笔谈》:"旧翰林学士,地势清切,皆不兼他务。"曹司,古官员治事之所。玉除,玉阶,玉庭。据《长安志》载,弘文馆近太极殿,故以近玉除羡之。曹植《赠丁仪》诗:"凝霜依玉除,清风飘飞阁。"

③比来:近来。

[点评]

　　此诗虽代作,而情意殷殷,"风韵绝人"(纪晓岚评)。妙在三、四,霜后梨红,无限眷忆,正自道其失校书郎而调补弘农之恨。博学宏词落选,出秘书省而调充俗吏,是义山一生吃紧处,故每怀耿耿。

送王十三校书分司东都①

多少分曹②掌秘文,洛阳花雪③梦随君。

定知何逊缘联句,每到城东④忆范云。

[注释]

①王十三:王茂元季子,义山妻舅,时以校书分司东都,义山诗以送之。

②分曹:古代职官治事分科分部谓分曹。《汉书·成帝纪》:"尚书四人,为四曹。"

③洛阳花雪:《何逊集·范广州宅联句》:"洛阳城东西,故作经年别。昔去雪如

花,今来花似雪。"此四句为范云作。何逊联句云:"濛濛夕烟起,奄奄残辉灭。非君爱满堂,宁我安东辙。"诗以何逊比王十三,范云自比。

④城东:借指洛阳。

[点评]

何逊比王,范云自比。梦随君,君忆我,相赏知音,所以"梦""忆"也。

一、二言王十三以校书分司东都,虽离西京,失秘书省清资,然洛下花雪美景,正可自娱,我亦因之而梦随君往也。三、四云君之居洛,定缘联句而忆我。城东,洛阳东城。杜牧《张好好诗·序》:"后二岁,于洛阳东城重睹好好。"按东城有王茂元崇让坊宅。平冈武夫《洛阳城图》载,崇让坊在洛之东城伊水南,西嘉庆坊,北履道坊,东里仁坊。故四句云"每到城东",是每回王家即义山岳家故宅则当忆我也。王十三,名字皆无考,唯义山诗称"王十二兄",而于"王十三"则无"兄"字,或小于义山也。纪晓岚云:"纯从对面用笔,此躲闪法也。"

杜司勋①

高楼风雨感斯文②,短翼差池不及群③。

刻意伤春复伤别④,人间惟有杜司勋。

[注释]

①杜司勋:杜牧,字牧之,大中二年(848)三月任司勋员外郎,晚唐著名诗人,与李商隐齐名,后人并称"小李杜",以别于李白与杜甫。

②风雨:喻世道衰微。兼寓对杜牧的思念。《诗经·郑风·风雨》:"风雨如晦,鸡鸣不已。"《序》云:"《风雨》,思君子也。"

③差池:不齐貌。《诗经·邶风·燕燕》:"燕燕于飞,差池其羽。"
④伤春伤别:指杜牧的忧国伤时和羁宦漂泊之作。《楚辞·招魂》:"目极千里兮伤春心,魂兮归来哀江南。"

[点评]

　　首句云当"高楼风雨"之时,读杜牧之忧国伤时、羁宦漂泊之诗篇,极为所感。王羲之《兰亭集序》:"后之览者,亦将有感于斯文。"感斯文,为斯文所感。二句"短翼""不及群"乃自谦自慨之辞;诗人自比"短翼",不及侪辈。三、四颂杜,亦以自伤,纪晓岚以为"借司勋对面写照"即是。

　　杜牧曾在淮南牛僧孺幕下,属牛党。大中三年(849)五月,其所作牛僧孺墓志,竭力诋毁李德裕。而李商隐为李德裕《会昌一品集》作序,对牛无一毫攻讦之辞,对杜牧亦倾倒备至,可知商隐绝无党见,亦未介入牛李党争,人品自高。

西南行却寄相送者①

百里阴云覆雪泥,行人只在雪云西。

明朝惊破还乡梦,定是陈仓碧野鸡②。

[注释]

①相送者:畏之送至咸阳,义山有留别之作。此则自咸阳西南行而寄畏之。
②碧野鸡:隋陈仓县,唐至德二年(757)改为宝鸡县。据《史记·封禅书》载:秦文公狩猎于陈仓板城,获若石之物,祀之。其神来常以夜,光辉若流星,其声殷殷如雄鸡,故名宝鸡。

此诗妙在将地名、传说与明朝鸡声糅合在一起,而写明朝梦中,恍在京华。然为鸣声惊破还乡之梦,始知此身已至宝鸡。未至而思归,反点羁旅行愁,心系京华。纪晓岚评:"以风致胜。诗固有无所取义而自佳者。"又云:"着眼在'还乡梦'三字,却借陈仓碧鸡反点之,用笔最妙。"

访隐者不遇成二绝

秋水悠悠浸野扉,梦中来数觉来稀①。

玄蝉声尽叶黄落,一树冬青②人未归。

城郭休过③识者稀,哀猿啼处有柴扉。

沧江白石樵渔路,日暮归来雨满衣。

[注释]

①"梦中"句:数,屡、频。稀,此处为模糊义。

②冬青:《本草图经》:"女贞凌冬不凋,即今冬青木也。"

③城郭休过:言隐者平生不入城郭。《后汉书·逸民列传》:庞公(亦作德公、庞德公):"居岘山之南,未尝入城府。夫妻相敬如宾。荆州刺史刘表数延请,不能屈。"休过,不过。

[点评]

　　首章一、二言梦中频到隐者居处，但见悠悠秋水，映照其门，然醒来回味其处，又甚为模糊。此言梦中之境。三、四实境，言其至也，则蝉去叶落，唯一树冬青。"人未归"点题中"不遇"字。一虚一实，写得空灵脱俗，确是隐者所居。末句有远神。

　　次章一、二拟想之辞。一句揣度隐者不入城郭，因识者自稀。二句猜想其当至云深猿啼之处，彼处当更有"柴扉"也。郭璞《山海经》注："猿鸣，其声哀。"鲍照《登庐山》诗："鸡鸣清涧中，猿啸白云里。"三、四写空寂久等，冒雨自归。"沧江白石"，南方景物，又归于"樵渔路"上，当是丧失家道后，晚年东川幕作。

　　义山悼伤后，心境凄寂，每作"清凉山行者"之想。此"访隐者"或即其心灵之外化，而借"隐者"寄托其归隐出尘之思，所谓"世界微尘，绝弃爱憎"也。可与《北青萝》同参。

寄蜀客

君到临邛问酒垆①，近来还有长卿无？

金徽却是无情物②，不许文君忆故夫。

[注释]

①临邛酒垆：《史记·司马相如传》载：相如字长卿，蜀郡成都人。卓文君新寡，相如以琴挑之，俱之临邛，尽卖车骑，买酒舍，文君当垆，相如自著犊鼻裈，涤器于市中。

②"金徽"句:金徽,琴名,指代琴。《国史补》:"蜀中雷氏琴,最佳者玉徽,次琵琶徽,次金徽,次螺蚌徽。"徽,琴徽,原指系弦之绳。却是,正是。

[点评]

　　此蜀客往昔曾游蜀,当有艳遇,今再游,义山风之,言前之妙姝,今非所属,蜀中自有如司马长卿者,琴挑而去也。

　　一、二言君到蜀地,当知近来有否司马相如者流。三、四云琴声无情,君之所谓如文君之姝,当早为其所挑而再不忆汝也。朱荆之《增订唐诗摘抄》云:"本意言(青楼)女子无情,游其地者勿为所惑耳。唐时蜀中极盛,盖佳丽之薮也。如张乔诗曰'行歌风月好,莫老锦城间。'又云:'相如曾醉地,莫滞少年游。'意盖可见。"朱笺最切,毋庸深解。诗盖讽劝之辞,故隐其名曰"蜀客"。

寄在朝郑曹独孤李四同年①

昔岁陪游旧迹多,风光今日两蹉跎。

不因醉本兰亭在,兼忘当年旧永和②。

[注释]

①四同年:郑茂休、曹确、独孤云、李定言,同为开成二年(837)进士。
②"不因"二句:《晋书·王羲之传》载:羲之于永和九年(353)与孙绰等四十一人修被禊之礼于兰亭,兴乐而书兰亭诗序,醒后更书数十百纸不及也。唐时登第,同年例于曲江游宴,故以喻兰亭宴集,并以《兰亭》比同年姓名谱。此反言见意。

一、二重叙旧游,见昔日同年之谊深,而今日四位在朝,我独沦落也。三、四言设若不因同年之旧谱尚在,我几忘却当年曲江游宴、雁塔题名事矣。屈复曰:"写自己之几忘旧谱,反言见意。"

同年在朝,我独沉沦;于同年交谊几忘,正感叹同年之忘我也。吐属委婉,语极含蓄。张采田曰:"借以自慨,非怨诗。"

赠白道者①

十二楼②前再拜辞,灵风正满碧桃枝③。

壶中④若是有天地,又向壶中伤别离。

[注释]

①白道者:即白道士。

②十二楼:指道观,屡见。

③灵风碧桃:仙风仙桃,道观前景象。《重过圣女祠》:"尽日灵风不满旗。"《石榴》诗:"可羡瑶池碧桃树。"

④壶中:《云笈七签》:"施存,鲁人,学大丹之道。遇张申,为云台治官,常具一壶,如五升器大,化为天地,中有日月,夜宿其中,自号壶天。"

[点评]

此留赠白道士。一言白道士于道观前再拜辞别。二叙拜别时观前景象。碧桃、灵风,点时在春日。《重过圣女祠》:"一春梦雨常飘瓦,尽日灵风不满旗。"三由白道士而及于壶公悬壶。四由拜辞伤别而及于壶天伤别。言钟情之如我辈，则人天皆然；人生天地间，则无可逃于情者也。屈复曰："神仙亦不能无别离之情，而况我辈情之所钟乎？"朱彝尊评三、四云："奇想。"

晋昌晚归马上赠^①

西北朝天路^②，登临思上才^③。

城闲烟草遍，村暗雨云回。

人岂无端别，猿应有意哀。

征南^④予更远，吟断望乡台^⑤。

[注释]

①晋昌晚归：访晋昌令狐未遇，晚归于马上吟别。

②天路：似即天街，指朱雀大街。

③上才：上等之才，又指上才之人。《后汉书·冯衍传赞》："体兼上才，荣微下秩。"

④征南：南行，指赴东川梓幕。

⑤望乡台：《寰宇记》引《益州记》云："望乡台，在成都县西北九里。"

[点评]

一言自晋昌令狐宅晚归，朝朱雀大街行进。商隐寓所在南郊樊川南，入城似皆借宿开化坊令狐楚旧宅。开化坊在朱雀街东第一街，近皇城朱雀门。晋昌坊在街东第三街，近曲江池。自晋昌至开化，须往西北方向经朱雀大街，故云"西北朝天路"。二言于路中登高临远而思绹;以"上人"赞绹。三、四为归路登临所见,因夜色苍茫故云。五句言此别赴东川,非平白无故,盖京华无栖身之处,言下绹竟不肯援手。六句言己如猿哀,啼鸣有因,盖悼亡无依,《闻惊禽》篇所谓"失群挂木"也。结言将南行蜀地,吟断于望乡台矣。

或云此诗与《宿晋昌亭闻惊禽》皆商隐陈情令狐之作,误。令狐绹阴妒义山,而外示周旋,商隐自不可与之交绝。将赴东川,临行拜别,亦人之常情。至亏赞其"上才"云云,亦礼仪须当如此,不可因此而言"屡启陈情"也。

寄裴衡①

别地②萧条极,如何更独来?

秋应为黄叶,雨不厌青苔。

沈约只能瘦③,潘仁岂是才④。

离情堪底寄⑤,惟有冷于灰。

[注释]

①裴衡:裴衡字无私。《樊南文集》有《代裴无私祭文》。义山仲姊适裴氏,衡或其亲族。

②别地:指昔时惜别之地。

③"沈约"句:《南史·沈约传》载:沈约有志台司,梁武不用,以书陈于徐勉,言己老病,革带常须移孔。

④"潘仁"句:《晋书·潘岳传》:"潘岳少以才颖见称。"

⑤堪底寄:有何可寄。底,何。

冯浩注引徐武源曰:"潘仁句用悼亡,裴或其亲亚欤?"刘学锴云:"'潘岳岂是才',犹言'潘仁只是哀',似作于王氏新亡后。"可从。一、二言己不当重来昔日别地,别地今何等萧条!三、四补足"萧条":秋风秋雨,黄叶飘零,青苔遍地。五、六言己悼伤之后,瘦如沈约,哀似潘仁。七、八因独来萧条别地而忆昔别裴衡,离情满怀,今何可寄!唯有一片灰冷之心。冯浩评曰:"情之萧条,较地尤甚矣。逐层剥进,不堪多读。"张采田曰:"结句回应,章法极完密,非率笔可拟也。"

裴明府居止^①

爱君茅屋下,向晚水溶溶。

试墨出新竹,张琴和古松。

坐来闻好鸟,归去度疏钟^②。

明日还相见,桥南贳酒酴^③。

[注释]

①居止:居处。向秀《思旧赋序》:"余与嵇康、吕安,居止接近。"《宾退录》载,唐人称县令为明府。此裴明府未详。

②度疏钟:疏钟之声传送。度,送。

③贳酒酴:贳,赊欠。《史记·高祖纪》:"常从王媪、武负贳酒。"裴骃集解引韦昭曰:"贳,赊也。"酴,浓烈之酒。《说文》:"酴,厚酒也。"《淮南子·主术》:"肥酴甘脆,非不美也。"

[点评]

　　此诗以慕裴明府之高雅闲逸而见志。一句"爱君"字直贯六句。一、二爱其茅屋四周,向晚时有溶溶水色,自所见落笔,见居止之清雅不俗。三、四试墨新竹,张琴松阴,见主人之高情逸致。五、六绾合主客,言闲坐时闻啼鸟好音,归去则疏钟远送,二句自听觉写出。以上六句皆义山之所爱。七、八云既有如此脱俗出尘之处,则明日我当复来,且至桥南赊酒,再共度一日也。屈复曰:"义山之倾倒于裴至矣。"诗以慕明府之高逸,抒宦场风波之厌倦。然生计所逼此高雅逸致"求之流辈岂易得"哉! 其《复至裴明府所居》云"行矣关山方独吟",尘世营扰,烦襟难洒! 可与《复至》一首同参。《复至》云:"伊人卜筑自幽深,桂巷杉篱不可寻。柱上雕虫对书字,槽中瘦马仰听琴。求之流辈岂易得? 行矣关山方独吟。赊取松醪一斗酒,与君相伴洒烦襟。"然裴明府亦有"烦襟"者,且须以松醪美酒浇洒之,则亦官场中翻过筋斗者,故可引义山之倾倒共鸣矣。姚培谦曰:"裴盖去官家居者。"信然。

　　据"行矣关山"句,则或徐幕、梓幕前作。

及第东归次灞上却寄同年①

芳桂当年②各一枝,行期未分压春期③。

江鱼朔雁长相忆④,秦树嵩云⑤自不知。

下苑⑥经过劳想象,东门送饯又差池⑦。

灞陵柳色无离恨,莫枉长条赠所思。

[注释]

①及第东归：义山开成二年(837)进士及第，三月东归济源省亲。灞上，在长安东三十里。

②芳桂：指登第。《晋书·郄诜传》："臣对策第一，犹桂林一枝，昆山片玉。"当年，正当妙年。

③分：读去声，料、料想。压春期，冯浩曰："在春梢，故曰'压'。"

④"江鱼"句：用鱼雁传书事，言虽音信可通，然彼此阻隔，只能相忆而已。

⑤秦树嵩云：指同年留在长安而己则东归洛下。秦，长安；嵩，济源，在洛中，南有嵩山。云、树，喻两地相思之情。杜甫《春日怀李白》："渭北春天树，江东日暮云。"

⑥下苑：曲江。

⑦差池：《诗·邶风·燕燕》："差池其羽。"此指分离。

[点评]

此同年未详，意或韩瞻。诗人及第东归省母，而同年则留长安，彼此分离，故有"江鱼朔雁""秦树嵩云"之谓。五、六旧解多误。刘学锴、余恕诚笺："二句谓曲江之会，已成追忆，惟供异时之想象回味；今日同年东门设宴饯行，依依话别，正如双燕之差池。"末云己与同年虽两地差池而无效小女子态"共沾巾"，故亦无须枉折柳条以赠我也。

王鸣盛云："不过寻常叙别语，亦必用如许曲致。义山之思深，而解者(按指冯浩)之悟微，两得之。"姚培谦笺云："对此灞桥柳色，彼岂能知人离恨耶？翻觉折赠之为俗况矣。"亦可备一说。

赠田叟

荷蓧^①衰翁似有情，相逢携手绕村行。

烧畲^②晓映远山色，伐树暝传深谷声。

鸥鸟忘机翻浃洽^③，交亲得路昧平生。

抚躬道直诚感激^④，在野无贤^⑤心自惊。

[注释]

①荷蓧：肩负除草器具。《论语·微子》："子路从而后，遇丈人，以杖荷蓧。"

②烧畲：焚烧田中之草木以肥田。《韵会》："畲，火种田也。"

③"鸥鸟"句：言人无机心，能使异类如鸥鸟者相与狎近。此指代荷蓧衰翁。《列子·黄帝》载：海上有人，每旦从鸥鸟游，鸥之从者百数。其父令取来，明日之海上，鸥鸟舞而不下，以其有机心也。浃洽，通和融洽。《汉书·礼乐志》："教化浃洽，民用和睦。"

④"抚躬"句：言身怀直道而不为所用，故心中感愤不平。躬，身。

⑤在野无贤：《尚书·大禹谟》："野无遗贤，万邦咸宁。"

[点评]

诗有"相逢携手绕村行"句，当作于会昌四至五年（844—845）闲居永乐时。"烧畲"，未必荆楚始有，故定编桂府归途作，乏据。按杜甫《秋日夔府咏怀》云："煮井为盐速，烧畲度地偏。"是蜀地也烧畲。大约江南均有此俗，陆游《村舍》云："山高正对烧畲火。"然烧荆榛杂草做肥之俗，永乐未必不有，俗称烧荒，东北至今遍有之。

屈复笺曰:"相逢似有情,因而携手同行。次联同行时情景。五淡远之情,六孤高之品。有情如此,安得野无遗贤哉!鸥鸟忘机,翻能浃洽;交亲得路,竟昧平生,人不如鸟!田叟之高如此;故结言野有遗贤也。"按此诗主旨尽在末句:"在野无贤心自惊。"既指田叟,亦以自寓。《新唐书·李林甫传》载:玄宗尝诏天下有一艺者得诣阙就选,林甫建言,悉委尚书省选试,而无一中程者,"林甫因贺上,以为野无留才",此暗用其意。野无遗贤,野无留才,则不在朝者,均非贤者,无有才智。言下在朝之"交亲得路"如令狐绹辈妒贤嫉能,扼塞贤才,故自心惊也。

送崔珏^① 往西川

年少因何有旅愁,欲为东下更西游。

一条雪浪吼牛峡,千里火云^②烧益州。

卜肆^③至今多寂寞,酒垆^④自古擅风流。

浣花笺纸^⑤桃花色,好好题诗咏玉钩^⑥。

[注释]

①崔珏:崔珏字梦之,大中进士,存诗一卷。有《哭李商隐》诗云:"虚负凌云万丈才,一生襟抱未曾开。"可谓义山知己。

②火云:夏时之云,俗称火烧云。杜甫《三川观水涨》:"火云无时出,飞电常在目。"

③卜肆:《汉书·严君平传》载:君平卜筮成都,日阅数人,得百钱足自养即闭肆

下帘。

④酒垆:用相如文君事,屡见。

⑤浣花笺纸:元和初蜀妓薛涛居浣花溪旁,以潭水造深红小彩笺。见《寰宇记》。

⑥玉钩:指宴饮中藏钩之戏。玉钩,酒钩,用汉武钩弋夫人事。

[点评]

　　崔珏为义山知交,本欲沿江东下,无奈却作西川之游,故有旅愁。李商隐于赴桂途经江陵巧遇崔,作诗送之、慰之。起以问语出之,言年少不应有旅愁。下三句倒折,申述旅愁原因。纪晓岚笺:"此言己之流离老大,有愁固宜,年少乃亦旅愁,从何处有耶?"又云:"'欲为'三句正是旅愁之故。"二联"一条""千里","雪浪""火云","巫峡""益州",皆属对精巧。陆昆曾《李义山七律诗解》云:"'巫峡'一联,不过写景,著'吼'字、'烧'字,便不平庸,然又极稳妥。"下半慰之之词。五句是宾,六句是主,言无须问君平之寂寞,但看相如之风流,是可游乐也。结则进一步慰之:还有浣花笺纸足供吟咏。陆昆曾以为末联"收拾中四句作结,此诗家大开大阖法也"。

赠刘司户蕡①

江风吹浪动云根②,重碇③危樯白日昏。

已断燕鸿初起势④,更惊骚客后归魂⑤。

汉廷急诏谁先入⑥? 楚路高歌意欲翻⑦。

万里相逢欢复泣,凤巢西隔九重门⑧。

[注释]

①刘司户蒉:刘蒉字去华,幽州昌平人。太和二年(828),策试贤良方正直言极谏,切论黄门大横,将危宗社。宦官深嫉之,诬以罪,贬柳州司户参军。

②云根:指石。宋孝武《登乐山》:"积水溺云根。"

③重碇:系舟之石墩。

④"已断"句:蒉昌平人属燕,故以燕鸿称之。断其初起之势,言其对策下第。

⑤归魂:指刘蒉自柳州放还途中,时在楚地,故称"骚客"。

⑥"汉廷"句:用文帝征贾谊事。刘学锴、余恕诚曰:"'谁先入'与四句'后归'相应。谓朝廷急诏征回者虽不乏其人,蒉独后归。"

⑦翻:摹写,歌唱。白居易词:"听取新翻杨柳枝。"

⑧"凤巢"句:《帝王世纪》:"黄帝时,凤凰止帝东园,或巢于阿阁。"九重门,《九辩》:"君之门兮九重。"

[点评]

　　商隐越年有《哭刘蒉》诗云:"黄陵别后春涛隔。"是义山与刘蒉此次相遇在黄陵。黄陵,山名,在今湖南湘阴,近湘水入洞庭湖处。据刘学锴、余恕诚考证,刘蒉自柳州放还而商隐自南郡返桂,二人相遇于江乡,故诗当作于大中二年(848)春正。

　　上半兴而兼比。首句就眼前湘水即景写起,兴也;而风浪掀石,又比阉官之势盛。二句取"白日昏"义,以比朝廷蔽于小人。刘蒉,燕人,故以燕鸿喻之。燕鸿初起,特指太和二年(828)刘蒉应贤良方正科;因对策猛烈抨击宦官而落选,故又云"已断。""后归魂",言朝廷急诏征回者不乏其人,而蒉独后归。"初起"即被断,归又独后,见蒉之坎坷,亦以示商隐对友人之同情与不平。从"后归"又启下句之"急诏",是下半抒慨,回归本位。意刘蒉因诏入京,故"楚路高歌",冀有升迁之望,可欢也;然君门万重,凤巢西隔,又可泣也。纪晓岚评曰:"只'凤巢西隔九重门'一句竟住,不消更说,绝好收法。"

赠从兄阆之

怅望人间万事违，私书幽梦约忘机^①。

荻花村里鱼标^②在，石藓庭中鹿迹微。

幽径定携僧共入，寒塘好与日相依。

城中猘犬憎兰佩^③，莫损幽芳^④久不归。

[注释]

①忘机：心无纷竞，淡泊自处。李白《下终南山过斛斯山人宿置酒》诗："我醉君亦乐，陶然共忘机。"

②鱼标：禁止捕鱼之标识。《新唐书·百官志》载，水部郎中掌渔捕之事，"凡坑陷井穴皆有标"。又河渠署，"凡沟渠开塞，渔捕时禁皆专之"。

③"城中"句：猘犬，疯狗。《左传·哀公十二年》："国狗之瘈，无不噬也。"杜预注："瘈，狂狗也，今名猘犬。"兰佩，以兰花为佩。《离骚》"户服艾以盈要兮，谓幽兰其不可佩。"

④幽芳：喻高洁之品格。

[点评]

此赠从兄而相约归隐之作。味"怅望人间万事违""城中猘犬憎兰佩"语，则义山之愤世嫉俗可知，唯其愤世，故欲忘机归隐。中四句皆拟想归隐乡间之情景，悠然神往也。荻花村，石藓庭；携僧游，月相依，端的是一幅世外桃源图。七、八言长安之狂犬见兰佩君子既怪且憎，莫因久留而损幽芳也。

然归隐非义山本意。考义山一生,儒之积极入世乃是其人生准则。然党人排摈,一生沉沦,故时有向慕佛道而出尘归隐之想。此亦文士大夫之通例:能儒则儒,"儒"不上则佛,则道;得意时儒,失意时则道,则佛,如此而已。

刘学锴以为徐幕前作,可从,盖大中三年(849)作也。

赠司勋杜十三员外

杜牧司勋字牧之,清秋一首杜秋诗①。

前身应是梁江总②,名总还曾字总持。

心铁已从干镆利③,鬓丝休叹雪霜垂。

汉江远吊西江水,羊祜韦丹尽有碑④。

[注释]

①杜秋诗:杜秋即杜仲阳。杜牧《杜秋》诗序云:杜秋十五为李锜妾,锜叛灭,入宫,有宠于景陵。穆宗即位,命为皇子傅姆。皇子壮,封漳王,后被诬废削,秋因赐归故里金陵。

②江总:历仕梁、陈、隋,以总得名于梁故称梁江总。

③"心铁"句:言心似铁坚,指杜牧胸中有甲兵。牧善筹划用兵,并注《孙子十三篇》。从,共,同。干镆,干将、镆铘,宝剑名,见《吴越春秋》。

④"汉江"二句:义山自注云:"时杜奉诏撰韦碑。"韦丹,元和循吏第一,文宗诏牧撰韦丹遗爱碑以记之。晋羊祜都督荆州,甚得民心,卒,百姓为立碑岘山,望其碑者莫不流泪,杜预名之曰"堕泪碑"。汉江指杜预,因预曾任襄阳太守,地近汉江。又因同为杜姓,故转指杜牧。西江,即江西。韦丹曾任江西观察使,故以西

江指代韦丹。"汉江远吊"即指牧撰碑事。

[点评]

　　此诗应重看者二:一、诗之主旨在劝慰并赞叹杜牧。五、六言杜牧胸有甲兵,心铁坚利,非一般文士可比,虽年已老大,亦不必叹老嗟卑。七、八回应一、二,赞其诗文定当传世。诗则《杜秋》一篇,文则有韦丹碑足与杜预《堕泪碑》同辉千古。时杜牧出刺江乡,自有失意之叹。而义山桂管归京,始选周至俗尉,转留假京兆参军,其沦落甚于杜牧,其不计一己之穷愁,反慰劝他人,亦可嘉也。二、诗以复词重言出之,潜气内转,往复回环,风调情味殊殷切恳诚,一似胸中缓缓流出。金圣叹曰:"二'牧'字,二'杜'字,二'秋'字,三'总'字,二'字'字……出奇无穷也。"细析之,一、二、四、七句皆叠在二、六字;三、四句"总"字勾连,末又回应,则颔联三"总"复叠;二"字"字在一、四句,又均为第五字,真"水精如意玉连环也"。

汴上送李郢① 之苏州

人高诗苦滞夷门②,万里梁王有旧园③。

烟幌自应怜白纻④,月楼谁伴咏黄昏。

露桃涂额依苔井,风柳夸腰仕水村⑤。

苏小小⑥坟今在否,紫兰香径与招魂⑦。

[注释]

①李郢:字楚望,长安人,大中十年(856)进士,诗调清丽。

②夷门:《史记·信陵君列传》:"侯嬴年七十,家贫,为大梁夷门监。"此以侯嬴比李郢,并切汴上。

③梁王旧园:《西京杂记》:"梁孝王好宫室苑囿之乐,筑兔园。"此指李郢旧在汴幕。

④白纻:吴歌有《白纻歌》《白纻曲》。《宋书·乐志》:"纻本吴地所出,宜是吴舞也。"

⑤"露桃"二句:傅休奕《桃赋》:"华升御于内庭兮,饰佳人之令颜。"梁简文《桃花》:"飞花入露井。"露桃涂颊,风柳夸腰,状吴地女子容颜之美艳,仪态之娉婷。

⑥苏小小:钱塘名娼,南齐时人。

⑦与招魂:为我招其魂魄。与,为。冯浩曰:"句必有所指借。"张采田曰:"暗寓义山往日所思之人,盖其人流转江乡,殁于吴地。"

[点评]

　　此诗作年,刘学锴考证翔实,为大中四年(850)春,商隐奉使入京途经汴州与李郢相逢而作。首句言郢人高诗苦而留滞"夷门",点汴上。时郢未第,故以侯生家贫不达喻之。二句"万里"点苏州,言苏州有郢旧时幕主在。三、四拟想郢至苏州,虽可倚烟幌,赏清音,然楼上月中孤寂一人而无知音相伴。五、六言唯吴娃之桃颊柳腰可慰思苦寂寞。七、八宕开一步,言郢至苏州当访苏小小坟头,代我一招其魂。

　　七、八当有寄托,然未可坐实,或亦"桃根""桃叶"之流。张采田曰:"露桃涂颊,风柳夸腰,虽预写苏州景物,实则暗寓义山往日所思之人。盖其人流转江乡,殁于吴地,有《河内诗》及《和人题真娘墓》诗可证,所以结句属其代为招魂也。"

留赠畏之①

清时无事奏明光②,不遣当关③报早霜。

中禁词臣寻引领④,左川归客⑤自回肠。

郎君下笔惊鹦鹉⑥,侍女吹笙弄凤凰⑦。

空记大罗⑧天上事,众仙同日咏霓裳⑨。

[注释]

①留赠畏之:题下自注:"时将赴职梓潼,遇韩朝回作。"原三首,二、三与"赴职梓潼"无涉,另作《无题》。

②明光:汉殿名,借指唐宫殿。《汉官仪》:"奏事明光殿。"

③当关:守门者。

④"中禁"句:中禁,亦作禁中,天子所居。岑仲勉曰:"颂其有词臣希望,应着眼'寻'字。"引领,望之可即之谓。

⑤归客:预作入川后为思归之客。

⑥"郎君"句:郎君指韩瞻子冬郎偓。《后汉书·祢衡传》:"黄祖大会宾客,人有献鹦鹉者,衡揽笔作赋,文无加点,辞采甚丽。"

⑦"侍女"句:《汉武内传》:"王母命侍女董双成吹云和之笙。"弄凤凰,用萧史、弄玉事。意谓畏之有闺房琴瑟之乐。

⑧大罗:《云笈七签》:"最上一天名曰大罗。"此喻帝宫。

⑨"众仙"句:徐松《登科记考》:"开成二年(837)高锴司贡籍……乃试《琴瑟合奏赋》《霓裳羽衣曲诗》。"是科李肱诗最为迥出,登榜首,其次张棠,其次沈黄中,

王收第四,柳棠第五。其余三十五人,义山、畏之在焉,是所谓"众仙"也。朱彝尊曰:"大抵以登仙喻及第耳。"

[点评]

此将赴职梓潼谒韩,遇韩瞻朝回,约当作于大中五年(851)初冬。首二言清时无事,自无早朝晏退之烦。三、四云韩居中禁,清要之班,望之可即;而我将适蜀,思归之客能无回肠耶? 对照显然。五、六称颂畏之郎君有鹦鹉之才,侍女皆凤凰之侣。言下我则悼亡,男幼女小,荣悴如判。七、八收束,回想当年同登高第,共咏霓裳,今日思之,能不黯然!

赴职梓潼^① 留别畏之员外同年

佳兆联翩遇凤凰^②,雕文羽帐^③紫金床。

桂花香处同高第,柿叶翻时^④独悼亡。

乌鹊失栖常不定,鸳鸯何事自相将?

京华庸蜀^⑤三千里,送到咸阳见夕阳。

[注释]

①赴职梓潼:梓潼郡为东川节度治所。柳仲郢镇东川,辟义山为判官。
②"佳兆"句:指与畏之相继娶茂元女事。《诗·大雅·卷阿》:"凤凰于飞,刿刿其羽。"凤雄凰雌,比翼而飞也。
③羽帐:饰以翠羽之帐。江总《新入姬人应令诗》:"新人羽帐挂流苏。"
④柿叶翻时:《南史·刘歊传》:"歊未死之春,有人为其庭中栽柿,歊为兄子

曰:'吾不及见此席,尔其勿言。'及秋而亡。"

⑤庸蜀:《华阳国志》:"巴、汉、庸、蜀,属益州。"

[点评]

　　前有《留赠畏之》,此则畏之送至咸阳留别之作,约大中五年(851)初冬。

　　首联言同时婚娶,同为茂元僚婿。三句云开成二年(837)同登进士第;四句言夏秋之时我独悼亡,言下而羡畏之家室完聚。五句自比乌鹊,栖无定所;六言畏之夫妻相携,琴瑟和鸣。七、八收束,言京华至梓州路途遥远,送到咸阳已是黄昏,终有一别。一去一留,刻意伤别。

梓州罢[①]吟寄同舍

不拣花朝与雪朝[②],五年从事霍嫖姚[③]。

君缘接座交珠履,我为分行近翠翘[④]。

楚雨含情皆有托[⑤],漳滨多病竟无憀[⑥]。

长吟远下燕台[⑦]去,惟有衣香染未销[⑧]。

[注释]

①梓州罢:柳仲郢罢东川镇在大中九年(855)。

②"不拣"句:不拣,不论。花朝雪朝,花晨雪晨,代指春冬。

③霍嫖姚:霍去病,曾任嫖姚校尉,此借指府主柳仲郢。

④"君缘"二句:珠履,指上客。《史记·春申君传》:"上客三千人,皆蹑珠履。"翠翘,妇女发饰,借指营妓。刘学锴云:"两句互文,谓我与君等因任幕职,既得结交

上客,亦常接近歌伎。"

⑤"楚雨"句:言己诗虽多艳情,然皆有所寄托。"楚雨含情",以比艳诗。

⑥"漳滨"句:以刘桢婴沉痼疾自比。言己在幕府多病,无所依托。

⑦燕台:用燕昭王筑黄金台招贤事,借指东川幕。

⑧"衣香"句:用荀令君"坐处三日香"事。意谓我唯怀座主之恩德,永志不忘也。

[点评]

　　此梓州府罢,吟此以赠同舍,大中九年(855)作。一、二言自春经冬,五年从事梓幕。三、四互文,言不论上客、营妓,我与君等皆曾交之、近之。言外非仅我特近翠翘也。似同舍中有人以义山诗多言艳情而讥之,故五句紧接"楚雨含情皆有托",言我虽有艳情之作,然多为美人香草,有所寄托。楚雨含情,借神女巫山事以喻艳情之作。六句进一层,言五年梓幕,亦因多病无憀,未尝多与乐营宴舞,交接乐妓。七、八就"梓州罢"作结,言从此皆别梓幕而去,然府主之恩义犹未能忘怀也。

偶成转韵七十二句赠四同舍①

沛国②东风吹大泽,蒲青柳碧春一色。

我来不见隆准人③,沥酒空余庙中客④。

征东同舍鸳与鸾,酒酣劝我悬征鞍⑤。

蓝山宝肆不可入,玉中仍是青琅玕⑥。

武威将军使中侠⑦,少年箭道惊杨叶⑧。

战功高后数文章⑨,怜我秋斋梦蝴蝶⑩。

诘旦⑪九门传章奏,高车大马来煌煌。

路逢邹枚不暇揖⑫,腊月大雪过大梁。

忆昔公为会昌宰⑬,我时入谒虚怀待。

众中赏我赋高唐⑭,回看屈宋由年辈⑮。

公事武皇为铁冠⑯,历厅请我相所难⑰。

我时憔悴在书阁⑱,卧枕芸香⑲春夜阑。

明年赴辟下昭桂⑳,东郊恸哭辞兄弟㉑。

韩公堆上跋马时㉒,回望秦川树如荠㉓。

依稀南指阳台云㉔,鲤鱼食钩猿失群㉕。

湘妃庙下已春尽,虞帝城前初日曛㉖。

谢游桥上澄江馆,下望山城如一弹㉗。

鹧鸪声苦㉘晓惊眠,朱槿花娇晚相伴㉙。

顷之失职辞南风㉚,破帆坏桨荆江中㉛。

斩蛟破璧不无意㉜,平生自许非匆匆㉝。

归来寂寞灵台下,著破蓝衫出无马㉞。

天官补吏府中趋㉟,玉骨瘦来无一把。

手封狴牢屯制囚,直厅印锁黄昏愁㊱。

平明赤帖㊲使修表,上贺嫖姚㊳收贼州。

旧山万仞青霞外,望见扶桑出东海㊴。

爱君忧国去未能,白道青松了然在㊵。

此时闻有燕昭台㊶,挺身东望心眼开。

且吟王粲从军乐，不赋渊明归去来㊷。

彭门㊸十万皆雄勇，首戴公恩若山重。

廷评日下握灵蛇㊹，书记眠时吞彩凤㊺。

之子夫君㊻郑与裴，何甥谢舅㊼当世才。

青袍白简㊽风流极，碧沼红莲倾倒开㊾。

我生粗疏不足数，梁父哀吟鸲鹆舞㊿。

横行阔视倚公怜，狂来笔力如牛弩(51)。

借酒祝公千万年，吾徒礼分常周旋(52)。

收旗卧鼓(53)相天子，相门出相(54)光青史。

［注释］

①同舍：同居一舍之人。《史记·司马相如传》："客游梁，梁孝王令与诸生同舍。"此指同僚。大中三年（849）十一月，商隐入徐州卢宏正幕，诗作于次年春。四同舍即末段"之子"二句中之郑、裴、何、谢四同僚。

②沛国：汉沛郡，此借指徐州。

③隆准人：指汉高祖刘邦。《史记·高祖本纪》："高祖，沛丰邑中阳里人……为人隆准而龙颜。"司马贞索隐引李斐曰："准，鼻也。"

④"沥酒"句：沥酒，滤酒，此指以酒祭奠。庙中客，诗人自指。

⑤"征东"二句：征东，征东将军，指武宁军节度使卢宏正，以徐州在东故云。鸳与鸾，犹鸳侣鸾朋，喻指相友善如四同舍等同僚。冯浩曰："假同舍劝词，见永将依托。"二句意谓同舍劝我悬挂征鞍，从此可永托卢幕，不需再劳碌征行。

⑥"蓝山"二句：蓝山，玉山，其山产玉。此以蓝山宝肆喻卢幕。仍是，又是；仍，复。青琅玕，青玉，上品之玉。意谓卢幕如玉山宝肆，入幕本非容易，更加幕中僚士皆是佼佼者，惭愧厕身其中。美同僚兼示自谦。

⑦"武威"句：言卢宏正乃镇使中之杰出者，汉武威将军刘尚。义山《少将》云："族亚齐安陆，风高汉武威。"武威将军，借指卢宏正，或云指王茂元。

⑧惊杨叶：春秋时楚大夫养由基善射，能百步穿杨。见《战国策·楚策》。每以

穿杨比文战得胜,此喻卢少年登第。

⑨数文章:评论文章,数,计数、评数,评论。

⑩梦蝴蝶:用庄周梦蝶事,见《锦瑟》注。此指浮生若梦,抱负成空。

⑪诘旦:明早,明朝。丘迟《侍宴乐游苑》诗:"诘旦阊阖开,驰道闻凤吹。"

⑫"邹枚"二句:邹枚,邹阳、枚乘,西汉文学家,据下句"大梁"字,似路逢汴幕友人。刘学锴以为宣武幕文士李郢等人。不暇揖,无暇揖让,言行色匆匆,未作停留。

⑬会昌宰:会昌县令。会昌,唐昭应县旧名。大和八年(834)卢宏正曾任昭应令。

⑭高唐:《高唐赋》,传为宋玉作,写楚襄王游高唐,梦遇神女事。此喻指作者类似之诗作。

⑮由年辈:犹如同年辈之人,由同犹。此言卢不仅赏识,且誉可与屈宋并驾也。

⑯"公事"句:武皇,借指唐武宗。铁冠,指御史大夫、御史中丞。御史所戴铁冠,以铁为柱,故称铁冠。《后汉书·高获传》:"获冠铁冠,带铁锁。"卢宏正于会昌二年(842)任御史中丞。

⑰"历厅"句:历厅,越过厅堂。时义山任秘书省正字,与御史台官署相近。相所难,帮助解决疑难问题。相,辅佐,帮助。

⑱在书阁:指在秘书省校理秘阁图籍。

⑲芸香:香草,古时多用以驱除藏书中之蠹虫。

⑳下昭桂:昭州、桂州,均为桂管观察使所辖。此言应郑亚辟,入桂管幕。

㉑辞兄弟:指与胞弟羲叟辞别。是年羲叟新登进士,故于长安东郊送别。

㉒"韩公堆"句:《长安志》:"韩公堆,驿名,在蓝田县南二十五里。"跋马,回转马脚。《篇海》:"足后为跋。"《资治通鉴·唐纪》注:"跋马者,摇骒马衔,偏促一辔,又以两足摇鼓马腹,使之回走。"

㉓"回望"句:《陇头歌辞》:"遥望秦川,心肝断绝。"意谓回望秦川,树木矮小如荠菜。

㉔阳台云:指荆楚之地。《高唐赋序》:"朝朝暮暮,阳台之下。"

㉕"鲤鱼"句:韩愈诗:"士生为名累,有如鱼中钩。"喻为生计所迫而下昭桂。猿失群,暗寓夫妇离别。

㉖"湘妃庙"二句:言春尽经湖南,而入夏始至桂林。湘妃庙,即黄陵庙,在北洞

庭湖畔。虞帝城,指桂林,桂林虞山下有舜祠。

㉗"谢游桥"二句:谢游桥、澄江馆当为纪念南齐诗人谢朓而建之游览胜地。山城,桂林。

㉘鹧鸪声苦:古人以为鹧鸪鸣声如"行不得也哥哥",易触动乡愁,故云"声苦"。

㉙晚相伴:朱槿花朝开暮落。唐时幕客早出暮入,至晚始归,故云"晚相伴"。

㉚"顷之"句:言不久因郑亚南贬循州而罢幕辞离北行。

㉛"破帆"句:言途经荆江水路遭遇风浪险阻,并寓仕途之风险挫折。

㉜"斩蛟"句:应读为"不无斩蛟破璧之意"。《博物志》载:澹台子羽携带千金之璧渡河,遇风浪,两蛟夹船。"子羽左操璧,右操剑,击蛟皆死。既渡,以璧投于河,河伯跃而归之。子羽毁璧而去。"意谓己非无子羽斩蛟破璧之志。

㉝匆匆:随便,草率。

㉞"归来"二句:后汉第五颉"客止灵台中,或十日不炊"。见《后汉书·第五伦传》。蓝衫,青袍,唐八、九品官所著。意谓桂管归京,孤子无助,官职反降。义山回长安后选周至县尉,正九品下阶。

㉟"天官"句:天官,指吏部;府,指京兆府。趋,低头小步急走,表示对上司之尊敬。句言后又补为京兆府掾曹,在府中趋走供差。

㊱"手封"二句:狴牢,牢狱。屯制囚,把制令扣押的囚犯集中起来。屯,聚。制囚,皇帝下令拘禁之囚犯。直厅,在府厅当值。直、值通。印锁,即锁印。意义山在京兆府或代理法曹参军事,故有"手封狴牢""直厅锁印"事。

㊲赤帖:朱标文檄,即书写贺表之红色纸帖。

㊳嫖姚:汉霍去病为嫖姚都尉。此借指收复沦陷吐蕃之三关七州之将领。

㊴"旧山"二句:旧山,故山。指作者故乡怀州附近之王屋山。《云笈七签》:"青要帝君紫云为屋,青霞为城。"意谓故乡王屋山高万仞,可望见海东之日出。扶桑,传说为东海神木,日所栖息处。

㊵了然:清晰貌。

㊶燕昭台:战国时燕昭王筑黄金台以招天下贤士。此指卢宏正幕。

㊷"且吟"二句:王粲《从军诗》:"从军有苦乐,但问所从谁。"陶渊明有《归去来兮辞》。意谓乐于从军入卢幕而不愿如渊明之归隐田园。

㊸彭门:徐州。徐州古名彭城。

㊹"廷评"句:廷评,大理评事。唐幕僚常带京职如廷评者,以其带京衔,故云曰

下。日下,指京城;又与下句"眠时"对举,似又指当日之时。曹植《与杨德祖书》:"人人自谓握灵蛇之珠。"此握灵蛇即握灵蛇之珠,喻指掌握为文之秘。

㊺"书记"句:书记,节度掌书记。《晋书·文苑传》:"罗含字君章,尝昼卧,梦一鸟文彩异常,飞入口中,因惊起,自此后藻思日新。"

㊻之子夫君:《诗·魏风·汾沮洳》:"彼其之子,美如英。"《楚辞·九歌》:"思夫君兮太息。"此"之子""夫君",称美之辞。

㊼何甥谢舅:东晋何无忌,名将刘牢之甥,人云"酷似其舅"。谢舅,指谢安。借何、谢称美幕中二武职幕僚。

㊽青袍白简:唐时八、九品穿青袍,六品以下执竹笏即白简,言幕士皆低职,然却皆为风流文采之士。

㊾"碧沼"句:《南史·庾杲之传》载:"萧缅赞王俭长史庾杲之曰:'泛绿水,依芙蓉,何其丽也。'"时称俭府为莲花池。后因称幕府为莲幕。碧沼,碧波曲池。倾倒开,烂漫开,形容繁艳。意谓同舍正如碧池中之红莲,开得十分繁艳。

㊿"梁父"句:《梁父吟》相传为诸葛亮抒怀之吟。《三国志·诸葛亮传》:"亮躬耕陇亩,好为《梁父吟》。"鸲鹆,八哥。《晋书·谢尚传》:王导谓尚曰:"闻君能作鸲鹆舞,一座倾想。"尚即着衣帻而舞,旁若无人。鸲鹆舞,舞曲名。杜审言《赠崔融》:"兴酣鸲鹆舞。"常以喻慷慨有大志。

(51)牛弩:以牛筋张弦之强弩。此形容己笔力之雄健。

(52)周旋:追随。

(53)收旗卧鼓:谓收军凯旋归朝。

(54)相门出相:冯浩曰:卢氏四房,长房、二房、三房皆有相;弘正四房,未有相,故以颂之。《史记·孟尝君传》:"将门必有将,相门必有相。"

[点评]

此诗大中四年(850)作于徐州卢幕,自叙其生平之阅历。

首徐州为古沛地,故以"沛国东风"起兴,并点时令。继借同舍劝言,美同舍兼自谦抑,又以点题。"武威将军"以下,追叙己与宏正之交谊,并纬以生平之经历。"我生粗疏"四句,言己之粗疏,原不足与同舍比数,唯横行阔视、笔力雄健为卢公所怜赏,自谦亦自负语。末四句以赞祝府主作收。

中五十六句为一篇主体,又约可厘为七层。"武威"八句称颂宏正并感聘入幕。"忆昔"八句言在昔即曾受知于宏正。"明年"八句言为生计所迫,骨肉分离而南下昭桂。"谢游"八句言羁旅桂州,离职罢幕及归途风波。"归来"八句叙还京授尉周至,留假参军专事章奏事。"旧山"八句言本拟归隐旧山,无奈爱君忧国,故去而未能;值此忽闻卢公开燕昭以待贤者,遂慨然入幕。"彭门"八句叙宏正之深得军心,一时幕僚尽皆名士,再颂美府主兼及同舍。

此诗论者异议处在"武威"八句,钱龙惕、钱良择、姚培谦、屈复、程梦星诸人,皆以为义山感茂元知遇并以女妻之,而冯浩、张采田、刘学锴则以武威公为卢宏正。聊记以备考。

此篇为玉溪集中之大构佳作。起手即苍苍茫茫,磊落坦荡。通篇峻快绝伦,一气转旋,傲岸激昂,一洗酸儒之气。纪晓岚评曰,"沉郁顿挫之气,时时震荡于其中""挨叙而不板不弱,觉与盛唐诸公面目各别,精神不殊,盖玉溪笔法原高耳"。陆士湄以为"变尽艳体本色""足见其才之未易量矣"。

古来才命两相妨

滞　雨

滞雨^①长安夜，残灯独客愁。

故乡云水地^②，归梦不宜秋。

[注释]

①滞雨：久落不停之雨。滞，淹留。
②云水地：荥阳在黄河南岸，又有浮戏、嵩高之山，秋水东逝，山间云流，故云"云水地"。

[点评]

　　此雨阻长安，思乡之作。首句切题，"夜"字起二句"残灯"。二句灯残客独，故乡愁袭来。三、四言故乡云水萦绕，此秋云、秋水，最易牵客子羁愁，即便梦归故里，亦不宜秋夜。宋玉《九辩》："悲哉！秋之为气也，萧瑟兮，草木摇落而变衰。"老杜《登高》云："万里悲秋常作客。"义山滞雨长安，羁客孤愁，想故乡秋云、秋水，今如此秋夜，更易引悲秋之情，是所以"不宜秋"也。

　　纪晓岚评："运思甚曲，而出以自然，故为高调。"所谓"运思甚曲"，正诗人不正言滞雨悲秋，而反言不宜秋日归乡，即便"归梦"，亦不宜秋天，是"偏愁到梦里去"，更显乡愁之浓！

早　起

风露澹^①清晨，帘间独起人。

莺花啼又笑，毕竟是谁春？

[注释]

①澹：安闲恬静。《广雅·释诂一》："澹，安也。"《广雅·释诂四》："澹，静也。"《释文》："澹，恬静也。"

[点评]

　　诗言己于清晨帘间独起，安闲恬静，见莺啼婉转，春花怒放，然此春物毕竟为谁，言下如此春物，非我有也。

　　考义山一生，可谓春物昌荣而非其所有，当是武宗会昌时期。此期间正卫公当政，王茂元出镇陈许，未久又以书判拔萃，重入秘书省，所谓"莺啼花又笑"也。然其后（会昌二年，842）即因母丧居家，又其后（会昌三年，843），茂元卒、徐氏姊夫卒，又其后（会昌四年，844）移家永乐，所谓"我独丘园坐四春"（《春日寄怀》）也。会昌仅六年，而"遁迹丘园，前耕后饷"达四年，大好"春光"几失。迨会昌五年（845）十月服阕入京，重官秘书省正字，而六年（846）三月武宗遽崩，李德裕、郑亚等贬斥，则"春光"全失矣。故此有"毕竟是谁春"之叹。徐增《而庵说唐诗》云："人言义山诗是艳体，此作何等平澹，岂绚烂之极耶？"

　　诗当作于移家永乐，约会昌四年（844）或五年（845）春间。

高　花

花将①人共笑，篱外露繁枝。

宋玉临江宅②，墙低不拟窥③。

[注释]

①将：张相《诗词曲语辞汇释》云："将，犹与也。"李白《月下独酌》："暂伴月将影，行乐须及春。"

②临江宅：《渚宫故事》："庾信因侯景之乱，自建康遁归江陵，居宋玉故宅。"庾信《哀江南赋》："诛茅宋玉之宅，穿径临江之府。"

③"墙低"句：宋玉《登徒子好色赋》："然此女登墙窥臣三年，臣未之许也。"此反其意。

[点评]

　　此偶见篱外"高花"，有感而发，非咏花也。宋玉，义山自比。高花，或谓喻身份高贵之女子。云我宅墙低，虽可窥此"高花"，然"不拟窥"也。言外高者自高，低者自低，我未必"窥"汝也。或谓高花喻高品京职，亦通。余谓此"高花"可比宏博，可比令狐，要之，义山有感于人情冷暖，虽时有陈情，然自有一身傲骨。"不拟窥"乃全诗主意，言我门墙虽低，并不高攀。故姚培谦评曰："身份自高。"

天　涯

春日在天涯，天涯日又斜。

莺啼如有泪，为湿最高花^①。

[注释]

①最高花：暮春高枝之残花。姚培谦曰："最高花，花之绝顶枝也，花开至此尽矣。"

[点评]

　　诗中天涯当喻指梓幕。言花不开在京华，而开在天涯，更兼斜阳残照，莺啼花阑。我之应辟梓幕，远离京华，更兼迟暮之悲，何以为怀！三、四忽发为痴语，问莺啼可否有泪，则倩汝啼莺为我一洒残花也。杨智轩评："意极悲，语极艳，不可多得。"屈复曰："不必有所指，不必无所指，言外只觉有一种深情。"

夕阳楼

在荥阳。是所知今遂宁萧侍郎①牧荥阳日作。

> 花明柳暗绕天愁，上尽重城更上楼②。
> 欲问孤鸿向何处，不知身世自悠悠③。

[注释]

①萧侍郎：萧澣，文宗时曾任郑州刺史，于荥阳建夕阳楼。李商隐家居荥阳，深受知遇。后萧贬遂宁司马，诗人登夕阳楼感怀而作。

②重城：高城，夕阳楼其上。

③悠悠：漂泊不定而忧思感发。

[点评]

文宗大和七年（833）三月，萧澣贬郑州刺史。八年（834）十二月入为刑部侍郎。九年（835）七月，贬为遂州刺史，八月再贬遂州司马。《序》称"今遂宁萧侍郎牧荥阳日作"，则当作于大和七年（833）萧澣任郑州刺史时，而于太和九年（835）萧再贬遂州时补《序》，故云"今遂宁"。

按大和七年（833）二月，李德裕入相。据《南部新书》载，时牛党羽翼杨虞卿、张元夫、萧澣为党魁，故三月文宗贬杨常州，贬张汝州，贬萧郑州。是年春间，商隐首举进士试，为知举贾𬟁所不取，返荥阳家中。荥阳为郑州东甸，因得以拜谒萧澣。时商隐年二十二。萧为仕途坎坷，李以举场失意，"同是天涯沦落人"。故当商隐拜谒萧澣时，宾主极为款洽，此所以小《序》称萧为"所知"。

花明柳暗，春光自好，而在失意人眼中，却是愁绪绕天。黄昏登夕阳楼，遥望远天，宇下苍茫，自有"身世悠悠"之感。而天际征鸿一点，更触动满腹愁思；因己而及于所知萧澣，被贬郑州，不亦似此孤鸿！冯浩云"自慨慨萧"，极是。《隋书·卢思道传》载：思道仕途蹭蹬，"迁武阳太守，非其好也"，因作《孤鸿赋》以自慰。《赋》有云："忽值罗人设网，虞者悬机；永辞寥廓，蹈迹重围。始则窘束笼樊，忧惮刀俎，靡躯绝命，恨失其所……"三、四句暗用《孤鸿赋》典故，借孤鸿"恨失其所"以比己之失意、萧之迁落；"欲问"切萧，"不知"切己。无论萧、己，同是失意，此为心有所系，情有同构，故引发深切之共鸣。屈复解为"言萧公不能荐达"，非是。

任弘农尉献州刺史乞假归京①

黄昏封印点刑徒②，愧负荆山入座隅③。

却羡卞和双刖足，一生无复没阶趋④。

[注释]

①乞假归京：以诗代辞呈，即辞去弘农尉。《旧唐书》本传："调补弘农尉，以活狱忤观察使孙简，将罢去。"活狱，即救活死囚。时虢州刺史为李景让，其任州刺史约当开成末（839—840）。

②封印：旧时官署岁暮停止办事谓之封印。《西湖游览志余》："除夕官府封印，不复签押，新正三日始开。"或云：封印点刑徒为县尉每日散衙之例行公事。

③"愧负"句：弘农县治在今河南灵宝市东北故函谷关城，与荆山相对，故云"入座隅"。

④"却羡"二句：卞和泣玉乃楚之荆山，称南条荆山，与河南灵宝荆山无涉。此以

同名荆山而联想及之。没阶趋,走尽石阶,又快快地往前走,指古代拜迎上司的卑屈礼节。《论语·乡党》:"没阶趋进。"没,尽、完。二句意谓却羡卞和双足被刖,一生不须再向人卑躬屈膝。

[点评]

　　县尉主治安,负责缉捕盗贼、监管"刑徒"。《旧唐书》本传所谓"'活狱'忤观察使孙简将罢去",指李商隐在县尉任内救活无辜的狱囚而得罪了上司孙简,以"乞假归京"为借口准备辞职返家。李商隐同情人民疾苦,其"活狱"而忤孙简正是他进步历史观的反映。其《行次西郊作一百韵》云:"依依过村落,十室无一存;存者背面啼,无衣可迎宾。"又云:"盗贼亭午起,问谁多穷民。"他认为所谓"盗贼",大多是无法生活的贫苦人民,为了活命拿一点东西,罪不至死,这是他救活死囚的思想基础。故而与上司孙简意见相左而将被罢尉,他反而觉罢得一身轻松,从而不必再对上司趋走跪拜。"愧负荆山",即有愧于卞和:穷颜低意、阿谀奉迎甚于伤足,语极沉痛。一个县尉不能按自己的认识行事,在其位,不能行其政,不辞何为? 高适《封丘尉》云:"拜迎官长心欲碎,鞭挞黎庶令人悲。"与此同一机杼,不能纯以调补俗尉抑郁不得志目之。

岳阳楼

欲为平生一散愁,洞庭湖上岳阳楼。

可怜①万里堪乘兴,枉是蛟龙解覆舟②。

[注释]

①可怜:可喜。

②枉,徒然。解,会、能。李白《月下独酌》:"月既不解饮,影徒随我身。"不解饮,不会饮、不能饮。

[点评]

作于大中元年(847)赴桂途中。李商隐约四五月间,南出长江进入洞庭前,当驻足岳州(今岳阳)登岳阳楼,诗为旅程抒怀。

李商隐丁母忧,会昌五年(845)十月服阕入京,重官秘书省正字。与释褐校书郎相较,官阶反降。明年武宗暴崩,朝局反复,牛党执政,秘书省非商隐长留之处,故应郑亚辟南赴桂州。登岳阳楼,正是"欲为平生一散愁",一、二两句倒装。三、四言万里赴桂可为乘兴而来,即便蛟龙覆舟,也是徒然。言外有不畏蛟龙之覆舟也。蛟龙,寓比牛党。本受党人排挤,长路风波,却用反托晦之,故倍极凄痛含蓄之致。

或以为是篇所作已历洞庭风波之险,不确。岳阳楼在岳州,为长江至洞庭入口处,赴桂须至岳州,然后泛洞庭逆湘水,经灵渠而转漓江始至桂州,不可能先泛洞庭而后再折回登楼。

楚 吟

山上离宫宫上楼,楼前宫畔暮江流。

楚天长短黄昏雨①,宋玉无愁亦自愁②。

[注释]

①长短:《吕氏春秋·明理》:"夫乱世之民,长短颉悟百疾。"高诱注:"长短者,无节度也。"引申如今俗谓横竖、反正、上下、左右、总是之意。

②"宋玉"句:用宋玉悲秋"贫士失职而意不平"意。《九辩》:"余萎约而悲愁。"

[点评]

　　大中二年(848)秋,桂州罢幕归程于江陵作。冯浩曰:"吐词含珠,妙臻神境,令人知其意而不敢指其事以实之。"一句登楼送目,二楼前宫畔,唯有暮江东流。子在川上曰:"逝者如斯夫,不舍昼夜。"见年华似水,时光不再,而以复叠吐珠,连环出之。三句远眺,无非暮雨苍茫。不论暮江东逝,抑或楚天梦雨,均足引发愁绪,故末托宋玉悲秋,点破胸愁。此等诗妙臻神境,不必指实其事,更佳。

日　日①

　　日日春光斗日光,山城斜路杏花香。

　　几时心绪浑②无事,得及游丝③百尺长?

[注释]

①日日:题一作《春光》,或作《春日》。
②浑:全。杜甫《春望》:"浑欲不胜簪。"
③游丝:蜘蛛或青虫春日吐丝,在风中飘扬者。沈约《八咏诗·会圃临春风》:"游丝暧如网,落花雾似雾。"

[点评]

　　诗中有"山城"字,似桂林幕中作。
　　一、二言春光烂漫,日日与春阳争妍斗艳,更兼漫步山城,山路蜿蜒,杏子飘香。义山仕宦失意,然后从郑亚至桂州,如此清闲漫步于山城斜路,心绪自佳。

然漫步遣愁,刹那间事;心中"有事",自不可解。故三句一转:何时而心中全无俗事牵挂,得似游丝随意飘扬者!何义门评曰:"惊心动魄之句!"姚培谦曰:"茫茫身世,痛喝多少!"此诗之妙,全在意绪,若诗语则皆在有意无意中。故田兰芳云:"不知佳在何处,却不得以言语易之。"

钩　天

上帝钩天①会众灵,昔人因梦到青暝②。

伶伦③吹裂孤生竹,却为知音不得听④。

[注释]

①钩天:九天之一,在天之中央,上帝之宫。《吕氏春秋·有始》:"天有九野,中央曰钩天。"此兼指天上之音乐即"钩天广乐"。

②"昔人"句:《史记·赵世家》:"赵简子疾,五日不知人""寤,语大夫曰:'我之帝所甚乐,与百神游于钩天广乐'"。青暝,青天。意谓昔时赵简子因梦到了天宫得听钩天广乐。刘学锴、余恕诚以为"昔人指令狐绹"。

③伶伦:黄帝时乐师。《吕氏春秋·古乐》:"昔黄帝令伶伦作为律,自大夏之西,乃之阮隃之阴,取竹于嶰溪之谷。"

④"却为"句:却为,反因。知音,通晓音律。意谓伶伦通晓音律,反而不能听到钩天广乐。

[点评]

此诗刺令狐绹兼以自寓,桂管返京后作,约当大中二年(848)秋冬。昔人比令狐绹,庸才贵仕,因"梦"而到青暝者:未尝知音,偏忽梦到,喻指令狐之得君。

"余乃真知音者",吹裂孤竹,反而不得听钧天广乐,自寓"官不挂于朝籍"。所谓贤者不必遇,遇者不必贤,"暗诮子直,兼自伤也"(徐逢源笺)。

望喜驿①别嘉陵江水二绝

嘉陵江②水此东流,望喜楼中忆阆州。

若到阆州还赴海,阆州应更有高楼。

千里嘉陵江水色,含烟带月碧于蓝③。

今朝相送东流后,犹自驱车更向南。

[注释]

①望喜驿:在今四川广元市南。《广元县志》:"南去有望喜驿,今废。"
②嘉陵江:源出秦州(今甘肃天水市)嘉陵谷,因名。流经广元、阆州(今阆中市)至渝州(今重庆)入长江。
③碧于蓝:蓝,蓝草,叶可制染料,俗称靛青。杜甫《阆州歌》:"嘉陵江水何所似,石黛碧玉相因依。"

[点评]

商隐大中五年(851)冬赴梓,于利州谒黑龙潭凭吊武后,然后由望喜驿改走陆路赴梓州。此为登望喜驿楼别嘉陵江水之作。

上首一、二云登楼远眺东流之嘉陵江水,拟想东流未远即是阆中郡。三、四云己须改陆程赴梓;若能偕江水为伴,则至阆州,应更有高楼可远望江水之入海

（指奔入长江）。

下首一、二美嘉陵江水含烟带月，碧绿清澈。三句"今朝相送"，送嘉陵水也；相，偏指，代嘉陵江水。四言送其东流之后，唯觉旅况孤寂，思故乡千里；而江水更自东流，人则"犹自驱车更向南"矣。

此二首乃旅途孤寂，借惜别嘉陵江水，抒故乡遥遥，仕途坎坷之叹。有贾岛"却望并州是故乡"意。纪晓岚云："曲折有味。"其曲折在复辞重言，回环往复，一咏而三叹也。上首五地名连环，而"阆州"三叠。下首又以"嘉陵江水"与上首之"嘉陵江水"重言之，故有反复咏叹之妙。《集》中此种衔叠曲折者甚多，读者味之，妙在一气转旋，语淡而神足。

梓潼望长卿山^①至巴西复怀谯秀^②

梓潼不见马相如，更欲南行问酒垆^③。

行到巴西觅谯秀，巴西惟是有寒芜^④。

[注释]

①长卿山：《方舆胜览》："长卿山在梓潼县治西南，旧名神山。唐明皇幸蜀，见山有司马相如读书之窟，因改名长卿山。"
②谯秀：孙盛《晋阳秋》："谯秀，字元彦，巴西人……桓温平蜀，反役，上表荐之。"
③酒垆：指成都相如之遗迹。《蜀记》："相如宅在市桥西，即文君当垆涤器处。"
④寒芜：寒凉荒地上之枯槁杂草。戴叔伦《送校书兄归江南》："寒芜晓带霜。"

　　此诗论者多以为"伤不遇"也。何义门云:"相如有监门之荐,谯秀有元子之表,今不可得矣。"程梦星云:"伤今更无人荐己也,观题中'望'字、'怀'字可见。"

　　此诗三、四"巴西"衔叠,似《夜雨寄北》《别嘉陵江水二绝》。纪晓岚评:"一气写出,自饶深致,最老境不可及。"

　　冯浩编大中二年(848)作,刘学锴云:义山"于望喜驿别嘉陵江水后复西南行,越剑阁而至梓潼县,再向西南,行至绵州巴西县,乃顺涪江而东南下至梓州"。又云,"据'寒芜'字,诗当即大中五年(851)赴东川幕道中作"。最为得之。

霜　月

初闻征雁①已无蝉,百尺楼南水接天。

青女素娥②俱耐冷,月中霜里斗婵娟③。

[注释]

①征雁:飞雁。刘潜《从军行》:"木落雕弓燥,气秋征雁肥。"
②青女素娥:《淮南子》高诱注:"青女,青腰玉女,主霜雪也。"素娥,嫦娥,月色白,故曰素娥。谢庄《月赋》:"引玄兔于帝台,集素娥于后庭。"
③婵娟:色态妍美。江淹《丹砂可学赋》:"女婵娟兮可观。"孟郊《婵娟篇》:"花婵娟泛春泉,竹婵娟笼晓烟。妓婵娟不长妍,月婵娟真可怜。"

　　一句蝉咽雁飞，暮秋风急。二句登高南眺，霜月如水。水，喻指霜华，与皎洁之秋空一色，故云"水接天"。"百尺楼"隐含高远之志。《三国志·魏志·陈登传》："许汜与刘备并在荆州牧刘表坐，表与备共论天下人，汜曰：'陈元龙湖海之士，豪气不除。'……备问汜：'君言豪，宁有事耶？'汜曰：'昔遭乱过下邳，见元龙。元龙无客主之意，久不相与语，自上大床卧，使客卧下床。'备曰：'君有国士之名，今天下大乱，帝主失所，望君忧国忘家，有救世之意，而君求田问舍，言无可采，是元龙所讳也，何缘当与君语！如小人（按刘备自谓），欲卧百尺楼上，卧君于地，何但上下床之间耶？'"义山用此以抒寄自己"忧国忘家，有救世之意"，所谓"匡国之心"。然蝉咽雁征，秋高霜冷，"高处不胜寒"！纪晓岚云："首二句极写摇落高寒之意，则人不耐冷可知。却不说破，只以青女、素娥对照之，笔意深曲。"所谓"对照"，一以青女素娥之"耐冷"与己之不耐高寒相对，一以己之"忧国忘家，有救世之意"，与青女素娥之寒中斗妍争艳相照，寄托遥深。屈复曰："三、四霜月中犹斗婵娟，何其耐冷如此！吾每见世乱国危，而小人犹争权不已，意在斯乎？"屈笺可谓探得义山心曲。《幽居冬暮》云："如何匡国心，不与凤心期。"义山之高情远志未申，匡国之心难期，正是此辈小人借朋党之争排挤所致。

乐游原①

万树鸣蝉隔断虹，乐游原上有西风。

羲和自趁虞泉宿②，不放斜阳更向东。

[注释]

①乐游原:义山诗以《乐游原》为题有三,此之外,有"向晚意不适"及"春梦乱不记"二首。本《集》未选"春梦"。乐游原,又称乐游苑,在长安城东南,曲江池北面。

②"羲和"句:羲和,日御,日神,此指日。自趁,王锳《诗词曲语辞例释》云:"此犹言自寻。"虞泉,亦作虞渊,日入处。《太平御览》引《淮南子》曰:"日薄于虞泉,是谓黄昏。"

[点评]

　　一、二登乐游原所闻,所见,所触,所感。"万树鸣蝉""原上西风",极衰飒之象,盖晚年衰颓时作也。三、四感叹时光难再,而怨羲和自寻虞泉宿去,不放残阳复东,以痴语出迟暮之叹。《玉山》云:"何处更求回日御。"《谒山》云:"从来系日乏长绳。"义山晚年时发迟暮之叹!可与"向晚意不适"一首同参。

宫　辞

君恩如水向东流,得宠忧移失宠愁。

莫向尊前奏花落①,凉风只在殿西头②。

[注释]

①花落:即《梅花落》。《乐府诗集》卷二十四:"《梅花落》,本笛中曲也。"

②"凉风"句:江淹《杂体三十首》之三:"窃愁凉风至,吹我玉阶树。君子恩未毕,零落在中路。"又,凉风,秋风,用班婕妤事,《团扇歌》云:"常恐秋节至,凉飚夺炎热。"

一、二言君恩如水,岂能长在。二云失宠固忧,得宠亦忧。三、四劝其邀宠者,莫恃恩娇妒,凉风一至,秋扇见捐,则所谓"恩情"者,亦中道绝矣。屈复曰:"被宠者自当猛省!"纪晓岚曰:"怨之至矣,而不失优柔之意,余音未寂。"

有感

中路因循我所长^①,古来才命^②两相妨。

劝君莫强安蛇足,一盏芳醪不得尝^③。

[注释]

①"中路"句:中路,途中。此指人生之途。宋玉《九辩》:"然中路而迷惑兮,自压按而学诵。"因循,王锳《诗词曲语辞例释》:"因循,悠游闲散之意,与习见之'因袭''苟且'义不同。"此处为因其天理,顺其固然之意。

②才命:才,指才华,才学;命,命运,运气。杜甫《别苏徯》:"故人有游子,弃置傍天隅。他日怜才命,居然屈壮图。"纳兰性德《金缕曲》"信古来才命真相负"本此。

③"蛇足"二句:用画蛇添足事,《战国策·齐策》云:"为蛇足者终亡其酒。"故曰"芳醪不得尝"。芳醪,美酒。

[点评]

此诗主旨乃感叹人生有才无命,与命抗争者,即强安蛇足,愤激语也。冯浩以为"芳醪"喻宏博、校书,未确。诗中言"中路",感慨人生途中事,当非少年时,而更似晚年回顾一生之感叹。

一、二言人生途中因循其固然之道原我之本性,言下己原非奔竞趋利之徒;无奈自古以来有才无命者多矣,故而亦曾逆固然而不堪认命。三、四"强安蛇足"即未因天理,未循固然之谓。庄生云:"因其固然""顺其天理",则恢恢乎游刃有余(《养生主》)。而我芳醪未尝,乃逆此而行也。诗面似自责,实为愤激嫉俗之语。

有感

非关宋玉有微辞①,却是②襄王梦觉迟。

一自高唐赋③成后,楚天云雨尽堪疑④。

[注释]

①微辞:《公羊传·定公元年》:"定、哀多微辞。"孔广森《通义》:"微辞者,意有所托而辞不显,惟察其微者,乃能知之。"《登徒子好色赋》:"登徒子短宋玉曰:'玉为人体貌闲丽,口多微辞,又性好色,愿王勿与出入后宫。'"

②却是:正是。戴叔伦《代书寄京洛旧游》:"欲寄远书还不敢,却愁惊动故乡人。"

③高唐赋:宋玉作,述楚襄王梦与神女欢会事,意在托讽,故上句云"梦觉迟"。

④"楚天"句:楚天云雨,指男女欢会之作。意谓自宋玉《高唐赋》述襄王、神女巫山云雨以讽谏之后,举凡艳情之作尽被疑为有所托讽。

[点评]

此诗以宋玉自况,襄王当是泛指。一、二言我诗虽似宋玉,有微辞托讽,然盖因"襄王"之沉迷艳梦。"非关""却是"言我之微辞乃不得不然。三、四言岂知恋、艳之诗一出,则举凡此类诗作尽被疑为有所托讽。此诗明言:我《无题》诸作,虽有些小托讽,然并非全是;别将"楚天云雨"之诗尽当托寄之作也。

春宵自遣①

地胜遗尘事②,身闲念岁华③。

晚晴风过竹,深夜月当④花。

石乱知泉咽,苔荒任径斜。

陶然⑤恃琴酒,忘却在山家。

[注释]

①遣:排除,排解。
②遗尘事:遗,忘;尘事,俗事。
③岁华:春日之景色。谢朓《休沐重还道中》:"岁华春有酒,初服偃郊扉。"
④当:对,映照。
⑤陶然:自乐貌。陶潜《时运诗》:"挥兹一觞,陶然自乐。"

[点评]

冯浩云:"念岁华,是不能忘也;陶然忘却,聊自遣耳。"按会昌三年(843),义山母丧,罢职居家守丧。第二年移家永乐,所谓"山家",自述此时"遁迹丘园,前耕后饷""渴然有农夫望岁之志"。诗面似悠然自得,实也无奈。云"忘却在山家",是真不能忘却而聊自排遣耳。

幽居冬暮

羽翼摧残日^①,郊园寂寞时。

晓鸡惊树雪,寒鹜守冰池。

急景^②倏云暮,颓年浸^③已衰。

如何匡国^④分,不与夙心^⑤期?

[注释]

①羽翼摧残:喻不能高飞。

②急景:时光短促。鲍照《舞鹤赋》:"穷阴杀节,急景凋年。"

③浸:渐。

④匡国:匡正国家。蔡邕《上封事陈政要七事》:"夫书画辞赋,才之小者;匡国理政,未有其能。"

⑤夙心:犹夙志,平素之志。《后汉书·赵壹传》:"唯君明睿,平其夙心。""不与"云云,言与平素之志相违。

[点评]

　　首联云罢官幽居,二联以"雪""冰"点冬,三联衰暮,结应起句,然匡国理政之心犹未尝忘也。纪晓岚云:"浑圆有味。无句可摘,而自然深至。此火候纯熟之后,非可以力强也。"

晚　晴

深居俯夹城①，春去夏犹清。

天意怜幽草②，人间重晚晴③。

并④添高阁迥，微注小窗明。

越鸟巢干后，归飞体更轻。

[注释]

①夹城：大城外之小城围，遮拥于城门之外，即瓮城，亦称瓮门。

②幽草：深茂的草丛。《诗·小雅·何草不黄》："率彼幽草。"韦应物《滁州西涧》："独怜幽草涧边生。"

③晚晴：晚霁，傍晚而天色转晴。何逊《春暮喜晴酬袁户曹苦雨》："振衣喜初霁，褰裳对晚晴。"此寓望晚岁或能有成，言外此前皆苦雨也。冯浩曰："深寓身世之感。"

④并：更，益。

[点评]

二联名句，情与景，景与理浑融无迹，虽为自解自慰，而人生哲理在焉。七、八自喻，有寄托，似言待桂州事毕归京，当令人愉悦。纪晓岚以为"末句结'晚晴'，可谓细意熨帖，即无寓意亦自佳也"。

北　楼^①

春物岂相干，人生只强欢^②。

花犹曾敛夕，酒竟不知寒^③。

异域东风湿^④，中华上象^⑤宽。

此楼堪北望，轻命倚危阑。

[注释]

①北楼：在桂林。
②"春物"二句：春物，春日之景物。谢朓《直中书省》："春物方骀荡。"二句言己背阙抛家，到此异域，日日惟强作欢颜，春物于我岂相干哉！
③"花犹"二句：叶嘉莹曰："花犹然如此，而酒却竟然如彼……"意谓桂林之花朝开暮落，桂林春暖，饮酒竟未觉饮前曾有寒意。敛夕，言花至夕暮即收缩萎谢。
④湿：潮润。
⑤上象：《南齐书·海陵王纪》："功昭上象。"《云笈七签》："一天之上，更属上象。"

[点评]

　　此大中二年（848）春日登桂州北楼北望京华思入长安之作。前四句一自胸中流出，气势浑成流走。五、六气格亦大。朱彝尊曰："湿字奇。"七、八望归之切，至于轻命，无限凄痛。归思与望阙并具。

夜 饮

卜夜容衰鬓^①,开筵属异方^②。

烛分歌扇泪^③,雨送酒船^④香。

江海^⑤三年客,乾坤百战场。

谁能辞酩酊,淹卧剧清漳^⑥。

[注释]

①"卜夜"句:《左传·庄公二十一年》:"饮桓公酒,乐。公曰:'以火继之。'辞曰:'臣卜其昼,未卜其夜,不敢。'"后因以夜饮为卜夜。意谓以衰鬓之身而忝与夜饮。

②属异方:属,正值。异方,指东川梓幕。

③"烛分"句:此句可读为"歌扇分烛泪",分,分沾、染上。意谓舞女挥动歌扇,在烛影摇晃中翩翩而舞,歌扇上都沾染上烛泪。

④酒船:亦作金船,大酒器。庾信《北园新斋成应教诗》:"玉节调笙管,金船代酒卮。"

⑤江海:江湖。

⑥"谁能"二句:刘桢《赠五官中郎将》:"余婴沉痼疾,窜身清漳滨。"意谓谁能如刘桢淹卧清漳之滨而辞此夜饮!剧,甚于。

[点评]

　　此以衰病之身而强与夜饮,有感而作。据"江海三年客",则作于大中七年(853)。

五、六名句,绝似老杜。言三年客蜀,天地乾坤一似于苦搏之所,亦世事唯艰之谓。纪晓岚评:"五、六高壮,使通篇气力完足。"又曰:"五、六沉雄。"又云:"王荆公极推此五、六句,通体亦皆老健。"

风　雨

凄凉宝剑篇①,羁泊欲穷年②。

黄叶仍③风雨,青楼④自管弦。

新知遭薄俗,旧好隔良缘⑤。

心断新丰酒⑥,消愁斗几千?

[注释]

①宝剑篇:一作《古剑篇》,唐前期名将郭元振作,有"虽复尘埋无所用,犹能夜夜气冲天"句,寓怀才不遇与郁勃不平之气。

②"羁泊"句:羁泊,羁旅漂泊。穷年,尽年、终老。

③仍:更兼。

④青楼:古谓美女所居楼阁曰青楼。曹植《美女篇》:"青楼临大路,高门结重关。"此转指显贵之家,非指妓院。

⑤"新知"二句:谓新的知己已遭薄俗诋毁,旧日相好却又关系疏远。薄俗,轻薄之俗。《汉书·元帝纪》:"民渐薄俗。"

⑥"心断"句:心断,念极、想煞,念念不能忘之意。新丰酒,新丰酒美。王维《少年行》:"新丰美酒斗十千。"此暗用马周事。《旧唐书·马周传》载:马周过新丰逆旅,命酒独酌,后得太宗赏识,授监察御史。

[点评]

据"穷年"字，当是暮年所作。一句借高吟郭元振《宝剑篇》，抒发怀才不遇和抑郁不平，言每吟之即生凄怆之感。二句倒接，申足所以凄凉之由，乃一生至穷年暮齿，仍羁旅漂泊。张采田笺："不能久居京师，翻使穷年羁泊。"三、四切题，兴而兼比。诗题《风雨》，实由眼前风雨起兴，又以比一生坎坷，风雨叠至。更兼黄叶飘零，无所依托。四句比照三句，言己之羁泊犹自羁泊，他人显贵犹自显贵。青楼、黄叶，设色映衬；管弦、风雨，绘声相照，对仗精切。五、六"新知"遭毁，旧好疏隔，一无知己援手。七、八"新丰酒"双关，言安得新丰美酒以消忧解愁，又暗用马周事，言外马周当年处新丰逆旅，有太宗赏识，而我何一世羁泊？

此诗论者极赏"自"字。纪晓岚云："神力完足，'仍'字、'自'字，多少悲凉。"薛雪云："老杜善用'自'字，"李义山'青楼自管弦''秋池不自冷''不识寒郊自转蓬'之类，未始非无穷感慨之情，所以直登老杜之堂，亦有由矣。"按义山用'自'字又如"翠幕自黄昏""一径自阴深""白阁自云深""朔雪自龙沙""万崦自芝苗""旧欢尘自积""春风自碧秋霜白""今日东风自不胜""阊阖门多梦自迷""枫树夜猿愁自断""思子台边风自急"等，均以足诗句神韵者。

晓　坐

后阁①罢朝眠，前墀②思黯然。

梅应未假雪，柳自不胜烟。

泪续浅深绠③，肠危高下弦④。

红颜无定所，得失在当年。

[注释]

①后阁:后楼。

②前墀:前厅。墀,阶,阶上之地面。

③绠:《广韵》:"绠,井索。"

④"肠危"句:道源曰:"弦急则绝,以比愁肠易断。"

[点评]

　　一、二言于后楼朝眠起,至前厅静坐而思,则黯然神伤矣。三、四自眼前景借喻,言梅自素艳,不假雪助;柳自婀娜,不胜烟笼。刘学锴云:"言外似含昔日之名,非由假借;今日之遇,实缘弱质之意。"五言泪流,六言肠断,回应二句"思黯然"。七、八结出本意,言红颜漂泊,无所栖托,"得失在当年",其有悔于入令狐之门之意。此亦"平生误识白云夫""今日惟观对属能"之意。

安定① 城楼

迢递②高城百尺楼,绿阳枝外尽汀洲。

贾生年少虚垂涕③,王粲春来更远游④。

永忆江湖归白发,欲回天地入扁舟⑤。

不知腐鼠成滋味,猜意鹓雏竟未休⑥。

[注释]

①安定:唐泾州(今甘肃泾川)又称安定郡。时义山寄居岳父泾原节度使王茂元

幕中。此登楼感怀之作。

②迢递:高远貌。

③"贾生"句:贾生,贾谊。汉文帝六年(前174),贾谊上疏痛陈时事,有"可为痛哭者一,可为流涕者二,可为长太息者六"之句。

④"王粲"句:王粲,字仲宣,汉末乱,之荆州依刘表,作《登楼赋》有"虽信美而非吾土"之叹。

⑤"永忆"二句:暗用范蠡功成后乘扁舟泛五湖事。意谓待年老时做出一番回转天地的事业之后即归隐五湖,言下之意:现在功业未就不能就此罢手,至于个人名位并不在乎。"永忆江湖归白发",可读作"永忆白发归江湖"。

⑥"不知"二句:《庄子·秋水》载:惠施恐庄子取代自己相梁,庄子往见之,云"鸱得腐鼠,鹓雏过之,仰而视之曰:"吓,今子欲以子之梁国吓我耶"?鹓雏,自比。鸱,喻猜忌排挤之辈。时义山赴宏博试,为有力者抹去,故感愤言之,谓此区区科第亦不过腐鼠耳!

[点评]

　　此诗作于文宗开成三年(838)二三月间,商隐年二十七。二月应博学宏辞试,已为周墀、李回二学士所取,却被某"中书长者"以"此人不堪"为由"抹去之"(《与陶进士书》)。商隐旋赴安定,为王茂元掌书记。诗为初至安定登城楼感宏博不中选而赋。

　　一、二登楼远眺。"百尺楼"隐寓自己忧国忘身,不为所知。《三国志·陈登传》载:刘备责许汜求田问舍,言无可采,殊乏忧国救世之意,说自己当卧百尺楼上而卧许汜于地。二句登楼远眺,贾生王粲、江湖扁舟、鸳雏腐鼠,等等,俱自绿杨汀州生出。盖古人每于感怀忧愤之时凭高临远,一抒襟怀。"贾生垂涕",与《行次西郊作一百韵》云"九重黯已隔,涕泗空沾唇"同一意绪。"王粲春游",除寄慨依人做幕外,也兼寓"冀王道之一平,假高衢而骋力"之意。

　　五、六为一诗主旨,亦唐诗中之名句。据《蔡宽夫诗话》载:王荆公晚年喜吟此二句,以为虽老杜无以过。王安石为旧党所攻讦,辞相前,或讥其"恋(相)位"。"喜吟此"当是借此二句表明自己永远记着白发时将退隐江湖(并不恋位),但现在不退,尚未"回转天地"(变法改革),怎可便入扁舟? 王安石与李商隐当时的思绪心境十分相似,故引为同调,深为共鸣。

末联云宏博不过"死老鼠一条",实是失意时姑作不屑语以自慰,不必泥看。

此等诗为商隐真本色。纪晓岚云:"五、六千锤百炼,出于自然,杜(甫)亦不过如此。世但喜其浮艳雕镌之作,而义山之真面隐矣。"

出关宿盘豆馆^① 对丛芦有感

芦叶梢梢^②夏景深,邮亭暂欲洒尘襟^③。

昔年曾是江南客,此日初为关外心^④。

思子台^⑤边风自急,玉娘湖^⑥上月应沉。

清声^⑦不逐行人去,一世荒城伴夜砧。

[注释]

①盘豆馆:在唐湖城县(今河南灵宝西北)黄河南岸,潼关外四十里。

②梢梢:风动芦叶声。

③"邮亭"句:邮亭,古时驿路之馆舍。尘襟,尘俗之念。张九龄《出为豫章郡》诗:"来此涤尘襟。"

④关外心:用杨仆耻居关外而移关事。时商隐调补弘农尉,故有耻官关外之意。参见《荆山》诗注。

⑤思子台:《汉书·戾太子传》:"上怜太子无辜,乃作思子宫,为归来望思之台于湖。"师古曰:"台在今湖城县西,阌乡东。"

⑥玉娘湖:据《水经注》:西玉湖水北流经皇天原,原上有思子台。

⑦清声:即芦叶梢梢之声。

　　此诗为赴弘农尉任宿盘豆馆,对梢梢丛芦感怀而作。自秘书省斥外,由清资降职俗吏,心怀郁勃,兼念母思家故发为远游之悲。

　　诗从丛芦兴起,由眼前景而忆昔日情(客江南之远游);再由昔日情而抒今日之"关外心"。此诗"关外心"最需重看:百端交集皆由调补弘农,耻居关外而起。"思子台"寓思母;"玉娘湖"托寄思妻。末云梢梢丛芦不随行人而去却萦系脑际伴随荒城、砧声,孤旅,失意、思亲之情交集,象中有神。

春日寄怀

世间荣落重逡巡^①,我独丘园坐^②四春。

纵使有花兼有月,可堪无酒又无人。

青袍似草年年定,白发如丝日日新^③。

欲逐风波千万里,未知何路到龙津^④。

[注释]

①荣落:犹盛衰。宋之问《太平公主山池赋》:"春秋寒暑兮岁荣落。"重,甚也。逡巡,迅速。张相《诗词曲语辞汇释》云:"此言四年之间,世人之忽荣忽落甚迅速,独我之贫困如故也。"
②坐:浸,行将。
③青袍白发:唐八品以下服青袍。白居易《约心》:"黑鬓丝雪侵,青袍尘土涴。"卢纶《别严士元》:"青色今已误儒生。"

④龙津:即龙门。《三秦记》:"河津一名龙门,水险不通,龟鱼之属不能上;江海大鱼薄集门下数千不得上,上则为龙。"

[点评]

　　李商隐会昌二年(842)丁母忧,守丧至是首尾恰为四年,故云"我独丘园坐四春"也。"青袍",唐八品以下官服。义山开成四年(839)释褐秘书省校书郎,调补弘农尉,均为九品。未及三年罢归幽居,故云"年年定"。三联对仗衬贴,"青袍似草""白发如丝"不唯设色相映,更叹官秩卑微而头颅老大;而草青、丝白,兼具一种衰飒之调。"年年定",一年盼过一年,一点没有升迁迹象;"日日新"日子一天天过去,头发一天天白了,一"定"一"新",在动感上相对衬。读此即可知其为仕进无路,汲引无门之叹。故末云"未知何路到龙津"。姚培谦云:"此叹汲引之无人也。荣落之感,世人何日能忘!不谓我之一坐,已是四年。纵使不以声利萦怀,而对花对月,如此无人无酒之恨何!况青袍不改,白发添新,非敢惮风波而甘丘壑也。仕路无媒,唯有抚时而叹耳。"可谓善解。

荆门①西下

一夕南风一叶危,荆门回望夏云时。

人生岂得轻离别,天意何曾忌崄巇②。

骨肉书题安绝徼③,蕙兰④蹊径失佳期。

洞庭湖阔蛟龙恶,却羡杨朱泣路歧⑤。

①荆门:《荆州记》:"郡西泝江六十里,南岸山曰荆门。"此指荆州。

②嶮巇:险峻崎岖。《楚辞》王逸注:"嶮巇,颠危也。"亦以喻世路艰险、人心险恶。刘峻《广绝交论》:"世路嶮巇,一至于此!"

③"骨肉"句:绝徼,极远的边塞。意谓家书嘱己安于远方异域。

④蕙兰:蕙房、兰室之省称。蕙房、兰室均代指闺门。陈后主《宣圣礼典诏》:"蕙房桂栋,咸使维新。"曹植《妾薄命》:"更会兰室洞房。"

⑤杨朱泣歧:《淮南子·说林训》:"杨子见逵路而哭之,为其可以南、可以北。"意谓前路更险,反不如杨朱临歧而可南可北,犹得免此嶮巇也。

[点评]

    诗约作于大中元年(847)四五月间,义山自荆门西下、将入洞庭,亦赴桂途中作也。首言一叶扁舟,泛江自西而下唯觉其危。二句"荆门"点地,"夏云"点时。三、四倒折,言世路维艰,嶮巇天意,是以人生未得轻易离别!五、六承"离别",言家人书题,慰我安于绝域,勿因离别思家而徒增忧伤,然远离妻室,蕙兰蹊径,会合无期。结谓路歧不仅在于平陆,无风波之险,且可南可北,唯我入洞庭,湖阔蛟恶,不唯歧路已无,则连"后退之路"亦已断矣,故云"却羡杨朱泣路歧"也。

    朱彝尊曰:"情深意远,玉溪所独。"张采田云:"语曲意深,余味惘然。诗中全是失路之感,久读方领其妙。"

九　日

曾共山翁①把酒卮,霜天白菊②绕阶墀。

十年泉下无消息,九日樽前有所思。

不学汉臣栽苜蓿③,空教楚客咏江蓠④。

郎君官贵施行马⑤,东阁无因再得窥⑥。

[注释]

①山翁:晋山简,耽酒,此指令狐楚。

②霜天白菊:令狐楚喜爱白菊。刘禹锡《和令狐相公玩白菊》:"家家菊尽黄,梁园独如霜。"

③"不学"句:苜蓿,原出大宛,张骞带归中原,离宫别馆旁尽种之。纪昀曰:"苜蓿,外国草也,汉使者乃采归种之于离宫。令狐绹以义山异己之故而排摈不用,故曰'不学汉臣栽苜蓿'。"

④"空教"句:楚客,指屈原,兼隐指己乃令狐楚之幕客。江蓠,蘼芜,一种香草。《离骚》:"扈江蓠与辟芷兮,纫秋兰以为佩。"

⑤行马:阻拦人马通行之木架。《名义考》云:"本以禁马,曰行马者,反言之也。"

⑥"东阁"句:《汉书·公孙弘传》:"弘自见为举首,起徒步,数年至宰相封侯。于是起客馆,开东阁以延贤人。"注:"阁者,小门也,东向开之,避当庭门而引宾客,以别于掾吏官属也。"

[点评]

　　此诗当作于大中二年(848)重阳日。时义山自桂幕归京,当即拜谒令狐绹,所谓"屡启陈情"。此重阳日遭绹拒绝,当是最后一次,故十一月即选周至尉转留假京兆府参军事。

一、二追忆之辞兼切重阳。言曾与楚共把酒厄,赏阶墀之霜天白菊,触景思人,怀楚之情溢于言表。霜天白菊,自况最为精切。此白菊绕于阶墀,令狐楚又最爱白菊,读"将军身旁,一人衣白"则可悟此。三、四言十年泉下,恍如隔世,今日重阳,独自把酒,有所思之耳,怀楚而兼自伤。五、六言绹之不肯栽培苜蓿,取移种上苑之义;喻绹不肯援手,使已沉沦使府,不得复官京禁。七、八怨之之辞,寓悲凉于蕴藉。言绹今官贵,门施行马,门禁难通也。

即 日

一岁林花即日休,江间亭下怅淹留^①。

重吟细把^②真无奈,已落犹开未放愁^③。

山色正来衔小苑,春阴只欲傍高楼。

金鞍忽散银壶漏^④,更醉谁家白玉钩^⑤?

[注释]

①淹留:流连、徘徊,羁留。屈原《离骚》:"时缤纷其变易兮,又何可以淹留?"此为流连、徘徊意。

②重吟细把:即曼吟细酌。

③未放愁:未尽愁。放,至、尽。

④"金鞍"句:言客散夜临。

⑤白玉钩:酒钩,用钩弋夫人白玉钩事,此代酒筵。

　　此义山刻意伤春之作。前半云林花即休,春事将阑,江间亭下流连而不忍去;即便曼吟细酌,对此"已落犹开",亦未能尽达心中之愁。言下云:我于即休之林花怅然伤怀,而花似亦不忍离我而凋,故"已落犹开"也。五、六山衔小苑、阴傍高楼,时将暮矣! 推进一层,言不唯春事将阑,一日之景亦难驻。伤春之怀,迟暮之感,比兴显然。七、八直抒,言客散夜临,非醉无以遣怀。纪晓岚云:"纯以情致取胜,笔笔唱叹,意境自深。"

泪

永巷①长年怨绮罗,离情终日思风波。

湘江竹上泪无限②,岘首碑前洒几多③。

人去紫台秋入塞④,兵残楚帐夜闻歌⑤。

朝来灞水桥边问,未抵青袍送玉珂⑥。

[注释]

①永巷:《三辅黄图》:"永巷,宫中长巷,幽闭宫女之有罪者。"

②"湘江"句:用二妃洒泪九嶷,染竹斑斑事,屡见。

③"岘首"句:《晋书·羊祜传》载,羊祜卒,百姓于岘山建碑,望其碑者,莫不流泪。

④"人去"句:江淹《恨赋》:"明妃去时,仰天太息;紫台稍远,关山无极。"紫台,紫宫,可汗所居。此用昭君事。

⑤"兵残"句:《史记·项羽本纪》载:项羽被围垓下,夜起饮帐中,悲歌慷慨,自为诗,歌数阕,泣数行下。又闻汉兵之歌。

⑥"朝来"二句:《古诗》:"青袍似春草。"《西京杂记》:"长安盛饰鞍马,皆白蜃为珂。"青袍指失意寒士;玉珂,喻指达官贵人。

[点评]

　　此诗前六句为宾,后二句是主。诗以深宫怨泪,闺中思泪,死别伤泪,感怀悲泪,出塞去国之恨泪,英雄失路之痛泪为衬,以兴灞桥青袍送玉珂贵人的穷途饮恨之泪,则怨、思、伤、悲、恨、痛六等人生苦泪亦未能抵也。义山《春日寄怀》云:"青袍似草年年定,白发如丝日日新。"此感叹党人排摈,官位卑微;趋迎跪送,无任屈辱! 王鸣盛曰:"抑塞终身,穷途抱痛,故上六句泛写泪,末二句结到自家身上。"

闻　歌

敛笑凝眸意欲歌,高云不动①碧嵯峨。

铜台罢望②归何处,玉辇忘还③事几多?

青冢④路边南雁尽,细腰宫里北人过⑤。

此声肠断非今日,香灺⑥灯光奈尔何?

[注释]

①高云不动:《列子·汤问》:"薛谭学讴于秦青,未穷青之技,自谓尽之,遂辞归。秦青弗止,饯于郊衢,抚节悲歌,声振林木,响遏行云。薛谭乃谢求反,终身不敢

言归。"

②铜台罢望:《邺都故事》:"魏武帝遗命诸子曰:'吾死之后,葬于邺之西岗,婕妤美人,皆著铜雀台上……汝等时登台,望吾西陵墓田。'"

③玉辇忘还:《拾遗记》:"穆王御黄金碧玉之车,迹毂遍于四海;西王母乘翠凤之辇,而来与穆王欢歌。"冯浩曰:"《穆天子传》备叙巡游,而终以(宠姬)盛姬之丧故云。"

④青冢:昭君墓。《归州图经》:"胡地多白草,昭君塚独青,乡人思之,为立庙香溪。"

⑤"细腰宫"句:细腰宫,楚宫。北人过,指秦兵入郢陷楚。

⑥炧:烛烬。

[点评]

　　此借闻歌抒慨,非咏歌伎也。一、二言歌者"敛笑凝眸",欲歌未歌之时,则已碧云遏住,言其"抚节悲歌"当更胜秦青。用秦青事只突出一"悲"字。中四句铜台罢望,玉辇忘还,青冢南雁,细腰北人,皆言歌声令人闻之"悲"也,启下"肠断"。七、八言声悲烛尽,我肝肠寸断,对此声此景,我已无肠可断矣。"奈尔何",对尔(此情此景)奈何!

　　义山一生沉沦使府,妻逝子幼,是心中常悲,故闻悲声而心弦震哀,故云"此声肠断非今日"。结"奈尔何"尤为沉挚。作意、笔法均可与《泪》诗同参。纪晓岚评:"首二句点明,中四句掷笔宕开,而以七句承明,八句拍合,极有画龙点睛之妙。"

七月二十八日夜
与王郑二秀才听雨梦后作

初梦龙宫宝焰燃^①，瑞霞明丽满晴天。

旋成醉倚蓬莱树，有个仙人拍我肩^②。

少顷远闻吹细管，闻声不见隔飞烟。

逡巡^③又过潇湘雨，雨打湘灵五十弦^④。

瞥见冯夷^⑤殊怅望，鲛绡休卖海为田^⑥。

亦逢毛女无憀极^⑦，龙伯擎将华岳莲^⑧。

恍惚无倪明又暗，低迷不已断还连^⑨。

觉来正是平阶雨，独背寒灯枕手眠。

[注释]

①宝焰燃：龙宫百宝所聚，光彩夺目，如红焰之燃烧。

②"旋成"二句：蓬莱山中树，亦仙境也。贾至《闲居秋怀》诗："岂无蓬莱树，岁晏空苍苍。"郭璞《游仙诗》："左挹浮丘袖，右拍洪崖肩。"按此蓬莱树当指代秘书省，详"点评"。

③逡巡：顷刻。张相《诗词曲语辞汇释》卷五："逡巡与少顷为对举之互文，逡巡犹少顷也。"

④"雨打"句：《楚辞·远游》："使湘灵鼓瑟兮，令海若舞冯夷。"言闻湘瑟之弦音。

⑤冯夷：河神。《搜神记》："冯夷，潼乡提前人，八月上庚日死，上帝署为河伯。"

⑥"鲛绡"句:用鲛人泣珠及麻姑见沧海三为桑田事。冯浩曰:"此暗寓悲泣之情。"

⑦"毛女"句:《列仙传》:"毛女字玉姜,在华阴山中,形体生毛,自言始皇宫人。秦亡入山,道士教食松叶,遂不饥寒。"无憀,即无聊赖,心有悲恨而情怀错莫失落。

⑧"龙伯"句:《列子·汤问》:"龙伯之国有大人……至伏羲、神农时,其国人犹数十丈。"意谓华岳上莲花为龙伯擎将以去。

⑨"无倪"二句:无倪,无边无际。李白《古风》之四十一:"飘飘入无倪,稽首祈上皇。"王琦注:"倪,际也。"低迷,迷离恍惚。嵇康《养生论》:"低迷思寝。"冯浩曰:"二句摹梦态极精。"

[点评]

程梦星云:"本集又有《七月二十九日崇让宅》诗,崇让宅为王茂元居。参合两诗,则二十八、二十九两日必有一为悼亡之日无疑。"据《赴职梓潼留别畏之员外同年》云"柿叶翻时独悼亡"语,程臆说可从。诗当作于梓幕罢归任盐铁推官前后,盖晚暮逝前回顾生平之作。

起"初梦"云云,言最初(年少)之梦想、抱负。《广雅·释言》:"梦,想也。"《荀子·解蔽》注:"梦,想象也。"故"述梦即所以自寓"(何义门笺)又《广雅·解诂》:"龙,君也。"龙宫,借指朝廷宫禁。是首二云当其年少之时,切望一第,为君上赏拔而位居朝廷;光焰烛照,瑞霞满天,前景光灿无量。三、四从"初梦"到"旋成"。"旋成",已然之词。"蓬莱树"生于蓬山,用以指代秘书省。故"旋成醉倚蓬莱树",言未久释褐,兴致酣然而入于秘书省为校书郎矣。按《后汉书·窦章传》云:"是时学者称东观为老氏藏室、道家蓬莱山。(邓)康遂荐(窦)章入东观为校书郎。"李贤注:"言东观经籍多也。蓬莱,海中神山,为仙府,幽经秘录并皆在焉。"蓬山因此而自神仙居处又增指秘省代称。王勃《上明员外启》:"更掌蓬山之务,麟图缉谧。"孟浩然《怀王大校书》云:"永怀蓬阁友,寂寞滞扬云。"王大校书即王昌龄,王登进士第后,授秘书省校书郎。参见笔者《从蓬山意象说到古典诗歌的解读》(收入《中国古典诗词:考证与解读》)。"有个仙人拍我肩",仙人,指朝中时有相携、援手之人如周、李二学士。然好景不长,故下接"少顷"。"吹细管"者,亦所谓"仙人"。然"闻声不见",为"飞烟"所隔。五、六言"仙人"

与己已经疏离,细管远吹,闻声不见,是以斥外,调补弘农。"逡巡"与"少顷"互文,亦顷刻、未久之意。七句言未久而过潇湘,辟昭桂;八句"雨打湘灵"亦"锦瑟惊弦破梦频"之意。两句言自秘书省而至桂幕,则"初梦龙宫"之梦想、抱负,至此完全破灭。以上八句以形象之梦境叙半生历程:自梦寐以求入挂朝籍,至释褐秘书省为郎,然援手之人"闻声不见",弃去不顾,终至雨打梦破,经潇湘而至于昭桂,从此沉沦使府也。

　　九至十二,又借梦境申足"破梦"之由,抒发心中积郁。"瞥见冯夷殊怅望,鲛绡休卖海为田",言时局变迁,冯夷吸枯海水,沧海变为桑田,再无须卖绡泣珠以谢"主人"。《历代神仙通鉴》卷二载:冯夷有神鸟,名曰商羊,"能大能小,吸则渤海可枯,施则高原可没"。是沧海变为桑田,则"鲛绡休卖",泣珠祈求亦无可企望矣。冯夷以比牛党之执权柄如令狐绹者,故云瞥见之"殊怅望"也。"亦逢毛女无慀极,龙伯擎将华岳莲",此又以龙伯喻朝廷,或即指宣宗;宣宗为皇太叔(武宗之叔),故以"龙伯"称之。《列子·汤问》:龙伯国人高数十丈,"举足不盈数步而暨五山之所,一钓而连六鳌"。龙伯将华岳最高之莲华峰而去,则玉姜毛女从此无栖身之地矣。华岳莲峰即莲花宝座,喻指宣宗将去御座即位。以上两联以鲛人、毛女自喻显然。何义门云:"瞥见"句,深谷为陵;"亦逢"句,高岸为谷。要之极写武宗崩后,党局反复,时事变迁,无可奈何矣。十三、十四描摹梦态。末写梦觉,宕出远神:半生梦幻,一觉醒来,身世之感,沉沦之痛,尽在此"独背寒灯枕手"之中。

草间霜露古今情

听 鼓

城头叠鼓声^①,城下暮江清。

欲问渔阳掺^②,时无祢正平^③?

[注释]

①叠鼓声:鼓声连续不断。

②渔阳掺:一种鼓曲名,即《渔阳掺挝》的省称,声调十分悲壮。庾信《夜听捣衣》诗:"声烦《广陵散》,杵急《渔阳掺》。"

③祢正平:据《后汉书·祢衡传》载,祢衡字正平,平原人,尚气刚傲,好骄时慢物。孔融爱其才,数称述于曹操。操召见,衡称疾不往。曹操怀忿,召衡为鼓史,因大会宾客,使著鼓史之服以辱之。祢衡为《渔阳掺挝》,声节悲壮,听者莫不慷慨。衡进至操前,吏呵使之改装。衡乃改衣裸身而立,徐取鼓史衣易之,复掺挝而去,颜色不怍。操笑曰:"本欲辱衡,衡反辱孤。"

[点评]

祢正平因得罪曹操,被遣送荆州刘表。诗中"城",指江陵城;"江"指长江。李商隐大中二年(848)自桂州(今桂林)返京,留滞荆楚时作此诗。

何义门云"身似正平",言李商隐才高而困辱;姚培谦云"借鼓声抒愤懑",言其宣泄慷慨悲壮之情。二句"城下暮江清",心绪寥廓,境象混茫。

马嵬二首(其一)

冀马燕犀^①动地来,自埋红粉自成灰^②。

君王若道能倾国^③,玉辇^④何由过马嵬?

[注释]

①冀马燕犀:冀北之战马,幽燕之犀甲,指代安史叛军。时安禄山兼平卢、范阳、河东三镇节度,叛起,国号燕。

②"红粉"句:红粉,本女子所用,即以代女子,此指杨妃。徐陵《玉台新咏序》:"高楼红粉。"《旧唐书·杨妃传》:"帝不获已,与贵妃诀,遂缢死于佛室,时年三十八,瘗于驿西道侧。"

③倾国:用李延年歌"一顾倾人城,再顾倾人国"事。白居易《长恨歌》:"汉皇重色思倾国。"

④玉辇:指皇帝车驾。

[点评]

马嵬,即马嵬坡。故址在今陕西兴平北二十三里,因晋人马嵬于此筑城避难,故名。(《元和郡县图志》)天宝十五载(756)六月,安禄山的"冀马燕犀"攻破了潼关。唐明皇携杨玉环姊妹同宰相杨国忠等,由禁卫军护卫仓皇奔蜀。途经马嵬,兵士哗变,诛杀杨国忠并逼迫唐明皇赐死杨玉环而以"女祸误国"为唐明皇开脱。李商隐《马嵬诗》在哀叹感悼之中指出责任在于所谓"自埋红粉自成灰"也。诗以反诘结束,指责唐明皇。"君王若道能倾国,玉辇何由过马嵬?"明皇对杨玉环的所谓"爱情",纯属虚拟,所谓"思倾国",所谓七夕长生殿私语,只是信口蚩誓。

此题二首,第二首为七律,见后。

汉宫词

青雀西飞竟未回①,君王长在集灵台②。

侍臣最有相如渴③,不赐金茎露一杯④。

[注释]

①青雀:传说为西王母信使,又称青鸟。《汉武故事》:"七月七日,上斋居承华殿,忽有一青鸟从西方飞来。上问东方朔,朔曰:'西王母来。'有顷,王母至。及去,许帝三年后复来,后竟不来。"

②集灵台:汉武帝宫观名。唐亦有集灵台,在华清宫长生殿侧。

③相如渴:司马相如患有消渴疾,即糖尿病。

④金茎露:指武帝建章宫前神明台金铜仙人掌上露盘所承的露水。《三辅黄图》:"建章宫有神明台,武帝造,祭仙人处。上有承露台,有铜仙人,舒掌捧铜盘玉杯,以承云表之露,和玉屑饮之。"金茎,铜柱。

[点评]

此诗向有讽求仙与自慨两种解说。屈复、冯浩力主自慨说。屈云:"君王之望仙,犹臣之望君,奈何不赐金茎之露乎?言不蒙天子特恩也。"屈复认为李商隐自比武帝,而以武宗或宣宗比仙,实牵强附会。李商隐"官不挂朝籍",地位卑下,谈不上渴望皇帝特恩。

诗为讽武宗惑仙而作。会昌五年(845),武宗为道士赵归真所惑,于南郊敕建望仙台。唐人习以汉比唐。诗借汉武帝以影射唐武宗,以望仙台比集灵台甚明,当作于武宗驾崩、庙号议定之后大中元年(846)或在大中元年(847)。

汉 宫

通灵夜醮①达清晨,承露盘晞甲帐春②。

王母西归方朔去,更须重见李夫人③。

[注释]

①通灵夜醮:汉通灵台在甘泉宫,汉武为悼钩弋夫人而筑。醮,设坛祭神。《汉武故事》:"(钩弋)从上至甘泉,因告上曰:'妾相运正应为陛下生一男,年七岁,妾当死。今必死于此,不可得归矣……'言终而卒。既殡,尸香闻十余里,因葬云陵。上哀悼之……为起通灵台于甘泉。"

②"承露盘"句:承露盘见《汉宫词》"金茎露"注。晞,干,指承露盘干而无露。甲帐春,《汉书·西域传赞》:武帝"兴甲、乙之帐,络以随珠和璧。天子贺黼依,袭翠被,凭玉几,而处其中。"又《汉武故事》:"上以琉璃珠玉、明月夜光,杂错天下珍宝为甲帐,其次为乙帐。甲以居神,乙以自居。"意谓甲帐自春,神仙不来矣。

③"李夫人"句:李延年女弟,乐人,妙丽善舞,早卒。《汉书·外戚传》:"上思念李夫人不已,方士齐人少翁言能致其神。乃夜张灯烛,设帷帐,陈酒肉,而令上居他帐,遥望见好女如李夫人之貌,还幄坐而步。又不得就视,帝益相思悲感,为作诗曰:'是邪,非邪?立而望之,偏何姗姗其来迟!'"更须,还须、还得,意谓求仙不成,终须一死,还得到地下再见李夫人。

此诗亦托汉武以讽武宗。西王母不再来了,东方朔也已离去,长生不得,终须死去。三、四讽刺入骨,所谓"抛却神仙,反求死鬼"(何义门评)。

李商隐咏史诗极少发议论,而让读者自己去体味。纪晓岚云:"不下断语,而吞吐之间大意见矣。"

瑶 池

瑶池阿母绮窗开,黄竹歌声动地哀[①]。

八骏[②]日行三万里,穆公何事不重来。

[注释]

①"瑶池"二句:据《穆天子传》载,周穆王游昆仑,西王母宴穆王于瑶池之上,为歌曰:"将子无死,尚能复来。"穆王答歌云:"比及三年,将复而野。"阿母,玄都阿母。黄竹歌,据说穆王的队伍走到黄竹路上,日中大寒,北风雨雪,民寒冻而死。穆公作诗三章以哀之,是所谓《黄竹歌》,见《穆天子传》卷五。二句意谓西王母在瑶池之上倚窗而望,盼穆王重来而不至,唯闻下界《黄竹》之声动地哀唱,暗示穆王已死。
②八骏:相传穆王所乘八匹骏马,名赤骥、盗骊、白义、逾轮、山子、渠黄、华骝、绿耳。

[点评]

诗讽求仙。程梦星以为"追叹武宗之崩",说为有据,可与《汉宫词》同参。

诗当作于大中初(847)。

此诗之妙在不明言求仙之妄,而全从西王母着笔,所谓透过一层法。一、二写西王母倚窗瞰临,不见穆王,唯闻下界动地哀歌;以目瞰(绮窗开)耳闻(动地哀)暗示武宗之崩。三、四换角度,以西王母之所思,疑惑自问而倒接第二句:八骏日行数万里,为何穆王不重来? 末以问句吞吐出之,而答案则在第二句,此倒接法也。

世上本无神仙,而当有神仙构想作诗,甚是"无理";穆王既见西王母,按"理"当长生不死,却又为何死了? 正破神仙之妄,实又在理。故贺裳评此诗云"无理之理""无理而妙"者矣。

过景陵^①

武皇^②精魄久仙升,帐殿凄凉烟雾凝。

俱是苍生留不得^③,鼎湖何似魏西陵^④!

[注释]

①景陵:指宪宗。宪宗以服方士柳泌金丹,暴崩,葬景陵。

②武皇:亦指宪宗。义山《韩碑》:"元和天子神武姿。"

③"苍生"句:《尚书·益稷》:"帝光天之下,至于海隅苍生。"传:"光天之下至于海隅,苍苍然生草木,言所及广远。"言草木生苍苍然,以喻百姓。此引申指凡人,所有人。言无论谁人,只要是人则皆会死亡而"留不得"。

④"鼎湖",指黄帝。传说黄帝铸鼎荆山,有龙垂髯下迎。黄帝骑龙升天,后世名其地曰鼎湖。西陵,指魏武帝曹操。曹操逝后葬于邺之西岗。《邺都故事》载,魏武遗命诸子:"时时登铜雀台,望吾西陵墓田。"此句意谓不论黄帝、魏武,终须一死,更何论景陵。

唐代皇帝多佞道,宪宗、武宗尤甚。诗刺宪宗,实刺武宗,末句兼带黄帝、魏武。"俱是苍生留不得",既很实在,又十分深刻:凡是人,谁能留得长生! 伟大如黄帝,亦与曹阿瞒无异。宪宗服道士柳泌所谓"金丹"而暴崩,景陵就在眼前,为何武宗又蹈其覆辙,再服道士赵归真金丹而暴崩?

海　上

石桥①东望海连天,徐福空来不得仙②。
直遣麻姑与搔背③,可能留命待桑田④!

[注释]

①石桥:《三齐略记》:"始皇作石桥,欲过海看日出处。"

②"徐福"句:据《仙传拾遗》载,秦始皇遣徐福及童男女各三千人,乘楼船入海求不死之药,不返。故云"空来不得仙"。

③直遣:即使能得。麻姑搔背:《列仙传》载,女仙麻姑,手似乌爪,降蔡经家。蔡经见其手,意背大痒时,得此爪爬背当佳也。此句以得麻姑搔背喻得仙人赐予长生。

④"可能"句:可能,何能、岂能。桑田:《神仙传》载,"麻姑谓王方平曰:'接待以来,见东海三变为桑田。'"意谓即使遇麻姑为之搔背,又岂能留命至沧海变为桑田之时也。

[点评]

此篇与《过景陵》同一旨意,讽武宗之迷道求仙。海水连天,徐福已死,谁人见过仙人？即便使麻姑搔背，海变桑田，然人生朝夕，命不能待，又何能升仙而长生不老！

四皓庙①

羽翼殊勋弃若遗②，皇天有运我无时③，

庙前便接山门路，不长青松长紫芝④。

[注释]

①四皓庙：四皓指东园公、角里先生、绮里季、夏黄公。庙在商山，今陕西商县东南。

②"羽翼"句：汉高祖欲废太子，张良献计让太子卑辞安车固请四皓入朝，高祖语戚夫人曰："我欲易之，彼四人辅之，羽翼已成，难动矣。"见《史记·留侯世家》。此句意谓四皓建立了羽翼之殊勋，后亦不加任用，弃之若遗。

③"皇天"句：刘学锴、余恕诚云："皇天有运"，指惠帝终于践祚；"我无时"，托为四皓口吻，谓有功而见弃。

④青松紫芝：青松，栋梁之器；紫芝，隐居之物。

[点评]

此借四皓庙而发感愤之辞。四皓有羽翼之殊勋而弃之若遗，是以庙前不长青松而长紫芝，喻指不加任用而终使隐沦。诗中"皇天有运我无时"为感愤语，而重落在"我无时"三字。"古来才命两相妨"（《有感》），"时"，亦"运"，亦"命"；义山时、运、命皆不偶，故每发有才无命、无时、无运之叹，而于诗外见意：四皓有殊勋而终于隐沦，我有才而每为见斥！此实乃古之正义才士之共同遭遇。

正如苏轼《京师哭任遵圣》所云:"哀哉命不偶,每以才得谤。"

旧将军

云台高议正纷纷^①,谁定当时荡寇勋?

日暮灞陵原上猎^②,李将军是旧将军。

[注释]

①"云台"句:云台在东汉洛阳南宫,明帝永平中图绘开国功臣邓禹等二十八人像于台上。王维《少年行》:"汉家君臣欢宴终,高议云台论战功。"按大中二年(848)七月,宣宗诏续画功臣三十七人图像于凌烟阁,而会昌有功将相如李德裕、石雄等贬斥、弃置,故托以讽云:"高议正纷纷。"

②"日暮"句:《史记·李将军列传》:"广家与故颍阴侯孙屏野居蓝田南山中射猎。尝夜从一骑出,从人田间饮。还至灞陵亭,灞陵尉醉,呵止广。广骑曰:'故李将军。'尉曰:'今将军尚不得夜行,何乃故也?'止广宿亭下。"

[点评]

   "云台",后汉明帝时事;李广,前汉武帝时事,诗牵合两汉事,托古讽今意显然。《新唐书·宣宗纪》:"大中二年(848)七月,续图功臣于凌烟阁。"会昌有功之臣皆摈弃,且置之死地如李德裕、石雄等。程梦星、冯浩以为李将军喻指李德裕。冯云:"李卫公之攘回纥、定泽潞,竟无一人颂之,且将置于死地,诗所为深慨也。《旧(唐)书·传赞》云:'呜呼烟阁,谁上丹青?'愤叹之怀,不谋而相合矣。"可从。

梦　泽①

梦泽悲风动白茅②,楚王葬尽满城娇③。

未知歌舞能多少,虚减宫厨为细腰④。

[注释]

①梦泽:古楚国的云梦泽,为方圆千里的沼泽地。梦泽在今湖南一带。《汉阳图经》:"云(泽)在江之北,梦(泽)在江之南。"

②白茅:湖边沼地生长的茅草。据《左传》载,楚国每年须向周天子贡包茅以为祭祀苴茸之用。

③"楚王"句:楚王指春秋时楚灵王,荒淫君主。娇,美女。《后汉书·马廖传》:"传曰:楚王好细腰,宫中多饿死。"

④"未知"二句:言楚宫美女能得几次歌舞,枉自节食而为细腰,是空图恩宠。

[点评]

　　"楚王好细腰,宫中多饿死",其罪在楚王。李商隐则特点明:满城美女之被"葬尽",实为争宠而歌舞、减厨,讽刺逢迎、邀宠者,此为咏史翻案法。

　　"形象大于思想"。姚培谦由此而及"揣摩逢世才人"之可悲;屈复于此而联想"制艺取士"之可叹;纪晓岚则以为此诗寄托"繁华易尽"之感慨。比较三家,当以姚培谦说为胜。时牛僧孺、李宗闵为首之牛党得势,朝中多有揣摩逢迎之士,溜须钻营之人以此而得宠者。诗人以为党局反复难以预料,邀宠者"歌舞"能几时!"减厨"也终是徒然,最后可能如楚宫美女而被"葬尽",显是借楚宫人以讽警牛党秉政时之趋炎附势者。

此诗讽咏含蓄委婉,妙在借史比兴。首句梦泽悲风,白茅于风中摇晃,融入诗人身世之感,境象混茫,情绪苍凉。

过郑广文①旧居

宋玉平生恨有余,远循三楚吊三闾②。

可怜留着临江宅,异代应教庾信居③。

[注释]

①郑广文:郑虔,荥阳人。玄宗爱其才,置广文馆用为博士,世称郑广文。

②"远循"句:远循,远履、远行。三楚,指楚地。旧以江陵为南楚,吴为东楚,彭城为西楚。见《文选》阮籍《咏怀诗》注引孟康《汉书注》。三闾,指屈原。屈原仕于楚怀王,为三闾大夫。

③"可怜"二句:《渚宫故事》:"庾信因侯景之乱,自建康遁归江陵,居宋玉故宅,宅在城北三里,故其赋曰:'诛茅宋玉之宅,穿径临江之府。'"可怜,可叹。

[点评]

宋玉远履三楚凭吊屈平,犹己之凭吊广文。宋玉江陵故宅,异代为庾信所居;言下广文之旧宅,亦应为己之所居。纪晓岚云:"纯乎比体。"盖宋玉,比郑广文;庾信,义山自比。宋玉、庾信,广文、义山,皆千古沦落文士,故过广文旧居,引为同调。庾信居宋玉宅而悲宋玉,义山过广文旧居而悲广文。田兰芳曰:"即后人复哀后人意,那转婉曲,遂令人迷。"

题汉祖庙^①

乘运应须宅八荒^②,男儿安在恋池隍^③?

君王自起新丰后^④,项羽何曾在故乡^⑤?

[注释]

①汉祖:汉高祖刘邦。

②"乘运"句:乘运,乘着好时运、好时机。陆机《赠弟士龙》:"王师乘运,席江卷湘。"宅八荒,以八荒为宅。宅,居处,这里作意动词。八荒,犹八方。《汉书·项籍传》师古注:"八荒,八方荒忽极远之地也。"全句意谓汉祖乘着好时运以天下为家。

③池隍:《说文》:"隍,城池也。有水曰池,无水曰隍。"此指乡里、家乡。

④新丰:《三辅旧事》:"太上皇不乐关中,思慕乡邑,高祖徙丰沛酤酒、煮饼商人,立为新丰。"起,兴建。

⑤"项羽"句:《史记·项羽本纪》:"项羽见秦宫室残破,又心欲东归,曰:'富贵不归故乡,如衣绣夜行。'"但项羽与刘邦争斗,终于失败自刎,故诗言"何曾在故乡?"

[点评]

汉高庙在徐州沛县东故泗水亭中,即高祖为亭长之所。诗作于徐州卢宏正幕,约当大中四年(850)。

咏史诗或即事议论,或翻历史公案另辟言路,要之在借史抒慨。一、二"应须""安在"云云,见诗人志向之高远。商隐亟望于长安获职,合家团聚,无奈遭牛党排挤,遂应卢宏正辟,远赴徐州任卢幕判官。虽宾主相得,心境稍佳,然恋家之情无时不在。诗赞叹汉高以天下为家,实亦借史事以自遣:男儿志在四方,又何须恋念家室! 思家人而作"八荒"之辞,反见思情之重。

复　京①

虏骑胡兵②一战摧,万灵回首贺轩台③。

天教李令④心如日,可要昭陵石马来⑤?

[注释]

①复京:指李晟于德宗兴元元年(784)击败藩镇朱泚、李怀光,收复长安事。

②虏骑胡兵:虏骑,指朱泚叛军,胡兵指李怀光部,怀光本渤海靺鞨人,故称其叛军为胡兵。

③"万灵"句:《史记·封禅书》:"黄帝接万灵明庭。"《鹖冠子》:"圣人能正其声,调其音,故其德上及太清,中及太灵,下及万灵。""万灵",众神,引申指亿万生灵。"轩台"即轩辕台。此指代德宗。盖以黄帝涿鹿之战以拟德宗。

④李令:指李晟,兴元元年(784)兼中书令故称。

⑤"可要"句:意谓岂须昭陵石马助战耶? 昭陵,唐太宗陵墓。《安禄山事迹》:"潼关之战,我军既败,贼将崔乾祐领白旗引左右驰突。又见黄旗军数百队……与乾祐斗。黄旗军不胜,退而又战者不一,俄不知所在。后昭陵(使)奏:是日灵宫前石人马汗流。"

[点评]

宣宗大中四年(850),发诸道兵讨党项,连年无功,乃其时朝廷不得将相。

会昌降吐蕃,击回纥,平刘稹,赖有李德裕、石雄。故义山深怀会昌将相之功。按李德裕大中四年(850)正月逝于崖州贬所,故特借李晟以追怀之。诗盖大中四年(850)或五年(851)初作。

一、二言李晟一战而降虏骑,摧胡兵,指代平定朱泚、李怀光之叛乱。二句言众灵同贺祝捷。三句一篇之关键。按李晟兴元元年(784)六月加司徒,兼中书令,与德裕同是宰执。"李令心如日",颂晟实颂德裕,"心如日"言其光明正大;此与李晟事本不关合,是特借"如日"以追怀、颂赞德裕为相之业绩及心胸之伟廓。四句"可要"云云,言只需朝廷用相得其人,则无须神明相助,胡虏亦可平也。

读任彦升碑

任昉当年有美名①,可怜才调最纵横②。

梁台③初建应惆怅,不得萧公作骑兵④。

[注释]

①"任昉"句:任昉字彦升,齐、梁时著名文学家,与沈约齐名,时人谓"任笔沈诗"。

②"可怜"句:可怜,赞叹之辞,有可叹、可贵意。才调,才学格调。《晋书·王接传论》:"才调秀出,见赏知音。"

③梁台:晋、宋后以朝廷禁省为台,每以一朝之兴为某台建。梁台初建,犹言"梁朝初建"。

④"不得"句:《梁书·任昉传》:"始高祖与昉遇竟陵王西邸,从容谓昉曰:'我登三府(按太尉、司徒、司空所设府署合称三府),当以卿为记室。'昉亦戏高祖曰:

'我若登三事(按即三公),当以卿为骑兵。'谓高祖善骑也。至是故引昉符昔言焉。"

[点评]

程梦星以为此诗当作于大中四年(850)十月令狐绹入相时,可从。诗以任昉自比,而以梁武萧衍比绹。义山早岁为楚所知,令与诸子游,是绹与义山原等而同之。且义山早年文名已著,而绹为庸才。今则庸才拜相,而己终生沉沦记室,故于令狐入相时感升沉得丧而借任、萧之戏言调侃之。绹不学无才,温飞卿曾讥以"中书堂里坐将军"。令狐绹不知《南华》第二篇,访于飞卿,对曰:"事出《南华》,非僻书也。或冀相公燮理之余,时宜览古。"(《唐诗纪事》卷五十四)可见绹乃一"不学有术"之辈。无才而有趋时奉迎、结党营私之术,则自可腾达而飞。此义山故借任、萧事,既自感升沉,亦以刺绹。论者见义山之"陈情令狐",未见其讽刺。《海客》云:"只因不惮牵牛妒,聊用支机石赠君。"则又是对牛党压抑排摈之抗争矣。

咸　阳

咸阳宫阙郁嵯峨,六国楼台艳绮罗①。

自是当时天帝醉②,不关秦地有山河。

[注释]

①"咸阳"二句:《史记·秦始皇本纪》:"秦每破诸侯,仿其宫室,作之咸阳北坂上,南临渭,自雍门以东至泾、渭,殿屋复道周阁相属。所得诸侯美人、钟鼓,以充入之。"艳绮罗,指代美人。

②自是:本是、原是。王建《宫词》:"自是桃花贪结子,错教人恨五更风。"天帝醉:张衡《西京赋》:"昔者大帝(按即天帝)悦秦穆公而觐之,飨以钧天广乐。帝有醉焉,乃为金策,赐用此土,而翦诸鹑首。是时也,并为强国者有六,然而四海同宅西秦,岂不诡哉!"意谓秦平六国而尽有其地,乃适逢天帝之醉而赐用其土。

[点评]

此诗咏史,或有所寄慨。言秦并六国,实因天帝醉酒,乃为金策,赐用其土。意事之成败,人之遇合得失,常因偶然,不可以人力求之;设若遇天帝醉酒,昏昏然不辨是非贤愚,则非贤之辈亦可得而升迁,高官厚禄,权倾朝野者,恐多因君上之昏昏(天帝醉)也。

大中四年(850)十一月,令狐绹同平章事,诗殊愤愤,或其时作。

青陵台①

青陵台畔日光斜,万古贞魂倚暮霞②。

莫讶韩凭为蛱蝶,等闲飞上别枝花③。

[注释]

①青陵台:《明一统志》:"青陵台在开封府封丘县界。" 说在郓州(今山东郓城)。
②贞魂:指韩凭妻之神魂。
③"莫讶"二句:莫讶,莫疑。《集韵》:"讶,一曰疑也。""莫讶"二字直贯下句。据《搜神记》《列异传》载:宋康王舍人韩凭妻美,康王夺之,凭自杀,妻与王登台,自投台下。康王埋韩凭夫妻,二冢相望,有文梓生于二冢之端,有鸳鸯雌雄各一,

恒栖树上,音声感人。或云化为蝴蝶。等闲,随意、随便。白居易《新昌新居》:
"等闲栽树木,随分占风烟。"二句以韩凭口吻告慰妻子贞魂:不须疑我韩凭化为
蛱蝶会无端飞上另外的花丛,意谓将永志妻子情义,忠于妻子贞魂,至死不渝。
此悼亡诗无疑。

[点评]

　　此大中五年(851)闻妻讣赶归过青陵台借题悼亡之作。义山伉俪情深,《对
雪》云:"留待行人二月归。"《蜂》云:"青陵粉蝶休离恨,长定相逢二月中。"本拟
二月春暖归家,却因府主卢宏正病重未忍遽离而迁延时日。王氏逝于大中五年
(851)夏秋间,义山闻讣归家已当秋日。青陵台在商丘,为必经之地,故途中借
题以抒悼亡之情。

　　一、二言过青陵台已是日暮,拟想万古贞魂正于暮霞中显现。三句"讶"字
直下四句,言贞魂莫疑韩凭化为蛱蝶后会随意飞上别枝花丛。"花"喻女郎,或
狭斜曲巷,唐人亦每以"花""花丛"取譬。元稹《离思》:"取次花丛懒回顾,半缘
修道半缘君。"观义山之却柳仲郢赠张懿仙事,可证其妻亡逝之后确无意别飞花
丛。

　　或谓青陵台,殆借喻亡妻王氏之坟墓,亦可备一说。

贾　生①

宣室求贤访逐臣②,贾生才调③更无伦。

可怜夜半虚前席,不问苍生问鬼神④。

[注释]

①贾生：贾谊。《管子·君臣》注："生，谓知学之士也。"《史记·儒林传》索隐云："生者，自汉以来，儒者皆号生，亦先生者，省字呼之耳。"

②"宣室"句：宣室，西汉未央宫前正室，借指汉廷。"贤""逐臣"均指贾谊。文帝时贾谊为太中大夫，被谗，谪长沙王太傅，故云"逐臣"。"访"，征询、询问。《尚书·洪范》："王访于箕子。"蔡沈传："就而问之也。"

③才调：才学格调，才气。《晋书·王接传论》："才调秀出，见赏知音。"

④"可怜"二句：《史记·屈原贾生列传》："后岁余，贾生征见，孝文帝方受釐，坐宣室，上因感鬼神事，而问鬼神之本。贾生因具道所以然之状。至夜半，文帝前席。既罢，曰：'吾久不见贾生，自以为过之，今不及也。'居顷之，拜贾生为梁怀王太傅。"可怜，可惜。

[点评]

此诗借汉文访才鬼神事，讽刺时主不唯不能识贤用贤，且佞佛惑道，置苍生于不顾，短幅中藏大议论，绝胜时贤之长篇史断。义山关心家国大事于此可见。

首言汉文帝渴求贤才，而召见逐臣贾谊。二句言文帝征询后，感叹贾生才调无与伦比。三、四申足二句所以"才调无伦"之处：原来贾生于鬼神之事皆能"俱道所以然之状"。"前席之虚，今古盛典"，然所问并非如何爱民治国却"问鬼神之本"，见文帝之不能识贤任贤，亦不关心治道，故曰"可怜"。

此亦托古讽时，感贾生不为所用致慨。言外有圣明之主如汉文尚且如此，况于昏昧佞惑佛道，迷于鬼神之君哉！周珽笺曰："以贾生而遇文帝，可谓获主矣。然所问不如其所策，信乎才难，而用才尤难。此后二句诗而史断也。"寓大议论于铺叙，有案有断，断在案中，诗情史笔兼具。

王昭君

毛延寿画欲通神,忍为黄金不为人^①。

马上琵琶行万里,汉宫长有隔生春^②。

[注释]

①"毛延寿"二句:《西京杂记》:"元帝后宫既多,乃使画工图形,案图召幸。诸宫人皆赂画工,独王嫱不肯,遂不得见。匈奴求美人为阏氏,于是案图,以昭君行。"王嫱,字昭君,传说为宫廷画师毛延寿所抑。

②隔生春:隔生,隔世。春,刘学锴、余恕诚云:"即'画图省识春风面'中之'春风面'。"

[点评]

　　此诗借昭君以致慨。何焯曰:"忽焉梓潼,忽焉昭潭,义山亦万里明妃也。"毛延寿则喻指牛党排挤之人。

　　首句"欲通神",借指牛党中如令狐绹辈"言能通天"。二句感叹其只为一党之私利而不奖拔人才。三句以明妃自况,言己之沉沦使府、桂管、徐州、梓潼,一生漂泊,于今又往返江东,不啻万里明妃。四句言明妃生前之画像尚留汉宫,然为人省识、珍惜,当是隔世之后。自己今生今世亦无望于朝籍,唯"声名佳句在",或来生后世为人所知也。通首为比,凄婉入神,诸家以为致慨于排摈之人,良是。

龙 池

龙池赐酒敞云屏[①]，羯鼓声高众乐停[②]。

夜半宴归宫漏永，薛王沉醉寿王醒[③]。

[注释]

①"龙池"句：《长安志》："龙池在南薰殿北、跃龙门南。"程大昌《雍录》："明皇为诸王时，故宅在京城东南角隆庆坊。宅有井，井溢成池。中宗时，数有云龙之祥。后引龙首堰水注池，池面益广，即龙池也。开元二年(714)七月，以宅为宫，是为兴庆宫。"云屏，云母屏风。

②"羯鼓"句：南卓《羯鼓录》："羯鼓出外夷，以戎羯之鼓，故曰羯鼓。其声促急，破空透远，特异众乐。明皇极爱之。尝听琴未终，遽止之曰：'速令花奴持羯鼓来，为我解秽。'"

③"薛王"句：薛王，明皇弟李业，此指嗣薛王李琄；寿王，明皇弟十八子李瑁。杨玉环原为寿王妃。

[点评]

此直刺玄宗夺媳为妃，乱伦大丑事，然"讽而不露，所谓蕴藉也"（张谦宜《䜩斋诗谈》）。

首句言玄宗于兴庆宫赐酒，云屏大敞，暗示贵妃与宴。二言玄宗酒酣，亲主羯鼓而众乐皆停而聆赏。三、四言宴归已是夜半，薛王酩酊大醉，而寿王李瑁因杨玉环为父所夺，目睹其今宵与宴，心潮难平，故一夜"醒"而不眠。不着议论，于形象中寓讽刺，极含蓄之致。

吴　宫^①

龙槛沉沉^②水殿清，禁门^③深掩断人声。

吴王宴罢满宫醉，日暮水漂花出城。

[注释]

①吴宫：春秋时吴王夫差之宫殿。在今苏州。

②龙槛沉沉：龙槛，雕有龙凤纹饰之栏槛；沉沉，深邃沉寂。

③禁门：宫门。《正字通》："天子所居曰禁。"言门户有禁，非侍御者不得入。

[点评]

　　此诗妙在末句以景结情。沈义父《乐府指迷》云："结句须要放开，含有余不尽之意，以景结情最好。"日暮，水流，花落而漂出宫城之外，寓意显然。纪晓岚评曰："末七字含多少荒淫在内，而浑然不觉，此之谓蕴藉。"

咏史

北湖南埭水漫漫^①,一片降旗百尺竿^②。

三百年间同晓梦^③,钟山何处有龙盘^④?

[注释]

①"北湖"句:北湖,玄武湖;南埭,鸡鸣埭。水漫漫,同温庭筠《过吴景陵》"王气销来水淼茫"之意。

②一片降旗:刘禹锡《西塞山怀古》:"一片降幡出石头。"

③"晓梦"句:三百年间,概言六朝之年数。庾信《哀江南赋》:"终非江表王气终于三百年乎?"晓梦,喻指六朝沦亡之速。

④钟山龙盘:张勃《吴录》:"刘备曾使诸葛亮至京,因睹秣陵山阜,乃叹曰:'钟山龙盘,石头虎踞,帝王之宅也。'"

[点评]

首句言北湖南埭,汪洋渺漫,隐含历史沧桑之叹。二句即刘梦得"一片降幡出石头"意,言孙皓之降晋。三句言六朝三百年间,如同蝶梦,变幻无常。四句言虽钟山龙盘,石头虎踞,然险峻之势难凭,孙吴、司马、宋、齐、梁、陈,一一覆亡,亦韦庄《台城》云,"六朝如梦鸟空啼"也!

此诗末句尤为警策。屈复云:"国之存之,在人杰,不在地灵,足破堪舆之说。"义山《行次西郊作一百韵》亦云:"吾闻理与乱,系人不系天!"

景阳井

景阳宫井剩堪悲^①，不尽龙鸾誓死期^②。

肠断吴王宫外水，浊泥犹得葬西施^③。

[注释]

①"景阳"句：景阳宫，陈宫殿名，亦称景阳殿，故址在今南京市。景阳井，一名胭脂井，陈后主曾自投于此井。剩，尽也，真也。岑参《送张秘书》："鲈鲙剩堪忆，莼羹殊可餐。"张相云："剩堪，犹云真堪也。"

②"不尽"句：龙鸾，喻帝妃。《陈书·张贵妃传》："隋军陷台城，妃与后主俱入于井。隋军出之，晋王广命斩贵妃，榜于青溪中桥。"句意谓后主苟活，虽同赴宫井而终不能与张丽华共尽誓死之约。按后主俘入长安，又过十五年，至隋仁寿四年（604）始薨于洛阳。

③"浊泥"句：越王勾践灭吴后，沉西施于江。浊泥，指江水。

[点评]

此诗主旨全在末句，言吴国既灭，越国沉西施于江，虽江水浑浊，犹得全尸，胜过张丽华尸首分于青溪也。屈复笺曰："言丽华不死于井而斩于青溪也。"

按西施之死，固有二说。《万花谷》引《吴越春秋》云："越王用范蠡计，献之吴王。其后灭吴，蠡复取西施，乘偏舟游五湖而不返。"而《墨子》云："西施之沉，其美也。"墨子去吴越之世甚近，当从墨子言。

齐宫词

永寿兵来夜不扃,金莲无复印中庭①。

梁台②歌管三更罢,犹自风摇九子铃③。

[注释]

①"永寿"二句:据《南史·齐纪》载:南齐废帝东昏侯为潘妃起神仙、永寿、玉寿三殿,又凿金为莲花以贴地,令潘妃行其上,曰:"此步步生莲花也。"梁武帝萧衍兵至,张稷等为内应,引兵入殿,斩之,齐亡而梁继之,故"金莲无复印中庭"矣,扃,关闭门户之门闩、门锁;不扃,不上管键,言其毫无戒备。

②梁台:梁朝宫禁。《容斋随笔》:"晋、宋后谓朝廷禁省为台,故称禁城为台城。"

③九子铃:《南史·齐纪》:庄严寺有玉九子铃,东昏侯皆剥取以施潘妃殿饰。齐亡梁建,九子铃仍旧,故云"犹自"。

[点评]

　　一、二言齐废帝游幸无度,夜不扃闭,于毫无戒备之时为梁所灭,从此潘妃再未能贴地而步步生莲花矣。三句言梁武并未以齐为鉴,仍歌管不辍。四句"犹自"云云,见感慨之深。

　　此诗妙在"只就微物点出,令人思而得之"(屈复评)。即以金莲、九子铃之"无复""犹自"寄慨,不独言齐之覆亡,亦兼梁之重步覆辙。故虽题曰"齐宫",实概南朝,而后之不鉴前朝兴亡者亦当一一包之。

南朝

地险悠悠天险长^①,金陵王气应瑶光^②。

休夸此地分天下,只得徐妃半面妆^③。

[注释]

①"地险"句:地险,指金陵龙盘虎踞之地理形势;天险,指长江。悠悠、长,互文,既言历史悠久,又状空间之远长。

②瑶光:《春秋运斗枢》载:北斗第七星名瑶光,为吴之分野。南朝为当时之正朔,故云"应瑶光"。意谓金陵上应天象。

③徐妃半面妆:《南史·后妃列传下》:梁元帝妃徐昭佩,无容质,不见礼。元帝二、三年一入房。妃以帝眇一目,每知帝将至,必为半面妆以俟,帝见则大怒而出。"半面妆"喻"分天下",讽南朝偏安之意显然。

[点评]

此大中十一年(857)充盐铁推官时游江东之作。

此诗立意尽在"休夸""只得"。刺六朝君臣夸说分有天下。末以"徐妃半面妆"言其偏安一隅,充其量亦不过"半面"而已。张采田曰:"借香情语点化,是玉溪惯法。"程梦星评:"此诗真可空前绝后,今人徒赏义山艳丽,而不知其识见之高,岂可轻学步哉!"

北齐二首

一笑相倾国便亡①,何劳荆棘始堪伤②。

小怜玉体横陈夜,已报周师入晋阳③。

巧笑知堪敌万机④,倾城最在著戎衣⑤。

晋阳已陷休回顾,更请君王猎一围⑥。

[注释]

①"一笑"句:《汉书·外戚传》有李延年"一顾倾人城,再顾倾人国"歌,诗用其意,言迷恋女色,荒于政事,可以倾国。相,指代副词,偏指一方;相倾,倾心于她,为她倾倒。意谓冯淑妃小怜一笑,齐后主高纬即为她而倾倒、倾国,讽其沉溺女色,亡国可待。

②"何劳"句:言何须国家灭亡、殿生荆棘始为可伤!《吴越春秋》:"夫差听谗,子胥垂涕曰:'以曲作直,舍谗攻忠,将灭吴国,城郭丘墟,殿生荆棘。"

③"小怜"二句:北齐后主冯淑妃名小怜。宋玉《讽赋》:"主人之女为臣歌曰:内怵惕兮徂玉床,横自陈兮君之旁。"横陈,横卧。二句意谓后主荒淫无时,小怜玉体横陈之夜,即是周师攻陷晋阳之时。按晋阳(今太原)为北齐军事重镇,武平七年(576)晋阳陷,次年齐亡。

④"巧笑"句:言小怜的媚笑胜过朝廷的万件大事。巧笑,媚笑。《诗·卫风·硕人》:"巧笑倩兮。"知,《尔雅·释诂》云"匹也"。万机,亦作万几。《尚书·皋陶谟》:"兢兢业业,一日二日万几。"唐吴兢《贞观政要》:"一日万机"全句意谓在

北齐后主眼中,冯小怜的倾城一笑比朝廷万件大事还重要。

⑤戎衣:戎装。史载冯小怜最为美艳动人则在穿着戎装之时。

⑥"晋阳"二句:《通鉴·齐纪》:"齐主方与淑妃猎于天池,晋州告急者,自旦至午,驿马三至……齐主将还,淑妃请更杀一围,齐主从之。"

[点评]

　　商隐咏史诗常"染"而不"点",所谓"有案无断"(朱彝尊评),或云"只叙其事,不著议论"(李瑛评),或言"不说他甚底,而罪案已定"(张谦宜评),即是此法。

　　二诗语句含蓄,境象如画,而立意显豁,纪晓岚云"神韵自远"也。不言齐后主荒淫致亡,却说小怜横陈之夜,正是周师攻陷之时;不说后主至死不悟,而说"晋阳已陷休回顾,更请君王猎一围"。不著议论,而议论尽在其中。

陈后宫

茂苑城如画①,阊门瓦欲流②。

还依水光殿,更起月华楼。

侵夜鸾开镜③,迎冬雉献裘④。

从臣皆半醉⑤,天子正无愁⑥。

[注释]

①茂苑:指陈之宫苑。左思《吴都赋》:"带长洲之茂苑。"

②阊门:指陈之宫门。阊阖,传说中之天门。瓦欲流:极写琉璃瓦之光泽流艳欲

滴。

③侵夜：入夜。

④"迎冬"句：《晋书·武帝纪》载，"咸宁四年（278）冬，太医司马程据献雉头裘"。"雉献裘"即献雉裘。

⑤从臣：侍从之臣。

⑥"天子"句：史载陈后主宠张丽华、孔贵嫔等，召江总等十人为狎客，君臣耽于淫乐；作诗有"璧月夜夜满，琼树朝朝新"之句。隋兵攻来，尚于宫中饮酒作乐。"无愁"者指此。

[点评]

此诗非咏陈后主，结句用北齐"无愁天子"事可证。程梦星、徐逢源均以为"借古题以论时事"，所谓"刺敬宗"也。

史载敬宗李湛（809—826）童昏，在位二年，嬉乐无度，日或在宫中淫纵游宴，击球蹴鞠，或观角抵竞渡，与宫嫔狎戏玩耍。旧注以史证诗，大抵可信。诗当作于敬宗宝历二年（826），商隐年一十五。

一、二宫苑宫门，以切陈后宫，落笔擒题。三、四依殿起楼，盛修宫室，见工役不休。杜牧《上知己文章启》："宝历大起宫室，故作《阿房宫赋》。""五女色之妍，六衣服之赊"（屈复笺）。末借北齐后主事，言君臣醉生梦死，终于亡国。《隋书·乐志》："北齐后主自能度曲，尝倚弦而歌，别采新声为《无愁曲》，自弹胡琵琶而唱之，音韵窈窕，极于哀思。曲终乐阕，莫不陨涕。乐往哀来，竟以亡国。"

此诗有意以北齐后主事以充易陈宫，隐然透露不在咏史，意在讽今，纪晓岚云：妙在"全不说出"。

富平少侯

七国三边未到忧①，十三身袭富平侯②。

不收金弹抛林外③，却惜银床在井头④。

彩树转灯珠错落⑤，绣檀回枕玉雕锼⑥。

当关不报侵晨客⑦，新得佳人字莫愁⑧。

[注释]

①"七国"句：汉景帝三年（前154），诸侯封国吴、胶西、楚、赵、济南、淄州、胶东等七国举兵反叛，史称"七国之乱"。此以喻藩镇。"三边"，喻边患。《小学绀珠》："三边，幽、并、凉三州。""未到忧"，不知忧。张相《诗词曲语辞汇释》："未到，犹云不道，不道有不知义。"全句意谓对藩镇、边患均不知忧心。

②富平侯：汉张安世封富平侯，五世袭爵，为贵势之家。

③不收金弹：据《西京杂记》载，韩嫣好弹，常以金为丸，所失者日有十余，皆不收。

④银床：辘轳架。

⑤"彩树"句：灯树转动如珠交错。

⑥"绣檀"句：檀木回枕刻锼如玉。

⑦当关：守门之人。侵晨：破晓。

⑧莫愁：石城女子，或云洛阳女子。《旧唐书·音乐志》引古词云："莫愁在何处？莫愁石城西。"此指代佳人。

　　题咏富平少侯，却又云"七国三边未到忧"，显有讽喻而非咏富平侯，因为只有天子才需对"七国"（藩镇）、"三边"（边患）深感忧虑。所以何焯、徐逢源均以为借"富平少侯"而刺敬宗。徐云："成帝始为微行，从私奴出入郊野，每自称富平侯家人。而敬宗即位，年方十六，故以富平少侯为比，不敢显言耳。"具见制题婉讽之妙。

　　此诗刺敬宗少年即位，不谙政事，乐不知节。首云藩镇、边患关系国家朝政大事而"不知忧"。二句补足首句，申述原因为少年"袭侯"，所谓"不更事之少年"云，亦委婉讽之之意。三、四极写其贵公子憨态。犹云金弹抛于林外都不收回，而银辘轳安在井架却感到可惜。故冯舒评云："三、四犹云'当著弗著'，曲尽贵公子憨态。"从另一角度写其"不知忧"，可谓"不更事"天子的具象化。五、六言居室奢华靡丽，百枝灯树，转动回旋，错落如珠；绣纹檀锦，铺垫包裹，光洁如玉。七、八紧承五、六，言新进美女，卧喜晚起，而嘱咐守门（当关）者，侵晨来"客"，不得通报，见其淫乐无度，亦《长恨歌》"春宵苦短日高起，从此君王不早朝"之意，可与《日高》《陈后宫》同参。

随师东^①

东征日调万黄金，几竭中原买斗心^②。

军令未闻诛马谡^③，捷书惟是报孙歆^④。

但须鹙鸧巢阿阁，岂假鸱鸮在泮林^⑤。

可惜前朝玄菟郡^⑥，积骸成莽阵云深^⑦。

[注释]

①随师东：即隋师东。《韵会》："隋，古本作随，文帝去辶作隋。二字通用。"诗借隋炀帝东征高丽事以讽唐廷威令不行，用将不得其道。

②斗心：斗志。《左传·桓公五年》："陈乱，民莫有斗心。"

③诛马谡：蜀后主建兴六年（228），马谡失街亭，诸葛亮按军法治罪，诛之。

④"捷书"句：意谓诸将只知虚报战绩，邀功请赏。原注云："平吴之役，（王浚）上言得歆首；吴平，歆尚在。"

⑤"但须"二句：鸑鷟，凤凰别称，此喻贤臣。阿阁，宫殿，借代朝廷。《尚书·中侯》："黄帝时……凤凰巢于阿阁。"《释文》："阿，屋曲檐也。"金颚《求古录礼说》："檐宇屈曲谓之阿阁。"岂假，岂让，岂能假借。鸱鸮，猫头鹰，以喻藩镇。泮，古代学宫。二句意谓但须贤臣在朝，岂容藩镇盘踞！

⑥玄菟郡：西汉时治在朝鲜沃且县，北魏后徙治幽州，照应首句"几竭中原"。

⑦积骸成莽：言枯骨如密生之野草。

[点评]

　　诗借隋炀帝东征高丽为题，讽刺唐廷用兵藩镇，御将不得其道，威令不行。

　　前四云竭尽中原钱粮以买军将斗志，然威令不行，未战而虚张冒功。五、六掉转，指出造成万金买斗，而将骄卒惰、邀功幸赏的根本原因，在于宰辅非贤，群小盘踞。五、六是一篇主旨，鸑鷟比贤臣，鸱鸮比群小。群小之在朝廷，既无御将之道，又用将不得其人，是以中原疮痍，尸骸成莽。七、八就导致之后果言之，"可惜"二字见感慨之深。盖有感于讨伐沧景李同捷事，大和三年（829），诗人年仅一十八，其关注朝政，同情百姓疾苦，虽老杜（甫），无以过之。

曲 江

望断平时翠辇过^①,空闻子夜鬼悲歌^②。

金舆不返倾城色^③,玉殿犹分下苑波^④。

死忆华亭闻唳鹤^⑤,老忧王室泣铜驼^⑥。

天荒地变^⑦心虽折,若比伤春^⑧意未多。

[注释]

①望断:望尽,望煞。翠辇:饰以翠羽之辇车,天子车驾。

②子夜鬼悲歌:《旧唐书·音乐志》:"《子夜歌》声过哀苦。"此子夜当指半夜。

③"金舆"句:倾城色,指杨贵妃。《汉书·李夫人传》:"一顾倾人城,再顾倾人国。"杜甫《哀江头》:"血污游魂归不得。"是此"不返"意。

④"玉殿"句:下苑,曲江。曲江流入御沟,故云犹分玉殿。

⑤"死忆"句:《晋书·陆机传》载:陆机遇害前叹曰:"华亭鹤唳,岂可复闻乎?"意谓贵妃自缢前当萌悔叹之意。"死"字关应"金舆不返"。

⑥"老忧"句:《晋书·索靖传》:"索靖知天下将乱,指宫门铜驼曰:'会见汝在荆棘中耳。'"此句意谓明皇失国、迁入南内而忧王室之衰微。二句一死一老,以贵妃对明皇甚明。

⑦天荒地变:指安禄山之乱及明皇之幸蜀失国。

⑧伤春:意指明皇对杨妃生死不渝之相思。《新唐书·杨贵妃传》:玄宗"命工貌妃于别殿朝夕往必鲠欷"。

[点评]

此诗或以为"伤文宗崩后,杨贤妃赐死"之事(冯浩),或以为咏"甘露之变"(程梦星),或以为"借玄宗幸曲江以讽文宗时事"(沈德潜),或以为"专咏明皇、贵妃事"(张采田),然均未详解。

据康骈《剧谈录》记载:曲江至开元年间始辟为胜境,"花卉环周,烟水明媚,都人游赏,盛于中和上巳之节"。天宝间,唐明皇与杨贵妃时常临幸曲江游宴。首联写安史乱后,明皇之车驾不可复见,而曲江池苑唯闻夜半冤鬼悲歌。《旧唐书·音乐志》:"《子夜歌》声过哀苦。"又子夜,也指夜半,双关。"鬼悲歌"正是写杨妃枉死而阴魂不散。唐明皇深知贵妃无罪而被迫缢杀之。高力士当时就说"贵妃诚无罪"。马嵬兵变,从本质上说,实是太子党勾结御林军发动的一场政变,杨正是这场政变的牺牲品。二联承上,云贵妃缢死后再不能乘鸾舆而返帝京,不如曲江流水江波犹可通御沟而入玉殿。五、六一"死"一"老"相待,"死"者自是杨妃,"老"则指明皇,言贵妃缢前当亦如陆机萌生悔叹之意,而明皇失国,迁入西内,宦竖李辅国专权,唐室从此不振。此联一"死"一"老",以贵妃对明皇甚明。诸家或以为咏"甘露之变",则"老"字无着;或以为"老忧,义山心情之写照",其实"甘露事变"时,李商隐年仅二十四,不可云"老"。末联以"天荒地变"与"伤春"相较,则"伤春"尤甚于"天荒地变",即甚于安史变乱及失却权柄。

此诗"伤春"字犹须重看,细味其含义。李商隐诗"伤春"句约有三义:或为男女相思,情感失落;或伤时感事,忧念家国;或自伤身世,叹春光不再,机遇之屡失。此则总合各端,言安史乱起,天荒地变,虽使明皇心中摧悲,但若比起杨妃的缢杀冤死,则其可伤犹未如也。张采田云:"倾城已不返金舆矣,所谓伤春也。"黄侃云:"临命之悲,亡国之恨,犹未敌倾城夭枉、遗迹荒残之怆也。"

由李商隐启其端,诗人咏明皇、杨妃之什,大多为感怀马嵬而为杨玉环鸣冤直枉。黄滔云:"天意从来知幸蜀,不关胎祸自蛾眉。"徐夤云:"未必蛾眉能破国,千秋休恨马嵬坡。"

马嵬二首(其二)

海外徒闻更九州,他生未卜此生休①。

空闻虎旅传宵柝②,无复鸡人报晓筹③。

此日六军同驻马④,当时七夕笑牵牛⑤。

如何四纪为天子⑥,不及卢家有莫愁⑦。

[注释]

①"海外"二句:言海外更有九州,纯属传闻,夫妇之间来生难卜而此生却已休矣。原注:"邹衍云:'九州之外,更有九州。'"相传玄宗命方士致贵妃之神于蓬莱,约以他生定相会见。见陈鸿《长恨歌传》及白居易《长恨歌》。

②"空闻"句:虎旅,禁军。宵柝,军中夜间巡警之木棒。

③"鸡人"句:鸡人,古代宫中例不蓄鸡,而以卫士传筹充报晓之使。《周礼·春官·鸡人》:"夜呼旦以警百官。"晓筹,谓天破晓;筹,计时器具。此句意谓杨妃长眠马嵬坡下,不再听到鸡人报晓之声了。

④"六军驻马":指扈从之禁卫军驻马不前,进而哗变事。

⑤"当时"句:天宝十载(751)七夕,明皇杨妃于长生殿密约世世为夫妇,而感羡牛女之情厚。张相《诗词曲语辞汇释》:"此为羡慕牛女之意。"

⑥四纪:一纪十二年,玄宗在位四十五年,此举成数。

⑦"莫愁"句:萧衍《河中之水歌》:"河中之水水东流,洛阳女儿名莫愁。莫愁十三能织绮,十四采桑东陌头。十五嫁为卢家妇,十六生儿字阿侯。"莫愁,指代普通民女。此句意谓当了四十多年皇帝不及民间百姓夫妇之能相守到老也。

[点评]

此向为诗家所称道。“海外徒闻更九州”,起句破空而来,最是妙境!题作《马嵬》,平庸作手会从史事述起,而诗人却从一件奇闻逸事切入,如“危峰矗天,当面崛起”(吴乔《围炉诗话》卷一),寓历史兴亡于感慨突兀之中。明皇思杨妃,史有明文记载。或出于真情,或由于悔恨,更或因失势后迁入南内,悲思感慨,对杨玉环生前之感情尤觉可贵。然“此生休”矣!于是寄望于他生再结同心。然而,“他生未卜此生休”,诗人用这一极具现实感的断语,将其虚无渺茫之企望彻底粉碎。而“他生”“此生”,复叠回环,又似为他们留下悔恨之绵绵相思,并与首句“徒闻”互相关应。

中二联由“此生休”逗出,先取典型细节,形象概括马嵬之兵变经过。李杨悲剧,长歌、长诗记载较详,如白居易《长恨歌》、郑嵎《津阳门诗》等。而此二联只将“虎旅传宵柝”“鸡人报晓筹”“六军同驻马”“七夕笑牵牛”之细节,两两对举,则概括整个悲剧过程。若云《长恨歌》之“夜雨闻铃”充满悲凉感,则此第三句之“宵夜闻柝”则在悲凉之外更添一种凄惶之状。“虎旅”,指当时扈从的羽林军。在奔蜀途中,除了听到军士夜间敲打单调凄清之金柝声外,再听不见往日之笙歌曼舞,故云“空闻”。宋范温云:“如亲扈明皇,写出当时物色意味也”。(《诗眼》)四句以“鸡人”同“虎旅”对,“无复”字,显示当年“太平天子”于兴庆宫春宵软帐之中,卧听鸡人报晓,懒散而舒适之情景,一去不复返了。二细节对举,一险一安,一苦一乐,一个是凄惶无状,一个是春云卷舒;先写马嵬之宵夜,再逆挽昔日宫中之情景,互相映照,以安乐反衬险苦,五、六亦对照逆挽,先言“此日”,再逆折至“当时”,即从天宝十五载(756)六月缢死杨玉环之日,逆挽到五年前七月七日长生殿里之夜半私语,使人有“既有今日,何必当初”之感;既有今日之赐死,又何必当初之盟誓;既有今日之永诀,又何必当初笑牵牛织女一年一度之相会!如今盟誓在耳,而失盟者谁?牛女依旧,而设盟者“此生休”矣。“君王若道能倾国,玉辇何由过马嵬?”诗人在七绝一首中已经有类似之质问。此则以强烈之反衬,将同情给予杨玉环,为末联推究罪责、反诘明皇蓄势。沈德潜推崇其作法,以为六句“用逆挽法,诗中得此一联,便化板滞为跳脱”(《说诗晬语》)。

七、八委婉感讽而又精深警策。言做了四十余年皇帝,保不住一个妃子,连普通百姓亦不如!"如何四纪为天子,不及卢家有莫愁?"是深邃的哲理性思索,又是史家的冷峻之笔,表现了李商隐的政治敏锐性,又充溢着诗人的感时伤逝之情。

咏史

历览前贤国与家,成由勤俭破由奢①。

何须琥珀方为枕②,岂得真珠始是车③?

运去不逢青海马④,力穷难拔蜀山蛇⑤。

几人曾预南薰曲⑥,终古苍梧哭翠华⑦。

[注释]

①"历览"二句:《韩非子·十过》载由余答秦穆公"得国失国"之故曰:"常以俭得之,以奢失之。"

②琥珀枕:以琥珀制作之枕。《宋书·武帝纪》:"宁州献琥珀枕,光色甚丽,时将北伐,以琥珀疗金疮,命碎分赐诸将。"

③真珠车:以真珠照乘之车。《史记·田敬仲完世家》载:梁惠王夸耀己有十枚径寸之珠,枚可照车前后各十二乘,齐威王谓己所贵者贤臣:"将以照千里,岂特十二乘哉!"

④青海马:龙马,以喻贤臣。《隋书·吐谷浑传》:"青海中有小山,其俗至冬辄放牝马于其上,言得龙种。吐谷浑尝得波斯草马,放入海,因生骢驹,能日行千里,故时称青海骢马。"亦称青海龙孙。

⑤蜀山蛇:《蜀王本纪》:"秦献美女于蜀王,蜀王遣五丁迎之。还至梓潼,见一大

蛇入山穴中，五丁共引蛇，山崩，五丁皆化为石。"刘向《灾异封事》："去佞则如拔山。"此以喻宦官佞臣。

⑥南薰曲：相传舜曾弹五弦琴，歌《南风》之诗而天下大治。其词曰："南风之薰兮，可以解吾民之愠兮。"

⑦翠华：以翠羽为饰之旌，皇帝仪仗。舜逝于苍梧之野，故云："哭。"此以舜比文宗。

[点评]

　　此借史抒慨，哀叹文宗虽去奢从俭，励精求治，然"运去""力穷"，无法改变衰唐命运。"青海马"，喻指辅佐之名臣贤相；"蜀山蛇"，比宦官势力，因"不逢"故"难拔"，当有慨于文宗误用李训、郑注，致"甘露之变"，朝臣诛死，终其一世，受制家奴。刘学锴、余恕诚曰："《南薰曲》者，君主爱民图治之曲也。诗意盖谓当今之世，曾亲闻并能理解文宗求治之意者已无多矣，己将永为文宗之赍志以殁而哀恸也。"按商隐于文宗朝进士及第，每怀恩遇之情，文宗逝后，每多发哀婉于诗；亦可与《有感》《重有感》及《垂柳》诗同参。

　　"成由勤俭破由奢"，唐诗名句，然非此诗主旨。

宋　玉

　　何事荆台①百万家，惟教宋玉擅才华？

　　楚辞已不饶唐勒，风赋何曾让景差②！

　　落日渚宫供观阁，开年云梦送烟花③。

　　可怜庾信寻荒径，犹得三朝托后车④。

[注释]

①荆台：台名，在湖北监利县西。此指代楚国。

②"楚辞"二句：《荆楚故事》："襄王与唐勒、景差、宋玉游于云梦之台，王令各赋大言，唐勒、景差赋不如王意。"饶，让。《风赋》，宋玉作。

③"落日"二句：落日，日之始出。落，始也，非用坠落义。《尔雅·释诂》："落，始也。"《诗·周颂·访落》："访予落止。"传："落，始也。"与下句"开"，对文互训，亦始也。开年，犹言开岁、始春。渚宫，楚别宫。二句意谓日之始出，而渚宫观阁供献；新春伊始，则云梦烟花送呈，言南楚宫阁、云梦风烟日复一日，年复一年以助宋玉之诗思文藻。

④"可怜"二句：庾信因侯景乱，自建康遁归江陵，居宋玉故宅。《哀江南赋》云："诛茅宋玉之宅，穿径临江之府。"可怜，可羡。三朝，庾信事梁武、简文、元帝三朝。《诗·小雅·绵蛮》："命彼后车，谓之载之。"意谓庾信虽遭乱漂泊，犹得以文学侍从三朝。

[点评]

大中元年(847)十月，李商隐奉府主郑亚之命，赴南郡与郑肃联宗，谱叙叔侄(时郑肃节度荆南)，明年初春还桂，诗当作于是时。

诗叹己之遇合不如前人，既不如宋玉，也不及庾信。上半美宋玉其人，下半美宋玉其宅。首言荆台百万之家，唯宋玉独擅才华；即便同受屈平指授如唐勒、景差辈皆所不及。此"独擅才华"，实以自况。五、六言南楚宫阁，云梦风烟，无非助宋玉之诗思文藻。七、八带出庾信。宋玉虽往矣，其宅犹存，而庾信以避乱居之，竟与宋玉后先辉映千古。姚培谦笺云："渚宫、云梦间，侍从逍遥，主臣相得，何其幸与！至千年下如庾信者，偶居故宅，犹如丐其余庇，而得承事三朝。"是诗以宋玉主臣相得，庾信承事三朝，反衬自己在文、武、宣三朝之不遇。言下己之才华可追宋、庾，而流落炎荒，依人作幕，其视前人也远矣。程梦星云："文士失职，今古同情，以古准今，能无慨叹！"

楚　宫

湘波如泪色漻漻^①,楚厉^②迷魂逐恨遥。

枫树夜猿^③愁自断,女萝山鬼^④语相邀。

空归腐败犹难复^⑤,更困腥臊^⑥岂易招。

但使故乡三户^⑦在,彩丝谁惜惧长蛟^⑧。

[注释]

①漻:水清而深。

②楚厉:鬼无依则为厉。《左传·昭公七年》:"子产曰:'鬼有所归,乃不为厉。'"
楚厉,指屈原。

③枫树夜猿:《招魂》:"湛湛江水兮上有枫,目极千里兮伤春心。"《九歌·山鬼》:
"猿啾啾兮狖夜鸣。"

④女萝山鬼:《九歌·山鬼》:"若有人兮山之阿,被薜荔兮带女萝。"

⑤"空归"句:《后汉书·樊宏传》:"樊宏卒,遗敕薄葬,以为棺椁一藏,不宜复见;
如有腐败,伤孝子心。"《礼记·檀弓》:"复,尽爱之道也。"注:"复谓招魂。"

⑥困腥臊:屈原自沉,葬于鱼腹,故曰"困腥臊"。

⑦三户:《史记·项羽本纪》:"楚虽三户,亡秦必楚。"

⑧"彩丝"句:《续齐谐记》:"汉建武中,长沙欧回白日忽见一人,自云三闾大夫,
谓回曰:'闻君当见祭,甚善。但常年所遗,并为蛟龙所窃。今若有惠,可以楝树
叶塞其上,以五色丝缚之,此二物蛟龙所惮。'"

[点评]

　　此咏古凭吊之作,感怀屈原沉江。三、四云于今唯江上青枫,夜猿声哀;女萝山鬼,传语相邀,真使人愁魂自断。五、六言沉渊腐败既已难复,况为鱼所唼,其魂岂易招哉!结言楚虽三户,亦必祭奠而怀念屈原。

　　诗吊屈原,蕴寓千古才人之冤抑,应无直指,所谓伤王涯等十一人,或悲宋申锡窜死开州,均伤牵强,刘学锴辨之详矣。

潭　州①

潭州官舍暮楼空,今古无端入望中②。

湘泪浅深滋竹色③,楚歌重叠怨兰丛④。

陶公战舰空滩雨⑤,贾傅承尘破庙风⑥。

目断故园人不至,松醪⑦一醉与谁同!

[注释]

①潭州:今湖南长沙。

②今古入望:言所怀在古,所伤在今。

③"湘泪"句:用二妃以泪挥竹事,屡见。

④"楚歌"句:楚歌指《离骚》。重叠,反复。兰丛,影射楚令尹子兰等。

⑤"陶公"句:《晋书·陶侃传》载:侃为江夏太守,以运船为战舰,进克长沙,封长沙郡公。意谓陶公战舰今已矣,所在唯见雨洒空滩而已。

⑥"贾傅"句:《西京杂记》载:贾谊贬长沙,鹏鸟集其承尘。《释名》:"承尘,施于

上以承尘土。"破庙,即贾谊庙,庙即谊宅。

⑦松醪:酒名。松醪酒为唐代潭州名产。

[点评]

大中二年(848)夏,桂管返途经潭州时作。一、二登楼送目,起极苍莽;无端入望,吊古伤今。中四写"望"中所思所感,有寄托。"湘泪"句悼武宗也;"楚歌"句,怨牛党排斥异己;"陶公"句借寓会昌将帅之遭遇;"贾傅"句托寄有功文臣之贬逐。七句承二句"望",极目故园,而所待之人不至,忧思莽莽,无可遣也,则唯有松醪一杯矣。陆昆曾解曰:"从来览古凭吊之什,无不与时会相感发。义山此诗,作于大中之初。因身在潭州,遂借潭州往事,以发抒胸臆耳。'湘泪'一联,言己之沉沦使府,不殊放逐,固难免于怨且泣也。而会昌以来,将相名臣,悉皆流落,凄其寂寞之况,因破庙空滩而愈增怆然矣。此景此时,计惟付之一醉,而客中孤独,谁与为欢? 旅思乡愁,真有两无可遣者。"可以同参。

筹笔驿①

猿鸟犹疑畏简书,风云长为护储胥②。

徒令上将挥神笔③,终见降王走传车④。

管乐有才真不忝⑤,关张无命欲何如。

他年锦里经祠庙⑥,梁甫吟成恨有余⑦。

[注释]

①筹笔驿:在今四川广元市,诸葛亮出师时尝驻军筹划于此。

②"猿鸟"二句:简书,军中告示文书。《诗·小雅·出车》:"岂不怀归,畏此简书。"储胥,藩落之类。扬雄《长杨赋》:"木拥枪累,以为储胥。"

③"徒令"句:上将,主将,指诸葛亮挥神笔,指筹划军事,挥笔成文,料敌如神。鲍照《飞白书势铭》:"君子品之,最是神笔。"

④"终见"句:降王,指蜀后主刘禅。传车,以车驿传谓之传车。《史记·游侠传》:"传车将至河南。"

⑤"管乐"句:管乐,管仲、乐毅,指诸葛亮。《三国志·诸葛亮传》:"每自比于管仲、乐毅。"忝,辱。

⑥"他年"句:指大中五年(851)冬至西川推狱曾谒武侯庙一事。他年,往年。锦里,成都地名,武侯庙在焉。

⑦"梁甫"句:《三国志·诸葛亮传》:"亮躬耕垄亩,好为梁甫吟。"此指当年谒武侯庙所作《武侯庙古柏》诗。

[点评]

　　此大中九年(855)义山梓州罢幕归途经筹笔驿所作。《全蜀艺文志·利州碑目》云:"旧有李义山碑,在筹笔驿,因兵火不存。"义山碑,即此诗碑。

　　首二句徒然起笔,犹劈空而至。言猿鸟至筹笔驿,犹然疑畏诸葛军令之森严,风云亦长为护卫如藩篱壁垒。咏筹笔驿而自"猿鸟""风云"写起,真徒然而来,劈空而至者。三、四"徒令"一转,陡然抹倒。言汉祚衰败,阿斗终走传车而降魏,令人嗒焉欲丧。五、六属对精切,议论中良多感叹。言汉祚衰败,非武侯之力所可挽回,乃蜀汉命运如此。此一篇之主旨。义山每作有才无命之叹,"关张无命",亦"古来才命两相妨"(《有感》)意。此二可比老杜"出师未捷身先死,常使英雄泪满襟!"七、八振开作结,忆往年经孔明祠庙,虽有凭吊之作,然至今仍有余憾也。纪晓岚云:"真杀活在手之本领,笔笔有龙跳虎卧之势。"陆昆曾评:"直是一篇史论,而于'筹笔驿'又未尝抛荒。从来作此题者,摹写风景,多涉游移,铺叙事功,苦无生气,惟此最称杰出。"

可　叹

幸会①东城宴未回,年华忧共水相催。

梁家宅里秦宫入②,赵后楼中赤凤来③。

冰簟且眠金镂枕④,琼筵不醉玉交杯。

宓妃愁坐芝田馆,用尽陈王八斗才⑤。

[注释]

①幸会:幸,冀、期,表希望之词。《史记·曹相国世家》:"从吏幸相国召按之。"
幸会,期望相会、偕合。

②"梁家"句:《后汉书·梁冀传》:"冀爱监奴秦宫,官至太仓令,得出入妻孙寿
所。寿见宫,辄屏御者,托与言事,因与私焉。"

③"赵后"句:《飞燕外传》:"后所通宫奴燕赤凤,雄捷能超观阁,兼通昭仪。"

④"水簟"句:水簟,竹席。金镂枕,《洛神赋》注:"东阿王入朝,帝示甄后玉镂金
带枕。"

⑤"宓妃"二句:宓妃,用《洛神赋》事。芝田,地名,在洛阳。《东京赋》:"宓妃攸
馆。"又《拾遗记》:"昆仑山第九层,山形暂狭小,下有芝田蕙圃,皆数百顷,群仙
种耨焉。"谢灵运尝曰:"天下才共一石,曹子建独得八斗,我得一斗,自古及今共
分一斗。"见《释常谈》《万花谷·才德类》。

[点评]

此为咏史诗,叹宓妃之不得陈王。一、二言宓妃期于东城与子建相会偕合,

然终未能遂其心愿,而忧似水年华,催人易老矣。东城,在洛阳。杜牧《张好好诗·序》云:"后二岁,于洛阳东城重睹好好,感旧伤怀,故题诗赠之。"三、四以孙寿、秦宫,赵后、赤凤反衬之,言非情而通,恣行放诞者得遂其愿,而情真意挚,生死相许者反天涯阻隔。五、六"冰簟且眠""不醉交杯",拟想宓妃孤寂独眠,遇合无缘之境况。七句"愁坐芝田",与二句"年华忧共水相催"相应,一"忧"一"愁"。八句翻过一层,从陈王方面落笔,言其用尽才思,冀得宓妃,两情虽通而事终不谐矣。

世间不如意事常八、九,情相感而事不谐,恣行放诞者,反可遂愿!亦泛言心中之感慨不平,不必有寄托。

览 古

莫恃金汤^①忽太平,草间霜露^②古今情。

空糊赪壤^③真何益,欲举黄旗^④竟不成。

长乐瓦飞^⑤随水逝,景阳钟堕^⑥失天明。

回头一吊箕山客,始信逃尧不为名^⑦。

[注释]

①金汤:《汉书·蒯通传》:"金城汤池,不可攻也。"
②草间霜露:喻瞬息消亡。
③空糊赪壤:《芜城赋》:"糊赪壤以飞文。"糊,粘;赪壤,赤土。以粘和之饰壁曰飞文。胡以梅曰:"建芜城者,空糊赪壤,归于屠灭。"言隋炀糊赪壤欲以芜城(今扬州)为都,最后被弑芜城而国亡。

④欲举黄旗:《三国志·孙权传》:"旧说黄旗紫盖,运在江南。"言孙吴欲顺应"天命"称帝,亦终归不能实现。

⑤长乐瓦飞:南朝宋废帝以石头城为长乐宫。瓦飞喻兵败国亡。《后汉书·光武纪》:"莽兵大溃,会大雷风,屋瓦皆飞。"

⑥景阳钟堕:南朝齐武帝置钟景阳楼上,五鼓,则宫人早起梳妆。此言钟堕而五鼓未应,天明不至,亦喻指统治之崩溃。

⑦"回头"二句:《庄子·逍遥游》载:尧让天下于许由,许由曰:"天下既已治矣,而我犹代子,吾将为名乎?"又《徐无鬼》篇云:"啮缺遇许由,曰:'子将奚之?'曰:'将逃尧。'"箕山,许由庙。

[点评]

慨古鉴今,咏史名篇。首联云:金城汤池,不可恃也;如草间之霜露,日出而晞。中四句分咏隋、吴、宋、齐之灭亡,均六朝事。末二言回思古贤以鉴今日之乱世,方信隐遁非为窃名,乃不得不然。

首二句一篇之主旨。中四句列举隋、吴、宋、齐四事应"古";然"鉴古而知今",今人若恃金汤之固而忽治国之道,则古今情事如一,是所谓"古今情"也。末联以旷语写感愤,言己"逃尧不为名",实叹今世无尧舜!有者唯荒淫君主。是伤唐祚之衰也。陆昆曾引岵岚评曰:"满目兴亡,凄然生感。"

南朝

玄武湖①中玉漏催，鸡鸣埭口绣襦②回。

谁言琼树朝朝见，不及金莲步步来③。

敌国军营飘木柹④，前朝神庙锁烟煤⑤。

满宫学士皆颜色，江令当年只费才⑥。

[注释]

①玄武湖：古名桑泊，南朝宋元嘉间改名玄武湖，今南京市北钟山与长江之间。

②鸡鸣埭：在玄武湖北。《南史》载齐武帝幸琅琊城，宫人常从，早发至湖北埭，鸡始鸣，故名鸡鸣埭。绣襦：襦，短衣。绣襦代指宫人。

③"谁言"二句：《陈书》载后主制新曲《玉树后庭花》，江总词曰"璧月夜夜满，琼树朝朝新"。《南史》载齐东昏侯凿金为莲花以贴地，令潘妃行其上，曰"此步步生莲花也"。意谓陈后主之荒淫更甚于齐废帝。

④木柹：削木朴，今俗谓刨花。《南史·陈后主纪》："隋文帝命大作战船，人请密之。文帝曰：'吾将显行天诛，何密之有，使投柹于江。'"

⑤锁烟煤：《韵会》："煤炱，灰集屋者。"言陈不亲祭太庙而烟尘集屋。

⑥"满宫"二句：学士，女学士。史载陈后主以宫人有文学才能者充女学士，日与"狎客"文士赋诗游宴。莲色，以莲花形容美色。江令，江总，时为尚书令。二句意谓陈后主宠妃、学士皆姿容艳丽，使江总费尽才华也未能称咏其美色。

　　首二"玉漏催""绣襦回",举齐事而概言南朝君臣一味游幸,无日无夜。三、四"谁言""不及"趁手翻跌,一气而下。言陈后主之荒淫犹胜齐废帝。"谁言不及",反诘之辞。五、六言隋兵压境而后主不祭太庙,忘祖宗创业艰难,而沉湎声色,必将亡国。七、八言不仅后主荒淫酒色,不恤政事,即大臣如尚书令江总等亦费尽才华而邪狎便嬖,似赞江令而实刺陈君臣相与狎游,醉生梦死也。

　　此诗举齐、陈以概说南朝,而主意在陈后主。罗列故实,不加议论,而论在其中,所谓"有案无断",此义山咏史创格。

隋　宫

　　　　紫泉①宫殿锁烟霞,欲取芜城②作帝家。

　　　　玉玺不缘归日角③,锦帆应是到天涯。

　　　　于今腐草无萤火④,终古垂杨有暮鸦。

　　　　地下若逢陈后主,岂宜重问后庭花⑤?

[注释]

①紫泉:紫渊,避唐高祖李渊讳改。《上林赋》:"丹水更其南,紫渊径其北。"此借指长安隋宫。

②芜城:广陵别称,即隋之江都,今扬州市。

③玉玺日角:玉玺,皇帝传国玉印。日角,古代《相书》称人额骨中央隆起如日者为日角;隆准日角者可以王天下。《新唐书·唐俭传》:俭说高祖曰:"公日角龙

廷,姓协图谶,系天下望久矣。"

④腐草萤火:《礼记·月令》:"腐草为萤。"史载炀帝于景华宫征求萤火数斛,夜出游山放之,光照山谷。

⑤"地下"二句:《隋遗录》载:炀帝在江都,梦与陈后主遇,因请后主宠妃张丽华舞《玉树后庭花》。

[点评]

首言隋宫掩闭,南游江都。三、四言如果不因传国玉玺已归唐高祖李渊,则炀帝之锦帆龙舟许当巡幸至天涯海角矣。五、六言萤火当年被炀帝搜尽,至今腐草已不复生;自古及今,隋堤杨柳亦只有暮鸦聒噪,无复锦帆南幸踪迹。七、八紧切史事,最为感慨:隋炀终不以陈后主荒淫败亡为鉴,地下何颜与后主相见,又岂能重问后庭花耶?

诸家于此诗,俱极口赞誉,至言"无句不佳"(何义门),"令人惊心动魄,怵然知戒也"(陆昆曾)。至于技法,则"纯用衬贴活变之法,一气流走,无复排偶之迹"(纪晓岚)。

和人题真娘墓①

虎丘山下剑池边,长遣游人叹逝川。

胃②树断丝悲舞席,出云清梵③想歌筵。

柳眉空吐效颦④叶,榆荚还飞买笑⑤钱。

一自香魂招不得,只应江上独婵娟。

①真娘:义山原注:"真娘,吴中乐妓,墓在虎丘山下寺中。"《吴地记》:"虎丘山有贞娘墓,吴国之佳丽也,行客才子多题诗墓上。"

②罥:挂。

③清梵:佛家诵经之声。王僧孺《初夜文》:"清梵含吐,一唱三叹;密义抑扬,连环不辍。"

④效矉:《庄子·天运》:"西施病心而矉其里,其里之丑人见而美之,归亦捧心而矉其里。"

⑤买笑:崔骃《七依》:"回眸百万,一笑千金。"

[点评]

  首联破题。一句点"真娘墓",二句点"题"字。"长遣游人叹逝川",摇曳有情。一吴中乐妓,竟至行客才子感叹时光流逝,是怀古每使人融入人生短暂,美景难再之叹。三、四承一、二。"罥树断丝""出云清梵"承虎丘山下剑池边;墓在寺中,故有出云之清梵。"悲舞席""想歌筵"互文,承游人之叹逝川。言悲其已逝,想其歌筵舞榭之风采。五、六陡转,"空吐""还飞",虚字生情,言虽柳叶效矉,榆荚买笑,然真娘安在哉!七、八言一自真娘香魂烟渺,于今难寻,唯想见其江上独逞婵娟姣好。胡以梅云:"结言香魂不可招,止有江上月中之婵娟耳。"屈复云:"结言惟江上明月独存耳。"亦备一解。

  此明言"和人题真娘墓",又云"长遣游人叹逝川",又自注云:"真娘,吴中乐妓,墓在虎丘山下寺中。"则义山当至虎丘寺中,读"行客才子之题诗墓上"(《吴地记》),因和而作此。盖晚年任盐铁推官游江东时作也。

夕阳无限好，只是近黄昏

乐游原①

向晚意不适②,驱车登古原。

夕阳无限好,只是近黄昏。

[注释]

①乐游原:又称乐游苑,在长安城东南,曲江池北面,为唐时游览胜地。《长安志》:"乐游原为京城之最高,四面宽敞;京城之内,俯视指掌。"其地本汉宣帝乐游庙旧址,故诗中亦以"古原"称之。

②向晚:向,犹临也;向晚,临近晚上,即傍晚。

[点评]

义山身处晚唐衰世,沉沦下僚,又兼年暮,故于向晚时心怀抑郁,唯登高临远,以消解忧伤。一"驱"一"登",笔力强劲,显示其不甘沉沦、抖擞自振之情。及登古原,远目纵怀,夕阳之下,秦川百里,无限美景。然日薄西山,好景不常,故有"只是近黄昏"之叹。

"日为君象"。《尚书·汤誓》:"时日曷丧,予及女偕亡!"《诗·邶风·柏舟》:"日居月诸,胡迭而微。"郑笺:"日,君象也。"《文子·上德》:"日月欲明,浮云盖之。"孔融《临终诗》:"谗邪害公正,浮云翳白日。"是以日喻君,以浮云喻奸佞。引申则以比朝廷、京都,如李白《登金陵凤凰台》云:"总为浮云能蔽日,长安不见使人愁。"亦以比家国,辛弃疾《摸鱼儿》:"休去倚危栏,斜阳正在烟柳断肠处。"故此"夕阳""黄昏"云云,杨万里以为"忧唐之衰",而何义门则解为"唐祚将沦"。

然人之行年，有"早岁""暮年"之称，故日之运行早晚，亦以喻人之年齿。扬雄《反离骚》云："临汨罗而自陨兮，恐日薄于西山。"李密《陈情表》："但以刘日薄西山，气息奄奄，人命危浅，朝不虑夕。"是以"夕阳""黄昏"又可解为蹉跎岁月。故何义门以为三、四有"迟暮之感"。朱自清曾改三、四云："但得夕阳无限好，何须感叹近黄昏！"

诗歌意象之朦胧，决定诗歌意蕴之多义与丰富。纪晓岚以为此诗"百感茫茫"，管世铭称"消息甚大"，即就其多义性言之。

灞　岸①

山东今岁点行频②，几处冤魂哭虏尘③。

灞水桥边倚华表④，平时二月有东巡⑤。

[注释]

①灞岸：长安城东灞水岸边。

②山东：崤山函谷关以东地区。《战国策·赵策》："秦必不敢出兵于函谷关以害山东矣。"点行：据丁籍（户籍之男丁者）点名征召服役。杜甫《兵车行》："道旁过者问行人，行人但云点行频。"注引师古曰："点行者，汉史谓之更行。以丁籍点照上下，更换差役。"

③虏尘：武宗会昌二年（842）八月，回纥南侵，掠云、朔、北川，"虏尘"指此。

④华表：一种立于路衢、亭传的木柱，用以表识指路。此指桥柱。

⑤"平时"句：平时，升平的年代。《尚书·舜典》："岁二月，东巡守。"唐安史乱前，皇帝每月岁暮至明年二月，率大臣巡幸东都。此句意谓升平时期，皇帝车驾必经灞桥函关而之洛阳巡幸，言下于今战乱频仍，东巡事也久废矣。

[点评]

"倚华表"者,诗人也。从倚华表而生出想象:今岁虏尘洗劫,到处冤声。诗
倒折而入,云"山东今岁"屡屡征召服役,示战乱频仍,国无宁日。然后有忆于升
平时节东巡故事,感慨今不如昔。以"倚华表"挑起今昔对照,短幅中寓大感慨,
洵如屈复所笺:"伤时念乱之作。"

诗有"虏尘"字,当为会昌二年(842)八月,征发许、蔡、汴、滑六镇之师讨回
纥时所作。

赠勾芒神^①

佳期不定春期赊^②,春物夭阏^③兴咨嗟。

愿得勾芒索青女,不教容易损年华^④。

[注释]

①勾芒神:木神。《礼记·月令》:"孟春之月,其神勾芒。"注:"少皞氏之子曰重,
为木官。"
②赊:短。张相《诗词曲语辞汇释》:"春期赊,犹云春期短也。"
③夭阏:折止阻塞。《庄子·逍遥游》:"背负青天而莫之夭阏者。"疏:"夭,折也;
阏,塞也。"亦作夭遏。
④"愿得"二句:索,求,取,引申为求娶。《三国志·袁术传》:"袁术欲为子索吕
布女。"青女,主霜雪之女神。意谓愿春木之神勾芒能娶青女,使其不再以霜刀
雪剑摧颓人生,如此则春天永驻,青春长在矣。

[点评]

一、二言佳期不定春期短,佳期所以不定,实因春期之短促,致春物之夭折受遏,令人慨叹。三、四忽发奇想,言若得春神娶青女,以减秋后霜女之肆虐,则春期永驻、青春长在矣。

叹似水年华,青春不再,为义山诗所多取意,总因朋党倾轧,仕途偃蹇。此勾芒与青女或有喻托。似以春神喻李,而以青女比牛,若得勾芒索娶青女,牛李合拍谐和,则年华或不损也。

诗或作于会昌六年(846)正月。《礼记·月令》:"孟春之月,其神勾芒。"

海　客

海客乘槎上紫氛①,星娥罢织一相闻②。

只应不惮牵牛妒,聊用支机石③赠君。

[注释]

①"海客"句:海客,航海之人。骆宾王《饯郑安阳入蜀》:"海客乘槎渡,仙童驭竹回。"槎,浮槎、木筏。紫氛:紫色云气,犹紫霄,指天空。刘桢《赠从弟》:"于心有不厌,奋翅凌紫氛。"
②"星娥"句:星娥,织女星。相闻,互通音问,引申为问候。《文选》曹植《与吴季重书》:"往来数相闻。"注:"闻,问也。"
③支机石:支柱织机的石块。《荆楚岁时记》载:张骞使大夏,寻河源,乘槎至一处,城郭如州府,室内有一女织,一丈夫牵牛饮河。织女赠予支机石。

[点评]

宣宗即位,一反会昌之政。五月,白敏中执政,八月,牛党五相牛僧孺、李宗闵等同日北迁。九月贬李德裕东都留守(二年九月再贬崖州司户)。大中元年(847),贬给事中郑亚为桂管观察使。郑亚辟商隐入幕为支使兼掌书记,商隐慨然辞去秘书省正字,从郑亚至桂州。诗以海客比郑亚,星娥自比,支机石喻己之文采。以牵牛比令狐绹及牛党党人。三、四言己不惮牛党中人如令狐辈之妒恨,愿以自己之文采为郑亚效力。程梦星笺为得其旨:“此当为相从郑亚而作。亚廉察桂州,地近南海,故托之以海客。言亚如海客乘槎,我如织女相见。亚非杨、李之党,令狐未免恶之。然昔从茂元,已为所恶,亦不自今日矣。只应不惮其恶,是以又复从亚耳。自反无愧,横逆何计哉!”

李卫公①

绛纱弟子音尘绝②,鸾镜佳人③旧会稀。

今日致身歌舞地④,木棉花暖鹧鸪飞⑤。

[注释]

①李卫公:李德裕,武宗会昌四年(844)八月,以平刘稹功,进封卫国公。宣宗大中元年(847)十二月贬潮州司马,次年九月再贬崖州司户,大中四年(850)初卒。

②“绛纱”句:《后汉书·马融传》:“融才高博洽,为世通儒,教养诸生,常有千数……常坐高堂,施绛纱帐;前授生徒,后列女乐。弟子以次相传,鲜有入其室者。”绛纱弟子,即门下之士。音尘绝,音信断绝。

③鸾镜佳人:鸾鸟雌雄相守,离则悲鸣。范泰《鸾鸟诗序》:“昔罽宾王结罝峻祈之

山,获彩鸾鸟,欲其鸣而不能致。夫人曰:'尝闻鸟见其类而后鸣,可悬镜以映之。'王从其言。鸾睹影感契,慨然悲鸣,哀响中宵,一奋而绝。"鸾镜佳人,本指后房妻妾,此喻指政治上之同道者。

④歌舞地:即歌舞冈,在今广州市越秀山上,南越王赵佗曾在此歌舞,因而得名。此以歌舞地指代李卫公贬斥之岭南地区。

⑤"木棉"句:《升菴诗话》:"南中木棉树,大如抱,花红似山茶而蕊黄,花片极厚,非江南所艺者。"《禽经》:"子规啼必北向,鹧鸪飞必南翥。"

[点评]

此诗伤李德裕。《李卫公会昌一品集序》称李德裕为"万古之良相"。然宣宗登基,朝局反复,李德裕叠贬至崖州司户。诗故云"音尘绝""旧会稀"。结言卫公身赴南荒,眼前所见,唯木棉花发、鹧鸪乱飞,亦以景结情而深伤之。纪晓岚评曰:"格意殊高,亦有神韵。"

漫成①五章

沈宋裁辞矜变律,王杨落笔得良朋②。

当时自谓宗师③妙,今日惟观对属能。

李杜操持事略齐④,三才万象共端倪⑤。

集仙殿与金銮殿⑥,可是苍蝇惑曙鸡⑦?

生儿古有孙征虏，嫁女今无王右军⑧。

但问琴书⑨终一世，何如旗盖仰三分⑩？

代北偏师衔使节，关东裨将建行台⑪。

不妨常日饶轻薄⑫，且喜临戎用草莱⑬。

郭令素心⑭非黩武，韩公⑮本意在和戎。

两都耆旧偏垂泪，临老中原见朔风⑯。

[注释]

①漫成：随意而成。杨守智云："此五首乃玉溪生自叙其一生踪迹。"

②"沈宋"二句：言沈佺期、宋之问裁制诗作，自矜变革了诗律；王勃、杨炯善写文章，亦不过属对精切，与卢、骆齐名，呼为"四杰"。此沈、宋、王、杨，皆以自喻。刘学锴、余恕诚笺："'得良朋'即《樊南甲集序》，所谓'得好对切事'，指骈文技巧之纯熟。"可备一说。

③宗师：堪为人师，为众所崇仰。《汉书·朱浮传》："博士之官，为天下宗师。"

④李杜句：操持，执笔，操亦持；句意谓李白、杜甫执笔为诗，才具不相上下。

⑤"三才"句：天地人合称三才，亦作三材。《易·系辞》："有天道焉，有人道焉，有地道焉，兼三材而有之。"端倪，头绪，此处用作动词，有显露、呈现意。意谓李杜能使天地万物呈现于诗中。

⑥"集仙殿"句：杜甫曾受到唐明皇赏识，命待制集贤院，即集仙殿。李白因贺知章荐，玄宗召对金銮殿，论当世事，赐食，亲为调羹。事具见《唐书》本传。

⑦"可是"句：可是，却是。苍蝇惑曙鸡，《诗经·齐风·鸡鸣》："鸡既鸣矣，朝既盈矣。匪鸡则鸣，苍蝇之声。"此以苍蝇比进谗之徒，以曙鸡喻指李杜。

⑧"生儿"二句：孙征虏，指孙权。曹操曾表孙权为讨虏将军。《三国志·孙权传》注引《吴历》云：曹公"喟然叹曰：'生子当如孙仲谋，刘景升儿子若豚犬耳！'""嫁女"用王羲之东床袒腹事。王羲之曾任右军将军。二句"古有""今

无"互文,"古有孙征虏"即"今无孙征虏";"今无王右军"即"古有王右军"。

⑨琴书:借指诗艺。《三国志·崔琰传》:"以琴书自娱。"陶潜《归去来兮辞》:"乐琴书以消忧。"

⑩"何如"二句:何如,何似;与相比,如何?《三国志·孙权传》注引《吴书》云:"紫盖黄旗,运在东南。"此句意谓像王羲之那样以琴书自娱终其一生,比之孙权的三分事业未必不如也。此义山沉沦下僚之愤激语,非真以为不如。

⑪"代北"二句:代北,代州以北,今山西北部代县一带。偏师,全军中之一部军队,以别于主力、主军。衔,官衔,用如动词即衔领。使节,持节之使,此指诸道防御、观察、节度之使。关东,函谷关以东地区,裨将,偏将。行台,台省之在外者,为专征讨而设。《新唐书·百官志》:"边要之地,置总管以统军,加号使持节,有行台,大行台。"二句均指石雄。石雄,徐州人,出身低微,少为牙将,故云"关东裨将"。雄曾出偏师大败回纥军于代北,升任丰州都防御使,故云"衔使节""建行台"。

⑫饶轻薄:任人轻薄,被人看不起。石雄出身低微,又曾被诬流放,衔领使节以后仍常遭牛党之轻视。张相《诗词曲语辞汇释》:"饶,犹任也,尽也。假定之辞。"

⑬"临戎"句:临戎,临战。草莱:田野之间,借指在野之人,用如"草茅"。《仪礼·士相见礼》:"在野则曰草茅之臣。"意谓美李德裕不拘一格,拔用石雄于草莱,终建奇功。

⑭郭令素心:郭令,郭子仪。素心,平素之心,本心,即下之"本意"。陶潜《归园田居》:"素心正如此。"

⑮韩公:张仁愿。中宗时为朔方总管,屯边河北,使突厥不敢南侵,功封韩国公。郭令、韩公均以比李德裕。

⑯"两都"二句:两都,长安和东都洛阳。耆旧,父老。偏,副词,表示情况与心之所思不一致。朔风,北风,指代北方边地,此指河陇故地。大中三年(849)收复三州七关,河陇老幼千余人诣阙,解胡服,袭冠带。二句意谓中原父老至老始见河陇收复,言下若早用李德裕"和戎"之策,河陇早已收复,中原父老何待今日始感动垂泪?按李德裕曾纳吐蕃维州守将悉怛谋之请降,受阻于牛党。

[点评]

　　杨致轩笺:"此五首乃玉溪生自叙其一生踪迹。"

首章借评论沈、宋、王、杨以自寓。一、二言沈宋等自矜得律句之属对精切，正玉溪早年自我写照。《新唐书》本传谓："义山初为文，瑰迈奇古。(令狐)楚工章奏，因授其学。义山俪偶长短，而繁缛过之。"所谓"当时自谓宗师妙"也。自此与令狐家结两世恩怨：当时自"矜"、自"得"，以为得楚之学，可借此自展抱负；未料后因结怨于令狐绹而沦落一生。末云以今日观之，唯有属对之雕虫小技耳。此义山自悟自叹之辞，非怨楚也。

次章借赞叹李、杜而寄寓己遭排斥之愤慨。一、二言李、杜才华相当，能驱使天地万象入诗。三、四则言李杜虽曾于集贤、金銮蒙受玄宗赏识，终被小人谗毁而不能久居朝廷。此诗以李、杜自况，以己之文才亦曾入秘书省任校书郎，终因婚于王氏而为牛党谗毁调补弘农。此自叹兼以怨绹，非怨茂元也。

三章借孙权、王羲之文武两道，慨己虽无王之才艺，而琴书一世亦未必不如令狐绹。一、二互文。"生儿古有孙征虏"，即"今无孙征虏"，言下唯"刘景升子若豚犬耳"。此以刘琦、刘琮比绹。然"宰相府里坐将军"(温庭筠讥令狐绹语)，亦不伦不类，不文不武耳。"嫁女今无王右军"，言如王右军之才艺唯古有之，今则无有也。王右军自比，谦言己亦无右军之才。三、四言己琴书一世，与旗盖三分之孙权相比，自是不如，与刘景升子若豚犬之绹相较，则未必不如。言外慨己有才而受抑沉沦，豚犬辈则备受恩遇。朱彝尊笺云："三章言绹不肖其父，以仲谋刺其为竖犬。右军嫁女则谓茂元。"

四章借石雄之被牛党摈弃死，寄托己之受党人排抑不遇，慨叹再无李德裕之奖拔孤寒。一、二专为石雄而发，以见李德裕之知人善任。三句云石雄出身寒微，即在德裕为相之时，牛党即"常日轻薄"之。然德裕用人，不问出身，不拘一格，于临战之时，拔石雄于草莱之中，终建奇功。相比之下，己受牛党排摈，一生沦落困顿，隐含遭党人排斥压抑之幽愤，感叹今无奖拔孤寒之李卫公也。时李德裕正叠贬崖州，当亦借此赞之。《唐摭言》载，李德裕贬崖，士子有诗云："八百孤寒齐下泪，一时南望李崖州。"

五章借郭子仪、张仁愿事感悼、赞美李德裕，为其辩诬，鸣不平。一、二赞李德裕功在朝野,并非误开边衅。三、四言收复失地,索还边境被掠人口,使两都父老重见故地。刘学锴、余恕诚云:"义山之所以重笔特书,盖缘其时宣宗君臣,对德裕之处理与回鹘、吐蕃问题,多所攻击毁谤之故。"

《漫成五章》虽借史事、时事慨己之沉沦遭斥,显示对令狐绹之不满。然其旨非以一己之恩怨,乃会昌、大中间之政治,故当看作义山一组重要之政治抒情诗。

过华清内厩①门

华清别馆②闭黄昏,碧草悠悠内厩门。

自是明时不巡幸,至今青海有龙孙③。

[注释]

①华清内厩:《说文》:"厩,马舍。"程梦星曰:"华清之内厩,《唐书·兵志》及《唐六典》皆无可考,大抵分左右六闲而备游幸者也。"
②别馆:行宫,别墅。《史记·李斯列传》:"离宫别馆,周遍天下。"
③青海龙孙:青海所产之骏马。《隋书·吐谷浑传》:"青海中有小山,其俗至冬辄放牝马于其上,言得龙种。吐谷浑尝得波斯草马,放入海,因生骢驹,能日行千里,故时称青海骢马。"《正字通》:"青海旁马多龙种,曰龙孙。"

[点评]

此借华清内厩无马匹供游幸,发今昔盛衰之叹。史载唐之马政,贞观、麟德时凡七十万匹;开元、天宝凡七十五万匹;逮至太和、开成以后,则仅七千匹。此举马政之衰减,见唐国势之日蹙也。一、二言黄昏时过华清内厩门,行宫紧闭,门外唯碧草悠悠,是久未有人到此,荒废中寓哀感。三句补足一、二,言虽圣明之时亦不游幸,故无须马厩也。四句笔锋一转,云今青海龙孙宝马正多,暗寓河陇失陷,龙骢难求,则内厩自然无马。程梦星曰:"'青海有龙孙',微词也,不敢斥言其远莫能致也。乃风人之旨。"姚培谦评:"凄凉境界,翻作太平气象,越见凄凉。"

天津西望①

虏马②崩腾忽一狂,翠华无日到东方③。

天津西望肠真断,满眼秋波出苑墙。

[注释]

①天津西望:天津桥架洛水上。《元和郡县图志》卷五:"天津桥在(河南)县北四里。"今洛阳西郊,为长安出幸东都必经之路,故云"西望"。

②虏马:指安史之乱。

③"翠华"句:杜甫《北征》:"都人望翠华。"翠华,以翠羽为旗饰,古天子所用,代指皇帝。

[点评]

　　此义山于天津桥上西望,有感而发。一、二言自安史乱后,皇帝久废东都之巡。三句切题,四句写所望景象:行宫荒凉,唯秋水白宫苑墙下寂寂自流。以荒漠之景,结肠断之情,篇终混茫也。

寿安公主出降^①

妫水闻贞媛^②,常山索锐师^③。

昔忧迷帝力^④,今分送王姬。

事等和强虏,恩殊睦本枝^⑤。

四郊多垒在^⑥,此礼^⑦恐无时。

[注释]

①出降:下嫁。文宗开成二年(837),以绛王悟女寿安公主下嫁成德军节度使王
元逵。

②"妫水"句:妫水,在今山西永济市,相传舜居其旁。《尚书·尧典》:"厘降二女
于妫汭。"贞媛,纯正之美女。此借帝尧娥皇、女英以喻寿安公主。

③"常山"句:常山,成德镇治所,指王元逵。索锐师,以锐师索。意谓王元逵以
盛锐之师要挟求娶公主。

④迷帝力:无视皇帝的权威。《玉篇》:"迷,乱也。"

⑤本枝:亦作本支,同一家族的嫡系或庶出子孙。此指皇帝近亲宗室。《汉书·
韦玄成传》:"子孙本支,陈锡无疆。"颜延之《赭白马赋》:"愿终惠养,荫本枝
兮。"

⑥四郊多垒:言四方多有藩镇。

⑦此礼:指以公主下嫁节镇事。

[点评]

　　节镇以锐师要挟索娶公主,终是朝廷耻辱。此诗末句为一篇主意,愤王室之不振而恐诸镇之效尤也。

　　一句以帝尧二女喻寿安公主,言外似此"贞媛"当嫁与舜帝。二句"常山"点王元逵,其妙在"锐师"二字。言王元逵目无朝廷,竟以显示军威而索娶,见朝廷之屈服节镇。开首便将晚唐藩镇跋扈、皇帝软弱无力的局势拧出。三、四"昔""今"对举。"昔"指王庭凑,"今"指王元逵。文宗大和八年(834)王庭凑死,其子王元逵借割据袭成德节度。言昔日文宗只"忧"庭凑之迷乱无礼,而一味姑息,未加讨伐,以致今日元逵更其桀骜不驯而送王姬安抚之。不言王元逵"索娶",而言文宗"分送",警讽尤为深至。钱木庵《唐音审体》云:"'分'字深痛,言竟似本分当然也。"

　　五、六揭示事情的性质。言以下降公主羁縻藩镇,实与以公主和番强虏无异;此等殊礼实已超越宗室之恩遇,言其超常越礼,不合朝廷常制。七、八则预为忧虑,言四方皆是节镇,此启其端,则自今而后恐无已时,言外各镇皆以武力割据,威胁朝廷,则有几多公主可以"下降"乎?程梦星曰:文宗"畏藩镇而以婚姻结之",义山"咎其既往且忧方来也"。张采田评曰:"诗愤朝廷姑息,语特正大。"

　　按诗为开成二年(837)作。时义山方进士及第,文宗尚在世。以一新进而敢于讽议时政失误,抨击藩镇跋扈,且其反应之迅捷,持论之严正,语言之明快犀利,讽谏之委婉含蓄,实为不可多得之政治诗。

哭刘司户蒉

路有论冤谪^①，言皆在中兴^②。

空闻迁贾谊^③，不待相孙弘^④。

江阔惟回首，天高但抚膺^⑤。

去年相送地，春雪满黄陵。

[注释]

①"路有"句：何焯曰："言行道为之嗟伤也。"

②中兴：由衰微而复兴。中，再。《诗·大雅·烝民序》："任贤使能，周室中兴焉。"

③迁贾谊：迁，超迁，升迁。《史记·贾生传》："文帝召以为博士，说之，超迁。"

④相孙弘：武帝初，公孙弘使匈奴，还报，不合意，称病免归。至元朔中，为丞相。见《汉书·公孙弘传》。相，用如动词。贾谊，公孙弘皆以指刘蒉。

⑤抚膺：手按胸膛。《列子·说符》："抚膺而恨。"

[点评]

一、二路人议论刘蒉之冤谪，忆念当年刘对策所言皆为国家中兴之计。三、四紧接一、二，言路人空闻刘蒉将如贾谊，为朝廷召回升迁，然不待超迁而刘已身逝。五、六点"哭"。刘蒉自柳州放还，游湖湘、荆楚，或客死盆浦江滨（据刘学锴笺），故有"江阔"云云。"江阔""天高"，"回首""抚膺"，极寥廓苍茫，哀思悲痛之致，又含沉冤莫诉、天高难问之意。末言忆去年相别，正春雪黄陵，不意遽成永诀！屈复云："结忆往事，字中有泪。"

　　诗作于大中三年（849）。

有感二首

乙卯年有感，丙辰年诗成①

九服归元化②，三灵叶睿图③。

如何本初辈，自取屈氂诛④？

有甚当车泣⑤，因劳下殿趋⑥。

何成奏云物⑦？直是灭萑苻⑧。

证逮符书⑨密，辞连⑩性命俱。

竟缘尊汉相⑪，不早辨胡雏⑫。

鬼箓⑬分朝部，军烽照上都⑭。

敢云堪恸哭，未必怨洪炉⑮！

其　二

丹陛犹敷奏⑯，彤庭欻战争⑰。

临危对卢植⑱，始悔用庞萌⑲。

御仗收前队⑳，兵徒剧背城㉑。

苍黄五色棒㉒，掩遏一阳生㉓。

古有清君侧㉔，今非乏老成㉕。

素心㉖虽未易，此举太无名。

谁暝衔冤目，宁吞欲绝声？

近闻开寿宴，不废用咸英㉗。

[注释]

①有感：自注"乙卯年有感，丙辰年诗成"。据新、旧《唐书》李训、郑注等传记载，文宗大和九年（835）十一月二十一日，韩约奏"金吾院石榴开，夜有甘露"，文宗令宦官左右军中尉仇士良、鱼弘志帅诸宦往视，而伏官健执兵于丹凤门外，冀将宦者一网打尽。仇士良等至左仗，闻幕下有兵声，惊恐走出，即举软舆挟持文宗，并率禁兵五百人露刃出，遇人即杀，李训、郑注及宰相王涯等族灭者十一家，史称"甘露之变"。第二年春，李商隐作《有感二首》。

②"九服"句：九服，指全国疆土；元化，帝王德化，称颂文宗之辞。《周礼·夏官》："职方氏辨九服之邦国。"云方千里为王畿，其外依次各方五百里，为侯服、甸服、男服、采服、卫服、蛮服、夷服、镇服、藩服。

③"三灵"句：三灵，指天、地、人，或谓天神、地祇、人鬼。叶，合，协。睿图，帝王之谋划、谋算。意谓天、地、人三灵皆协合文宗治国之谋划，亦称颂之辞。或谓三灵指日、月、星，用于此处不合。班固《典引》"答三灵之蕃祉"，李善注："三灵，天、地、人也。"又《魏书·孙绍传》："事恢三灵，仁洽九服。"三灵与九服对，亦指天、地、人。《隋书·音乐志下》："睿图作极，文教遐宣。"《旧唐书·王彦威传》："虔奉睿图，辄纂事功，庶裨圣览。"

④"如何"二句：言李训等原可如袁绍之捕杀阉人，何乃谋浅而反遭宦者族诛如刘屈氂。袁绍字本初。《后汉书·袁绍传》："中常侍段珪等杀何进，劫帝及陈留王走小平津。绍勒兵捕诸阉人，无少长皆杀之，死者二千余人。"刘屈氂，汉武庶兄中山靖王子，征和二年（前93）为左丞相，为内者令郭穰告发，诏载"厨车以徇，要（腰）斩东市，妻、子枭首华阳街"，事见《汉书·刘屈氂传》。

⑤当车泣：《汉书·袁盎传》："上朝东宫，宦者赵谈骖乘。盎伏车前曰：'天子所与共六尺舆者，皆天下豪英，奈何与刀锯之余共载？'于是上笑，下赵谈，谈泣下车。"

⑥下殿趋:《梁书·武帝纪》:"大通中谚曰:'荧惑入南斗,天子下殿走。'"

⑦云物:云气、云彩,指所谓夜降甘露之祥瑞。葛洪《抱朴子·知止》:"蹈云物以高骛,依龙凤以竦迹。"

⑧灭萑苻:《左传·昭公二十年》:"郑国多盗,取人于萑苻之泽,子太叔兴兵攻之。"冯浩曰:"或谓宦官率兵杀训、注等,反似灭此众盗。"

⑨证逮符书:证逮,取证辞以逮捕。符书,逮捕之官书文告。《史记·五宗世家》:"请逮勃所与奸诸证。"《汉书·杜周传》:"诏狱益多,章大者连逮证案数百。"

⑩辞连:供辞株连。

⑪汉相:《汉书·王商传》:王商"长八尺余,身体鸿大,容貌甚过绝人。河平四年,单于来朝,引见白虎殿。""单于仰视商貌,大畏之,迁延却退。天子闻而叹曰:'此真汉相矣!'"据新、旧《唐书》载:李训亦容貌魁伟,神情洒落,宦者见训,皆震慑迎拜叩首。此"汉相"借指李训。

⑫胡雏:喻指郑注。《旧唐书·郑注传》:"注本姓鱼,冒姓郑氏,故号'鱼郑',时人目之为水族。"此处以石勒比之。《晋书》:"石勒年十四,倚啸上东门。王衍顾谓左右曰:'向者胡雏,吾观其声视有异志,恐将为天下患。'遣使收之,会勒已去。"

⑬鬼箓:登录死者之名册。魏文帝《与吴质书》:"观其姓名,已为鬼箓。"

⑭上都:西京、长安。《旧唐书》:"至德元载,号西京曰上都。"

⑮"未必"句:言甘露之变皆由人事,不必怨天怨地。洪炉,大炉,指天地。《庄子·大宗师》:"今一以天地为大炉,以造化为大冶。"葛洪《抱朴子·勖学》:"鼓九阳之洪炉,运大钧乎皇极。"杜甫《行次昭陵》:"指麾安率土,荡涤抚洪炉。"皆以喻天地。

⑯"丹陛"句:丹陛,宫殿赤色的台阶,借指殿廷。《隋书·薛道衡传》:"趋事紫宸,驱驰丹陛。"敷奏,陈奏。《尚书·舜典》:"敷奏以言,明试以功,车服以庸。"孔传:"敷,陈;奏,进也。"

⑰"彤庭"句:彤庭,亦作彤廷,朝堂。因以朱漆涂饰,故称。班固《西都赋》:"于是玄墀扣砌,玉阶彤庭。"亦泛指宫廷、皇宫。欻,忽,迅捷。

⑱卢植:义山自注:"是晚独召故相彭阳公入。"彭阳公,指令狐楚。此处显以楚比卢植。《后汉书·卢植传》:"大将军何进谋诛宦官,乃召董卓以惧太后。植知

卓凶悍难制，必生后患，固止之，进不从。及卓至，果陵虐朝廷，议欲废立。群臣无敢言，植独抗议不同，卓怒罢令。"

⑲庞萌：《后汉书·庞萌传》："平狄将军庞萌，为人逊顺，帝信爱之，使与盖延共击董宪。诏书独下延，而不及萌。萌疑，遂反。帝大怒，自将讨之，与诸将书曰：'吾尝以萌为社稷臣，将军得无笑其言乎？'"此以庞萌比李训。

⑳"御伏"句：谓文宗被挟入宣政门。《通鉴》："乘舆迤逦入宣政门，训攀舆呼益急，上叱之。宦者郗志荣奋拳殴其胸，偃于地。乘舆既入，门随阖。"

㉑背城：《左传·成公二年》："残师散卒，请收合余烬，背城借一。"言仇士良率兵从内出。

㉒"苍黄"句：苍黄，同仓惶，意慌张、匆忙。《魏志》裴注："太祖造五色棒，悬门左右各十余枚。有犯禁者，不避豪强，皆棒杀之。"五色棒，喻指金吾卫士、台府从人等抱关守门、游徼小吏等苍黄拒击。

㉓"掩遏"句：掩遏，壅塞、阻遏。甘露事变在十一月，正冬至时。刘学锴、余恕诚曰：《易复》："后不省方。"孔颖达疏："冬至一阳生，是阳动而阴复静也。"按冬至后日渐长，古代以为阳气初动，故称冬至为一阳生。

㉔清君侧：《公羊传》："晋赵鞅兴晋阳之甲，以逐荀寅、士吉射者，逐君侧之恶人也。"

㉕老成：谓年高有德之大臣。《尚书·盘庚上》："汝无侮老年人，无弱孤有幼。"《后汉书·和帝纪》"老成黄耇"，李贤注："老成，言老而有成德也。"

㉖素心：本心。《晋书·孙绰传》："虽《北风》之思，感其素心，目前之哀，实为交切。"李白《赠从弟南平太守之遥》："素心爱美酒，不是顾专城。"

㉗"不废"句：言《咸池》《六英》之乐并未废弃。《乐纬》："黄帝乐曰《咸池》，帝喾乐曰《六英》。"《旧唐书·王涯传》："文宗以乐府之音郑卫太甚，命涯询于旧工，取开元时雅乐，选乐童按之，名曰《云韶乐》。乐成，上悦，赐涯等锦绨。"是则《咸》《英》雅乐为涯所定，今涯为族灭，朝廷能无闻乐而悲哉！

[点评]

大和九年(835)十一月，文宗与宰相李训、凤翔节度使郑注等密谋诛宦官，伪称"金吾仗院石榴开，夜有甘露"，谋诱宦官往视而伏杀之。事未成，李训、郑注、王涯等皆为宦者捕杀，族灭十一家，诛死数千人，史称"甘露之变"。此变若就李训之才疏谋浅,郑注之人品、动机,以及总体之谋划、策略而言,甚未足谓,然就其反对宦官言,乃有其可嘉之处。似此具"两面性"之事件,极难予确当之评论。李商隐以其深邃之思想,冷峻之史笔,于事变后仅数月,即成此《有感二首》,实为难得。

"素心虽未易,此举太无名",为商隐对乙卯诛宦及李训个人之总评价。言其诛灭宦官,本心实忠于朝廷,然而仓促行事,近于胡来。条分之,则商隐于"甘露之变"约有以下深刻而不易之见解。其一,指出李训等诛杀宦官之行动,时机并不成熟。"九服归元化,三灵叶睿图",言其时朝野尚为平静,君主亦英明有所为。言外宦官篡弑废立之事未见征候,诛杀之,实操之过急。其二,指出未能倚重老成大臣,事起仓促,筹划未周。"古有清君侧,今非乏老成"。既肯定诛杀宦者之正义性,又指出老成持重之大臣如令狐楚等皆未与其事,宰相王涯等至被杀而不知其情。如此朝廷大策,本应从长计议,周密谋划,乃于"丹陛敷奏"之时而"歘发战争",结果只能是"苍黄五色棒,掩遏一阳生"了。其三,伪称"石榴开花,夜降甘露",亦如同儿戏,老奸巨猾之仇士良、鱼弘志又岂能哄赚?"何为奏云物,直是灭萑苻"!结果是如刘屈氂之自取诛灭,而文宗则"下殿趋"走,株连数千人登上"鬼箓"。其四,指出败事虽由李训、郑注,然事起于文宗;文宗优柔寡断,急于成事,又不能知人善任。"竟缘尊汉相,不早辨胡雏"。直至败事之后才"临危对卢植,始悔用庞萌"。

《有感二首》立论精严,评论精当,可谓形象之史评。即于李于郑,亦严加区分。李训只是才疏无谋,空谈误国,原其本心,则在诛宦。而郑注则是阴险小人,谗事文宗,企图借诛灭宦官而操纵朝廷,包揽大权。故于《有感二首》外,又在《行次西郊作一百韵》中予以讽刺揭露。

一般言之,一起重大事件,于发生之时或之后未久,极难做出确评。不仅因许多当事者尚健在,难免以甲就乙,言不由衷,更因人们于事件之认识有逐步深化之过程,且事件本身亦须经历史之淘洗,始能刷其表象,显露其本质真实。商隐能于数月后确切精当地评价"甘露之变",其把握现实及深刻之判断力,当以深邃之思想家、冷峻之史学家目之。

李商隐一介书生,于宦竖横行杀戮之时,以其诗心铁胆,不顾个人安危而发此震聩之声,实皆植根于维护朝廷,忧国忧民之爱国思想。李商隐应是晚唐一位热烈而清醒的爱国者。

重有感①

玉帐牙旗得上游②,安危须共主君忧。

窦融表已来关右③,陶侃军宜次石头④。

岂有蛟龙愁失水,更无鹰隼与高秋⑤。

昼号夜哭兼幽显⑥,早晚星关⑦雪涕收。

[注释]

①重有感:此前有《有感》二首,自注:"乙卯年有感,丙辰年诗成。"三首皆咏"甘露之变"。

②"玉帐"句:玉帐,军幕,中军主将所居。牙旗,将军之旌,杆上以象牙饰之。得上游,言得上游之利便。冯浩笺云:"从上游来压人之义,以喻慑服中官也。"

③"窦融"句:窦融,光武帝将,喻指刘从谏。意谓表已至京师。

④"陶侃"句:陶侃,亦借指从谏。《晋书·陶侃传》载:苏峻作逆,侃军次石头,斩峻于阵。"须共""宜次"寄希望并敦促之意。

⑤"岂有"二句:《管子·形势》:"蛟龙,水虫之神也;乘水则神立,失水则神废。人主,天下有威者也;得民则威立,失民则威废。"《左传·文公十八年》:"见无礼于其君者,如鹰隼之逐鸟雀也。"意谓岂有人主之愁失威权者,盖无鹰隼之搏击恶敌也。

⑥幽显:幽,指冤死者如王涯辈十一族;显,生者,谓士大夫不附宦官者。

⑦星关:天门,以喻宫阙、皇居。

[点评]

此篇为甘露变后为刘从谏作。安史乱后,唐政权掌于宦者之手,引起一部分朝官的不满和反对。大和九年(835)十一月,文宗与李训(宰相)、郑注(凤翔节度使)合谋诛杀宦官,由李训谎奏金吾厅石榴上有甘露,准备在宦官仇士良、鱼弘志率众宦者前往观看时,将其杀尽。仇士良在往金吾厅行道上发现伏兵,急挟文宗入宫,并派神策兵搜捕。李训、郑注及其他宰辅如王涯、舒元舆、贾𫗧等均被杀,史称此次事变为"甘露之变"。其时诸节镇皆钳默,唯昭义节度使刘从谏三上疏问杀王涯等之罪名,云:"谨修封疆,缮甲兵,为陛下腹心。如奸臣难制,誓以死清君侧。"书闻,人人传观,仇士良惕惧,有所收敛。

一、二言刘从谏有"得上游"以兴兵勤王之利便,既《疏》云"缮甲兵""清君侧""则须迅即起兵以分君上之忧"。三句"已来"指刘从谏上疏,四句"宜次",敦促刘从谏从速带兵进入京师。"石头城",东晋京都,诗以比长安。五句言君主无受制之理,六句感叹无"鹰隼"之逐恶人。纪晓岚云:"揭出大义,压伏一切,此等处是真力量。"七言受诛之人,含冤之众昼号夜哭,神人共愤,末句回应"宜次",望其速来京师以诛君侧之恶,雪涕而收之。

施补华《岘佣说诗》评云:"义山七律,得于少陵者深。故秾丽之中,时带沉郁。如《重有感》《筹笔驿》,气足神完,直登其堂、入其室矣。飞卿华而不实,牧之俊而不雄,皆非此公敌手。"

哭刘蕡①

上帝深宫闭九阍②,巫咸不下问衔冤③。

黄陵别后春涛隔④,溢浦书来秋雨翻⑤。

只有安仁能作诔⑥,何曾宋玉解招魂⑦?

平生风义兼师友,不敢同君哭寝门⑧。

[注释]

①刘蕡:字去华,昌平人,见《赠刘司户蕡》。

②九阍:九天之门。《离骚》:"吾令帝阍开关兮,倚阊阖而望予。"

③巫咸:古神巫,当作巫阳。《楚辞·招魂》王逸注:"巫阳受天帝之命,因下招屈
原之魂。"何焯曰:"以文义论之,当作巫阳。然六朝人及老杜已有作巫咸者,此
沿其误。"

④黄陵:在岳州湘阴县(今湖南湘阴),即二妃所葬之地。

⑤溢浦:溢浦口在溢江长江之交合处,今九江市西。

⑥安仁:晋潘岳字安仁,善为诔奠之文。

⑦解招魂:宋玉怜屈原魂魄放佚,作《招魂》。

⑧哭寝门:《礼记·檀弓》:"孔子曰:'师吾哭诸寝,朋友吾哭诸寝门之外。'"

[点评]

首联反用宋玉《招魂》事,言屈平虽冤死,有天帝命巫咸为之招魂。对于刘
蕡,上帝却高居深宫,重门紧闭,不致一问;而巫咸亦不下界为刘申冤。起联即指

明刘为冤死,朝廷应为刘申雪。刘蕡字去华,昌平(今北京)人。文宗大和二年(828)应贤良方正直言极谏科,痛斥宦官专权、藩镇跋扈,指出"宫闱将变,社稷将危,天下将倾,海内将乱"(《旧唐书》本传)。主考因惧宦官嫉恨,竟使刘落取。开成元年(836),刘与义山同在令狐楚兴元(今陕西汉中)幕,交谊深挚,肝胆相契,故起即为之鸣冤。

三句推开,转言客春在黄陵与刘匆匆晤别,春涛远隔;四句点明刘蕡遽逝,溢浦书来,正值长安秋雨翻盆。刘学锴据此,云"蕡之卒于溢浦即可大体肯定"。则"书来"当为蕡卒后,友人或刘家室致讣告于义山,则其逝又当更前。

五、六进一步写"哭",用潘岳作诔,宋玉招魂事。言我只能如安仁为作哀悼之文字,即使如宋玉为屈平招魂,又如何使你魂魄复返?

七、八结至平生情谊,不唯益友,亦是良师,言刘蕡一生品德节操,可以为师;"兼师友",偏指为师。孔子云:死者是师,当于内寝哭吊;死者是友,则于寝门之外哭吊。义山言己不能与刘蕡等同为友,不敢于寝门外哭,而应哭于内寝。

纪晓岚评曰:"悲壮淋漓,一气鼓荡。"管世铭可谓义山知音,于《读雪山房唐诗序例》中云:"观义山《哭刘蕡》诗,知非仅工词赋者。"

杜工部^① 蜀中离席

人生何处不离群?世路干戈惜暂分。

雪岭未归天外使,松州犹驻殿前军^②。

座中醉客延醒客^③,江上晴云杂雨云^④。

美酒成都堪送老,当垆仍是卓文君^⑤。

[注释]

①杜工部:指杜甫。此言诗拟杜工部体,而以《蜀中离席》为题。

②"雪岭"二句:雪岭在松州嘉城县(今四川松藩),唐时与吐蕃、党项接壤,战云常罩,故赴天外之使未归而朝廷军队犹驻。

③"座中"句:《楚辞·渔父》:"举世皆浊我独清,众人皆醉我独醒。"客已醉本可离席,无奈"醉客"又延留也。"醉客"比黩于时局者。

④晴云雨云:喻蜀中松藩之局势未稳。

⑤"美酒"二句:反讽"醉客"之安于逸乐,不忧国事。

[点评]

　　此拟杜工部之作,不必有"拟"字。纪晓岚云:"《集》中《韩翃舍人即事》亦此例。"诗为大中六年(852)初赴西川推狱毕将归东川时作。

　　一、二言人生聚散无常,所可惜者干戈未平而须暂分手,起即蕴忧国忧边之情。一退一进,大开大合。三、四应"世路干戈""未归""犹驻",正边事不息之可忧也。五、六正写离席,"醉客",不忧边事而安于逸乐者;"醒客"自谓,言"众人皆醉而我独醒"。"晴云雨云",喻边地形势变幻不定。七、八应"醉客",反讽彼等不务边事,却逗留成都耽于逸乐。管世铭曰:"善学少陵七言律者,终唐一世,惟李义山一人。胎息在神骨之间,不在形貌。"

井　络

井络天彭一掌中,漫夸天设剑为峰①。

阵图②东聚烟江石,边柝西悬雪岭松③。

堪叹故君成杜宇④,可能先主是真龙⑤？

将来为报奸雄辈⑥,莫向金牛访旧踪⑦。

[注释]

①"井络"二句:井络,进宿之分野,此指岷山。天彭山在今四川灌县。剑峰,大、小剑山,即剑阁。二句意谓蜀中形势虽险而不足恃,以朝廷视之,不过一掌之中耳。

②阵图:诸葛亮造八阵图,东跨故累,皆累细石为之。

③"边柝"句:边柝,守边军士打更用的梆子。柝,军中刁斗。雪岭,在今四川松藩县,唐时与吐蕃、党项接壤。

④成杜宇:化为杜鹃。用望帝失国化鹃事。

⑤"可能"句:可能,岂能。此句应读为"先主岂能是真龙",真龙,所谓"真命天子"。《三国志·周瑜传》:"周瑜曰:'刘备非久为人用者,恐蛟龙得云雨,终非池中物也。'"

⑥"将来"句:将来,持来。奸雄辈,指企图割据蜀中之藩镇。《三国志·魏武帝纪》注引《异同杂语》:"操尝问许攸:'我何如人?'攸曰:'子治世之能臣,乱世之奸雄。'"

⑦金牛旧踪:金牛道,古由秦入蜀之道。《十三州志》:"秦惠王未知蜀道,乃刻石五头,置金于尾下,言此天牛,能粪金。蜀人信之,令五丁共引牛成道,致之成都。秦国使张仪伐之。"

[点评]

前半言蜀地山川之险不足恃也:山有井络、天彭,阁有大小剑门;东有烟江阵图,西有雪岭传柝,形势险峻,然"漫夸"之,不足为恃。五六以史事申足"漫夸",言古巴国望帝早化杜鹃哀鸣;刘备据蜀,有诸葛辅之,终未能成大事。七、八"为报"云云,警戒妄图据蜀自固者,莫蹈金牛旧踪之辙！金圣叹解云:"此先生深忧巴蜀之国江山险峻,或有草窃据为要害,而特深著严切之辞,以为预戒也。"纪晓岚评曰:"立论正确,诗格自高;五、六唱叹指点,用事精切。"

行次西郊作一百韵

蛇年建丑月①,我自梁还秦②。

南下大散岭③,北济渭④之滨。

草木半舒坼⑤,不类冰雪晨。

又若夏苦热,燋卷⑥无芳津。

高田长檞枥,下田长荆榛⑦。

农具弃道旁,饥牛死空墩。

依依过村落,十室无一存。

存者背面啼,无衣可迎宾。

始若畏人问,及门还具陈⑧。

右辅⑨田畴薄,斯民常苦贫。

伊昔称乐土,所赖牧伯⑩仁。

官清若冰玉⑪,吏善如六亲⑫。

生儿不远征,生女事四邻⑬。

浊酒盈瓦缶,烂谷堆荆囷⑭。

健儿庇旁妇⑮,衰翁舐⑯童孙。

况自贞观后,命官多儒臣。

例以贤牧伯,征入司陶钧⑰。

降及开元中,奸邪挠经纶⑱。

晋公忌此事⑲,多录边将勋。

因令猛毅辈⑳,杂牧㉑升平民。

中原遂多故,除授非至尊。

或出幸臣辈,或由帝戚恩。

中原困屠解㉒,奴隶厌肥豚。

皇子弃不乳㉓,椒房抱羌浑㉔。

重赐竭中国㉕,强兵临北边。

控弦㉖二十万,长臂皆如猿㉗。

皇都三千里,来往同雕鸢㉘。

五里一换马,十里一开筵㉙。

指顾㉚动白日,暖热回苍旻㉛。

公卿辱嘲叱,唾弃如粪丸㉜。

大朝会万方㉝,天子正临轩㉞。

彩旗转初旭,玉座当祥烟。

金障㉟既特设,珠帘亦高褰㊱。

捋须塞不顾㊲,坐在御榻前。

忤者死跟屦,附之升顶颠㊳。

华侈矜递炫㊴,豪俊㊵相并吞。

因失生惠养,渐见征求频㊶。

奚寇㊷东北来,挥霍㊸如天翻。

是时正忘战^⑭，重兵多在边。

列城绕长河，平明插旗幡^⑮。

但闻虏骑入，不见汉兵屯。

大妇抱儿哭，小妇攀车辐^⑯。

生小太平年，不识夜闭门。

少壮尽点行，疲老守空村。

生分作死誓，挥泪连秋云。

廷臣例獐怯^⑰，诸将如羸^⑱奔。

为贼扫上阳^⑲，捉人送潼关。

玉辇望南斗^⑳，未知何日旋。

诚知开辟^㉑久，遘此云雷屯^㉒。

逆者问鼎大^㉓，存者要高官。

抢攘互间谍^㉔，孰辨枭与鸾^㉕。

千马无返辔，万车无还辕^㉖。

城空雀鼠死，人去豺狼喧。

南资竭吴越，西费失河源^㉗。

因令右藏库^㉘，摧毁惟空垣。

如人当一身，有左无右边。

筋体半痿痹^㉙，肘腋生臊膻^㉚。

列圣^㉛蒙此耻，含怀^㉜不能宣。

谋臣拱手立，相戒无敢先。

万国困杼轴^㉝，内库无金钱。

健儿立霜雪,腹歉^⑥衣裳单。

馈饷^⑥多过时,高估铜与铅^⑥。

山东望河北,爨烟犹相联。

朝廷不暇给,辛苦无半年^⑥。

行人榷行资^⑥,居者税屋椽^⑥。

中间遂作梗^⑦,狼藉用戈铤^⑦。

临门用节制,以锡通天班^⑦。

破者以族灭,存者尚迁延^⑦。

礼数异君父^⑦,羁縻^⑦如羌零。

直求^⑦输赤诚,所望大体全。

巍巍政事堂^⑦,宰相厌八珍^⑦。

敢问下执事^⑦,今谁掌其权?

疮痍^⑧几十载,不敢抉^⑧其根。

国蹙^⑧赋更重,人稀役弥繁。

近年牛医儿^⑧,城社更攀援^⑧。

盲目把大旆,处此京西藩^⑧。

乐祸忘怨敌,树党多狂狷^⑧。

生为人所惮,死非人所怜^⑧。

快刀断其头,列若猪羊悬。

风翔三百里,兵马如黄巾。

夜半军牒^⑧来,屯兵万五千。

乡里骇供亿^⑧,老少相扳牵^⑨。

儿孙生未孩^⑨,弃之无惨颜。

不复议所适,但欲死山间^⑫。

尔来^⑬又三岁,甘泽^⑭不及春。

盗贼亭午^⑮起,问谁多穷民。

节使杀亭吏,捕之恐无因^⑯。

咫尺不相见,旱久多黄尘。

官健^⑰腰佩弓,自言为官巡。

常恐值荒迥^⑱,此辈还射人^⑲。

愧客问本末^⑩,愿客无因循^⑪。

郿坞抵陈仓,此地忌黄昏^⑫。

我听此言罢,冤愤如相焚^⑬。

昔闻举一会,群盗为之奔^⑭。

又闻理^⑮与乱,系人不系天。

我愿为此事,君前剖心肝。

叩头出鲜血,滂沱污紫宸^⑯。

九重黯已隔^⑰,涕泗空沾唇。

使典作尚书,厮养为将军^⑱。

慎勿道此言,此言^⑲未忍闻。

[注释]

①蛇年建丑月:蛇年,文宗开成二年(837)。建丑月,十二月。夏历建寅,腊月为
丑。

②梁:梁州,即兴元府,今陕西汉中市。秦,指长安。

③大散岭:今宝鸡西南。

④渭:渭河。

⑤坼:燥裂。

⑥燋卷:枯槁卷缩。《山海经》:"十日所落,草木燋卷。"此言干旱。

⑦檞栎荆榛:丛生之杂木。二句互文,谓不论高田、下田,皆长不材之木,一片荒芜。

⑧"及门"句:到了家门。具陈,一一诉说。《古诗》:"今日良宴会,欢乐难具体。"何焯曰:"此下皆述具陈,至末方自发议论,章法绝佳。"此上为第一段,述京郊所见农村荒芜破败情况,引出村民之陈诉。

⑨右辅:京城近地为"辅",取其辅卫之意。右辅,凤翔及扶风故地。

⑩牧伯:州郡最高长官。

⑪冰玉:喻为官清廉。《晋书·贺循传》:"循冰清玉洁。"

⑫六亲:《周礼·地官·大司徒》注:"六亲,父母兄弟妻子也。"

⑬事四邻:嫁给邻舍,言不远嫁。

⑭荆囷:荆条编成之圆形谷仓。

⑮旁妇:指妾或外妇,亦作旁妻。《汉书·元后传》:元后父"禁有大志,不修廉隅,好酒色,多取傍妻"。旁、傍通。此谓一个健壮的男子正妻外能再养活旁妇,表示其生活富裕。

⑯舐:用舌沾物曰舐,此喻老人之爱孙子。《后汉书·杨彪传》:"犹怀老牛舐犊之爱。"

⑰"征入"句:征入,内调入京。司陶钧,指担任宰相。钧,制陶器的模子,下圆,旋转成陶器,故称陶钧。《汉书·邹阳传》:"圣王制世御俗,独化于陶钧之上。"注:"盖取周回调钧耳。言圣王制驭天下,亦犹陶者转钧。"何焯曰:"宰相非人,以天官私非材,则小者草窃,大者叛乱相仍,未有已也。故就前事缕陈之。"以上为第二段一层,追叙唐前期由于宰辅与地方州牧得人,故社会安定,人民生活富裕。

⑱挠:乱。经纶:清理丝绪,加以排列,谓之经;将同类丝组合一起,谓之纶。《礼记·中庸》:"唯天下至诚为能经纶天下之大经。"此处为名词,喻国家纲纪。

⑲"晋公"句:李林甫开元二十五年(737)封晋国公。此事,即上文所云儒臣执政和征调贤明州牧为宰相事。

⑳猛毅辈:指凶猛横暴之边将。《管子·法法》:"猛毅之君。"

㉑杂牧:胡乱治理。

㉒屠解:屠戮、肢解。朱鹤龄曰:"言视民如牛狗,屠之解之。"

㉓"皇子"句:指李林甫谗杀太子瑛、鄂王瑶、光王琚。

㉔"椒房"句:后妃宫室以椒和泥涂壁,此代杨贵妃。羌浑,泛指外族,此指安禄山。言"抱"云云,指贵妃以禄山为养子,行洗儿事。《安禄山事迹》:"禄山生日后三日,明皇召入内,贵妃以锦绣绷缚禄山,令内人以彩舆异之,欢呼动地,云贵妃与禄儿做三日洗儿。"

㉕中国:中原。

㉖控弦:拉弓射箭,指兵士。

㉗长臂如猿:矫健善射。《史记·李将军传》:"李广为人长,猿臂,善射。"

㉘雕鸢:鹫和鹞鹰,猛禽之属。

㉙"五里"二句:《旧唐书·安禄山传》:禄山晚益肥,"每乘驿入朝,半道必易马,号'大夫换马台',不尔,马辄仆。"《安禄山事迹》:"乘驿诣阙……飞盖荫野,东骑云屯,所止之处,皆赐御膳,水陆必备。"

㉚指顾:手指目顾。

㉛苍旻:《尔雅》:"春为苍天,秋为旻天。"白日、苍旻均喻指皇帝。

㉜粪丸:蜣螂所排粪便。《古今注》:"蜣螂能以土包粪,转而成丸。"

㉝大朝:隆重的朝会。《穆天子传》:"己未,天子大朝于黄之山。"万方:万邦,指各路诸侯、地方长官。

㉞临轩:在殿前轩槛接见群臣朝贺。

㉟金障:金色屏风。

㊱高褰:高高卷起。

㊲"捋须"句:言安禄山手捋胡须,傲慢而无所顾忌。褰,骄褰,傲慢。《左传·哀公六年》注:"偃蹇,骄傲。"

㊳"忤者"二句:意谓逆其意则立死其践踏之下,附顺者则立升高位。跟屦,足后跟之履。顶颠,头顶,喻指高位。

㊴"华侈"句:言接连以华侈之事以相炫耀。华侈,豪华奢侈。矜递炫,应读为递矜炫。递,接连;矜炫,炫耀、夸耀。

㊵豪俊:指权势者。

㊶"因失"二句:言执政不以惠爱养民为意,而赋征剥削日益频繁。何焯曰:"二

层。"以上第二段第二层,叙开元、天宝以来,由于李林甫之乱政,安禄山之拥兵跋扈,朝政日趋腐败。

㊷奚寇:指安史叛军。《安禄山事迹》:"天宝十四载(755)十一月十九日起兵反。"

㊸挥霍:行动迅捷貌。

㊹忘战:指天下承平日久。

㊺"列城"二句:意谓叛军连夜攻打沿河相近之城邑,到天亮时即已攻陷,插上叛军旗幡。列城,城邑之相近者。《左传·僖公十五年》:"赂秦伯以河外列城五。"

㊻车帷:车两旁障蔽尘泥的帷幕。

㊼例獐怯:言皆如獐子之胆怯。《韵会》:"獐性善惊,故从章。章者,惇惶也。"

㊽羸:瘦羊。

㊾扫上阳:扫除上阳宫,指唐降臣为叛军扫除东都官殿,助贼为虐。

㊿望南斗:指玄宗奔蜀。

(51)开辟:原指开天辟地,此言唐之立国。

(52)遘:遭逢。云雷屯:《易》:"云雷屯,刚柔始交而难生。"言云雨雷电交合,不免遭此巨大之灾变。

(53)"逆者"句:《左传·宣公三年》:"定王使王孙满劳楚子,楚子问鼎之大小轻重焉。"问鼎指有觊觎王室之意。言叛军企图取唐室而代之。

(54)抢攘:纷乱。互间谍:互相侦伺。

(55)枭与鸾:奸邪叛乱与忠于朝廷者。枭,猫头鹰,喻凶恶者。鸾,鸾凤,喻忠贞者。

(56)"千马"二句:言伐叛之军往往全军覆没。何焯曰:"三层。"以上为第二段第三层,叙安史之乱,百姓横遭劫难,皇帝朝臣离京逃窜,藩镇乘乱谋私,举国上下一片混乱。

(57)"南资"二句:言东南吴越一带及西北河西、陇右地区所供朝廷的财政费用已消耗一空。

(58)右藏库:唐朝廷设左、右藏库,左贮全国赋税,右藏四方所贡金玉珠宝。安史乱起,藩镇不复进献,故右藏唯存空垣也。

(59)痿痹:因偏瘫而萎缩麻木。

(60)臊膻:牛羊的腥臊之气,此指外族的入侵。

(61)列圣:指玄宗以后之历代皇帝。

⑥含怀：含藏心中。

⑥"万国"句：谓全国各地衣物匮乏。《诗·小雅·大车》："小车大车，杼轴其空。"言织机上空无一物。万国，四方。

⑥腹歉：腹中无物，吃不饱。

⑥馈饷：送军粮。

⑥"高估"句：中唐以后，江淮多铸铅锡钱，官府以实物折钱，故意高估钱币价值以克扣粮饷。

⑥"山东"四句：言华山以东到黄河以北一带，虽仍有居民，但朝廷无暇顾及，人民终年辛苦，犹无半年粮食。望，往，到。爨烟，炊烟，指有民居之处。

⑥"行人"句：言对商户征收行商税。行人，行商。榷，征收。

⑥税屋椽：征收房屋税。椽，屋顶木条以架瓦片者。《旧唐书·德宗纪》："四年，税间架钱。每屋两架为间，上者税钱二千，中税千，下税五百。"

⑦作梗：从中梗阻、捣乱。《北史·魏收传》："群氏作梗，遂为边患。"

⑦用戈铤：犹言动干戈。铤，矛属。

⑦"临门"二句：节，旌节；制，制书。《新唐书·百官志》：节度使"辞日，赐双旌双节。"中唐以后，节镇往往父子相袭造成事实，然后逼朝廷临门把旌节、文书送去追讨。锡，赐。通天班，即擎天班，宰相一级的官阶。中、晚唐节镇权重，往往检校同平章事衔，故云。

⑦迁延：观望拖延，继续割据。

⑦异君父：言藩镇对朝廷不像臣子对君父的礼数。

⑦羁縻：笼络、维系。

⑦直求：岂求。

⑦政事堂：宰相议政之处。

⑦厌八珍：厌同餍，饱食。八珍，精美的肴馔。

⑦下执事：下属听差之吏员，为村民称呼诗人之词。

⑧痞疽：喻国家之弊病。

⑧抉：剜却、挖出。

⑧国蹙：言朝廷直接控制的地区缩小了。蹙，缩小、狭窄。何焯曰："四层。"以上第二段第四层，叙安史乱后，朝廷财源枯竭，赋税苛重，内外危机越演越烈，而执政者腐败无能，一味加重对人民的剥削。

83牛医儿:后汉黄宪,父为牛医,人称牛医儿。此借指郑注。史载郑注以药术游长安,自言有金丹之术,宦官王守澄荐于文宗。

84"城社"句:言郑注如城狐社鼠,依托君主,作威作福。攀缘,攀附。《韩诗外传》卷七:"社鼠出窃于外,入托于社。灌之恐坏墙,熏之恐烧木。"《说苑·善说》:"孟尝君客曰:'臣未尝见稷狐见攻,城鼠见燻也。何则?所托者然也。'"

85"盲目"二句:《新唐书·郑注传》:"貌寝陋,不能远视。"盲目,双关,言其近视,又刺其政治上缺乏远见。把大斾,谓其持旌坐镇,任凤翔节度。凤翔辖京西,故称"京西藩"。

86"乐祸"二句:言郑注乐于制造事端而忘怨敌(指与李训共谋诛宦官事),其结交之党羽亦多为狂躁之辈。《论语·子路》:"狂者进取,狷者有所不为也。"此处狂狷则指狂躁褊急之士。

87"死非"句:言郑注、李训谋诛宦官不成,发生甘露之变,给朝廷、百姓以祸害,后虽诛死如下云"快刀断其头,列若猪牛悬",人们亦并不同情。汉成帝时童谣:"桂蠹花不实,黄雀巢其巅。昔为人所爱,今为人所怜。"此反其意。

88军牒:调兵之文书。

89供亿:供给匮乏,以得安适。《左传·隐公十一年》:"寡君惟是一二父兄,不能供亿。"此言禁军勒索财物以作军需,数字之大,令人惊弦。

90扳牵:谓相挽相携。因禁军勒索,百姓只好扶老携幼,四处逃亡。

91孩,小儿笑。《老子》:"如婴儿之未孩。"

92"但欲"句:言但求能在深山里安静地饿死,也胜为禁军所屠杀。何焯曰:"五层。"以上第二段第五层,叙甘露事变及京西人民遭受之灾难。

93尔来:近来,指甘露事变以来。

94甘泽:甘雨,及时雨。《荆楚岁时记》:"六月必有三时雨,田家谓之甘泽。"

95亭午:正午。《广雅》:"日在午曰亭午。"

96"节使"二句:冯浩曰:"言民穷为盗,节使不务求其源,而徒杀亭吏,则捕之终恐无因也。"

97官健:州县自征召之土兵。《旧唐书·代宗纪》:"州兵给衣粮者谓之官健。"

98荒迥:荒郊僻远之地。

99"此辈"句:言官健还自为盗。何焯曰:"灾荒之时,兵即为盗,千古一辙。"

100本末:因果,指造成变乱,田园荒芜,民生凋敝之由。

⑩无因循:不要多耽搁。

⑩忌黄昏:言路途兵祸连接,多不平静,至黄昏即不能通行。以上第二段第六层,叙甘露之变后,天灾人祸,兵自为盗,民亦随之而起,京西一带形势极危恐。自"右辅田畴薄"至此,借村民之口叙有唐一代治乱兴衰之迹,并揭示其致乱之根源。

⑩"冤愤"句:言感民之冤愤,忧心如焚。

⑩"昔闻"二句:《左传·宣公十六年》:"晋侯请于王,以黻冕命士会将中军,且为太傅,于是晋国之盗逃奔于秦。"会,即士会。意谓弭乱之源,在于政治清明,而政治清明,在于举用贤人。晋举荐一士会,则盗奔国平。

⑩理:义同"治"。

⑩"滂沱"句:滂沱,流溢貌。紫宸,唐代皇帝听政之便殿。

⑩"九重"句:宋玉《九辩》:"君之门兮九重。"九重,君门,借指皇帝。意谓皇帝为小人所蒙蔽。

⑩"使典"二句:使典,官府中之文书小吏。唐尚书省置左右仆射,分管吏、户、礼、兵、刑、工六部,各部亦设尚书一人,为中央朝廷之高级官吏。《旧唐书·李林甫传》:"玄宗欲以牛仙客为尚书,张九龄曰:'仙客本河湟一使典耳。'"厮养,析薪养马者,义同仆役,此指宦官。

⑩此言:指上述村民之具陈。以上为第三段,抒发作者的忧愤之情。

[点评]

　　感所恋而作艳体,感于国计民生而作史诗,此义山全人也。若非《行次西郊》《韩碑》。及甘露事变诸作传世,"浪子宰相,清狂从事"(贺裳《载酒园诗话》)如何洗刷!王荆公云,"古书之不存,后世之谬其传而莫能名者,何可胜道也哉!"因叹评诗之难存其真。此诗叙事抒情交融,而理自情出。最感人处在悲民瘼、感民苦。"高田长槲枥,下田长荆榛。农具弃道旁,饥牛死空墩。依依过村落,十室无一存。存者背面啼,无衣可迎宾";"但闻虏骑入,不见汉兵屯。大妇抱儿哭,小妇攀车辖";"少壮尽点行,疲老守空村。生分作死别,挥泪连秋云";"儿孙生未孩,弃之无惨颜。不复议所适,但欲死山间"……最后逼出"盗贼亭午起,问谁多穷民"这一中国封建社会农民起义原因的规律性总结。读李义山此诗胜读一部唐史,至其表达兴衰治乱之见解亦有可取者。参见《前言》(二)。

韩　碑①

元和天子神武姿②,彼何人哉轩与羲③。

誓将上雪列圣耻④,坐法宫中朝四夷⑤。

淮西有贼五十载,封狼生貙貙生罴⑥。

不据山河据平地,长戈利矛日可麾⑦。

帝得圣相相曰度⑧,贼斫不死神扶持⑨。

腰悬相印作都统,阴风惨澹天王旗⑩。

愬武古通作牙爪⑪,仪曹外郎载笔随⑫。

行军司马智且勇⑬,十四万众犹虎貔。

入蔡缚贼献太庙,功无与让恩不訾⑭。

帝曰汝度功第一,汝从事愈宜为辞。

愈拜稽首蹈且舞,金石刻画臣能为。

古者世称大手笔,此事不系于职司。

当仁自古有不让,言讫屡颔天子颐⑮。

公退斋戒坐小阁,濡染大笔何淋漓。

点窜尧典舜典字,涂改清庙生民诗⑯。

文成破体⑰书在纸,清晨再拜铺丹墀。

表曰臣愈昧死上，咏神圣功书之碑。

碑高三丈字如斗，负以灵鳌蟠以螭⑱。

句奇语重喻者少，谗之天子言其私⑲。

长绳百尺拽碑倒，粗砂大石相磨治。

公之斯文若元气，先时已入人肝脾。

汤盘孔鼎有述作⑳，今无其器存其辞。

呜呼圣皇及圣相，相与烜赫流淳熙㉑。

公之斯文不示后，曷与三五㉒相攀追？

愿书万本诵万过㉓，口角流沫右手胝㉔。

传之七十有三代㉕，以为封禅玉检明堂基㉖。

[注释]

①韩碑：指韩愈《平淮西碑》，见《韩昌黎全集》卷一。宪宗元和十二年（817）十月，宰相裴度率军平定淮西吴元济。十二月，诏命韩愈撰《平淮西碑》。

②神武：英明威武。《易·系辞上》："古之聪明睿知，神武而不杀者夫。"孔颖达疏："夫《易》道深远，以吉凶祸福威服万物，故古之聪明睿知神武之君，谓伏羲等用此《易》道能威服天下，而不用刑杀而畏服之也。"

③轩与羲：轩辕氏黄帝与伏羲氏。

④列圣耻：列圣，指玄宗、肃宗、代宗、德宗、顺宗。耻，言自安史乱后，藩镇割据，不遵朝命。

⑤"坐法宫"句：法宫，天子处事之正殿。《汉书·晁错传》："五帝神圣，其臣莫能及，故自新事，处法宫之中，明堂之上。"如淳曰："法宫，路寝正殿也。"按路寝，亦言正殿，正厅。《诗·鲁颂·閟宫》："松桷有舄，路寝孔硕。"毛传："路寝，止寝也。"张衡《西京赋》："正殿路寝。"薛综注："周曰路寝，汉曰正殿。"陆游《老学庵笔记》卷十："古所谓路寝，犹今言正厅也。"朝四夷，使动用法，使四方异族朝见。

⑥"封狼"句：封狼，大狼。《广雅·释诂一》："封，大也。"《诗·周颂·烈文》："无封靡于尔邦。"毛传："封，大也。"《淮南子·务修训》："封豨修蛇。"注："封，

大也。"按《说文通训定声》:"封,假借为丰。"丰,大也。貀,似狸而大,善挖土洞穴居。《说文》:"貀似狸,能捕兽。"罴,《尔雅》云:"似熊而长头高脚,猛憨多力。"封狼、貀、罴皆以喻淮西沿袭五十载之割据者。按自代宗大历末,淮西叛镇历李希烈、陈仙奇、吴少诚、吴少阳、吴元济,凡五十余年。

⑦可麾:可战。麾、挥通,指挥,挥动。《书·牧誓》:"王左杖黄钺,右秉白旄以麾。"

⑧"帝得"句:言宪宗得圣相裴度。《晏子春秋》:"仲尼,圣相也。"

⑨"贼斫"句:元和十年(815)六月,淄青节度使李师道为阻止朝廷攻讨淮西,派刺客暗杀主战宰相武元衡,却刺伤御史中丞裴度。裴度伤愈后拜相。神扶持,言似有神明暗中护卫。孙绰《天台赋》:"实神明之所扶持。"按《新唐书·裴度传》:"王承宗、李师道谋缓蔡兵,乃伏盗京师,刺杀宰相武元衡。又击度,刃三进,断靴,刺背裂中单,又伤首,度冒毡,得不死……骑人王义持贼大呼,贼断义手。度坠沟,贼意已死,因亡去。帝曰:'度得全,天也。'"

⑩"阴风"句:阴风,朔风。裴度平淮西在阴历十月,正朔风寒吼节气,此言隐含杀伐之风。杜甫《北征》:"阴风西北来,惨澹随回鹘。"惨澹,惨切凄凉。董仲舒《春秋繁露·治水五行》:"金用事,其气惨澹而白。"天王,天子。《春秋·隐公元年》:"秋七月,天王使宰咺来归惠公仲子之赗。"孔颖达疏:"天王,周平王也。"杜甫《忆昔》:"犬戎直来坐御床,百官跣足随天王。"天王旗,天子之旗帜。

⑪"愬武"句:愬武古通,指李愬、韩公武、李道古、李文通四将。牙爪,亦作爪牙,借喻武臣、将军。《诗·小雅·祈父》:"祈父!予王之爪牙。"《汉书·李广传》:"将军者,国之爪牙。"

⑫仪曹外郎:《新唐书·百官志》:"武德三年(620),改仪曹郎曰礼部郎中。"时李宗闵为礼部员外郎,冯宿为都官员外郎,李正封为司勋员外郎,皆兼侍御史为判官书记,从度出征。

⑬"行军司马"句:《旧唐书·宪宗纪》:"以右庶子韩愈兼御史中丞,充行军司马。"《新唐书·百官志》:"行军司马掌弼戎政。居则习蒐狩,有役则申战守之法,器械、粮糒、军籍、赐予皆专焉。"智且勇,此赞韩愈。何焯曰:"独提一句,分出宾主。"

⑭恩不訾:言恩遇之重不可计量。訾,量。王粲《咏史》:"结发事明君,受恩良不訾。"

⑮天子颔颐:指宪宗多次点头表示赞许。颔,下巴;颐,面颊,借言点头。

⑯"点窜"二句:言韩愈撰作碑文时斟酌推敲,力求合乎典诰雅颂之体式。《尧典》《舜典》,《尚书》篇名;《清庙》《生民》,《诗经》篇名。

⑰破体:释道源云:"破体,破当时为文之体。"即破四六"今体"。

⑱灵鳌蟠螭:灵鳌,负载碑石之石雕灵龟。蟠螭,碑上刻画盘绕之螭龙。《后汉书·张衡传》:"伏灵龟负坻兮。"何晏《景福殿赋》:"如螭之蟠。"《广雅》:"无角曰螭龙。"

⑲"谗之"句:《旧唐书·韩愈传》:韩碑"其辞多叙裴度事。时先入蔡州擒吴元济,李愬功第一,愬不平之。愬妻(唐安公主女)出入禁中,因诉碑辞不实。诏令磨去愈文,命翰林学士段文昌重撰文勒石。"

⑳汤盘孔鼎:汤盘,传为商汤沐浴所用之大盘,上有铭文云"苟日新,日日新,又日新"。孔鼎,孔子先世正考父之鼎。

㉑淳熙:淳正光明。

㉒三五:三皇五帝。班固《东都赋》:"事勤乎三五。"《汉书》注:"三皇五帝也。"

㉓万过:万遍。过,量词,遍、次。《素问·王版论要》:"八风四时之胜,终而复始,逆行一过,不复数。"王冰注:"过,谓遍也。"

㉔胝:皮厚成茧。此用为动词,言右手肘长茧。

㉕七十有三代:《史记》:"古者封泰山、禅梁父者七十二家。"冯浩曰:"谓可告功封禅,上媲古皇,传示后世","以唐宪宗益之,故云七十三代也。"

㉖玉检明堂:玉检,封禅文书外加玉石为盖。明堂,天子宣明政教之处。

[点评]

一至八言宪宗讨伐吴元济之决心及淮西之割据跋扈。九至十八叙裴度挂相亲征,军容整肃,讨平淮西,生擒吴元济。叙中特提一句,赞誉韩愈有智有勇。十九至二十六叙宪宗嘉奖裴度,并诏命韩愈撰作碑文。二十七至三十六写韩愈撰碑、上表及树碑过程。三十七至四十四叙因谗推碑,并赞韩碑之入人心脾,碑倒而辞存。四十五至末赞颂韩碑与宪宗、裴度之讨平强藩同辉千古。

此诗为义山刻意经营之杰构,维护唐廷朝纲,反对藩镇割据,于此可见。安史之平实乃妥协之结果,肃、代以承认强藩之割据现实,获得暂时的"相安"。自肃、代至于德、顺诸朝,对藩镇厚赏、加封,甚至出降公主,以换取其"听命"朝廷。

顺宗朝二王八司马发起之"永贞革新"的失败,淮西、淄青等更其猖獗跋扈。朝廷中对藩镇割据势力也明显分为主讨伐与主妥协两派。裴度与韩愈均力主征讨,得到宪宗的支持,故有此"雪列圣耻"的平淮西之功。故诗颂裴度、韩碑见义山拥护朝廷及忧虑国家分裂之思想。其次,赞裴度"功第一"而不以李愬为第一,亦反映义山对平淮西战争获胜的正确认识,即统帅之运筹帷幄胜于具体之攻战,故李愬虽雪夜偷袭,进入蔡州,活捉吴元济,然与裴度之运筹决胜,仍不可比拟。李愬妻为唐安公主女,出入禁中,怨诉韩碑不叙愬功,唐史有载,当是事实。罗隐《说石烈士》又以为乃李愬属下石孝忠为愬抱不平,推碑几仆,面陈愬功。或言进谗者乃牛党李逢吉云。三说可互为补充,可见中唐以下,在藩镇(及宦官)问题上,朝官之间已形成派系,已伏晚唐之牛李党争。牛李之对待藩镇,牛主妥协,李主讨伐,义山或有感于此,而借《韩碑》一篇以抒慨邪?因此,《韩碑》应是晚唐朝廷与藩镇,朝官与朝官之间政治斗争的一面镜子。

此诗气象阔大,议论醇正。以赋法为诗,层层铺叙,笔力雄健;以文为诗,多散文句法,议论抒情化;避用律句,甚或七平七仄,如"封狼"句,如"帝得"句等,皆见其意态形式之古朴。

李商隐简明年谱

[唐宪宗元和七年壬辰(812)]　1岁

○原籍怀州河内(今河南沁阳、博爱县),祖父时迁居郑州荥阳(今河南荥阳市)。

○高祖李涉字既济,美原县令。

○曾祖李叔恒,安阳县尉。

○祖父李俌字叔卿,邢州录事参军。

○父李嗣,时任获嘉县令。

○有伯姊、裴氏仲姊、徐氏姊、弟羲叟。另有三弟一妹。

○令狐楚四十八岁。韩愈四十五岁。白居易、刘禹锡四十一岁。元稹三十四岁。李德裕二十六岁。李贺二十三岁。杜牧十岁。温庭筠一岁。

[元和八年癸巳(813)]　2岁

○裴氏仲姊卒。

[元和九年甲午(814)]　3岁

○父嗣罢获嘉令,入浙东观察使孟简幕。商隐随父至越州(今浙江绍兴)。

○九月,孟简为越州刺史、浙东观察使。

[元和十年乙未(815)]　4岁

○刘禹锡为连州刺史。白居易改江州司马。李德裕丁父忧,守制(李吉甫去岁十月卒)。

[元和十一年丙申(816)]　5岁

○约是年冬,父嗣入浙西观察使李翛幕。商隐随父至润州(今江苏镇江)。

○十月,李翛为润州刺史、浙西观察使。

○姚合登进士第,约三十八岁。

○李贺卒,年二十七。

[元和十二年丁酉(817)] 6岁

○六月,李德裕入河东节度张弘靖幕为掌书记,年三十一。

○八月,孟简为户部侍郎。

○十月,李愬雪夜入蔡州,生擒吴元济,淮西平。

[元和十三年戊戌(818)] 7岁

○正月,韩愈奉诏撰《平淮西碑》。三月,诏令磨去,令韩林学士段文昌重撰。

○十一月,令狐楚为怀州刺史,充河阳三城怀孟节度使。

○本年温庭筠七岁,于太原谒李德裕。

○本年柳仲郢登进士第。

[元和十四年己亥(819)] 8岁

○正月,韩愈谏迎佛骨,贬潮州刺史。

○五月,李德裕除监察御史。

○七月,令狐楚同平章事。

[元和十五年庚子(820)] 9岁

○正月二十六日,宪宗服柳泌金丹暴崩,传为宦官陈宏志毒杀。闰正月三日,宦官梁守谦等拥立太子李恒即位,是为穆宗。

○闰正月,李德裕为翰林学士。

○七月,令狐楚贬为宣州刺史、宣歙池观察使。八月再贬为衡州刺史。

○十二月,牛僧孺为御史中丞。

○十二月,白居易为主客郎中、知制诰。

○本年,郑亚、卢宏正登进士第。

[唐穆宗长庆元年辛丑(821)] 10岁

○父李嗣卒,侍母奉丧归郑州。此后数年由从叔"亲授经典,教为文章"。

○三月,李德裕为考功郎中,依前知制诰、翰林学士。

○四月,李宗闵因科试涉嫌请托,贬剑州刺史。

○四月,令狐楚量移郢州刺史。是年,迁太子宾客分司东都。

[长庆二年壬寅(822)] 11岁

○正月二十九日,加李德裕翰林学士承旨,二月迁中书舍人,再改御史中丞。

○六月,李逢吉同平章事。

○七月,白居易出为杭州刺史。

○九月,李德裕为李逢吉所排,出为润州刺史、浙西观察使。辟郑亚为幕府从事。

○十月，令狐楚为陕虢观察使。十一月，复为太子宾客分司东都。

○本年，白敏中登进士第。

[长庆三年癸卯（823）] 12岁

○除父丧，占籍东甸（郑州），"佣书贩舂"。

○三月，李逢吉勾结宦官王守澄，左右政局，引牛僧孺同中书门下平章事，八月，出裴度为山南西道节度使。

[长庆四年甲辰（824）] 13岁

○正月，穆宗服方士金石药卒，太子湛即位，是为敬宗。

○二月，李逢吉勾结宦官王守澄，贬李绅为端州司马，时李逢吉党有"八关、十六子"之称。

○三月，因李逢吉援引，令狐楚为河南尹，九月，检校礼部尚书、汴州刺史、宣武军节度、宋汴亳观察等使。

○四月，李逢吉封凉国公；牛僧孺封奇章县子，十二月又进封奇章郡公。

○十月，李宗闵权知兵部侍郎。李逢吉、牛僧孺、李宗闵、令狐楚等结成朋党。

○十二月，韩愈卒，年五十七。

[敬宗宝历元年乙巳（825）] 14岁

○正月，牛僧孺累表求外任，出为武昌军节度使、鄂州观察使。

○二月，李德裕献《丹扆六箴》规谏敬宗。

○九月，昭义节度使刘悟卒，其子刘从谏厚赂李逢吉、王守澄，袭父位。

[宝历二年丙午（826）] 15岁

○商隐约于此年以后，学仙玉阳。

○二月，裴度入相。十一月，李逢吉罢知政事，出为襄州刺史，充山南东道节度使。

○十二月八日，宦官刘克明等杀敬宗。王守澄等立江王涵（改名昂），是为文宗。

○本年，礼部侍郎杨嗣复知贡举，刘蕡登进士第。

[唐文宗大和元年丁未（827）] 16岁

○著《才论》《圣论》（二文今佚），以古文为士大夫所知。

○徐氏姊卒。

○约本年春起，与玉阳山西山灵都观女冠宋华阳相识。

○九月，李德裕加检校礼部尚书。

○本年刘蕡上书文宗，为宦官仇士良等所嫉。

[大和二年戊申(828)] 17 岁

○本年商隐仍居玉阳东山学道。

○三月,文宗亲试制策举人,刘蕡对策,极言宦官专权之祸。时宦者当途,刘蕡下第。

○四月,王茂元由邕管经略使改容管经略使。

○十月,令狐楚入朝为户部侍郎。

○本年,杜牧登进士第,郑亚登贤良方正直言极谏科,礼部侍郎崔郾知贡举。

[大和三年己酉(829)] 18 岁

○本年,商隐仍居玉阳山学道。

○从叔处士李某卒。

○年底,天平军节度使(驻郓州),令狐楚聘商隐入幕为巡官。商隐当于十二月离开玉阳山。

○三月,令狐楚检校兵部尚书、东都留守、东畿汝都防御使。

○八月,李德裕由浙西观察使入为兵部侍郎,裴度荐以为相,为宦官所阻。九月,乃出德裕为义成节度使。

○八月,李宗闵因得宦官之助,由吏部侍郎拜相。

○十一月,令狐楚进检校右仆射、天平军节度、郓曹濮观察使。

○十二月,南诏侵扰西川,陷成都府,大掠而去。

○白居易于本年春称病免归,以太子宾客分司东都,自此不复出。

[大和四年庚戌(830)] 19 岁

○商隐在郓州令狐楚幕,楚爱其才,令于门下与其子绹等游,亲自指点,教为今体文。其后复"岁给资装,令随计上都"。

○正月,以李宗闵荐引,牛僧孺由武昌军节度使入相,李、牛相结,共排裴度、李德裕。

○九月,裴度罢相,出为山南东道节度使。

○十月,李德裕改剑南西川节度使,积粮、修堡、练兵以防南诏,蜀地粗安。

○本年令狐绹登进士第,礼部侍郎郑澣知贡举。

[大和五年辛亥(831)] 20 岁

○商隐仍在郓州令狐楚幕。

○正月,卢龙副兵马使杨志诚逐节度使李载义,文宗召宰相议事,牛僧孺持姑息妥协,言"范阳自安史以来非国所有""不必计其顺逆"。以杨志诚为节度使。

○二月,文宗与宰相宋申锡谋诛宦官,为郑注所知,郑注令人告发。三月贬申锡为开州司马,牛僧孺、李宗闵持顺应态度。

○九月,李德裕收复吐蕃所陷维州,收降悉怛谋,牛僧孺阻议;诏缚还悉怛谋等,悉等为吐蕃杀害。

○本年元稹卒,年五十三。

[大和六年壬子(832)] 21 岁

○二月,因令狐楚调任太原,商隐离令狐,似曾短暂再至玉阳山。后复有入太原幕之迹。

○二月,令狐楚调任太原尹、北都留守、河东节度使。

○十二月,文宗悔维州之事,出牛僧孺为淮南节度使。召李德裕为兵部尚书,将为相,为李宗闵所阻。

[大和七年癸丑(833)] 22 岁

○本年应进士试落第,礼部侍郎贾𫝹知贡举。

○六月,令狐楚调离太原,商隐归郑州。秋,谒郑州刺史萧澣。因萧澣荐,谒华州刺史崔戎。崔本商隐从表叔,特加怜爱,送其习业南山。

○正月,王茂元自右金吾卫将军为岭南节度使。

○二月,李德裕同平章事。

○三月,出萧澣为郑州刺史。

○六月,李宗闵罢相,出为山南西道节度使。令狐楚检校右仆射,兼吏部尚书。

○七月,王涯同平章事。

○闰七月,崔戎出为华州刺史。

○八月,文宗用李德裕之议,进士试论议,停试诗赋。

○十二月,文宗患风疾,宦官王守澄荐郑注为文宗治病,得宠信。

[大和八年甲寅(834)] 23 岁

○商隐因病未应试,随崔戎至兖州,掌章奏。六月,崔戎卒,商隐西归,复至玉阳山,并往返京、郑间。

○三月,崔戎为兖海观察使,六月病卒。

○九月,郑注引荐李逢吉侄李训,文宗以李训充翰林侍讲学士。

○十月,因李德裕为文宗言李训不可用,郑注、李训与宦官王守澄合谋,利用李宗闵与李德裕为敌,召李宗闵入相,李德裕罢相,出为山南西道节度使,未行,又改兵部尚书。

○十一月,李德裕为李宗闵所排,复出为浙西观察使。

○本年卢宏正由兵部郎中出宰昭应县。

[大和九年乙卯(835)] 24岁

○春,商隐应进士试,又落第,工部侍郎崔郸知贡举。

○郑注、李训恶李宗闵,六月,贬宗闵明州刺史,继又贬处州长史,再贬潮州司户。

○七月,贬萧浣为遂州刺史。

○九月,杖杀宦官陈弘志,以郑注为凤翔节度使,李训同平章事。

○十月,酖杀宦官王守澄。令狐楚守尚书左仆射,进封彭阳郡开国公。以广州节度使王茂元为泾原节度使。

○十一月,文宗、李训、郑注谋诛宦官,不克,宦官仇士良杀宰相王涯等,李训、郑注皆死之,族灭十一家,史称"甘露之变"。

[开成元年丙辰(836)] 25岁

○本年商隐奉母居济源。

○二月,昭义节度使刘从谏表请王涯等罪名,继又上表曝仇士良等罪恶,宦官恶势稍敛。

○四月,令狐楚为兴元尹、山南西道节度使。

○十一月,李德裕检校户部尚书,充浙西观察使。

○本年令狐绹为左拾遗。

[开成二年丁巳(837)] 26岁

○春,商隐应举,登李肱榜进士。礼部侍郎高锴知贡举,令狐绹雅善锴,奖誉甚力。

○春末,东归济源省母。

○十一月,令狐楚病重,商隐由长安驰赴兴元,楚嘱其代草遗表,为"甘露之变"中冤死者昭雪。

○十二月,奉楚丧回长安。

○五月,李德裕改淮南节度使,牛僧孺为东都留守。

○六月,文宗以绛王悟女寿安公主下嫁成德节度使王元逵。以左金吾将军李执方为河阳节度使。

○十一月十七,山南西道节度使令狐楚卒,年七十二。

○本年令狐绹为左补阙。

[开成三年戊午(838)] 27岁

○春,应博学宏词科,为主试官周墀、李回所取,复审时为一"中书长者"抹去。

○春末赴泾原节度使王茂元幕,掌章奏,因此招致令狐绹等忌恨,谓其"背家恩,放利偷合"。

○二月,李宗闵移杭州刺史。

○三月,孙简为陕虢观察使。

○九月,牛僧孺自东都留守为左仆射。

[开成四年己未(839)] 28岁

○商隐释褐为秘书省校书郎,二月娶茂元女。

○未久,调补弘农尉,以活狱忤孙简,辞尉,适逢姚合代简,谕使还官。

○三月,裴度卒,年七十五。

○四月,李德裕加检校尚书左仆射。

○八月,姚合为陕虢观察使。

○十月,杨贤妃请立安王溶为嗣,李珏反对,立敬宗少子陈王成美为皇太子。

[开成五年庚申(840)] 29岁

○商隐由济源移家长安。

○冬,辞弘农尉。

○正月,文宗卒。宦官仇士良等立颍王瀍(后改名炎),是为武宗。杀陈王成美、安王溶并杨贤妃。

○九月,以李德裕为相。

○本年王茂元先入为朝官,冬,调忠武节度使、陈许观察使。

○令狐绹服丧期满,为左补阙、史馆修撰。

[唐武宗会昌元年辛酉(841)] 30岁

○商隐辞弘农尉后,暂依周墀华州幕。曾受招赴茂元陈许幕。

○三月,李德裕以宰臣进位司空。

○本年刘蕡遭宦者诬陷,贬柳州司户参军。

[会昌二年壬戌(842)] 31岁

○春,商隐居忠武节度使茂元陈许幕,为掌书记。未久,以书判拔萃,入为秘书省正字。其后因母丧居家。

○三月,牛僧孺除东都留守至洛阳。

○七月,刘禹锡卒,年七十一。

○本年令狐绹为户部员外郎,白敏中为翰林学士。韩偓生。

[会昌三年癸亥(843)] 32岁

○商隐守母丧,居长安。

○九月岳父王茂元卒于军,又因裴氏姊等迁葬之事,秋冬,往来于洛阳、河阳、怀州、郑州等地。

○本年,徐氏姊夫卒于浙东。

○四月,昭义节度使刘从谏卒,其侄刘稹请为留后。李德裕力劝武宗用兵。

○以宣武节度使王茂元为河阳节度使。

○六月,李德裕加司徒。

○八月,下诏削夺刘从谏、刘稹官爵,令诸军进讨。

○九月,王茂元卒于军中。

○十月,石雄与刘稹战于乌岭,败之。

○十一月,党项侵邠宁,以兖王岐为灵、夏等六道元帅。史馆修撰郑亚为元帅判官。

○十二月,李德裕奏请进士登第后不得聚集参谒座主,结成朋党。

[会昌四年甲子(844)] 33岁

○春初,仍于故乡忙于裴氏姊及侄女寄寄迁葬事。

○二月,杨弁乱平后移家永乐。

○正月,河东都将杨弁发动兵变,二月,被监军使擒,杀,乱平。

○七月,杜悰同平章事。

○九月,刘稹乱平。白敏中迁户部侍郎、知制诰。

○十一月,以交通刘从谏刘稹事,贬牛僧孺循州长史,李宗闵长流封州。

○本年令狐绹为右司郎中。

[会昌五年乙丑(845)] 34岁

○春,应从叔李舍人褒之招,赴郑州。后归洛阳,携家与弟羲叟同居。

○十月,服阕入京,重官秘书省正字。

○二月,柳仲郢为京兆尹。

○十二月,白敏中恶德裕权重,指使给事中韦弘质上疏,论中书权重,三司钱谷不合相府兼领。韦坐贬官。

○本年令狐绹出为湖州刺史。

［会昌六年丙寅(846)］　35 岁

○商隐任职秘书省正字。

○是年长女生。

○三月，武宗崩。宦官立宪宗子光王怡(后改名忱)为皇太叔，是为宣宗。

○四月，李德裕罢相，充荆南节度使，十月徙东都留守。

○五月，白敏中同平章事。

○八月，武宗朝所贬五相牛僧孺、李宗闵、崔珙、杨嗣复、李珏同日北迁。

○本年白居易卒，年七十五。

［唐宣宗大中元年丁卯(847)］　36 岁

○三月，弟羲叟登进士第，礼部侍郎魏扶知贡举。商隐入桂管观察使郑亚幕，为支使兼掌书记。三月七日离京，四月至潭州(今长沙)，五月初抵桂。

○九月，代郑亚撰拟《太尉卫公会昌一品集序》。

○十月，奉郑亚命往使荆南，于舟行途中编定《樊南甲集》。

○二月，白敏中指使其党李咸诬德裕罪，德裕由是以太子少保分司。

○出给事中郑亚为桂州刺史、桂管防御观察使。

○六月，卢宏正出为义成军节度使。

○十二月，再贬李德裕为潮州司马。

［大中二年戊辰(848)］　37 岁

○正月，商隐自荆南(江陵)归桂州，摄守昭平郡(今广西平乐)。春，子衮师生。

○二月，郑亚贬循州，商隐随郑亚至循州即北上归程。曾溯江入蜀。秋天又至江陵，冬初返长安，选为周至尉。

○二月，令狐绹以知制诰充翰林学士。

○九月，再贬李德裕为崖州司户。

○十月二十七，牛僧孺卒，赠太尉。

［大中三年己巳(849)］　38 岁

○选周至尉后，商隐谒见京兆尹，尹留假参军事，专章奏。

○十月，入武宁节度卢宏正徐州幕为判官，得侍御史。约十一月底赴徐州，腊月途经汴州。

○本年，商隐弟羲叟释褐秘书省校书郎，改授河南府参军。

〇二月,令狐绹拜中书舍人。五月迁御史中丞。九月充翰林学士承旨。

〇五月,以义成节度使卢宏正为武宁军节度使。

[大中四年庚午(850)] 39岁

〇商隐在徐州卢宏正幕。春,曾奉使赴京。

〇正月,李德裕卒于崖州贬所,年六十四。

〇十一月,令狐绹同平章事。

[大中五年辛未(851)] 40岁

〇卢宏正卒,商隐罢徐州幕。

〇夏秋间妻王氏卒(夫妻未及见面),有女六岁,子衮师四岁。

〇秋,补太学博士。

〇七月,柳仲郢任东川节度使,辟为节度书记。十月改判上军。

〇冬,以幕府判官带宪衔身份差赴西川推狱,谒杜悰,献诗企求提携。

〇春,卢宏正卒于徐州。

〇七月,柳仲郢任梓州刺史、东川节度使。

〇本年,郑亚卒于循州贬所。

[大中六年壬申(852)] 41岁

〇商隐在梓州柳仲郢幕。

〇春初由西川返梓。商隐奉柳仲郢命往渝州界首迎送杜悰迁淮南。返梓,复代掌书记。柳仲郢奏加检校工部郎中。

〇四月,白敏中任西川节度使。

〇冬,杜牧卒,年五十。

[大中七年癸酉(853)] 42岁

〇商隐仍在梓州幕。

〇十一月,编定《樊南乙集》。

[大中八年甲戌(854)] 43岁

〇商隐仍在梓幕。

〇十月,昭雪"甘露之变"中王涯、贾饹等被杀之冤。

[人中九年乙亥(855)] 44岁

〇商隐在梓幕。十一月,柳仲郢内调,商隐随仲郢返京。

○十一月，柳仲郢内调为吏部侍郎。

[大中十年丙子(856)]　45岁

○商隐于春初归抵长安，柳仲郢奏充盐铁推官。

○柳仲郢入朝，改任兵部侍郎，充诸道盐铁转运使。

[大中十一年丁丑(857)]　46岁

○商隐任盐铁推官，有江东之游。

[大中十二年戊寅(858)]　47岁

○商隐罢盐铁推官，还郑州闲居，未几病卒。长女一十有三，子衮师年十一。

○二月，柳仲郢罢诸路盐铁转运使，为刑部侍郎。

○崔珏《哭李商隐》诗云："词林枝叶三春尽，学海波澜一夜干。"又云："虚负凌云万丈才，一生襟袍未曾开。"

注：

　　本年谱部分内容参考傅璇琮《李德裕年谱》，刘学锴、余恕诚《李商隐年表》。

河南文艺出版社部分诗词类图书

臧克家　主编

毛泽东诗词鉴赏·增订二版　大 32 开(精)　30.00 元(已出)

季世昌　徐四海　主编

毛泽东诗词唱和　16 开(精)　30.00 元(已出)

陈祖美　主编

唐宋诗词名家精品类编(全套十种)

黄河之水天上来·李　白集　大 16 开(平)　46.00 元(已出)

每依北斗望京华·杜　甫集　大 16 开(平)　42.00 元(已出)

相见时难别亦难·李商隐集　大 16 开(平)　46.00 元(已出)

烟笼寒水月笼沙·杜　牧集　大 16 开(平)　32.00 元(已出)

万里归心对月明·唐代合集　大 16 开(平)　49.00 元(已出)

一蓑烟雨任平生·苏　轼集　大 16 开(平)　46.00 元(已出)

杨柳岸晓风残月·柳　永集　大 16 开(平)　39.00 元(已出)

但悲不见九州同·陆　游集　大 16 开(平)　45.00 元(已出)

壮岁旌旗拥万夫·辛弃疾集　大 16 开(平)　40.00 元(已出)

云中谁寄锦书来·宋代合集　大 16 开(平)　46.00 元(已出)

贺新辉　主编

元曲名家精品鉴赏(全套五种)

错勘贤愚枉作天·关汉卿集　(已出)

天边残照水边霞·白　朴集　(已出)

困煞中原一布衣·马致远集　(已出)

愿有情人都成眷属·王实甫集　(已出)

重冈已隔红尘断·元代合集　(已出)

广东中华诗词学会　编

中华新韵府·韵字袖珍版　128 开(精)　6.00 元(已出)

李中原　编

历代倡廉养操诗选　大 32 开(平)　18.00 元(已出)

邓国光　曲奉先　编

中国历代咏月诗词全集　大 32 开(精)　50.00 元(已出)

史焕先　主编

江水北上——"南水北调邓州情"诗歌作品选　16 开(精)　38.00 元(已出)

本社图书邮购地址：(450011) 郑州市鑫苑路 18 号 11 号楼

河南文艺出版社　图书发行